W0357213

Passionnée par l'œuvre de Jane Austen, **Elizabeth Aston** a étudié à Oxford avec lord David Cecil, le biographe de la célèbre auteure. *Les Filles de Mr Darcy* est son neuvième roman. Elle vit en Angleterre.

Du même auteur, chez Milady :

Les Filles de Mr Darcy
Les Aventures de Miss Alethea Darcy
Darcy dans l'âme

www.milady.fr

Elizabeth Aston

Les Filles de Mr Darcy

Traduit de l'anglais (Grande-Bretagne)
par Leslie Damant-Jeandel

Milady Romance

Milady est un label des éditions Bragelonne

Titre original : *Mr. Darcy's Daughters*

Photographie de couverture :
© Pamela Moore / iStockphoto
© Nataliia Natykach / Shutterstock
© Malgorzata Maj / Trevillion Images

1re édition : mai 2012
2e tirage : août 2012
3e tirage : février 2013

ISBN : 978-2-8112-0761-8

Bragelonne – Milady
60-62, rue d'Hauteville – 75010 Paris

E-mail : info@milady.fr
Site Internet : www.milady.fr

Pour James Hale,
avec amour et reconnaissance.

Chapitre premier

La ville et la campagne sont deux mondes bien différents. Qu'importent la valeur de leur fortune et leur maîtrise de soi, les jeunes filles élevées à la campagne se doivent de rester vigilantes lorsqu'elles viennent à Londres.

Les deux aînées des sœurs Darcy se trouvaient à Aubrey Square, dans le boudoir de l'imposante demeure de leurs cousins, les Fitzwilliam. Assise à une élégante petite table, une feuille de papier devant elle, Letitia, la plus âgée, essayait de rédiger une lettre.

Elle posa sa plume avec un soupir exaspéré.

— Tout ce vacarme ! s'exclama-t-elle. Le bruit incessant des voitures et des chevaux, les gens qui parlent, les chiens qui aboient… Comment peut-on supporter de vivre dans une telle cacophonie ?

Son irritation ne se reflétait pas sur son visage à la beauté calme, avec son large front et son nez fin – caractéristiques qui lui valaient, lorsque ses sœurs étaient d'humeur taquine, le surnom de « Galatée », les filles clamant qu'elle ressemblait en tout point à une statue classique vivante.

Camilla ne possédait pas les traits parfaits de Letitia. Ses principaux atouts résidaient dans ses yeux noirs et vifs, la grâce naturelle de ses gestes, et son visage expressif. Assise à la fenêtre, elle se réjouissait du spectacle et des sons qu'une place huppée de Londres pouvait offrir, tout en s'étonnant des odeurs mêlées qui lui parvenaient de l'extérieur. Elle regarda passer avec fracas une voiture tirée par deux chevaux alezans à l'allure enlevée, et conduite par un jeune homme corpulent vêtu d'un carrick. Le cocher adressa un regard appuyé à une jolie gouvernante portant une pelisse bleue, qui marchait sur le trottoir avec les deux garçonnets pleins de vie dont elle avait la charge. Le plus jeune traînait un petit cheval de bois à roulettes qui n'avait de cesse de se renverser, son frère se hâtant de faire demi-tour pour le redresser, sous des couinements d'énervement et d'hilarité.

Un grand et beau valet en livrée du matin promenait deux Cavaliers King Charles. Remuant leurs queues duveteuses, les chiens sautillaient et poussaient de légers jappements. Une vendeuse d'huîtres vantait sa marchandise d'une voix braillarde, et, de l'autre côté de la place, un rémouleur criait pour demander de l'ouvrage. Un petit livreur flânait le long des grilles en sifflant, un paquet sous un bras, et un autre qu'il faisait tournoyer au bout d'une ficelle.

— Il y a des gens pour qui le chant du coq, le roulement de la charrette du fermier et les bêlements des moutons sont insupportables, fit-elle remarquer sans détourner les yeux de l'animation de la rue.

— Camilla, comment pouvez-vous dire une chose pareille ? La tranquillité, la douce sérénité de la campagne, la beauté silencieuse de nos bois et de nos rivières… Comme tout cela me manque !

Camilla n'écouta Letty que d'une oreille tandis que celle-ci se lançait dans sa complainte favorite : combien la situation était injuste, et comme leurs parents avaient fait preuve d'inconscience, de les avoir arrachées ainsi à la paix et à la félicité du Derbyshire pour les traîner dans une maison londonienne.

— C'est surtout pour Belle et Georgina que cela va être dur : elles vont détester leur séjour ici.

Camilla, prudente, se garda bien de lui faire part de son avis et éclata de rire en voyant les deux épagneuls emmêler leurs laisses autour des beaux mollets du domestique, menaçant de le faire tomber à la renverse.

— Éloignez-vous de cette fenêtre ; vous ne devez pas vous asseoir là, à la vue de n'importe qui.

— Quel mal y a-t-il à ce que l'on me voie ? Je ne suis pas en train de lorgner le valet ; je ne fais qu'admirer le spectacle.

— Lorgner le valet, vraiment ! Camilla, ne dites pas des choses pareilles. Je sais que vous plaisantez, mais les autres ne comprendront pas votre sens de l'humour et pourraient vous prendre au sérieux.

— Il faudrait être idiot pour me prendre au sérieux, et depuis quand l'avis des idiots nous importe-t-il ? De plus, ce valet est vraiment très beau.

Letty s'exprima avec une gravité non feinte :

— Parler avec tant de liberté risque de vous attirer de gros ennuis ! Mr Fitzwilliam ne verrait pas cela d'un bon œil.

Camilla le savait bien. Mr Fitzwilliam, leur cousin, un homme gentil et coquet âgé de cinquante ans, avait quitté l'armée et était désormais député au Parlement. Il tenait la bienséance en haute estime, et attendait des femmes de sa famille qu'elles observent le décorum. Il avait assurément un autre visage qu'il réservait à ses amis intimes et compagnons de longue date, au club et lors de manifestations sportives – une facette bien plus grossière de sa personnalité, qui le poussait à s'encanailler avec des demi-mondaines. Toutefois, c'était un aspect de sa vie qu'il n'aurait jamais dévoilé à Aubrey Square.

Elle savait aussi que, parmi les cinq sœurs, Letty avait la préférence de Mr Fitzwilliam et ce depuis toujours. Camilla n'en prenait pas ombrage : elle se savait totalement opposée à l'idéal féminin de son cousin. En plus d'avoir hérité de son père sa force de caractère, elle était dotée d'un sens de l'humour trop aiguisé, d'un esprit trop brillant et d'une repartie trop spirituelle. Elle n'était pas une beauté classique comme Letty, et avait parfaitement conscience de mettre son cousin mal à l'aise : elle le voyait souvent se demander avec crainte à quoi elle pouvait bien penser.

Letty poursuivait ses litanies.

— C'est ce que maman vous aurait dit, si elle avait été là. Puisque ce n'est pas le cas – et qui sait quand nous la reverrons, si jamais nous la revoyons un jour –, il est de mon devoir de vous mettre en garde sur la manière dont vous devriez vous comporter. Nous ne sommes pas dans une maison de campagne ; les usages sont différents, ici.

— Je l'avais remarqué, répondit Camilla d'un ton sec.

Letitia venait d'avoir vingt et un ans, et prenait peut-être un peu trop à cœur sa position d'aînée des cinq sœurs Darcy. Leur père, Fitzwilliam Darcy, avait été envoyé en mission diplomatique à l'étranger. Sa femme, Elizabeth, ne souhaitant pas être séparée de son mari pour une année, voire davantage, avait choisi de l'accompagner à Constantinople. Cela ne nuirait pas aux filles de passer plusieurs mois à Londres pendant que leurs deux jeunes fils resteraient à Pemberley, leur demeure du Derbyshire, confiés aux bons soins d'un professeur particulier et de Mr Bennet, leur grand-père maternel.

Il avait été question que Mr Bennet vienne avec ses petites-filles à la capitale, mais cette perspective l'avait grandement effrayé. Il ignorait comment s'occuper de jeunes femmes à la mode à Londres : l'éducation de ses cinq filles, déjà épuisante, lui avait apporté son lot d'ennuis, et pour rien au monde il n'assumerait à nouveau ce genre de responsabilités, même pour quelques mois. Il serait ravi de veiller sur les jeunes William et Charles, ainsi que de garder un œil sur la bonne marche de Pemberley – même si, supposait-il, grâce aux excellents domestiques, la gestion de la maison et du domaine se ferait sans heurts en l'absence des maîtres des lieux.

Letitia savait, avec une conviction proche de la certitude, que ses parents ne reviendraient jamais. Même s'ils survivaient au trajet jusqu'à Douvres – une route si dangereuse, avec ces cochers épris de vitesse et tous ces bandits de grand chemin rôdant sur les landes –, le voyage en mer se solderait inévitablement par un naufrage tragique. Et si d'aventure ils parvenaient à rejoindre la lointaine ville d'Ostende sains et saufs, il restait ensuite la traversée périlleuse de l'Europe.

— Il y a des étendues si sauvages, des forêts et des paysages hostiles, des loups, des ours et des brigands, avait-elle dit à Camilla.

S'ils atteignaient miraculeusement leur destination, leur destin serait scellé : les Turcs, en se révoltant, les faucheraient d'un coup de cimeterre, ou bien c'est la peste qui les emporterait. Ou encore la variole… Imaginez seulement maman toute grêlée et couverte de cicatrices, si par chance elle s'en remettait !

— Mais, Letty, maman s'est fait vacciner contre la variole, lui avait objecté Camilla.

— Seulement contre la souche anglaise. En Turquie, tout sera différent, et infiniment plus dangereux.

Pour l'heure, seules trois des sœurs étaient arrivées à Londres : Letitia, Camilla, et Alethea, la plus jeune, âgée de seize ans. Elles étaient accompagnées de Miss Griffin, la gouvernante d'Alethea. Les deux autres sœurs, les jumelles Georgina et Belle, âgées de dix-sept ans, séjournaient chez une tante dans le Worcestershire.

Fanny, la seconde épouse de Mr Fitzwilliam, était une femme pleine d'entrain approchant des trente ans. Mère d'enfants en bas âge, elle se réjouissait d'accueillir ses cousines chez elle et son regard pétillait de plaisir à la perspective des fêtes, des robes, des commérages et de l'animation que cinq jeunes filles apporteraient dans la maison. Fanny avait proclamé qu'elle les aurait toutes mariées au retour de Darcy et d'Elizabeth.

— Non, non ! s'était écrié son mari. Il est hors de question que vous jouiez les entremetteuses. Les filles peuvent fort bien attendre que leurs parents soient rentrés pour trouver un mari.

— Letitia a vingt et un ans, et Camilla dix-neuf, c'est déjà bien assez pour songer à un futur époux.

— Emmenez-les à des fêtes et à des bals, habillez-les à la dernière mode et laissez-les apprécier ce que Londres a à offrir en matière de pièces de théâtre et de concerts. Vous aurez bien assez à faire avec cela.

Ne dévoilant pas davantage ses projets, Fanny s'était extasiée sur la perfection des traits de Letitia et sur son beau visage classique, surtout que les brunes étaient en vogue. En son for intérieur, elle pensait que les hommes s'intéresseraient davantage à Camilla, si rieuse et si vive, et attendait avec impatience l'arrivée des jumelles pour compléter le tableau.

Volubile comme à son habitude, Fanny fit irruption dans la pièce juste à temps pour entendre les derniers sombres présages de Letitia.

— Allons, comment pouvez-vous parler ainsi ? Regardez Mr Tilson, de retour de Chine avec toute sa tête et en pleine santé, et lord Wincanton qui fait des allers-retours en Amérique comme il se rendrait dans le Somerset ! Les voyages, de nos jours, sont confortables et parfaitement sûrs. Inutile de vous inquiéter pour la sécurité de vos parents.

— J'espère que vous avez raison, soupira Letitia. Toutefois, je crains que quelque malheur ne s'abatte sur eux. Je serai alors, à vingt et un ans, chargée de m'occuper de mes frères et sœurs. Comment y arriverai-je ?

— Seigneur, que d'idées mélancoliques ! s'écria Fanny. Je vous prierais de penser à des choses plus plaisantes. La couturière viendra un peu plus tard dans la matinée, et je meurs d'envie de voir ce que donne cette mousseline aux motifs indiens.

Camilla aurait préféré que Fanny n'aborde pas ce sujet, les vêtements étant une autre source de disputes entre Letty et elle.

— Comment peut-on avoir besoin de toutes ces robes, ou même de la moitié ? s'exclama Letitia quand Fanny, consternée devant la rusticité de leurs tenues, eut fait venir sa modiste, égrenant ensuite une succession d'absolues nécessités : des robes pour le matin, des ensembles pour les promenades, des tenues pour l'après-midi, des robes de bal, des robes pour circuler en voiture, des costumes d'équitation…

— Pas de costume d'équitation pour moi, cousine Fanny, déclara Camilla. Letty est bonne cavalière mais, pour ma part, je ne monte jamais si je peux l'éviter. C'est un exercice auquel je ne prends guère de plaisir.

— Même si vous vous passez de cette tenue, il est impossible que vous ayez besoin d'autant de vêtements ! dit sa sœur.

— Laissons Fanny nous conseiller, répondit Camilla.

Adorant la mode, elle était tout à fait ravie de passer une heure ou davantage à feuilleter *La Belle Assemblée*, la revue préférée de Fanny, ou à inspecter des mousselines et des soies fraîchement débarquées de France et d'Orient.

— Et encore, ce n'est rien, dit Fanny. Ce n'est pas la moitié de la garde-robe que vous aurez en temps voulu. Cependant, inutile de tout commander dans l'immédiat ! Nous devons d'abord vous rendre présentables : Letty, ces manches sont complètement passées de mode ; on se moquerait de vous si vous sortiez ainsi. Ensuite, vous pourrez observer les dames à loisir et faire vos propres choix. On peut tout acheter, à Londres, tout ce que vous pouvez imaginer ! Il vous faudra aussi des chapeaux : vos bonnets sont absolument hideux.

— Que de dépenses ! s'écria Letitia.

— Oh ! pas tant que ça, et, par bonheur, vu la fortune de votre père, l'achat de quelques robes et chapeaux passera inaperçu. Il ne voudrait certainement pas que ses filles manquent d'élégance. Il s'attendra à vous découvrir aussi chic que toutes les jeunes Londoniennes, et j'y veillerai. Je n'ai nulle envie qu'il me jette un de ces regards glacials dont il a le secret, s'il devait, à son retour, se retrouver face à deux épouvantails.

— C'est une chance que les autres soient encore en salle d'étude, constata Letitia. Elles n'auront pas besoin de nouvelles tenues.

— Assurément, répondit Fanny, absorbée par les mousselines et la passementerie. Toutefois, j'attends avec impatience qu'Alethea soit autorisée à sortir en société, elle est si jolie ! Belle et Georgina sont-elles aussi ravissantes ? Je ne les ai pas vues depuis plus de trois ans. À mon avis, elles seront fort déçues de ne pouvoir paraître en public, mais leur tour viendra.

— Elles doivent se concentrer sur leurs études, leurs cours de musique et de dessin, et profiter du savoir des maîtres de Londres pendant leur séjour ici, dit Letitia d'un ton guindé. Au fond, ce sont des filles de la campagne, Fanny, et elles seront sûrement contentes que le bruit et l'agitation de la ville leur soient en partie épargnés.

L'image de Georgina et de Belle se forma dans l'esprit de Camilla. Letitia pensait-elle vraiment ce qu'elle disait ? Elle craignait que ce ne soit le cas : Letty ne cherchait pas, en général, à savoir si les autres partageaient son avis. Il était évident pour elle que ses sœurs suivaient ses opinions sur les sujets d'importance, et ce malgré la preuve du contraire. Puisqu'elle était persuadée d'avoir raison, toute objection résultait d'une erreur de jugement ; il était par conséquent inutile de s'en préoccuper.

Camilla se faisait sa propre idée sur les jumelles ; selon elle, Belle et Georgina ne manqueraient pas de comploter pour éviter la salle d'étude aussitôt arrivées à Londres.

— Nous devons vous trouver un mari à toutes les deux, poursuivit Fanny. Les jumelles m'en seront reconnaissantes puisqu'elles pourront ainsi paraître en public.

— Un mari ! s'exclama Letitia, choquée. Nous vous remercions, Fanny, mais nous ne sommes pas à Londres pour trouver un époux. Nos parents ne le souhaiteraient pas. De plus, pour ma part...

Sa jolie bouche se mit à trembler, et ses yeux s'embuèrent de larmes.

— Oh ! ma chère, quelle insensible je fais ! Toutefois, cela fait trois ans, maintenant, et Tom n'aurait pas souhaité que vous refusiez tout nouvel attachement.

— C'est au-dessus de mes forces. Ma nature me pousse à aimer d'un amour si sincère qu'il ne pourra jamais y avoir quelqu'un d'autre. Si l'on m'avait cruellement arrachée à lui, Tom serait resté fidèle à ma mémoire, et je ne peux que l'imiter. Il n'avait d'yeux que pour moi, et je considère nos fiançailles comme un engagement sacré.

Fanny et Camilla échangèrent un regard. Camilla avait l'habitude de voir sa sœur se comporter ainsi, et Fanny, qui sous sa frivolité apparente était dotée d'un subtil bon sens, commençait à mieux cerner sa cousine.

— Tant de femmes ont perdu un amant ou un mari à Waterloo ! Tout cela est fort triste. Pourtant, nombre d'entre elles ont fini par se consoler... après avoir attendu le temps nécessaire, bien sûr.

— Tom et moi étions des âmes sœurs. J'étais son premier et unique amour, et je lui demeurerai fidèle jusqu'à la fin de mes jours, comme il l'a été envers moi.

Camilla ne put s'empêcher de songer aux deux enfants roux qui grandissaient dans des cottages distincts à Hilted, le village le plus proche de chez Tom. Leurs cheveux flamboyants et leurs taches de rousseur laissaient peu de place au doute. Même Letty avait dû être frappée par la ressemblance, et une amie du Derbyshire à la langue bien pendue lui avait parlé d'un autre enfant à la chevelure semblable, né d'une femme de chambre employée dans une demeure voisine, où Tom se rendait parfois.

Letitia et Tom Busby s'étaient connus dès l'enfance, et leurs fiançailles avaient ravi leurs familles respectives, même si Camilla était sceptique quant à l'enthousiasme de Tom pour cette union.

— Je suppose que c'est mon devoir, lui avait-il confié par un après-midi pluvieux, tandis qu'ils jouaient aux cartes dans le salon jaune de Pemberley. C'est ce que mes parents attendent, et Letty et moi nous connaissons depuis des lustres. J'ai toujours pensé que nous nous marierions un jour ou l'autre. Je l'aime beaucoup, vous savez, vraiment. Seulement, elle n'a pas sa pareille pour régenter les hommes. Et puis elle a tout juste dix-sept ans, c'est très jeune pour se marier. Il aurait été préférable d'attendre un ou deux ans, peut-être... Toutefois, elle est bien décidée.

À l'annonce de la mort de Tom, à Waterloo, Letitia avait éprouvé un chagrin profond et persistant. Camilla aussi avait été sincèrement affligée par cette nouvelle, et la compagnie du jeune homme lui manquait, mais à son sens, rien ne justifiait la sorte de veuvage perpétuel que sa sœur, non mariée, avait adopté. Au Moyen Âge, Letitia aurait peut-être emporté son malheur et sa fidélité au couvent mais, en 1818, Camilla pensait que le temps apaiserait la peine de sa sœur, et que la raison – sans parler des enfants aux cheveux roux – rappellerait à Letty que Tom n'était qu'un homme, pas un saint.

— J'espère que nous aurons l'occasion de faire de nombreuses connaissances, Fanny, dit-elle, mais je ne souhaite à aucun prix trouver un époux, je vous remercie. J'ai remarqué que les maris ont une façon bien particulière de restreindre les amitiés et les flirts d'une jeune femme, et qu'ils sont enclins à envoyer leur épouse à la campagne, loin de tout.

En entendant ces mots, Fanny secoua la tête, déclarant que Camilla ne faisait que plaisanter, mais Letitia fut si choquée par ces remarques qu'il lui fallut une minute ou deux pour rassembler ses esprits et trouver une réprimande adéquate. Elle fut interrompue par l'entrée d'Alethea, suivie de Miss Griffin.

Alethea, les yeux noirs et brillants, ses boucles comme toujours indisciplinées, salua poliment sa cousine, jeta un regard entendu à Letitia et demanda gaiement ce qui la faisait monter ainsi sur ses grands chevaux. Puis, glissant son bras sous celui de Camilla, elle se lança dans une supplication passionnée pour qu'on l'autorise à recevoir des leçons de chant d'un certain Signor Silvestrini.

— Camilla, vous qui aimez la musique autant que moi, vous devez faire en sorte que j'apprenne avec lui. Pas un professeur dans tout Londres, que dis-je, dans toute l'Europe, ne lui arrive à la cheville !

Camilla se dégagea du bras de sa sœur.

— Je n'ai jamais entendu parler de lui. C'est un maître italien, j'imagine ?

— Je croyais que vous deviez prendre des leçons avec Mrs Deane, intervint Letty.

— Elle me forcera à chanter des ballades sucrées en minaudant, rétorqua Alethea avec impatience. Il n'y a que vous pour penser à elle une seule seconde, Letty. Signor Silvestrini est un vrai musicien, lui.

Les yeux de Letitia brillèrent quand elle vit une occasion de sermonner sa sœur.

—Alethea, s'écria-t-elle, écoutez la passion qui perce dans votre voix ! Rien que pour cela, il nous faut surveiller vos cours de musique, et le temps que vous y consacrez doit être strictement contrôlé.

Alethea prêtait rarement attention à l'aînée de ses sœurs, surtout lorsque ses propos portaient sur la musique. Camilla vit que l'excitation de la cadette était sur le point de provoquer chez Letty une explosion enflammée susceptible d'inquiéter Fanny. Letty leur ferait subir à toutes ses homélies fastidieuses sur le comportement, les émotions, et les plaisirs artistiques qui convenaient à une jeune fille – c'est-à-dire aucun, puisque les talents qu'elle approuvait se limitaient à la réalisation d'aquarelles fades et gentillettes, à des morceaux assommants appris avec application au pianoforte, et à quelques charmantes broderies.

Le point de vue de Letty n'était pas partagé par ses parents. Eux appréciaient les interprétations de Camilla au pianoforte, et se réjouissaient de la passion intense et sincère que leur plus jeune fille vouait à la musique, qu'elle pratiquait avec virtuosité et assiduité.

Letty devenait ennuyeuse. Leurs parents étaient partis depuis trois jours à peine et elle imposait déjà ses conceptions étriquées. Fâchée de ne pas s'être vu confier la charge de Pemberley et de la famille, elle n'en était pas moins déterminée à diriger ses sœurs.

Fanny lui tiendrait-elle tête ? Camilla en doutait. Letty possédait le caractère volontaire de tous les Darcy, ce qui n'était pas peu dire. Hélas, en matière de convenances, ses inclinations penchaient fortement vers la restriction, la répression et les convictions figées.

Miss Griffin, une grande femme maigre au regard intelligent, intervint.

—J'ai parlé de ce Signor Silvestrini à Mr Darcy avant son départ, dit-elle de sa voix grave. Selon votre père, nous devrions prendre contact avec lui pour des leçons et, s'il consent à devenir le professeur d'Alethea – car il ne prend que très peu de nouveaux élèves –, alors cela devrait être arrangé.

Alethea poussa un cri de joie, Letty fronça les sourcils, et le visage de Fanny s'éclaira. Celle-ci haïssait les discordes et, en tant qu'enfant unique, se sentait mal à l'aise dès que les sœurs se disputaient.

— Dans ce cas, l'affaire est réglée. Dites-moi juste quand vous voudrez la voiture, Miss Griffin, je la laisserai à votre disposition.

Camilla, voyant dans les yeux de Letty que celle-ci ne s'avouait pas vaincue, craignit qu'une lettre de protestation ne soit envoyée à Vienne dès la prochaine levée pour y attendre l'arrivée de ses parents.

— Je crois, dit Fanny une fois seule dans la pièce avec Camilla, que ce serait une excellente chose de trouver un jeune homme convenable pour Letitia. Pour l'aider à faire le deuil de Tom, vous savez, et pour que ses pensées empruntent une nouvelle voie. Puisqu'il était militaire, peut-être devrions-nous chercher parmi mes connaissances dans les régiments. Croyez-vous qu'un beau hussard à fière allure lui plairait ?

Chapitre 2

Letitia détestait son chapeau dernier cri.

— Regardez-moi ça ! Voyez-vous ce large bord qui pointe en avant ? On dirait un seau à charbon !

Vêtues de leurs nouvelles tenues de promenade passées en revue et approuvées par Fanny, Letitia et Camilla se préparaient à se montrer en public, mais aussi à rendre visite à leurs cousins, les Gardiner.

— Un seau à charbon fort élégant – le plus joliment taillé de tous, rétorqua Camilla. Vous devriez être reconnaissante : votre teint sera ainsi protégé des vents londoniens.

— Il n'y a rien de plus déprimant qu'un mois de février à Londres. Je ne comprends pas pourquoi ceux qui ont le choix décident de s'infliger une telle punition, se plaignit Letitia.

Les Fitzwilliam faisaient partie de ceux qui avaient préféré rester à Londres. Étant fils cadet, Mr Fitzwilliam ne possédait pas de maison de campagne à lui. De plus, il était préférable pour un homme politique ambitieux de ne pas s'éloigner de la capitale quand la Chambre siégeait : une audience trop clairsemée laisserait le champ libre aux points de vue les plus radicaux.

Camilla faisait peu de cas de février, ici ou ailleurs. Elle se remémora les nombreux hivers mornes passés à Pemberley, à regarder la pluie s'abattre sur les fenêtres et à écouter l'eau goutter des branches d'arbre.

— Si je pouvais choisir un endroit, ce serait Constantinople. Je crois qu'il n'y pleut presque jamais, et, là-bas, février doit être un mois aussi joyeux que les autres. (Elle prit les gants que lui tendait sa bonne.) Merci, Sackree.

— Il va pleuvoir, mademoiselle. Je vous conseille de prendre la voiture.

— Le ciel est gris, mais je pense que seule une averse menace. Je l'espère : j'ai besoin de marcher, et nous n'allons pas demander la voiture à la moindre sortie !

Camilla voulait d'abord se rendre à la bibliothèque de Hookham, sur Bond Street. Lectrice passionnée, elle avait été ravie d'apprendre que tous les nouveaux romans étaient disponibles à Londres. Pendant ce temps, Letty emprunterait sans aucun doute quelque biographie respectable, ou un recueil de sermons à mourir d'ennui – un choix susceptible d'impressionner les autres lecteurs, mais qui ne tromperait pas sa sœur : celle-ci savait fort bien que Letty adorait les romans.

— Choisissez un livre pour moi, avait demandé Alethea. N'importe quel roman des éditions Minerva fera l'affaire – une histoire folle, romantique, se déroulant à l'étranger, avec moult rebondissements et personnages mystérieux. On m'a conseillé *Le Démon de Sicile*, si jamais vous le voyez, et il paraît que *Le Spectre du druide* est particulièrement palpitant.

Elle avait regagné l'étage en courant avant même que Letitia ait eu le temps de la réprimander pour sa frivolité. Alethea faisait confiance à Camilla pour lui rapporter exactement ce qu'il lui fallait.

Pas une seule goutte de pluie n'était tombée sur leurs élégants bonnets tout neufs quand elles atteignirent la bibliothèque Hookham. À l'intérieur, il régnait une certaine animation : des hommes et des femmes échangeaient livres et ragots. Comme sa sœur l'avait prévu, Letitia sélectionna un épais recueil intitulé *La Vie*. Camilla trouva un roman de Peacock qu'elle avait envie de lire depuis longtemps, et choisit ensuite les romances les plus extravagantes pour Alethea. Tandis qu'elles attendaient leur tour afin que leurs titres soient notés, Letitia regretta de ne connaître personne et Camilla feuilleta le lourd volume de sa sœur.

Camilla savait fort bien ce qu'il adviendrait de ces livres. Après avoir parcouru péniblement une cinquantaine de pages de son ouvrage assommant, Letty le laisserait de côté, jetterait un coup d'œil au Peacock, et critiquerait les absurdités et les plaisanteries cruelles de l'auteur. Elle finirait par décréter dans un soupir que rien ne l'amusait, puis elle s'emparerait du premier tome du roman d'Alethea – qui n'aurait mis qu'une journée à le lire –, avant de se plonger avec un intérêt mal dissimulé dans ses pages fabuleuses. Ce faisant, elle contrarierait Miss Griffin, avide dévoreuse de romans, qui devrait s'armer de patience en attendant que Letty, qui ne lisait pas vite, ait terminé.

Sackree se plaignit en ronchonnant du poids des ouvrages qu'on lui demandait de porter.

— Je me pose des questions sur vous, jeunes dames, à remplir vos têtes de tous ces mots ! Vraiment. C'est déjà regrettable de vous voir hanter la bibliothèque de Pemberley sans qu'il vous faille encore des livres, maintenant que vous êtes à Londres. Je croyais que vous aviez déjà lu tous les livres de la terre !

— C'est bien là le problème, Sackree, répondit Camilla. (Elle regarda où poser le pied sur les pavés boueux et bondit lestement par-dessus une flaque.) Comme les auteurs écrivent sans cesse, nous continuons à les lire. C'est une bien triste affaire.

— Et Mrs Darcy qui fait de même, à emporter une caisse entière d'ouvrages jusqu'à cet enfer de Constantinople ! Cela dit, s'il y a des livres, là-bas, ce qui paraît improbable, ils seront tous écrits dans une langue barbare et ne seront d'aucune utilité à une personne chrétienne. Mais une caisse entière ! Jusque là-bas !

— Maman aura bien besoin de la consolation des livres dans un monde inconnu et hostile comme celui-là, déclara Letitia.

— Si maman possède un tant soit peu de bon sens, elle partira par monts et par vaux, et n'aura pas une seule seconde à consacrer à la lecture. Oh ! comme je l'envie, elle peut visiter des palais, des harems, Sainte-Sophie, et se promener sur les marchés parmi les femmes voilées et les chameaux ! Tous les plaisirs des *Mille et Une Nuits* déployés devant elle…

— Il paraît que c'est une ville très sale et fort incommode, où les voleurs et les meurtriers rôdent à chaque coin de rue, intervint aussitôt Letitia. Pauvre maman, entraînée dans de tels périls ! Et papa, si grand, si typiquement anglais… Tous les psychopathes de la ville le prendront pour cible.

Camilla ne se laissa pas atteindre par les hypothèses dramatiques que sa sœur évoquait. Son imagination fertile lui ouvrait des visions merveilleuses des lieux étrangers et légendaires. Si son bon sens lui dictait que ces idées n'étaient guère plus réalistes que celles de Letty, elles restaient malgré tout fort plaisantes.

— Nous voici enfin arrivées, déclara Sackree. Il était temps car il va pleuvoir, comme je l'avais dit. Miss Sophie ne sort jamais sans sa bonne et un valet, ajouta-t-elle en suivant sa maîtresse et Letitia le long des larges marches en pierre qui menaient à la porte. (Elle frappa une série de petits coups à l'aide de l'imposant heurtoir en laiton.) Elle est très singulière, cette Mrs Gardiner.

— Mrs Gardiner s'occupe de sa fille exactement comme il se doit, affirma Letitia, que le souci des convenances tira de sa mauvaise humeur.

Ces précautions n'étaient peut-être pas inutiles, se dit Camilla : la dernière fois qu'elles avaient vu Sophie, c'était une jeune fille qui – outre sa beauté remarquable – était dotée d'un caractère têtu et difficile, même à quatorze ans. Camilla était impatiente de découvrir ce que sa cousine était devenue. En trois ans, elle avait dû beaucoup changer : durant cette période, l'adolescente s'était muée en une jeune fiancée, et Mr Gardiner, son père, était passé de l'aisance à une immense fortune, et de Gracechurch Street à cette demeure gigantesque dans l'un des quartiers les plus huppés de la ville.

Un majordome à l'imposante carrure vint leur ouvrir. Les demoiselles se précipitèrent à l'intérieur juste au moment où les cieux s'ouvraient pour déverser sur elles une pluie torrentielle.

Mrs Gardiner les accueillit avec une chaleur et une affection sincères, étonnée qu'elles aient parcouru tout ce chemin à pied.

— Notre voiture vous raccompagnera. Si, si, j'insiste. (Elle les invita à venir se réchauffer près du feu.) Sophie meurt d'impatience de vous voir, elle va descendre dans une seconde.

Les prédictions de Camilla furent avérées : les trois années écoulées depuis leur précédente entrevue avaient fait de Sophie une fort jolie créature, d'une élégance rare ; ce fut une apparition : robe de soie rose pâle, brillante chevelure châtaine coiffée à la dernière mode, pommettes colorées et regard pétillant de plaisir à la vue de ses cousines.

La joie de Sophie redoubla quand elle s'assura d'un coup d'œil que, malgré sa ressemblance avec Camilla, ces trois années n'avaient pas fait de sa cousine une rivale potentielle, comme elle l'avait craint.

Camilla lisait dans les pensées de Sophie et se retint de rire : la jeune fille était persuadée que sa cousine lui enviait ses traits adorables et sa silhouette gracile, et qu'elle aurait aimé dégager la même délicieuse impression de femme fragile. Toutefois, cette délicatesse n'était qu'une façade : elle avait pris la mesure de Sophie depuis bien longtemps. Sous cette apparente douceur se cachait un être dur et résolu : malheur à celle qui menacerait de lui voler la vedette !

On échangea compliments, félicitations et nouvelles. Toutes étaient si absorbées par la conversation que nulle n'entendit la porte s'ouvrir, ni le domestique annoncer l'arrivée de nouveaux visiteurs. À leur vue, Mrs Gardiner parut un instant contrariée, puis son visage s'éclaira.

— Mais c'est Mr Wytton ! Comme je suis contente de vous voir ! Et Mr Layard, bonjour !

Camilla fut surprise par cet homme de grande taille à l'expression mélancolique. Elle avait imaginé le futur époux de Sophie de bien des façons, mais elle était loin de la réalité. Il paraissait intelligent et furieux ; mais quel était l'objet de sa colère ? Le contraste entre cet homme et son ami petit et rond l'amusa. Après un examen plus approfondi, elle décida que l'allure de Mr Layard lui plaisait, et lui trouva l'œil rieur. Toutefois, aucune joie n'émanait de Mr Wytton. Au cours des présentations, il toisa Camilla froidement avant de la saluer.

Mrs Gardiner regarda d'un air complaisant Mr Wytton faire le baisemain à sa fille et se redresser, les yeux rivés sur sa fiancée avec une chaleur et une admiration manifestes. Sophie sourit en rougissant, et accepta son cadeau avec des petits cris de plaisir. On s'extasia sur le camée qu'il lui avait apporté, puis l'on envoya la bonne de Sophie courir chercher un ruban pour que sa maîtresse attache le bijou autour de son cou gracile.

— C'est de la cornaline, je crois, n'est-ce pas, Mr Wytton ? demanda Mrs Gardiner. Quel ouvrage splendide !

— En effet, madame. Cela vient d'Italie et représente la déesse Vénus.

— Oh ! encore vos dieux et vos déesses d'un autre âge ! déclara Sophie, le regard taquin.

— Mr Wytton collectionne les antiquités, souffla Mrs Gardiner à Camilla. Il a beaucoup voyagé et a publié toutes sortes d'articles sur les vestiges grecs. On le tient pour un grand érudit.

— Vraiment ?

— Parlez donc de vos voyages et de vos découvertes à Miss Camilla, Mr Wytton, elle s'intéresse de près à ce genre de choses.

Camilla ne put réprimer un sourire devant l'expression de Mr Wytton : il était évident qu'il n'évoquerait pas plus ce sujet avec elle qu'avec le caniche de sa mère.

Cependant, il se sentit obligé de répondre à Mrs Gardiner.

— C'est un plaisir de voir qu'un membre du beau sexe sait différencier un Grec d'un Romain. Êtes-vous à Londres depuis longtemps, Miss Camilla ? Avez-vous visité le British Museum ? Vous y trouverez sans doute de quoi éveiller votre intérêt.

— J'y suis déjà allée, en effet, mais pas récemment. Nous venons tout juste d'arriver à Londres. J'y retournerai très certainement mais, nous, les femmes, devons limiter la fréquence de nos visites – sans quoi l'excitation et l'instruction mettent notre cerveau à rude épreuve et affectent notre intelligence.

Il la considéra d'un œil suspicieux, puis elle se détourna pour dissimuler un sourire. Letty, toujours à l'affût d'un signe prouvant que Camilla manquait de retenue en société, se hâta d'intervenir pour émettre un compliment sur la beauté de Sophie et s'enquérir de leurs projets de lune de miel.

— Ce sera Brighton ! s'écria Sophie, les yeux brillants.

— Nous irons à Rome, répondit Wytton.

Heureusement pour Camilla, elle n'assista pas aux échanges des deux hommes lorsqu'ils s'éloignèrent de la maison.

— De charmantes jeunes femmes, ces demoiselles Darcy, commença Layard. Bien que ce doive être difficile pour Miss Camilla, je le crains.

À ces propos, Wytton, jusque-là perdu dans ses pensées, releva la tête.

— Pourquoi cela ?

— Wytton, quel singulier personnage vous faites ! Vous n'aviez d'yeux que pour votre Sophie. Je doute que vous ayez remarqué Miss Darcy et sa sœur. Elles ne sont pas égales en beauté.

— Ni l'une ni l'autre n'ont retenu mon attention.

— La cadette a l'esprit caustique.

— Je déteste les femmes qui ont de l'esprit.

— Vous n'avez pas le cœur à rire ces temps-ci, Wytton. Vous devriez demander une poudre à votre médecin.

— La médecine ! Non, non, je la laisse aux hypocondriaques de votre espèce. Je suis le dernier à avoir besoin de remèdes ; il se trouve que j'ai une santé de fer.

Mais pas un moral d'acier, songea Mr Layard. Les fiançailles étaient une période éprouvante, même pour un caractère placide : elles déprimaient souvent les hommes, avait-il remarqué.

— Nous soupons chez les Gardiner, ce soir, dit-il. Les cousines de Sophie seront sûrement présentes. J'ai cru comprendre que chacune valait 50 000 livres.

— Je suppose qu'elles sont à Londres pour trouver un époux.

Mr Layard regretta le ton acide qui avait percé dans la voix de son compagnon.

— Allons, mon ami, fit-il en glissant son bras sous le sien. Vous devriez être de meilleure humeur, je vous assure. Je n'ai jamais vu Miss Sophie plus en beauté : vous avez beaucoup de chance, croyez-moi ! Sans compter que la demoiselle possède une fortune de 90 000 livres…

— Vous êtes d'un vulgaire, Layard ! répliqua Wytton.

Mrs Gardiner, fidèle à sa parole, renvoya Camilla et Letitia dans sa voiture personnelle, après les avoir conviées à revenir plus tard pour le souper.

— Si Fanny peut se passer de vous, ce dont je ne doute pas. Toute mondaine qu'elle soit, elle n'a pu prévoir de quoi occuper toutes vos soirées !

— Pas ce soir, assurément, répondit Camilla. Mr Ftizwilliam et elle dînent à l'extérieur – une réunion politique.

Fanny accueillit la nouvelle de leur invitation avec joie, mais déplora aussitôt que Camilla ne dispose pas d'une tenue de soirée convenable.

— La robe de soie crème de Letitia est arrivée, et elle est ravissante, mais vous, Camilla, vous n'avez rien à vous mettre, c'est tout à fait ennuyeux ! Je vous prêterai une de mes tenues.

Letitia se hâta de protester.

— Cela n'ira pas. Vos robes sont bien trop raffinées pour Camilla : ce qui est bienséant pour une femme mariée ne l'est en aucune façon pour une célibataire.

Fanny l'ignora.

— Camilla, sonnez Dawson, et nous verrons ce qui est possible.

— Fanny, je peux mettre une de mes toilettes ; elles ne sont pas si démodées. Vous êtes plus petite que moi. Il est possible de raccourcir une robe, mais la rallonger, j'en doute.

— Certes. J'ai également une poitrine plus généreuse. (À cet instant, sa servante entra dans la pièce.) Dawson ! s'écria Fanny. Miss Camilla est invitée à souper chez Mr Gardiner, et aucune de ses robes du soir n'est prête. Que faire ? Allez chercher sa bonne et passez en revue les vêtements qu'elle a apportés du Derbyshire. Trouvez des idées pour donner à l'un de ses habits un style plus moderne. Dépêchez-vous, il n'y a pas une minute à perdre !

Le souci de Fanny pour l'apparence de Camilla relevait de la pure gentillesse. Camilla était trop intelligente pour croire que son séjour à Londres serait gâché à cause d'une tenue peu en vogue portée lors d'un dîner. Toutefois, elle ne put réprimer une pointe de jalousie en voyant la robe de Letitia.

— C'est une réunion de famille, vous savez, et je suis sûre que personne ne remarquera que ma robe est passée de mode.

— Et moi, je suis certaine du contraire ! répliqua aussitôt Fanny. Les Gardiner ne sont pas assez bêtes pour se contenter d'un simple souper en famille quand les filles Darcy viennent tout juste d'arriver en ville ! Non, non, Mrs Gardiner aura invité des hommes de haut rang, propriétaires et fortunés, vous pouvez compter là-dessus. Elle a mis la main sur un splendide parti pour sa Sophie en la personne de Wytton, et ses deux autres filles ont fait un très bon mariage – excellent, même, quand on pense que leurs dots n'atteignaient pas la moitié de celle de Sophie. Mrs Gardiner a sans doute commencé à recenser les hommes susceptibles de vous convenir alors que vous n'aviez pas encore quitté Pemberley.

Letitia paraissait contrariée lorsqu'elles montèrent s'habiller à l'étage.

— Fanny est pétrie de bonnes intentions, mais j'aimerais qu'elle cesse de nous parler de maris. Je ne cherche pas à me marier, et papa et maman ne souhaiteraient pour rien au monde vous savoir en quête d'un époux, pendant votre séjour à Londres. Je suis persuadée qu'ils ne s'inquiètent absolument pas du fait que vous n'ayez pas encore rencontré un homme susceptible de vous plaire, alors que vous avez déjà dix-neuf ans. Ma situation est totalement différente puisque, comme vous le savez, lorsque j'avais seize ans à peine, j'ai connu quelqu'un dont je suis tombée follement amoureuse. Dans mon cas, peu importe le nombre de beaux partis que je rencontrerai.

Des pensées plus légères accaparèrent Camilla lorsqu'elle découvrit avec quelle habileté Sackree avait modifié sa robe, sur les consignes de Dawson.

— J'ai juste relevé un peu le corsage, mademoiselle, puisque Dawson trouvait la taille trop basse pour la mode actuelle. Par ailleurs, il semblerait que les volants soient presque obligatoires, alors je vous en ai mis une rangée supplémentaire. Je dois reconnaître que cette robe vous va à ravir – tout autant que celle de Miss Darcy, marmonna-t-elle en rajustant le vêtement d'un coup sec. Voici vos souliers de satin. Puis-je espérer que, ce soir, vous ne pataugerez pas dans la boue et prendrez une voiture pour vous rendre chez vos hôtes ?

— Bien entendu, répondit Camilla en se tournant d'un côté puis de l'autre afin d'observer son reflet dans la psyché. Merci, Sackree, et transmettez aussi mes remerciements à Dawson.

— Vos perles s'imposent avec cette robe, mademoiselle : vu votre décolleté, il faut porter un collier. Et Mrs Fitzwilliam vous propose d'aller dans sa chambre choisir des bracelets. D'après Dawson, une dame ne sort pas sans une ribambelle de bracelets à faire tinter sur ses bras. Mrs Darcy a eu raison de vous conseiller ce vert, mademoiselle : il sied parfaitement à votre teint. Les roses et les jaunes pâles, ce n'est pas votre style.

Quoi qu'en dise votre sœur, ajouta-t-elle en pensée en quittant la pièce.

Le chef cuisinier de Mr Gardiner, un certain M. Halavant, était réputé dans tout Londres pour ses talents extraordinaires. Les amis comme les ennemis des Gardiner n'avaient pas de scrupules à tenter de le débaucher afin qu'il préside à leurs propres fourneaux, mais Halavant n'était pas à vendre. Il avait été sauvé par Mr Gardiner de la prison où il avait été jeté, suspecté d'être un espion français – il y avait eu erreur sur la personne. Depuis, sa loyauté envers Mr Gardiner était absolue. Du reste, son employeur, qui avait les moyens de lui verser un salaire étonnamment élevé, recevait avec un faste suffisant pour permettre à son chef d'exercer son génie culinaire, dès que l'occasion se présentait.

Camilla dut s'avouer totalement émerveillée par son premier dîner à Londres. Elle avait l'habitude de sortir souper dans diverses grandes maisons à la campagne, mais cette réception était de nature différente. La conversation, plus soutenue, couvrait des sujets d'une large variété, et la splendeur de la vaisselle, l'excellence des vins, l'éclat de l'argenterie et des verres en cristal, les fleurs, l'armée de serviteurs en livrée, l'apparat des robes de soie et des bijoux lui donnèrent presque le tournis.

Son attention s'était tout de suite portée sur un invité attablé un peu plus loin, à côté de Mrs Gardiner. C'était un homme de grande taille au physique avenant, d'environ trente-cinq ans, à l'apparence et aux manières agréables. Ses lèvres charnues et mobiles laissaient supposer un esprit caustique. Elle pensa que sa compagnie devait être plus intéressante que celle de son voisin, Mr Wytton, qui s'exprimait par monosyllabes, se perdait souvent dans la contemplation de Sophie, et regardait Camilla avec une indifférence glaciale quand cette dernière hasardait une remarque.

Le bel inconnu s'entretenait avec Mrs Gardiner et, bien que Camilla l'ignorât, il interrogeait son hôtesse à son sujet.

— C'est la deuxième sœur, je crois ?

— En effet, sir Sidney. Letitia est l'aînée : tenez, la voilà, qui parle à Latouche.

— Elle est très belle. (Il parlait d'un ton froid.) Elles sont cinq, n'est-ce pas ?

— Il y a trois cadettes.

— Toutes des héritières. Darcy s'est bien débrouillé : le Derbyshire est une région propice aux propriétaires terriens. Il paraît qu'on a trouvé d'importants gisements miniers sur son domaine.

— Il me semble, oui.

Il posa un regard amusé sur son amie.

— Hélas, nous ne bénéficions pas tous de la chance de votre mari, Mrs Gardiner : comme nous n'avons pas le don de Midas, nous devons compter sur nos terres pour nous fournir les richesses qu'elles peuvent.

— « Le don de Midas » ! Ne dites pas de bêtises. En revanche, ce gentleman, là-bas, a vraiment la capacité de changer tout ce qu'il touche en or.

Sir Sidney Leigh dirigea son regard vers l'homme au teint rubicond assis en face d'eux, dont l'attention était portée sur sa voisine. D'après les bribes de conversation qui leur parvenaient, ils parlaient de tortues.

— Pagode Portal, déclara-t-il. L'une des plus grosses fortunes d'Angleterre. Mais est-il heureux, Mrs Gardiner ? Là est la question.

Mrs Gardiner se mit à rire.

— Non, car il est épris de cette curieuse femme, Mrs Rowan, qui refuse de l'épouser, malgré l'étendue de son patrimoine.

— Elle a du caractère, pour renoncer à une telle fortune.

— Elle est elle-même à la tête d'une coquette somme, depuis la mort de son mari.

— Peut-être est-elle plus attachée à l'apparence qu'à la richesse. On ne peut pas dire que Portal soit doté d'un physique agréable.

— Vous êtes injuste : il dégage une certaine sympathie. J'ajouterais même que beaucoup de femmes le trouvent à leur goût.

— Ça, ma chère Mrs Gardiner, c'est parce que ces dames mesurent le charme d'un homme à la profondeur de ses poches.

— Mais ce n'est pas le cas de Mrs Rowan. Elle dit qu'elle ne se soumettra jamais plus à la contrainte accablante du mariage. Ce sont ses mots, sir Sidney, pas les miens. Il ne me viendrait pas à l'esprit de décrire le mariage ainsi.

— Ah oui ? Pourtant, beaucoup d'hommes partagent cet avis, et les femmes, encore davantage, ont toutes les raisons de découvrir que l'état de félicité conjugale tant espéré se révèle être aussi confortable qu'une planche à clous.

À ces mots, Mrs Gardiner laissa échapper un petit cri.

— Sir Sidney, n'avez-vous pas honte de faire preuve d'un tel cynisme ?

— Permettez-moi de m'asseoir à côté de Miss Darcy quand nous prendrons le thé. Je connais bien son père, et je suis sûr qu'elle sera ravie de parler de lui. Les jeunes filles graves sont toujours désireuses d'évoquer leur cher papa. Sa sœur ne me paraît pas de ce genre-là ; je la laisse aux jeunots. Elle semble s'entendre à merveille avec Mr Layard : je ne lui ai jamais vu l'air si amusé.

— Camilla a du répondant.

— Dans ce cas, j'ai raison de lui préférer Miss Gravité. Que le Seigneur m'épargne la compagnie d'une femme spirituelle !

— Dites-moi, souffla Camilla à Mr Layard assis à côté d'elle, pourquoi surnomme-t-on Mr Portal, « Pagode » Portal ? Ce nom me paraît bien extraordinaire !

— Ah ! s'exclama-t-il. Vous n'auriez pas pu tomber sur meilleur informateur. Comme vous le savez, la pagode est une monnaie d'or de l'Inde. On l'appelle ainsi à cause de sa forme, semblable à une feuille d'arbre des pagodes. Mr Portal a amassé une fortune colossale aux Indes, et c'est ce qui lui a valu ce surnom. Il a acheté des terres et y a fait construire une magnifique maison baptisée « la Pagode » – vous voyez qu'il ne manque pas d'humour –, puis il est devenu député. Ce qui est surprenant, chez lui, c'est qu'il fait partie des radicaux ! Alors, qu'en dites-vous ?

— N'est-ce pas inhabituel, pour un homme riche, de soutenir les radicaux ?

— Ça l'est pour tout homme doué de raison. Je soupçonne mon ami Wytton, ici présent, de partager l'avis des radicaux : il ne fait que parler réformes, mais refuse de se déclarer en faveur du radicalisme.

— Je l'espère. Les radicaux ne sont-ils pas extrêmement dangereux ? Ne fomentent-ils pas en permanence révoltes et désordres ?

— En ce qui concerne Mr Portal, tout n'est que théorie. Il n'irait jamais jusqu'à provoquer de réelles émeutes. Je vous présenterai après le souper : vous aimerez l'entendre parler de l'Inde. Il connaît fort bien ce pays – il nous rebat les oreilles avec, à vrai dire –, mais je crois que vous trouverez cela digne d'intérêt. Les dames sont toujours enchantées à l'évocation de l'Inde.

Le couvert fut débarrassé et le dessert apporté à table. Tandis que les serviteurs s'éclipsaient et que la conversation se faisait plus vive, Camilla se hasarda à poser une question discrète sur l'un des convives.

— Votre ami, Mr Wytton, est-il déjà allé aux Indes ? demanda-t-elle à Mr Layard. Mrs Gardiner m'a rapporté qu'il avait beaucoup voyagé.

— Pas là-bas. Il préfère parcourir les paysages poussiéreux de la Grèce et de la Turquie, et, depuis la fin de la guerre, il s'est rendu deux fois en Égypte.

Le visage de Camilla s'illumina.

— En Égypte ? Comme je l'envie ! Mais, dites-moi, est-il toujours aussi laconique ? N'apprécie-t-il pas la compagnie ?

— Oh ! ne le jugez point sur ces circonstances. Vous savez, il n'est pas facile pour un homme d'être fiancé. S'intégrer à une nouvelle famille, être constamment choyé, recevoir d'incessants éloges… cela suffirait à éprouver la patience de n'importe qui.

— J'espère que les fiançailles sont la seule cause de son humeur. Je souhaite à Sophie d'épouser un homme qui a bon caractère.

— Ah, mais il n'est jamais fâché contre elle. D'ailleurs, pourquoi le serait-il ? Elle ne le contredit jamais ni ne se dispute avec lui… C'est tout juste si une pensée traverse sa jolie tête de temps à autre !

Camilla ne put s'empêcher de rire.

— Est-ce réellement ce qu'il apprécie ? Il risque d'être surpris, une fois marié.

— Ne me dites pas qu'il s'apprête à épouser une harpie !

— Je suis sûre que Sophie est aussi aimable qu'une autre, mais vous n'ignorez pas que, nous, les femmes, laissons rarement le loisir à nos maris de n'en faire qu'à leur tête.

Mr Wytton, dont l'attention pour son interlocuteur fut détournée par les rires et la vivacité de la conversation qu'entretenaient Camilla et Layard, se tourna pour les observer. *À trop arpenter l'Égypte,* songea-t-elle avec irrévérence, *il a fini par adopter l'expression sévère du Grand Sphinx.*

Un peu plus tard dans la soirée, Camilla eut le plaisir de se retrouver à côté de sir Sidney, en attendant que le thé soit servi. Elle fit quelques remarques au sujet des convives, auxquelles il répondit par un sourire poli. Puis il la salua en s'excusant et s'éloigna. L'instant d'après, elle le vit s'entretenir avec Letty, assis dans un canapé. Il avait dû manœuvrer avec grande habileté pour arriver jusque-là : la beauté de Letty était le centre de bien des attentions.

Et si sa sœur avait raison ? Peut-être Camilla devait-elle davantage surveiller ses propos et ses manières. Elle était habituée à voir les hommes gauches et ennuyeux de sa connaissance s'éloigner d'elle poliment en bredouillant une excuse, l'air paniqué, mais elle n'admit pas si facilement qu'un homme comme sir Sidney lui préfère de façon aussi manifeste la compagnie de Letty.

Cependant, Camilla n'était pas narcissique et ne se souciait guère plus d'une minute ou deux de l'impression qu'elle produisait. Et voici justement qu'arrivait Mr Portal, très courtois, tout à fait désireux de rester auprès d'elle et de la divertir par sa conversation.

— Venez donc vous asseoir près de moi, Miss Camilla, et racontez-moi comment vous allez. Vous plaisez-vous, à Londres ?

— Oui, beaucoup.

C'était la vérité : elle se réjouissait du sentiment de liberté que Londres lui inspirait. Elle adorait ses parents, mais quelle joie de se trouver dans cette ville animée, de faire toutes ces rencontres, de commander des tenues neuves, à la dernière mode, d'entendre Fanny parler de fêtes et de bals, et d'échapper à la surveillance de Mr et Mrs Darcy !

— Mr Gardiner est l'oncle de votre mère, n'est-ce pas ?

— C'est exact, et Mrs Gardiner, qui a à peu près l'âge de ma mère, est une de ses amies de longue date. Elle a toujours été très gentille avec nous, et nous aurions logé ici si elle n'avait été légèrement indisposée, l'an passé. Mes parents ont estimé qu'il ne lui aurait guère été commode de nous recevoir en ce moment : les noces prochaines de Sophie engendrent une certaine confusion et semblent accaparer la famille.

Camilla aurait pu ajouter qu'elle en était désolée, car elle aimait beaucoup les Gardiner et savait ce sentiment réciproque. Elle se trouvait plus de points communs avec Mr Gardiner qu'avec Mr Fitzwilliam, ce dernier n'envisageant même pas qu'une jeune femme puisse avoir des opinions personnelles ou des préoccupations autres que les vêtements, les soupirants, et le projet de faire un bon mariage.

Elle savait aussi que, même si les Fitzwilliam entretenaient d'excellentes relations avec les Gardiner, et que lady Fanny éprouvait une affection sincère pour Mr Gardiner, son cousin gardait à l'esprit que celui-ci avait bâti son immense fortune grâce au commerce – un défaut bientôt compensé par la future union de Sophie avec Wytton, un très beau parti.

Justement, Mr Gardiner arrivait. Ayant accompli son devoir d'hôte, il venait à présent les rejoindre. Après l'avoir félicité pour les fiançailles de Sophie, Camilla l'écouta avec ravissement raconter son récent séjour à Bombay – une ville que Pagode Portal connaissait bien, lui aussi.

Quelle chance les hommes avaient de pouvoir mener ainsi leur vie ! Pourvu qu'ils en aient les moyens, ils pouvaient se rendre à Bombay et où bon leur semblait, sans la moindre entrave domestique.

Lorsque Camilla fit part de cette réflexion à Mr Gardiner, celui-ci éclata de rire.

— Allons, Camilla, ne dites pas de sottises. Que ferions-nous, pauvres hommes, si nos épouses, nos enfants et nos confortables intérieurs ne nous attendaient pas à notre retour ? Les femmes ne doivent pas mépriser leur rôle. Nous n'accomplirions rien sans l'amour et le soutien de notre famille. Nous comptons là-dessus, je puis vous l'assurer.

Chapitre 3

L'une des lattes du parquet grinçait chaque fois que Letty y posait le pied.

Les petits tracas de la vie quotidienne n'avaient d'ordinaire aucune prise sur Camilla. Le grincement en lui-même n'avait rien de gênant, mais elle aurait bien voulu que Letty cesse de s'agiter ainsi. De franches allées et venues auraient été préférables à ces piétinements intermittents. Letty était d'humeur anxieuse et son corps reflétait tout naturellement son trouble. Hélas, la cause de ce remue-ménage et de cette inquiétude n'existait que dans sa tête.

Georgina et Belle étaient attendues dans les prochaines heures. Après avoir quitté le Worcestershire, elles avaient prévu de faire une halte à Oxford, où elles devaient souper et passer la nuit chez des amis. Letty était très occupée à calculer mentalement distances et horaires : elle connaissait la route par cœur et avait relevé tous les endroits possibles où diverses catastrophes ne manqueraient pas d'arriver aux jumelles.

— Il se peut qu'elles tombent malades.

Une fois de plus, Camilla interrompit sa lecture.

— Qui est malade ?

— Personne. Georgina et Belle sont peut-être tombées malades, cela dit.

— Ni l'une ni l'autre n'est sujette au mal des transports.

— L'une d'elles pourrait avoir la migraine, ou couver une fièvre. Avant notre départ de Pemberley, j'ai trouvé que Belle avait mauvaise mine. Il faut s'y attendre : cela va beaucoup lui coûter d'abandonner sa maison. Elle doit être fort ennuyée de venir à Londres ; elle est bien trop sensible pour la vie citadine.

Camilla retourna à son livre. Elle ne nourrissait aucune crainte pour la santé de Belle ni de Georgina. Elles avaient attrapé les maladies infantiles les plus courantes – la rougeole, la varicelle –, avaient enduré de gros rhumes et des fièvres passagères, tout en recouvrant chaque fois une excellente forme en un rien de temps. Leur médecin du Derbyshire disait d'elles qu'elles lui faisaient une formidable publicité. Il leur faudrait plus qu'un trajet en voiture et la perspective des plaisirs enivrants de la ville pour les fragiliser.

Letitia reprit sa broderie mais n'aligna qu'une dizaine de points avant de reposer son ouvrage.

— Écoutez ! N'est-ce pas une voiture, que j'entends ?

— Letty, il en passe plusieurs par heure, sur cette place. Il est impossible que les jumelles soient déjà là, à moins d'avoir quitté Oxford avant l'aube. Pourquoi auraient-elles fait une chose pareille ?

Question purement rhétorique : Belle et Georgina répugnaient à se lever tôt.

— Il se peut toutefois que la voiture perde une roue en route. Y avez-vous songé ?

Le flot de peurs irrationnelles qui assaillait Letty fut interrompu par l'arrivée d'une domestique leur annonçant que le déjeuner avait été servi dans le petit salon ; cela épargna à Camilla l'effort de répondre à sa sœur. Elle se hâta d'aller vers la porte ; Letty la suivit en secouant la tête et en poussant des soupirs à fendre l'âme. Elle marmotta toutes sortes de divagations à propos d'enlèvements, de bandits de grand chemin, de chevaux boiteux rendus fous par des piqûres de mouche, et autres nombreux dangers improbables.

Fanny était déjà près de la table, sa robe froissée et ses joues roses d'avoir chahuté gaiement avec ses enfants.

— Le petit Arthur a une nouvelle dent qui perce, d'après la nourrice. C'est un si gentil garçon ! Il a dû avoir mal et n'a pourtant rien dit.

Camilla fut soulagée d'aborder un sujet de conversation susceptible de détourner Letitia de ses terribles angoisses. Elles parlèrent avec animation des bambins, s'extasiant sur leur précocité et leur intelligence, et évoquèrent ce que Charlotte avait dit à son père pas plus tard que la veille, faisant beaucoup rire Mr Fitzwilliam.

— Vos sœurs vont arriver d'un instant à l'autre, déclara Fanny. Le trajet aura sans doute été épuisant. Elles voudront se reposer, j'imagine. Je vais demander qu'on leur prépare du thé : après un long voyage, rien n'est plus revigorant qu'une bonne tasse de thé.

— Elles n'auront fait la route que depuis Oxford, aujourd'hui.

— C'est tout de même à plus de trente miles. Non, elles auront envie de se détendre au calme. Ce soir, nous souperons entre nous, en famille. Évidemment, j'ai invité Mr Grandville de la Chambre des Communes, ainsi que Mrs Rowan, sa belle-sœur – je suis sûre que vous l'adorerez. Nous ne serons qu'en petit comité. Il y aura également sir Sidney Leigh. Figurez-vous qu'il m'a rendu visite, ce matin, pendant que vous vous promeniez sur la place. Je l'ai convié à dîner, s'il n'était déjà pris. Sa fortune est immense, et on dit qu'il est à la recherche d'une… Enfin, peu importe.

— Il vaudrait mieux pour Belle et Georgina qu'elles prennent leur repas à l'étage, avec Alethea, déclara Letitia. Elles seront si choquées et secouées par leur voyage qu'elles voudront se retirer immédiatement.

Ses sœurs, choquées et secouées par le voyage ? Camilla considéra la question tout en mangeant sa viande froide. Rien ne les avait jamais choquées ni secouées. Leurs dix-sept années d'existence avaient été marquées par les rires, la frivolité, le bonheur, l'obstination et une tendance à rejeter tout ce qui contredisait leur mode de pensée. Comment Letty pouvait-elle les imaginer une seule seconde en femmes fragiles ? Et, plus encore, comment pouvait-elle les croire suffisamment obligeantes pour prendre leur repas à l'étage avec Alethea et la gouvernante alors qu'elles avaient la possibilité de souper en bas, en société ?

— Puisque nous serons si peu nombreux, j'ai pensé qu'Alethea pourrait se joindre à nous, dit Fanny. Camilla, je vous ai entendue au pianoforte, et j'ai beaucoup apprécié votre interprétation. Ce soir, vous jouerez pour nous. Et Alethea chante si joliment ! Je l'entends, là-haut, faire des trilles. Un vrai rossignol !

— Si tel est votre désir, alors je jouerai pour vous, répondit Camilla. Alethea refuse parfois de chanter en public, mais peut-être acceptera-t-elle de nous faire ce plaisir.

— Quel dommage que la harpe de Belle ne soit pas encore arrivée de Pemberley ! Avec Georgina pour l'accompagner, elles feraient un tableau absolument charmant : l'une si brune et l'autre d'une blondeur si incroyable ! Si elles ont perdu leurs traits poupins de jeune fille, je parie qu'elles sont devenues fort jolies.

— Vous allez pouvoir en juger par vous-même, dit Camilla en entendant le bruit d'une voiture qui s'arrêtait au-dehors. Les voilà !

La porte d'entrée s'ouvrit. Une certaine agitation régnait devant la maison : un palefrenier arriva en courant pour prendre les chevaux par la bride tandis que le cocher et le valet devisaient sur le voyage et ces maudites rues de Londres. Des passants curieux s'arrêtèrent pour observer le bel équipage, et des domestiques dévalèrent les marches pour détacher les malles et s'emparer des cartons à chapeaux.

À l'intérieur, exclamations et salutations enthousiastes emplissaient le vestibule. Alethea, penchée sur la rambarde du dernier palier, ajouta à la cacophonie ambiante en interpellant les jumelles de sa voix puissante, pendant que Letitia poussait des cris de soulagement en découvrant ses sœurs saines et sauves, jouissant encore de tous leurs membres, sans avoir de coup à la tête ni un besoin urgent de consulter un médecin ou un apothicaire.

Dans le vestibule, au milieu de cette mêlée de filles, de domestiques et de cartons à chapeaux, Camilla remarqua un jeune inconnu à la belle chevelure bouclée, tenant dans ses bras un minuscule carlin qui aboyait furieusement. Malgré son impeccable contenance, tout ce remue-ménage semblait le laisser perplexe.

— Georgie ! Georgie ! appela-t-elle. Qui est-ce ?

Georgina lâcha Letty et regarda autour d'elle.

— Seigneur ! Pug, je l'avais complètement oublié, hein, mon trésor ?

Elle fondit sur le jeune homme et lui arracha le chien des mains, faisant fi de ses grognements de protestation.

— N'est-ce pas la créature la plus adorable qui soit ? reprit-elle. La chienne de nos amis a eu une portée récemment, et nous les avons suppliés de nous laisser emmener cette chère petite bête. Nous avons pensé que cela ferait très plaisir à Fanny !

On fourra la boule de poils frétillante et indignée dans les bras de Fanny. Le chien, haletant, donna quelques coups de langue à sa nouvelle maîtresse.

— Oh ! eh bien, certes…, dit Fanny, consternée.

La nouvelle s'était déjà répandue : les deux aînés apparurent aux côtés de leur mère et tirèrent sur ses jupes, suppliant qu'on les laisse tenir le carlin.

— Je m'occupe de l'animal, déclara Dawson, la bonne, en surgissant de nulle part. (En un rien de temps, elle coinça sous son bras la bestiole, aussitôt réduite au silence.) Vous désirez sans doute installer ces demoiselles ailleurs que dans le vestibule.

Rappelée à son devoir d'hôtesse, Fanny embrassa ses cousines, leur jura qu'elles étaient tout à fait les bienvenues, et qu'elles étaient devenues tellement jolies en grandissant que c'est tout juste si elle les aurait reconnues. Puis elle jeta un coup d'œil inquisiteur au jeune homme, qui paraissait bien pressé de s'éclipser.

— Georgina, Isabelle, qui est-ce ?

Les jumelles regardèrent autour d'elles, comme si elles s'attendaient à trouver un autre carlin caché entre les bagages.

— Oh ! ce n'est que Mr Roper, l'informa Isabelle.

Camilla était sincèrement ravie de revoir ses sœurs, même si, en leur absence, elle oubliait toujours le bruit et l'agitation qu'elles provoquaient partout où elles passaient. Non pas qu'elles aient une voix tonnante ou désagréable, ni des mouvements brusques et maladroits. Belle avait des gestes légers et alanguis, en harmonie avec sa blondeur extrême et son apparente fragilité ; Georgina, avec sa chevelure d'un noir brillant et ses poses théâtrales, n'était pas plus bruyante. Pourtant, lorsqu'elles étaient toutes deux dans la même pièce, il semblait toujours y avoir de l'électricité dans l'air.

— Elles ont de ces yeux ! dit Fanny à Letty, à part. L'une est d'une blondeur angélique, l'autre est brune comme la nuit, mais toutes deux ont de grands yeux violets. Seigneur, comme je les leur envie ! Dès que les gentlemen les verront, ils ne sauront plus se tenir. Quelle impression elles vont faire !

— Vous êtes fort aimable, répondit Letitia, alarmée. Mais rappelez-vous, Fanny : elles resteront à l'étude – il n'est pas question ici de gentlemen.

Les deux paires d'yeux violets se posèrent sur elle, lourds de reproches.

— Letty, comment pouvez-vous être si méchante ?

— Si nous ne sortons pas pendant que nous sommes à Londres, qui sait si cette chance se présentera de nouveau un jour ?

— Nous comptons aller au théâtre, et danser tous les soirs.

— Danser ! Voyons, c'est tout à fait exclu. Vous n'êtes pas encore autorisées à aller dans le monde. Je ne suis pas mariée, et Camilla non plus.

— Eh bien, je suppose que Camilla parviendra à se dégotter un époux, pourvu qu'elle surveille ses propos et cesse de rire au nez de tous les hommes. Mais, puisque vous avez juré de mourir vieille fille, nous n'avons aucun espoir si nous devons attendre que vous vous mariiez.

— C'est tellement injuste ! (Georgina se tourna vers Fanny pour la rallier à sa cause.) Chère cousine, n'êtes-vous pas d'accord ? Nous avons dix-sept ans, et certaines de nos amies qui ont tout juste notre âge se sont mariées il y a un an, déjà, voire davantage.

— Si vous vous comportez mal, j'écrirai aussitôt à papa ! les menaça Letitia.

Belle ouvrit la bouche sans rien dire, et Georgina considéra son aînée d'un regard dur.

Camilla savait qui sortirait vainqueur de cette lutte. Loin de leur redoutable père, les jumelles étaient assurées de l'emporter, Fanny étant clairement enthousiaste à leur égard. En attendant, Letty deviendrait de plus en plus désagréable, les gronderait et les critiquerait ; les jumelles bouderaient et la maisonnée serait sens dessus dessous.

— Voilà donc les cinq filles Darcy de nouveau réunies ! s'exclama Fanny, tentant de briser le silence glacial qui avait pris place. Je sais à quel point vous êtes proches. Vous allez être si heureuses de profiter de la compagnie les unes des autres !

Fanny était-elle sérieuse lorsqu'elle avait parlé de trouver un hussard pour consoler Letty ? À ce stade, ce serait un soulagement de voir leur sœur aînée diriger son intérêt et son affection vers un jeune homme bien vivant. Toutefois, si un fringant officier de cavalerie venait à apparaître dans son uniforme rouge, on pouvait parier à dix contre un que Belle ou Georgina l'accaparerait aussitôt.

Camilla s'était réjouie d'échapper à la surveillance de ses parents. Pourtant, à cet instant, elle regretta sincèrement leur absence. Sans leurs conseils et leur vigilance, comment allaient-elles tenir Georgina et Belle ? Cela faisait à peine quelques jours que les jumelles avaient été séparées de leur famille et, le poids des contraintes s'allégeant peu à peu sur leurs épaules, elles avaient déjà changé de manière indéfinissable. Ils n'auraient pas dû partir à cette période précise. Mais la dévotion qu'ils se portaient l'un à l'autre était si forte, et le sens du devoir qui animait son père si profond ! Dire qu'ils ne rentreraient pas avant des mois !

Un an plus tôt, les jumelles auraient été en sécurité dans leur salle d'étude. Deux ou trois ans plus tard, elles auraient été mariées et auraient quitté le giron familial. Mais, à présent, elles étaient là, resplendissantes, insouciantes et prêtes à commettre toutes les folies.

Letty, d'un sérieux à toute épreuve, refusait de voir la réalité en face : elle pensait qu'une main ferme – la sienne, en l'occurrence – suffirait amplement à garder les jumelles dans les limites d'un comportement raisonnable. Camilla redoutait les ennuis que la jovialité de Belle et de Georgina risquait de leur attirer, d'autant plus que cette bonne humeur était associée à une beauté rayonnante et un charme indéniable.

Belle affichait un sourire radieux.

— Camilla, pourquoi cette triste mine ? N'êtes-vous pas heureuse de nous voir ? (Elle traversa la pièce et passa son bras autour de la taille de sa sœur.) Nous sommes si contentes de vous retrouver, et d'être de nouveau réunies, n'est-ce pas, Georgie ? Nous allons tant nous amuser, à Londres ! Connaissez-vous Oxford, Camilla ? C'est un endroit incroyable : les rues y fourmillent de garçons, vous savez. Très jeunes, pour la plupart, mais nous avons repéré quelques beaux spécimens, et puis il y en a tellement ! On ne peut imaginer de spectacle plus réjouissant !

Camilla y parvenait pourtant sans difficulté. Elle rendit son étreinte à sa sœur avec affection, mais la mit en garde :

— Il va falloir vous comporter correctement, Georgie et vous, car vous n'aimeriez pas être prises pour des paysannes de passage en ville. En société, les demoiselles ne se répandent pas en éloges sur les hommes, vous savez.

— Oh ! on dirait une vieille fille, alors que vous n'avez que dix-neuf ans ! s'exclama Georgina.

— Pourquoi Mr Roper est-il ici ? demanda Camilla en baissant la voix.

— Seigneur ! Nous l'avions complètement oublié, dans notre agitation. Il était à Oxford pour régler une affaire concernant son frère cadet, qui fréquente Magdalen ou un établissement de ce genre, et nous lui avons proposé de nous accompagner à Londres. Il a quelque chose d'incroyable à vous raconter – une histoire dont vous ignorez tout, je peux l'affirmer, sans quoi Letty ne serait pas aussi calme. Vraiment, vous allez recevoir un choc terrible ; vous feriez mieux de demander qu'on vous apporte vos sels tout de suite.

— Laissez-le parler, voyons ! Laissez donc Mr Roper leur annoncer la nouvelle, s'écria Belle. Cela concerne quelqu'un que nous connaissons toutes : Tom, Tom Busby, le Tom de Letty. Mr Roper et lui étaient camarades de classe à Westminster, et ils se connaissaient fort bien.

— C'était à Winchester, en fait, la corrigea Mr Roper d'un ton mal assuré.

— Peu importe, déclara Belle. Oh ! quelle histoire il a à vous raconter ! Je jure qu'aucune d'entre vous n'en croira ses oreilles. Car il y a de cela deux semaines à peine, on l'a…

— Non, non ! l'interrompit Georgina. C'est Mr Roper qui doit parler, c'est lui qui a tous les détails. Quels cris nous avons poussés, après cela ! Ensuite, nous nous sommes mises à rire, et de bon cœur, car toute cette affaire est si étrange !

Mr Roper rajusta son foulard d'un coup sec, haussa les sourcils et se racla la gorge.

— Voici ce qui s'est passé, commença-t-il.

Chapitre 4

Letty poussa un cri si perçant qu'on avait dû l'entendre à l'autre bout de la place. Il s'ensuivit une crise de nerfs des plus intenses. Aucun des efforts de Camilla, de Fanny ni de Dawson ne put la persuader de se calmer. Les jumelles ne leur furent pas non plus d'un grand secours : elles firent remarquer combien la situation était comique, surtout quand on pensait à quel point Letty méprisait les amants parjures. Comme elles s'amuseraient à taquiner Tom, la prochaine fois qu'elles le rencontreraient ! Il aurait l'air bien bête, et il allait forcément venir à Londres à un moment ou à un autre !

Dawson affichait une mine sévère car, même si sa maîtresse était une créature à l'humeur versatile, elle n'approuvait pas une telle conduite. Comment Miss Darcy pouvait-elle s'autoriser à s'épancher de la sorte ?

Camilla vit Dawson regarder avec envie la cruche qui contenait un bouquet de fleurs. Une fois trempée d'eau verte, des feuilles humides collées çà et là, Letty recouvrerait peut-être la raison, mais l'humiliation serait profonde, et sa robe, étrennée ce matin-là, se retrouverait dans un triste état. Camilla s'avança pour assener une bonne gifle à sa sœur. Les gémissements de celle-ci se muèrent en hoquets, et le désespoir qui se lisait dans ses yeux baignés de larmes céda la place à la colère. Portant une main tremblante à sa joue, elle jeta un regard furibond à sa sœur.

— Je suis vraiment désolée de vous avoir fait mal, dit Camilla d'un ton qui ne laissait paraître aucun regret, mais vous étiez dans un tel état ! Sans compter que vous effrayiez cette pauvre Fanny.

La pauvre Fanny, à présent que le chahut et la confusion avaient cessé, reprit la situation en main. Elle congédia les jumelles, à qui elle demanda de faire venir une bonne pour les conduire dans leur chambre. Puis elle se tourna vers Mr Roper qui, horrifié et d'une pâleur extrême, se dirigeait vers la porte, et lui conseilla également de se retirer.

— Certainement, madame. Je suis terriblement navré. Je ne pensais pas… J'avais entendu dire que Tom était… Qu'il avait été question de fiançailles dans cette affaire… Je n'aurais jamais cru que cela puisse concerner Miss Darcy ! Et ses sœurs qui s'amusaient tellement, et qui se sont abstenues de m'en toucher le moindre mot ! Je n'ai jamais vu un comportement aussi cruel, je puis vous l'assurer.

— S'il vous plaît, ayez la bonté de ne pas parler de cette scène à vos amis, dit Fanny. Vous avez sûrement le goût des histoires hautes en couleur, mais une dame est concernée, et il serait préférable de tenir votre langue.

On le jeta presque dehors alors qu'il se confondait en excuses et en protestations, promettant de revenir prendre des nouvelles de la jeune femme et jurant de ne souffler mot à quiconque de ce qui s'était passé.

— Cela ne fera aucune différence, déclara Fanny après que Dawson eut escorté hors de la pièce une Letty épuisée – non sans instructions sur les indispensables sels et tisanes à lui administrer. D'une manière ou d'une autre, tout Londres sera au courant d'ici à ce soir, on prétendra que Letty est morte de chagrin, ou que son frère a provoqué quelqu'un en duel. Et votre père se hâtera de rentrer de Constantinople.

Les propos de Fanny n'étaient que trop vrais, Camilla le savait.

— Au moins, il s'écoulera un certain temps avant que mes parents n'apprennent la nouvelle, puisqu'ils sont si loin. Dois-je leur écrire pour leur faire part de ce qui s'est passé ?

Fanny fut soulagée de ne pas avoir à s'acquitter elle-même de cette tâche.

— Faites-le immédiatement, si vous le voulez bien. Mieux vaut leur exposer la vérité brute avant qu'une histoire farfelue leur parvienne jusqu'en Turquie et leur cause du souci.

— Mr Fitzwilliam me donnera sûrement des conseils pour que ma lettre parte au plus vite.

— Je n'en doute pas, et je suis certaine que vous saurez trouver les mots justes. Je ne souhaite pour rien au monde m'attirer les foudres de votre père.

Les révélations de Mr Roper étaient si extraordinaires ! Il allait être difficile de les communiquer à ses parents.

— Croyez-vous qu'un jeune homme puisse oublier qui il est, mais avoir tout de même le bon sens et le sang-froid nécessaires pour se marier ? Et pas avec une fille de fermier pour laquelle il éprouverait une passion aussi vive que passagère, ni avec la première villageoise venue, mais avec une femme de qualité et de haut rang. Cela est tout à fait étonnant.

— Dawson a fait appeler le docteur Molloy. Une fois qu'il aura ausculté Letty et qu'il lui aura prescrit un sirop calmant, nous lui demanderons son avis au sujet d'un tel comportement. Pour ma part, qu'un homme ait l'esprit sens dessus dessous sans être affecté nulle part ailleurs ne me surprend pas ; il en a toujours été ainsi de la gent masculine. Et, d'après Mr Roper, au moins, la fille du comte de Broise est un ravissant petit brin de femme ; décidément, ce Tom Busby a l'œil pour les beautés.

Fanny sonna pour donner les consignes concernant le docteur Molloy et demander qu'on leur porte, à Camilla et à elle, un verre de vin.

— Pour calmer nos nerfs ébranlés, ma chère ; un peu d'alcool vous fera du bien.

Tandis que Fanny s'installait sur le canapé et parcourait d'un air absent les pages du *Morning Post*, Camilla s'assit au bureau pour accomplir sa tâche. Plus tôt la lettre serait rédigée et partirait, mieux ce serait. Tirant une feuille de papier devant elle, elle essaya les différentes plumes à sa disposition, en trempa une dans l'encrier et commença à écrire.

« Très chers papa et maman. »

Cela ne fut pas trop difficile au début : elle leur demanda comment s'était déroulé leur voyage, combien de temps avait duré chaque étape, où ils s'étaient arrêtés, et quels sites ils avaient visités. Elle leur raconta leur installation à Aubrey Square, la gentillesse des Fitzwilliam, les plaisirs que leur procuraient leurs nouveaux vêtements, les bibliothèques aux rayons bien garnis, et les connaissances qu'elles liaient chaque jour. Les Gardiner étaient en excellente santé, ajouta-t-elle pour faire bonne mesure, même si les préparatifs du mariage de Sophie les accaparaient.

Lorsque vint le moment de rédiger l'objet de la lettre, elle mordilla le bout de sa plume, le regard tourné vers la fenêtre, en quête d'inspiration. Ses efforts restèrent vains, mais elle retourna malgré tout à sa missive.

« Belle et Georgina sont arrivées à Londres aujourd'hui même, d'excellente humeur, et accompagnées d'un jeune homme aimable du nom de Mr Roper, qui logeait lui aussi chez les Downing, à Oxford. Je suppose que c'est une de leurs relations. Il détenait une nouvelle des plus singulières, qui a plongé Letty dans un état d'abattement profond, comme vous le comprendrez quand je vous annoncerai que Tom Busby – notre voisin du Derbyshire – n'est pas mort, mais tout ce qu'il y a de plus vivant. Il vit en Belgique, où il a épousé la fille aînée d'un certain comte de Broise. Vous penserez sans doute qu'il ne s'agit là que d'une vile rumeur, mais ce n'est pas le cas. Mr Roper est un ancien camarade de classe de Tom ; il le connaît bien. Il se trouvait à Bruxelles il y a quinze jours à peine, lorsque, au cours d'une promenade sur la Grand-Place, il aperçut Tom, en chair et en os, qui flânait, une jolie jeune femme au bras. Comme vous l'imaginez, il l'interpella aussitôt, l'appelant par son nom et s'exclamant avec grand étonnement. Tout d'abord, Tom ne le reconnut point, mais une fois que Mr Roper lui eut répété son nom et évoqué des souvenirs d'école, ainsi que certains moments passés ensemble, il sembla se rappeler vaguement leur amitié. »

C'était à ce moment du récit que Letty avait laissé échapper ses premiers gémissements : « Une femme au bras ? » avait-elle dit avant de s'effondrer dans le canapé le plus proche.

« Tous trois se retirèrent dans un café à proximité. Selon Mr Roper, Tom était dans un état d'agitation extrême, et la dame qui l'accompagnait paraissait fort surprise de cette rencontre fortuite. Tom avait tout oublié de sa vie en Angleterre et de son passé dans l'armée ; il se souvenait seulement du bruit de coups de feu, et avait dû perdre connaissance à ce moment-là. Une fois revenu à lui, il se retrouva seul dans les bois, en chemise, avec une terrible blessure à la tête et sans se rappeler qui il était ni ce qu'il faisait là. Il erra fort longtemps et finit par arriver à une maison, celle du comte, où l'on supposa qu'il avait été attaqué par des voleurs l'ayant laissé pour mort. Pris d'un accès de fièvre, il passa plusieurs semaines entre la vie et la mort. Pendant ce temps, la bataille de Waterloo eut lieu, bien sûr, et fut remportée, et le nom de Tom fut inscrit sur la liste de ceux qui avaient péri dans le conflit.

» Le comte le reconnut pour un gentleman, à sa façon de s'exprimer, à la qualité des rares vêtements qu'il portait, et aux vagues souvenirs que Tom conservait de sa vie à l'école et chez lui. Toutefois, Tom ne se rappelait ni son nom, ni son lieu de naissance, ni le lieu de résidence de sa famille. »

Camilla avait entendu dire qu'une perte de mémoire était possible à la suite d'un choc à la tête. Une chute lors d'une partie de chasse pouvait avoir cet effet : quelqu'un tombait sur un obstacle et ne gardait aucun souvenir depuis le petit déjeuner, par exemple. Mais, dans ce cas, le blessé savait en général parfaitement qui il était et, même après une commotion importante, la mémoire lui revenait progressivement. Trois années, ce n'était pas rien ! Se pouvait-il que Tom ait complètement oublié sa famille, ses amis et sa maison ? Qu'il n'ait pas le moindre souvenir de son enfance ni du temps qu'il avait passé dans l'armée ? Qu'il ignore tout à fait qu'il était fiancé ? Il aurait même pu être déjà marié : s'il ne se rappelait pas ses fiançailles, pourquoi pas un mariage ? Une épouse, des enfants... La famille du comte avait sans nul doute songé à tout cela, et avait enquêté à ce sujet – c'était le minimum.

Camilla entendit une voix dans la pièce voisine, et le majordome annonça l'arrivée du docteur Molloy. C'était un homme mince, aux cheveux gris et au regard pénétrant. Il les informa que Miss Darcy se reposait, à présent, et qu'elle aurait bientôt recouvré sa sérénité. Peut-être pouvait-on lui raconter ce qui avait déclenché cette crise ? Il comprenait qu'il s'agissait d'une mauvaise nouvelle, mais sa patiente n'était pas disposée à en parler.

Fanny lui fit un compte-rendu animé des événements. L'air grave, il afficha une moue de désapprobation. Dirait-elle de Miss Darcy qu'elle était quelqu'un de très nerveux ? Ah ! cette jeune femme était sa sœur. Qui mieux qu'elle pouvait l'éclairer à ce sujet ?

Camilla hésita. Letty avait bien sûr tendance à s'inquiéter et à se faire des idées, mais elle ne la considérait pas comme particulièrement nerveuse. Elle répondit aux questions habiles du docteur Molloy avec un respect croissant à mesure que se dessinait un portrait précis de sa sœur.

C'était bien ce qu'il pensait. Il fallait la surveiller, car un choc de cette ampleur pouvait avoir des effets physiques – le corps et l'esprit étant, comme elles devaient le savoir, liés de manière inextricable, surtout chez les jeunes filles. Dans cette affaire, s'il pouvait se permettre, c'était l'amour-propre de la demoiselle qui était touché. Il serait donc bon pour Letty de ne pas s'appesantir sur cette mésaventure, et de porter son attention sur autre chose. Il avait pratiqué une légère saignée et lui avait administré une poudre. En temps voulu, un verre de vin rouge se révélerait bénéfique. Le lendemain, un peu d'exercice, une promenade dans le parc avec sa sœur, par exemple, contribuerait à lui remonter le moral.

Camilla le remercia. Elle se garda de lui en faire part mais, selon elle, Letty souffrait simplement de son mauvais caractère. Elle détestait être contrariée ou détournée de la voie qu'elle avait choisi d'emprunter. Il s'agissait là d'une histoire étonnante, dit-elle. Le docteur Molloy ne devait pas manquer d'expérience en la matière : une perte de mémoire à si long terme était-elle possible ?

« Au cours de sa visite, le docteur Molloy, le médecin de Fanny, nous a assuré que Letty ne tarderait pas à se rétablir. Je l'ai interrogé au sujet de Tom. Il a répondu qu'une telle série d'événements était tout à fait possible, et qu'un homme pouvait souffrir jusqu'à la fin de ses jours des conséquences d'un choc à la tête. Dans le cas de Tom, on pouvait espérer qu'une présentation à sa famille ou un retour sur des lieux jadis familiers contribueraient à restaurer sa mémoire. D'après le docteur, c'est souvent le cas.

» Je reprends mon récit sur la vie de Tom en Belgique : durant de longs mois, il a logé chez la famille du comte, qui lui a témoigné beaucoup d'égards. Selon Mr Roper, Tom et la fille du comte restèrent discrets sur leur affection mutuelle, et Tom pensait que son bienfaiteur, en dépit de l'amitié qu'il lui portait, n'accepterait pas que sa fille épouse un homme sans nom, sans passé et sans attaches. Malgré tout, les noces eurent bel et bien lieu. »

Elle marqua une nouvelle pause, ne voulant pas évoquer les hurlements de consternation de Letty en accueillant la nouvelle de cette union.

— Marié ? Non, non, c'est impossible ! Vous êtes diabolique, monsieur, vous avez inventé cette histoire abominable pour me tourmenter ! Ce sont mes sœurs qui vous l'ont demandé. Ce n'est pas vrai, je n'en crois pas un mot !

Belle et Georgina avaient vivement réfuté ces accusations, leurs voix se mêlant à celle de Letty, montant dans un crescendo d'attaques et de contre-attaques. Puis Letty avait enfoui son visage dans un mouchoir et s'était effondrée, secouée de violents sanglots.

« Vous imaginez sans peine à quel point Letty a été affectée par cette nouvelle. Nous-mêmes sommes restées perplexes face à cette affaire improbable : il paraît à peine concevable que trois années puissent s'être écoulées sans que Tom soit reconnu, mais il venait rarement à Bruxelles, a-t-il dit. En effet, sans son uniforme et habillé à la mode belge, on le prendrait aisément pour un natif du pays – même si, de toute évidence, il a toujours ses cheveux roux si reconnaissables. C'est d'ailleurs ce qui a attiré l'œil de Mr Roper.

» Je ne doute pas que vous trouverez ce récit extraordinaire, mais nous avons toutes les raisons de le croire véridique, et il nous faut également prendre en compte le grand bonheur que la réapparition quasi miraculeuse de leur fils apportera aux parents de Tom, ainsi qu'à toute sa famille. »

— C'est une lettre prodigieusement longue que vous écrivez là, fit remarquer Fanny en levant les yeux de son journal.

Camilla se renversa dans son siège et considéra les feuilles posées devant elle.

— Je veux que mes parents soient suffisamment informés pour contrer les rumeurs qui les atteindront, aussi extravagantes soient-elles. Toutefois, je ne crois pas qu'ils désireraient savoir avec quelle violence Letty a réagi à l'annonce de la résurrection de Tom et de son mariage.

— Pour l'amour du ciel, ne leur en parlez pas ! Il ne faut surtout pas les mettre au courant : de Vienne ou de Constantinople, où qu'ils se trouvent à l'heure actuelle, que pourront-ils y faire ? Pour ma part, je redoute d'apprendre que le nom de Letty est mentionné dans les clubs et les cafés, car ne nous voilons pas la face : Tom Busby l'a fait passer pour une idiote, même s'il n'en avait pas l'intention. Si seulement elle avait su pleurer plus discrètement la perte de Tom et n'avait pas présenté au monde l'image d'une telle dévotion ! Maintenant que l'objet de ce zèle réapparaît avec une autre femme – son épouse qui plus est –, Letty sera ridiculisée et les mauvaises langues ne manqueront pas de se délier.

— Voilà un point de vue bien sinistre. Combien de personnes à Londres connaissent l'attachement de Letty à la mémoire de Tom ? Nous ne sommes pas d'ici. Qui cela intéressera-t-il ?

Fanny secoua la tête.

— Détrompez-vous, déclara-t-elle d'un ton résolu. Vous venez d'une éminente famille ; vos parents évoluent dans les plus hautes sphères de la société. En plus d'être une héritière, Letty est la petite-fille et la nièce d'un comte.

Les gens de votre région vont jaser ; ils se souviendront des fiançailles de votre sœur et de l'ostentation avec laquelle Letty s'est montrée fidèle à la mémoire de Tom. Faire preuve d'une telle sensiblerie est une erreur : une jeune femme, surtout célibataire, devrait toujours prendre soin de dissimuler ses sentiments. Je la plains de tout mon cœur. Je sais, cependant, combien il est agréable de se laisser aller de la sorte.

— D'autres penseront qu'il y a de quoi être bouleversée, dit Camilla, même si elle ne doutait pas un instant que Fanny, avec sa connaissance du monde, était dans le vrai.

— La plupart y trouveront au moins une source de divertissement, et les commérages à ce sujet iront bon train. Seigneur, comment vais-je vous obtenir des entrées pour *Almack* avec le tapage que fera cette affaire dans toute la ville ?

— Oh ! tant pis pour *Almack*, répondit sèchement Camilla. Par le ciel, est-ce vraiment important ?

— C'est capital, oui : nous sommes à Londres, où la réputation fait tout.

Chapitre 5

D'un pas assuré, l'allumeur de réverbères descendait le long de Saint James, donnant vie à chacune des lampes à gaz, produisant une lumière rougeoyante dans le crépuscule naissant. Les gentlemen arrivaient pour passer un moment dans leur club avant d'entamer leurs tournées sociale et amoureuse de la soirée.

Snipe Woodhead gravit prestement les marches qui menaient au *Pink's*. D'apparence soignée, il salua ses amis et adressa un signe de tête à ses connaissances, impatient d'entendre les derniers potins.

Dans un coin du hall, assis dans un fauteuil profond et caché derrière les pages de son journal, Wytton tendait l'oreille plutôt qu'il ne lisait. Il y avait fort à parier que les ragots de Snipe se révèlent bien plus intéressants qu'un article sur une femme victime de bandits de grand chemin. De quoi l'homme allait-il les entretenir, ce soir-là ? Il n'y avait pas de grands scandales, ces temps-ci – pas de rumeurs d'association indigne entre le duc Machin et la comtesse Truc, pas de ruée aux guichets des banques ni d'inquiétudes en Bourse, pas non plus d'émeutes à proximité des propriétés de campagne qui donneraient aux membres du club l'occasion de secouer la tête d'un air solennel.

Aussi l'histoire de la réapparition miraculeuse de Tom Busby dans le monde des vivants provoqua-t-elle une vive agitation parmi l'assemblée présente.

Avait-il déjà rencontré Busby ? Wytton pensait que non, mais il y avait sans doute un rapport avec ces filles Darcy, les cousines de Sophie.

Les hommes se précipitèrent sur cette nouvelle avec avidité.

— Busby ? Tom Busby ? Fait-il partie du club ?

— Un certain sir Robert Busby est membre du *Brooks*. C'est un campagnard, un de ces propriétaires terriens.

— Sir Robert est le père de Tom. Sa famille vient du Derbyshire. Busby Hall se trouve dans ce comté, si je ne m'abuse. (Snipe Woodhead connaissait tous les lignages sur le bout des doigts). Une demeure respectable, qui rapporte 3 000 ou 4 000 livres par an. Un seul fils, tué à Waterloo.

— C'est là que le bât blesse, Snipe ! s'écria un jeune homme trapu au visage rond et joyeux, le regard perpétuellement étonné. Il a finalement survécu. Le jeune Roper l'a rencontré à Bruxelles, en chair et en os. Et marié ! Marié à la fille d'un étranger.

On pouvait faire confiance à Rampton pour être informé sur ce genre d'histoire.

Un homme maigre, que Wytton ne connaissait que de vue, se laissa aller à un éclat de rire retentissant.

— C'est ce qui se dit, Rampton, et cela ne plaira pas à son père, soyez-en sûr. Mais n'était-il pas fiancé ? Je suis certain d'avoir lu une annonce à ce sujet dans la *Gazette*, à l'époque. Il était promis à une Darcy, l'une des filles de Fitzwilliam Darcy. Busby aurait fait une excellente union : chacune pèse 40 000 ou 50 000 livres !

Il y avait donc bien un lien ; sa mémoire ne lui avait pas joué de tour.

Le silence s'abattit sur l'assemblée masculine, alors occupée à calculer les bénéfices annuels d'une telle fortune, investie à cinq pour cent.

— Quoi qu'il en soit, je n'aimerais pas être le gendre de Darcy, fit remarquer Snipe Woodhead. C'est quelqu'un d'affreusement maniaque, en présence de qui il faut savoir se tenir. Pas de claques dans le dos avec lui, vous pouvez en être sûrs.

Un membre plus âgé se hâta de le contredire.

— C'est vrai qu'il peut paraître très hautain, mais je me souviens de son arrivée en ville, lorsqu'il sortait tout juste de Cambridge : il n'avait rien contre une petite bagarre et un peu de chahut.

— Il était jeune, à l'époque… et célibataire, déclara une nouvelle voix.

Wytton froissa les pages de son journal afin d'avoir une meilleure vue. Non pas qu'il lui fallût être discret : personne ne lui prêtait la moindre attention. Oui, il avait bien reconnu l'intervenant : Aloysius Harvey. Depuis quand était-il de retour en Angleterre ?

— Un célibataire de vingt et un ans agit très différemment d'un homme marié ayant engendré plusieurs filles. C'est incroyable l'effet qu'elles ont sur le sens moral d'un homme !

Une réflexion typique de Harvey, lui-même père de trois demoiselles lui causant bien des ennuis.

Un militaire, petit et brun – n'était-ce pas le colonel Pusey ? –, avait écouté la conversation avec attention.

— Combien de filles Darcy a-t-il ?

— Quatre ou cinq, répondit Harvey. Toutes adultes, me semble-t-il. Il a aussi des garçons, mais ils sont plus jeunes. Les demoiselles Darcy sont à Londres, à l'heure actuelle : elles logent chez les Fitzwilliam pendant que leurs parents sont à l'étranger. À Constantinople, précisément.

— Sont-elles jolies ? s'enquit Pusey.

— Je ne les connais pas. Vous pourrez le demander à Wytton, s'il vient ce soir : il est fiancé à l'une de leurs cousines.

— Comment ? Son héritière est une Darcy ? Je croyais que c'était la fille d'un marchand.

Son héritière ! Wytton fut piqué au vif. La fille d'un marchand ? Il trouva fort désagréable d'entendre parler de Sophie en ces termes. Ils la voyaient comme un objet, une chose. Lui la considérait comme une personne, vivante et dotée d'un charme fou – une qualité qui manquait à bien des femmes. Un visage enchanteur, un corps mince et une coquetterie innocente suffiraient à son bonheur. Ils pouvaient garder leurs beautés ensorcelantes à la figure angélique et à l'âme de catin. Il en avait fini avec les femmes fascinantes.

— Je n'aurais pas cru que Wytton réussirait à échapper aux griffes de Mrs B.

— Est-ce lui qui s'est échappé, ou bien elle qui a fui ? demanda Harvey. Il paraît qu'elle se console dans les bras de George Warren. J'en déduis qu'elle a de jolis pieds.

Cette remarque déclencha les rires, et Wytton remua dans son fauteuil. Maudits soient ce Harvey et ses commérages détestables !

— Wytton va épouser Miss Sophie Gardiner, les informa Snipe. Les Gardiner sont parents avec Mrs Darcy.

— Quarante ou cinquante mille livres, dites-vous ? Et croyez-vous, Harvey, que l'aînée pleure toujours la mort du jeune Busby ?

Harvey se mit à rire.

— C'est inutile, maintenant qu'il a ressuscité !

— Lady Fanny va sûrement les sortir en société, déclara lord Rampton avec une note d'espoir dans la voix.

Pas étonnant que Rampton, ce joueur invétéré, se montre intéressé. Ses amis le savaient en quête d'une héritière potentielle.

— Je crois que Grandville soupe chez les Fitzwilliam, ce soir, les informa Snipe Woodhead. Nous pourrons l'interroger sur ces jeunes femmes, s'il vient au club demain.

— Inutile, rétorqua Rampton, coincé comme il est, après toutes ces années dans l'armée ! Vous n'en tirerez rien. Je vais rendre visite à lady Fanny : en matinée, ce sera tout à fait correct. Je pourrai alors avoir un aperçu de ces demoiselles. Quatre ou cinq, dites-vous ? Ce serait trop beau qu'elles soient jolies, mais avec de telles dots, on ne va pas faire la fine bouche !

— Ma sœur les a vues à la bibliothèque Hookham, déclara Harvey. Miss Darcy est d'une rare beauté, selon elle. Sa cadette n'est rien en comparaison, mais elle n'est pas désagréable à regarder.

La sœur de Harvey était une blonde éthérée, se souvint Wytton. Non, jamais elle ne ferait l'éloge d'une belle femme. Non pas que la deuxième fille Darcy soit particulièrement jolie. Elle ne lui avait pas fait grande impression ; Sophie l'avait complètement éclipsée, mais toutes deux avaient la même couleur d'yeux et de cheveux. Bien entendu, les yeux de Sophie, empreints de chaleur, étaient d'un gris plus doux. Dans son regard ne perçait pas cette ironie peu féminine qu'il avait décelée dans les prunelles expressives de sa cousine.

Ignorant l'intérêt qui leur était porté, à elle et à ses sœurs, Camilla s'efforçait de ramener Letty à la raison.

— Vous n'y connaissez rien en émotions amoureuses, pesta Letty dans son mouchoir humide. Vous ne savez pas ce que c'est qu'aimer, ou être trahie.

Camilla était à bout de patience.

— Pour l'amour du ciel ! Letty, vous n'avez pas vu Tom depuis trois ans ! Ce n'est pas comme s'il vous avait abandonnée hier… non pas qu'il vous ait abandonnée tout court, au sens propre du terme, se hâta-t-elle d'ajouter en voyant la lèvre de sa sœur se remettre à trembler.

Fanny entra dans la pièce, sa robe bruissant autour d'elle.

— Ma chère Letty, coupons court à cette affaire. Tout cela est très émouvant et affligeant, mais vous ne l'avez pas plus perdu qu'avant. Sackree va venir vous coiffer et vous habiller. Vous devez vous changer, nos invités ne vont pas tarder à arriver.

Letitia ne voulut rien savoir. Elle souhaitait passer la soirée à soupirer, à sangloter et à donner libre cours à ses sentiments. Elle se moquait de ce que les gens diraient d'elle, elle ne se souciait d'aucun d'eux, et n'avait pas l'intention de rester à Londres. Dès que possible, elle rentrerait – avec ses sœurs – à Pemberley, loin des regards curieux, où elle pourrait épancher son chagrin comme bon lui semblerait.

— Vous pouvez fuir à la campagne si cela vous chante, mais ne comptez pas sur moi pour vous accompagner, répliqua Camilla sans ambages. Du reste, hormis le recours à la force, rien ne pourrait décider Georgina et Belle à quitter la ville. Alethea non plus.

Sa compassion première envers Letty et le choc éprouvé avaient désormais fait place à l'agacement, et, en un sens, à une certaine inquiétude. Les paroles de Fanny, une femme d'expérience, restaient sans effet sur Letty. Sa sœur devait pourtant être ramenée à la raison et afficher au moins un visage calme, à défaut de joyeux.

Fanny et Camilla échangèrent un regard désespéré au-dessus de la tête penchée de Letty. Camilla haussa les épaules, puis se laissa tomber à côté de son aînée.

— Écoutez-moi, Letty. Si vous ne descendez pas souper, cela donnera lieu à des commérages. Je vous assure, tout Londres sera au courant : les gens meurent d'envie de savoir comment vous prenez la nouvelle, vous pouvez compter là-dessus.

— Alors voilà qui leur donnera à réfléchir. Ils ne me connaissent pas. Pourquoi devrais-je me soucier de l'avis ou des ragots véhiculés par une poignée d'étrangers ? Fanny pourrait dire que je suis indisposée, que j'ai la migraine.

— C'est exactement ce qu'ils souhaitent entendre ! s'écria Fanny. Rien ne les ferait jaser davantage. Non, non, vous devez descendre dîner et faire preuve de courtoisie. Si vous dévoilez la moindre trace de désarroi, si d'un infime murmure vous révélez à quel point vous êtes désolée par cette nouvelle, alors vous n'y survivrez pas. La société vous jugera avec la plus grande sévérité, et vous en ressentirez les effets, croyez-moi.

Camilla vit que sa sœur, bien décidée à renoncer à la société, restait de marbre.

— On se moquera de vous ! Imaginez combien papa sera fâché quand il apprendra que sa fille est la risée de Londres.

Letty se leva d'un bond, abandonnant son mouchoir trempé, les yeux brûlants de fureur, sa poitrine se soulevant et s'abaissant.

— Se moquer ! Se moquer de moi ? Je ne le permettrai pas !

Fanny s'empressa d'intervenir. Elle secoua la tête d'un air triste.

— Camilla a raison. Moi-même, je ne voudrais pas être la cible d'un tel ridicule. Même si je suis la plus accommodante des créatures, cela me troublerait beaucoup. Faire ainsi l'objet de railleries… c'est inconcevable.

Dieu merci, leurs paroles atteignaient enfin leur objectif. Rires, ridicule, railleries ? Letty se prenait bien trop au sérieux pour supporter d'être tournée en dérision. Obnubilée par l'image qu'elle s'était forgée d'elle-même – un personnage vibrant d'un amour éternel, profondément blessé –, elle avait négligé cette éventualité.

Letty se laissa choir avec une certaine grâce dans le canapé le plus proche.

— Envoyez-moi Sackree, ordonna-t-elle d'une voix faible. Je vais tenter d'endurer cette épreuve, même si Dieu sait combien cela me sera difficile.

Camilla lui prit la main.

— Fanny vous en sera extrêmement reconnaissante, lui souffla-t-elle à l'oreille. Songez seulement à quel point elle s'en serait voulu si vous étiez devenue l'objet de tous les commérages de la ville, et combien vous vous seriez sentie mal d'avoir gâché la première fête qu'elle organise en notre honneur ! Papa aurait été fort mécontent, vous savez.

Sur ces mots, elle se hâta de conduire Fanny hors de la pièce.

— Pensez-vous que nous devrions rester avec elle ? s'enquit Fanny.

— Non, elle se croirait obligée de continuer à faire la tête. Il faut qu'elle recouvre son calme et reprenne un semblant d'apparence normale.

De plus, aurait-elle pu ajouter si sa loyauté de sœur ne l'en avait empêchée, Letty devait répéter son nouveau rôle de jeune femme en détresse cachant vaillamment sa peine pour le bien d'autrui.

Les dîners de Fanny étaient toujours réussis, grâce à son flair pour choisir des invités bien assortis et aux talents de son excellent cuisinier. Le souper de ce soir-là ne lui laisserait pourtant pas un bon souvenir.

Elle s'était inquiétée au sujet de Letitia tout le temps qu'avait duré sa toilette. Sa cousine allait-elle craquer ? Jetterait-elle l'opprobre sur elle-même et ses sœurs en s'épanchant devant les autres ? Jouerait-elle dignement son rôle ?

Camilla s'était aussi posé la question, mais Miss Griffin, qu'elle avait appelée pour l'aider à s'habiller puisque Sackree s'occupait de sa sœur, n'en doutait pas. Letty savait parfaitement ce qu'on attendait d'elle, et faisait la différence entre les attitudes permises en privé et celles autorisées en public. Après tout, on lui avait inculqué dès son plus jeune âge les manières à adopter en société. Elle possédait également tout le sang-froid des Darcy. La fierté finirait par l'aider à surmonter cette épreuve, avait déclaré la gouvernante.

— Car je vous le dis, plutôt que son cœur, c'est son orgueil qui a été blessé, malgré toutes ses larmes et protestations sur son amour éternel, avait ajouté Miss Griffin tout en fermant les minuscules crochets du dos du corsage de Camilla.

— Ne croyez-vous pas à l'amour éternel, Griffy ?

— Pas en dehors des romans. Allons, tenez-vous tranquille, ou vous ne serez jamais prête à temps.

— Alethea descendra-t-elle chanter ?

— Elle dit qu'elle préférerait l'éviter.

— Letty serait ennuyée qu'elle se joigne aux invités, même si c'est une idée de Fanny.

Miss Griffin avait réfléchi au problème pendant qu'elle accrochait un bijou dans les cheveux de Camilla.

— Mieux vaut la voir fâchée que triste, non ? C'est ce que je dirai à Alethea, même si rien ne pourra la décider à faire quelque chose si elle n'en a pas envie, comme vous le savez bien. Pas lorsqu'il s'agit de musique.

Au début, tout semblait se passer à merveille. Letitia descendit, plus belle que jamais, les yeux brillants d'avoir tant pleuré mais sans paupières rougies ni bouffies. Elle se tenait droite, la tête haute, l'air grave mais non boudeur. Elle sourit même à un trait d'esprit de sir Sidney Leigh, qui discuta avec elle avant que le dîner soit servi. Elle fit également preuve de calme et d'aisance au moment des présentations.

Camilla put ainsi se détendre et contempler l'assemblée de convives. Elle s'était réjouie de l'arrivée de sir Sidney, aussi beau que dans ses souvenirs, sa silhouette parfaite mise en valeur par une redingote noire à la coupe élégante. Il semblait de bonne humeur et glissa quelques mots à Fitzwilliam. Celui-ci éclata de rire tandis qu'un grand sourire naissait sur les lèvres de Fanny, qui gratifia son invité d'un regard charmeur.

Ainsi, Fanny trouvait sir Sidney à son goût ! Cela n'avait rien de surprenant. De même, fallait-il s'étonner de le voir se pencher avec amusement vers son hôtesse et lui murmurer un commentaire probablement osé, à en juger par le rire soudain de Fanny ?

Camilla éprouva un vague sentiment de dépit qui s'évapora dès l'instant où Pagode Portal fit son apparition. Ses yeux pétillants se posèrent amoureusement sur la poitrine de Letty, avant de s'arrêter sur les jumelles d'un air appréciatif. Belle et Georgina, assises l'une à côté de l'autre dans un petit canapé, étaient tout sourires et œillades langoureuses. Même l'expression de Mr Fitzwilliam, d'ordinaire si sévère, s'adoucit à la vue de ses jeunes cousines.

Fidèle à sa parole, Fanny avait convié un hussard, un certain capitaine Allington. Ce fringant officier à la fière moustache souriait à toutes les personnes qui regardaient dans sa direction, les saluant d'un signe de tête. Par ailleurs, il semblait très content de rester debout, comme s'il était de service, à faire le beau.

— Il n'est pas très malin, bien entendu, souffla Fanny à Camilla, mais tellement agréable à l'œil ! Toutes les filles en sont amoureuses. Croyez-vous que Letty exigerait d'un homme qu'il soit doté de bon sens ? Son Tom, était-il… je veux dire, est-il quelqu'un de sensé ?

— La question, madame, mérite en effet d'être posée, surtout à la lumière de ce que nous avons appris aujourd'hui à son sujet.

—Je ne m'attends pas à ce qu'elle s'éprenne du capitaine Allington précisément, cela ne marcherait jamais, mais il pourrait la distraire de ses pensées.

Sir Sidney était en grande conversation avec Letty, qui paraissait presque joyeuse.

—Je crois que sir Sidney s'efforce autant que possible de lui changer les idées, fit remarquer Camilla. A-t-il déjà été marié ?

Fanny fronça les sourcils.

—Non, mais il a été amoureux par le passé. Il a été fiancé, en fait, mais la dame en question a rompu, peu de temps avant le mariage – la veille, en vérité. Elle s'appelait Miss Harper, il me semble. J'ignore pourquoi elle a cru qu'ils ne s'entendraient pas. C'est un excellent parti, je puis vous l'assurer, et il a une telle prestance ! C'est un homme vraiment à la mode. Sa compagnie est des plus agréables ; toutes les hôtesses se l'arrachent. J'étais ravie qu'il accepte mon invitation pour ce soir.

L'arrivée de lord et lady Warren avait été annoncée juste après celle d'Allington. Lord Warren déplut immédiatement à Camilla. C'était un personnage imposant, aux sourcils fournis et aux cheveux grisonnants. Lorsqu'il lui fut présenté, il lui effleura tout juste le bout des doigts avant de s'éloigner aussitôt d'un pas nonchalant pour mieux voir les jumelles. Lady Warren, une femme maigre vêtue avec élégance, jeta un regard hargneux à Belle et à Georgina puis détailla d'un œil perçant le visage, la silhouette et la robe de Letitia. Camilla savait que lady Warren était une tante par alliance, du côté de sa mère, même si ni elle ni ses sœurs ne l'avaient rencontrée auparavant.

—Un membre éloigné de la famille, précisa lady Warren d'un ton condescendant quand Letitia mentionna la chose.

Le lien n'était pas si ténu, songea Camilla : le frère de lady Warren, Mr Bingley, était l'époux de sa tante Jane.

Cette femme traitait Letty comme une petite arriviste envahissante. Eh bien ! si elle ne voulait pas faire l'effort de faire plus ample connaissance, tant mieux. Camilla décida de faire aussi peu de cas de lady Warren que de son mari – un choix conforté quelques minutes plus tard par l'interrogatoire acerbe que lui fit subir lady Warren sur ses parents.

— Bien entendu, je les ai très peu vus ces dernières années, enterrés à la campagne comme ils le sont – tout cela est si rustique, c'est ce que je dis toujours ! Ainsi, Mr Darcy est à l'étranger ? Et votre mère l'a accompagné ? Elle préfère ne pas le perdre de vue, sans doute. Nous savons comment se comportent les gentlemen livrés à eux-mêmes, hors de nos frontières. Ils sont si pathétiques !

L'agitation causée par l'arrivée de nouveaux invités donna à Camilla un moment de répit pour envisager une réplique pertinente. Un homme d'âge mûr, de taille moyenne et au crâne dégarni, entra avec à son bras une femme plus jeune, qui devait être sa fille.

— Grandville ! s'écria Fitzwilliam en traversant la pièce d'un pas rapide pour l'accueillir. Vous voilà ! Et Mrs Rowan – mes hommages, madame.

Camilla jeta un coup d'œil vers Mrs Rowan, puis l'observa à nouveau, persuadée de l'avoir déjà vue. Mrs Rowan lui adressa un sourire et s'approcha d'elle.

— Je crois que nous nous connaissons. Nous étions toutes deux pensionnaires à l'école de Mrs Charlton, vous étiez toute jeune élève, et j'y étais logée durant l'absence de mon père, en voyage à l'étranger.

— Mais bien sûr ! s'exclama Camilla, ravie.

Elle avait passé un an dans cette institution londonienne en vogue. Elle n'y avait pas été malheureuse, mais sa famille lui avait manqué. Elle s'était fait peu d'amies parmi les autres jeunes pensionnaires, à l'exception de Henrietta Rowan, comme on l'appelait désormais. Son intelligence, sa vivacité et son sens de l'humour avaient beaucoup plu à Camilla.

Mrs Rowan était aussi une femme à la mode, mais elle suivait son propre style. Elle n'était pas petite, ni d'esprit ni de taille, et s'était parée d'une longue écharpe orientale, d'une large ceinture en soie aux couleurs vives, et de plusieurs bracelets. Toute sa personne était couverte d'ornements, et elle arborait autour du cou plus de perles que Camilla n'eût cru possible d'en porter. Elle affichait de grosses boucles d'oreilles en perles, et d'autres encore dans le turban de soie qui lui entourait la tête. L'effet aurait pu être ridicule mais, sur elle, il était des plus remarquables.

— Vous devez juger mon apparence bien singulière, et vous n'avez pas tort : je m'habille pour me faire plaisir. Quand j'étais mariée – car je suis veuve, vous savez –, je portais des tenues si correctes, si ennuyeuses, si convenues ! À la mort de mon époux, je me suis résolue à ne mettre que mes vêtements et bijoux préférés. Je ne suis pas une beauté, voyez-vous ; il ne me nuit donc aucunement de cultiver mon propre style.

Ses yeux en amande s'étrécirent lorsqu'elle éclata de rire en voyant l'expression de Camilla.

— Je vous choque en évoquant mon défunt mari avec une telle légèreté ?

Camilla était trop honnête pour le nier.

— Il est mort un an à peine après notre mariage d'une fièvre contractée à l'étranger, et je ne l'ai jamais vraiment connu. Il était bien plus âgé que moi, et, malgré la tendresse qu'il me prodiguait, ce n'était pas quelqu'un d'exceptionnel. Pourquoi l'ai-je épousé ? Ce n'est pas le moment de vous le raconter. Parlez-moi plutôt de vous : cela fait longtemps que vous êtes à Londres ? Pourquoi être venue à une période de l'année aussi lugubre ? C'est votre sœur Letitia, là-bas, n'est-ce pas ? N'étiez-vous pas ensemble à l'école de Mrs Charlton ?

Qui sont ces deux beautés renversantes, sur le canapé ? Je suis certaine de ne les avoir jamais vues. Comment pourrait-on les oublier ?

— Ce sont mes sœurs cadettes. Elles sont jumelles.

— Bonté divine ! Leur couleur de cheveux est si différente ! Toutefois, on ne peut s'empêcher de remarquer qu'elles ont les mêmes yeux magnifiques. Êtes-vous toutes autorisées à sortir en société ?

— Letty et moi le sommes. Les jumelles sont censées rester en salle d'étude.

Henrietta Rowan parut surprise.

— En salle d'étude ? Vous m'étonnez. Plus pour très longtemps, peut-être ?

— Je crains que non. Elles vont nous en faire voir de toutes les couleurs, maintenant que nous sommes en ville, sans mes parents pour les surveiller.

— Ils sont à l'étranger : j'ai lu la nomination de votre père dans la *Gazette*. Vous voilà donc aux bons soins de lady Fanny. Elle s'y connaît bien et sera tout à fait à même de garder un œil sur vos sœurs, soyez-en certaine.

Personne ne mentionna le nom de Busby pendant le dîner, même si Camilla sentait que cela en démangeait plus d'un. Ce fut à peine si Fanny parvint à avaler une bouchée, de crainte qu'un incident ne vienne bouleverser l'aplomb admirable dont Letitia faisait preuve : elle était bien trop sereine, se comportait de manière bien trop civilisée… Quel contraste avec la scène à laquelle Fanny avait assisté, à l'étage !

De son côté, Camilla ne se souciait aucunement de Letty tant que celle-ci se trouvait en société. Sa sœur affichait un masque légèrement tragique, celui d'une jeune femme habituée à souffrir, mais seulement lorsque personne ne s'adressait à elle. Assurément, grâce aux bonnes manières de Letty, la soirée se déroulerait sans heurts – du moins si les invités conservaient leur décence, car tous devaient être au courant de l'histoire, et surveillaient plus ou moins ouvertement Letty pour voir si elle tenait le coup.

Après avoir adressé un sourire rassurant à Fanny, Camilla reporta son attention sur Mr Portal, dont la conversation sur les éléphants était des plus divertissantes. Le souper toucha à sa fin, le couvert fut débarrassé ; les femmes laissèrent les hommes à leur porto et se retirèrent au salon, au premier étage.

Fanny rejoignit lady Warren, qui s'était dirigée droit sur Letitia aussitôt entrée dans la pièce. Mrs Rowan, jugeant la situation en une seconde, s'installa à côté de Letitia dans le canapé. Les jumelles se mirent au pianoforte, au fond du salon, et commencèrent à jouer des morceaux à quatre mains sans grande application, ne voyant guère d'intérêt à impressionner un auditoire exclusivement féminin.

Après avoir lancé un nouveau coup d'œil perçant en direction de Letitia, lady Warren s'approcha de Camilla ; celle-ci sentit son cœur se serrer à mesure que sa désagréable compagne reprenait son interrogatoire. Il lui serait presque impossible d'endiguer le flot d'affirmations et de questions impertinentes déversé par cette femme intelligente et déterminée, aux manières fermes et agressives – impossible si elle devait se garder de lui répondre d'une façon qui épouvanterait Fanny. Après tout, lady Warren était une invitée dans cette maison.

— Il va sans dire que votre père était l'un de mes soupirants, à l'époque. Votre mère est apparentée aux Gardiner, n'est-ce pas ? (Elle n'attendit pas la réponse.) Ces temps-ci, on rencontre les Gardiner partout ou presque. Il me semble que leur fille n'a pas obtenu d'entrée pour *Almack*, mais je me trompe peut-être. Je ne me rappelle pas l'y avoir déjà vue. Elle est fiancée à Mr Wytton. Je dois dire que c'est un excellent parti pour elle ; il vient d'une famille ancienne et distinguée, sans compter l'abbaye, évidemment.

Camilla perdit un instant le fil des propos de lady Warren. *Une abbaye ?* Des visions gothiques de moines encapuchonnés lui envahirent l'esprit, puis elle se ressaisit. Mr Wytton était-il riche au point de pouvoir s'offrir une abbaye, ou en possédait-il une ? Elle rechignait à poser la question, mais lady Warren ne tarda pas à l'éclairer.

— Elle est dans la famille depuis l'époque de la dissolution des monastères, au seizième siècle. Bien sûr, je me demande comment Miss Sophie s'en sortira : elle n'a pas été habituée à vivre dans des lieux pareils.

Quelle femme vulgaire ! pensa Camilla, qui se contenta d'un sourire poli.

Lady Warren n'aimait pas que ses flèches manquent leur cible.

— Il semblerait que la mère de Wytton soit loin, très loin de se réjouir de cette union. Ce n'est qu'une histoire d'argent, paraît-il.

— Je crois que Mr Wytton est très sincèrement attaché à ma cousine, rétorqua froidement Camilla.

— Quatre-vingt-dix mille livres, c'est une somme, en effet. Lui aussi est fortuné, mais on dit qu'il néglige son domaine au profit de ses excursions à l'étranger. Il organise des expéditions, vous savez. Dans des endroits isolés, et sous terre également.

— Sous terre, madame ? Part-il vraiment en expédition sous terre ?

Lady Warren, dont le regard était glacé, laissa échapper un rire cristallin.

— Je voulais dire qu'il envoie des hommes creuser pour dénicher de vieilles poteries et reliques. Ce genre de fouilles est très onéreux.

— Mais enrichissant, du point de vue du savoir.

— Oh, le savoir ! Eh bien, si c'est là ce dont vous souhaitez parler, je n'y connais strictement rien. Il n'est pas très convenable pour une femme de discuter de ces choses-là.

Une longue pause s'ensuivit. Un de ces silences fortuits s'abattit sur la pièce tandis que les jumelles s'interrompaient pour chercher une nouvelle partition et que la conversation de Fanny, de Henrietta Rowan et de Letitia retombait. On n'entendait plus que lady Warren.

— Vos sœurs et vous, n'êtes-vous pas intimes de Mr Busby ? L'annonce de son retour parmi les vivants et de son mariage est tellement incroyable ! Toute la ville ne parle que de ça. Il paraît qu'il était fiancé à une jeune Anglaise, qu'il a préféré l'oubli à cette union et que cette histoire de perte de mémoire n'est qu'une ruse. À ce qu'on raconte, il a toute sa tête, et savait exactement ce qu'il faisait.

Camilla se tourna malgré elle vers Letty. Belle s'esclaffa et Georgina s'exclama :

— Oh ! vous ne pouvez pas dire une chose pareille, c'est complètement faux : Tom Busby n'avait aucune conscience de ce qu'il faisait.

Fanny était devenue livide, et Letty avait blêmi elle aussi. Seules ses joues portaient encore une trace de couleur. Elle s'était raidie, mais se maîtrisait toujours avec un sang-froid admirable. *Dieu merci*, songea Camilla quand elle entendit des pas, des rires et des voix masculines. Enfin, les hommes venaient les rejoindre !

Ils entrèrent dans la pièce en grande conversation, traînant dans leur sillage des effluves de porto. Mr Fitzwilliam et Mr Grandville étaient absorbés par leur discussion, tandis que les yeux perçants de Mr Portal se posaient sur Letitia, figée dans son canapé. Lord Warren et son épouse échangèrent un regard de connivence. Le capitaine Allington, quant à lui, affichait une vacuité impressionnante.

Sir Sidney jeta un regard furtif vers lady Warren puis moqueur en direction des jumelles, qui pouffaient bêtement, avant de s'approcher de Letitia ; il pria qu'on lui laisse une place à ses côtés et commença à l'entretenir du temps qu'il faisait dans le Derbyshire.

L'embuscade tendue par lady Warren, loin d'en avoir fini avec l'affaire Tom Busby, n'était que la première.

— Le jeune homme dont nous parlions à l'instant vient de votre région, je crois, Miss Camilla. N'est-il pas originaire du Derbyshire ?

— Les Busby sont des voisins proches.

— Dans ce cas, s'écria lady Warren avec un rire affecté, vous êtes *la* personne à même de nous en dire davantage ! Mon amour, déclara-t-elle à l'intention de son mari qui, appuyé contre le pianoforte, reluquait les jumelles, nous allons tout savoir sur les Busby. Cette pauvre Mrs Busby, comme elle doit être perturbée ! Comme elle doit être heureuse que son fils lui soit rendu !

— Vous parlez d'un choc ! en convint lord Warren. Surtout que ce jeune homme est réapparu tranquillement avec une épouse étrangère au bras. Personne ne semble connaître ce comte, ni savoir à combien s'élève la fortune de sa fille – si elle en possède une, ce qui m'étonnerait, pas après que ce satané Napoléon a tout saccagé sur le continent ! Beaucoup de familles anciennes ont dû essuyer des pertes irrémédiables. (Cette idée parut lui faire plaisir.) Oui, il y en a un certain nombre là-bas qui font profil bas, ces temps-ci. Non pas qu'ils aient eu un jour de quoi être fiers, à la manière dont nous l'entendons ici : un titre étranger ne peut en aucun cas être comparé à un titre anglais.

— Personne ne sait de quelle famille vient cette fille, dit lady Warren en jetant un rapide coup d'œil vers Letitia, qui poursuivait résolument sa conversation sur les incidences que le gel avait sur la chasse, dans sa région natale. Elle pourrait être n'importe qui : la fille d'un marchand, ou d'un parvenu qui se serait emparé d'un titre pendant la confusion bonapartiste.

Mr Fitzwilliam avait senti le malaise qui régnait dans la pièce.

— Le titre du comte de Broise est ancien, lady Warren : il remonte à l'époque bénie de l'Empire romain. Non, non, les Busby n'ont pas à rougir de cette union.

Lady Warren ne voulut pas contredire son hôte.

— Il n'empêche que je plains de tout mon cœur la demoiselle qu'il a laissée derrière lui. Perdre son futur mari à la guerre pour le voir revenir avec une femme portant son nom, quelle humiliation !

— Oh ! en ce qui concerne cette affaire, intervint Fanny, elle est ancienne de plus de trois ans. Il n'y a rien de plus ennuyeux que les vieilles histoires, ne trouvez-vous pas ? Avez-vous vu ces nouveaux châles en provenance de Paris ? Je vous garantis que je sombrerai dans la plus profonde dépression si mon cher Fitzwilliam, en dépit de son coût exorbitant, refuse que je m'en offre un. Camilla, ma chère, sonnez Fell et demandez-lui si Alethea et Miss Griffin ont l'intention de descendre.

— Eh bien ! les voilà, Fanny, répondit son époux tandis que Miss Griffin entrait dans la pièce d'un pas raide, suivie d'Alethea, incarnation de la jeune fille vertueuse dans sa robe de mousseline blanche vaporeuse ornée d'une ceinture rose. Comme vous devez le savoir, mes nièces sont de remarquables musiciennes, et, puisqu'il s'agit là d'une réunion intime – seuls la famille et les amis étant invités ce soir –, Alethea s'est risquée à quitter sa salle d'étude pour se joindre à nous.

— Tout comme Belle et Georgina, monsieur, rétorqua Alethea en s'asseyant sur le siège que Mr Portal lui avançait courtoisement. Vont-elles nous interpréter quelque chose ?

Georgina regarda sa sœur avec mépris avant de déclarer que Belle et elle en seraient enchantées. Elles charmèrent l'assemblée avec deux ou trois morceaux à quatre mains. Toutes deux douées pour la musique, elles jouèrent habilement, offrant un spectacle ravissant. Les hommes les observèrent avec une grande déférence, et Camilla put de nouveau souffler : les bonnes manières interdisaient, même à une lady Warren, de poursuivre les commérages pendant l'interprétation des jumelles.

Letitia refusa de chanter, prétextant un léger mal de gorge, comme c'était toujours le cas lorsqu'elle se trouvait en ville par temps brumeux. Cela était vrai, même si Camilla savait fort bien que, chaque année, les maux de gorge de sa sœur leur rendaient à tous la vie infernale au printemps, dans le Derbyshire, loin de la saleté et de l'air pollué de la capitale.

Lady Warren s'apprêtait à faire remarquer l'impact étonnant qu'une dépression pouvait avoir sur la santé des jeunes filles, les affaires de cœur les rendant particulièrement sensibles aux infections des bronches et de la gorge, et combien…

Alethea lui décocha un regard dédaigneux et frôla son siège en se rendant vers le pianoforte.

— Camilla, voulez-vous jouer pour moi ?

Les invités semblèrent approuver. Ces demoiselles bien élevées aux tenues modestes, qui ne tarderaient pas à quitter leur salle d'étude pour montrer leurs talents chèrement acquis, donnaient un sentiment d'ordre et de décorum préservés dans un monde changeant. Les benjamines des sœurs Darcy chanteraient deux ou trois douces mélodies, on les applaudirait et les féliciterait, on boirait le thé… Les rituels familiers de la société seraient de nouveau observés.

Camilla examina la partition qu'Alethea avait posée sur le pupitre puis interrogea Miss Griffin du regard. Cette dernière haussa discrètement ses épaules anguleuses, comme pour signifier « Je n'ai rien à voir là-dedans », puis garda les yeux rivés sur la cheminée. Eh bien ! si Alethea voulait chanter du Mozart, qu'il en soit ainsi.

L'auditoire fut électrisé par l'interprétation d'Alethea.

Lady Warren eut un sursaut de surprise excessif avant d'adopter un air pincé et désapprobateur. Lord Warren se racla la gorge et parut mal à l'aise. N'étant pas familiarisé avec l'œuvre de Mozart, il n'aurait su dire s'il appréciait ce qu'il entendait.

— Par Jupiter ! souffla le capitaine Allington, qui avait l'oreille. Si c'est pas magnifique !

Pagode Portal se carra dans son siège avec un plaisir évident, battant la mesure du pied et des doigts.

Les jumelles s'étaient dirigées vers la fenêtre. D'un coup sec, elles écartèrent les lourds rideaux et regardèrent au-dehors. Les talents musicaux d'Alethea n'étaient pas une découverte pour elles, et il se pouvait qu'un beau mâle passe dans la rue, en bas, leur offrant un spectacle d'un intérêt supérieur.

Assise, Letitia garda un moment les paupières closes, touchée malgré elle par le pouvoir de la musique. Elle trouvait qu'Alethea avait manqué aux règles de la bienséance en choisissant un morceau de Mozart – compositeur qui, de manière générale, était inconvenant quels que soient le lieu et l'interprète.

Levant les yeux de l'instrument, Camilla vit que l'attention de sir Sidney était fixée sur Alethea. Il n'avait rien du satyre ; plutôt un air de connaisseur, d'un collectionneur venant de découvrir un nouvel objet exquis. Son regard croisa celui de Camilla ; il lui adressa un sourire avant de secouer légèrement la tête et de se perdre une fois de plus dans la musique.

— Eh bien ! dit Fanny après que la voiture des derniers convives se fut éloignée dans la nuit, je vous annonce que jamais je ne souhaiterais revivre une telle soirée. Letty, ma chérie, je n'ai que des éloges à vous faire. Cette lady Warren, quelle femme odieuse ! Fitzwilliam, qu'est-ce qui vous a pris d'inviter les Warren ? Je vous supplie de ne pas recommencer de sitôt, car lui est un imbécile et elle la plus perfide langue de vipère de la ville !

— Il n'est pas si mauvais que cela, et sa famille exerce une certaine influence dans le Lincolnshire, où une élection va bientôt avoir lieu. Nous espérons que les résultats nous seront favorables, et, comme vous le savez, chaque voix compte.

— Oh, la politique ! Elle vient gâcher les dîners de toutes les maîtresses de maison. Alethea, vous avez chanté admirablement : quelle voix charmante et étonnante vous avez ! Sir Sidney et Allington étaient transportés par votre interprétation. Mr Portal, dont je peux vous dire, jeunes filles, que l'avis éclairé est toujours bon à prendre – c'est un homme influent qui possède une immense fortune – m'a assuré qu'il ne s'était jamais autant amusé à une fête privée. Pourvu qu'il parle de la musique, ajouta-t-elle avec un regard incertain vers son époux.

— Toutefois, ce choix de compositeur ne conviendrait pas à une réunion plus formelle, déclara Fitzwilliam. Peut-être Alethea que, à la prochaine occasion – et j'espère avoir le plaisir de vous entendre de nouveau, car les jeunes filles doivent apprendre à chanter et à jouer en public sans timidité ni nervosité –, vous pourriez nous interpréter des chansons anglaises. Je suis sûr que Miss Griffin…

— J'en parlerai à son professeur, monsieur, l'interrompit cette dernière. La voix d'Alethea est un sujet de préoccupation pour les maîtres qui lui rendent visite. Elle dépasse les compétences d'une gouvernante.

— Oui, je vois, absolument. Pour ma part, j'apprécie les ballades. Ce genre de musique restera toujours bienséant.

Alethea adressa un sourire sardonique à ses sœurs et souhaita poliment à tous une bonne nuit, non sans avoir jeté un regard de pitié à Fitzwilliam en quittant la pièce.

Chapitre 6

Venteux, glacé, orageux, le mois de février semblait durer une éternité, déplora Mrs Gardiner. Londres était peu fréquenté par la bonne société à cette époque de l'année, et il s'écoulerait un certain temps encore avant que les privilégiés, les frivoles et les joyeux drilles arrivent en masse pour la Saison. Cette tranquillité combinée aux intempéries donnait cependant une impression d'intimité douillette à ceux qui, pour une raison ou une autre, avaient choisi de s'établir en ville.

Les banquiers et les riches négociants tels que Mr Gardiner étaient bien sûr dans leurs bureaux. La plupart considéraient avec un mépris bienveillant leurs connaissances plus distinguées qui partaient au vert pour s'adonner à l'oisiveté. Certains attendaient avec impatience le jour où ils pourraient s'offrir un domaine rural et s'installer comme gentleman-farmer. Mais, pour nombre d'entre eux, le plaisir éprouvé à gagner de l'argent et à conclure des affaires valait mille fois celui de faire la tournée des maisons de campagne, et supplantait de même les joies procurées par cette activité de plein air si chère aux Anglais qui consiste à tirer sur tout ce qui bouge.

Mr Gardiner n'était pas de ceux qui rêvaient d'appartenir à cette aristocratie terrienne. Il se félicitait d'avoir marié l'une de ses filles à un gentleman fortuné, dont la situation était aussi confortable que sa propriété du Kent, mais il préférait secrètement la compagnie de son autre gendre, un avocat actif, toujours très occupé, qui gravissait rapidement les échelons de sa profession. Il se réjouissait également de l'union prochaine de sa cadette avec Alexander Wytton, qu'il appréciait pour ce qu'il était, et dont il estimait beaucoup l'intelligence ainsi que l'érudition.

— Vous feriez mieux de vous concentrer sur vos études avant de vous lancer dans un tourbillon de fêtes, dit-il à Sophie. Un homme raisonnable ne se satisfera pas d'une épouse aussi frivole que vous.

— Il m'aime exactement telle que je suis, répondit Sophie. Il n'a pas envie de se marier avec un bas-bleu – comme ma cousine Camilla, qui effraie tous ses soupirants, ajouta-t-elle d'un air sournois. Voilà ce qui arrive quand on passe ses journées le nez fourré dans les livres et qu'on se promène dans Londres pour contempler des statues, d'affreux vieux bâtiments ou que sais-je encore. Personne ne voudra jamais l'épouser, si elle ne change pas.

Mrs Gardiner réagit à la vulgarité des propos de sa fille.

— Camilla ressemble beaucoup à sa mère, et regardez quel splendide mariage elle a fait.

— Tante Elizabeth aime s'amuser ; elle raffole de la mode et des bals, même à son âge, répliqua Sophie. Elle se moque complètement de ces vieux Grecs et de ces Égyptiens. En tout cas, elle s'en fichait, à l'époque où elle cherchait un époux.

— Camilla adore les fêtes, dit Mr Gardiner en se levant de table. Et je l'ai trouvée ravissante l'autre jour, à la soirée dansante organisée pour vous, jeunes gens, par lady Rampton.

Mr Gardiner s'éloigna, lui tournant le dos, et Sophie lui fit une grimace – discrète, car elle aimait beaucoup son père, en dépit de ses manières trop désuètes à son goût.

— Jamie Rampton est à la recherche d'une femme riche, déclara-t-elle. C'est pour ça que sa mère est rentrée précipitamment à Londres dès qu'elle a eu vent de la présence de cinq héritières ! Elle croit sans doute que l'une de mes cousines se laissera convaincre d'épouser son fils chéri.

Une fois de plus, Mrs Gardiner se demanda pourquoi l'institution pour filles que Sophie avait fréquenté pendant trois ans – sans parler, avant son entrée à l'école, des attentions que lui avaient prodiguées une série de gouvernantes toutes plus compétentes et plus distinguées les unes que les autres –, avait si peu amélioré les capacités de réflexion de sa fille. En société, celle-ci savait se comporter de manière tout à fait correcte, mais, en privé, en présence de ses intimes, ses opinions et son discours laissaient grandement à désirer.

— Je ne crois pas que Camilla soit en quête d'un époux, même si une jeune femme ne doit jamais oublier qu'il est de son devoir de se marier et, si elle vient d'une famille respectable et qu'elle est très fortunée, de faire un bon mariage. Letty ne semble pas intéressée non plus. Je crains même qu'elle ne soit complètement opposée à l'idée d'une union, pour l'instant.

Mrs Gardiner tendit la main vers un autre toast puis, dans un soupir, se ravisa. Elle devait se surveiller, sans quoi aucune des nouvelles tenues qu'elle avait commandées pour la Saison ne lui irait. Ayant tendance à l'embonpoint, elle ne souhaitait en aucun cas ressembler à une bonbonne dans les robes empire à taille haute encore en vogue. Quel soulagement ce serait quand les blouses et les corsets reviendraient à la mode !

— C'est dommage que presque tout le monde soit au courant de la déception de Letty.

— Le secret pouvait difficilement être gardé, puisque ses fiançailles avaient été annoncées dans la *Gazette*.

— C'est vrai, mais cela remonte à un moment, et les gens ont la mémoire courte. Si elle s'était attachée à quelqu'un d'autre, personne n'y aurait rien trouvé à redire.

Sophie s'enroula une boucle de cheveux autour du doigt.

— Si elle n'affichait pas cet air de chien battu partout où elle va, les gens parleraient moins. J'estime que c'est très mal élevé de bouder, et c'est bien ce qu'elle fait.

Mrs Gardiner ne put qu'approuver. L'attitude de Letty ne plaidait pas en sa faveur aux yeux du beau monde, toujours à l'affût d'un nouveau scandale. Elle avait même entendu dire qu'on lançait des paris sur la jeune fille dans les clubs : Miss Darcy allait-elle s'évanouir à la vue de Tom Busby ?

— Les hommes sont si horribles, déclara Sophie.

Sans crainte pour sa ligne, elle en était à son troisième toast.

— Ce n'est pas comme s'il l'avait rejetée volontairement. Mr Busby n'a pas fait exprès de perdre la mémoire.

— On raconte le contraire ; que, lorsqu'il a été blessé, il y a vu l'occasion d'échapper à des fiançailles qu'il regrettait.

— En effet, étant donné les circonstances... Il est évidemment impossible pour un homme d'annuler des fiançailles, c'est tout à fait hors de question. Si Letty avait été à l'initiative de la rupture, elle en aurait peut-être moins souffert.

— On l'aurait prise pour une parjure, et il n'y a rien de pire, dit Sophie avec dédain. Vous savez comment réagissent les vieilles commères lorsqu'une fille rompt des fiançailles officielles. Ne seriez-vous pas furieuse contre moi si je vous annonçais que, finalement, je ne veux plus épouser Mr Wytton ?

Tout en prononçant ces mots, Sophie regardait son assiette et jouait avec une miette de pain.

— Oh ! ma chérie, ne soyez pas ridicule, ce n'est pas du tout la même chose. Letty n'a jamais été dans une situation aussi avantageuse que la vôtre. Ses fiançailles étaient une erreur, et je le disais déjà, à l'époque. C'était une folie de les précipiter tout simplement parce que Tom Busby avait été rappelé par son régiment et s'apprêtait à partir en Belgique.

Tout cela est très bien pour un roman, mais je ne comprends pas pourquoi ses parents y ont consenti.

En réalité, elle savait parfaitement pourquoi Mr et Mrs Darcy avaient donné leur accord : l'obstination de Letitia était impossible à contrer. Du reste, les jeunes gens leur avaient semblé très attachés.

— D'après Fanny Fitzwilliam, le capitaine Allington s'intéresse de près à Letty. Peut-être qu'un soldat chassera l'autre.

— Le capitaine Allington ! s'écria Sophie en tenant son dernier toast en l'air. Vous devez vous tromper, c'est une erreur. Il n'a aucune fortune et ne peut en aucun cas être considéré comme un parti convenable pour une fille Darcy.

— Oh ! je pense qu'il n'y a rien de sérieux là-dedans. Ils adorent les promenades à cheval, tous les deux. Letty est une cavalière remarquable, et Camilla ne monte pas ; elle doit donc être ravie de profiter de la compagnie du capitaine.

Sophie reposa son toast intact et se leva de table.

— Vous ne m'autoriseriez jamais à me promener à cheval dans le parc avec le capitaine Allington.

— Vos situations sont différentes, ma chérie. Votre cousine est une femme de vingt et un ans, tandis que, vous, vous n'êtes qu'une jeune fille de dix-sept ans.

— Vous m'avez même interdit de danser avec lui plus de deux fois au cours d'une soirée, répliqua Sophie, sur le point de quitter la pièce.

— Ma chérie, tout cela est de l'histoire ancienne, maintenant que vous êtes fiancée !

Une autre pensée vint troubler Sophie.

— Je suppose que toutes mes cousines ont reçu leur entrée pour *Almack*.

C'était là un sujet sensible. Mrs Gardiner soupira. En dépit de l'immense richesse de Mr Gardiner et de son large cercle d'influents amis, Mrs Gardiner n'avait pas réussi à convaincre les dames patronnesses d'*Almack* de lui accorder le sésame qui aurait permis à Sophie de participer aux bals hebdomadaires. C'était peut-être une héritière, mais elle tirait son capital du commerce.

— Quand on pense que la fortune de lady Jersey provient du monde de la finance ! Et que font les banques, sinon du commerce ? Tout cela n'a aucun sens. Mais ne vous tracassez donc pas, je vous en supplie. Mr Wytton fréquente très peu *Almack* : il nous a dit plus d'une fois qu'il s'y ennuyait terriblement.

Sophie se retira dans sa chambre, et Mrs Gardiner ordonna aux domestiques d'emporter les toasts avant qu'elle succombe à la tentation. Elle resta attablée devant la cafetière, cherchant à se consoler : certes, Sophie était exclue des bals mais, même si les sœurs Darcy étaient parvenues à obtenir leurs entrées pour *Almack*, aucune d'elles n'égalait la beauté de sa fille.

Mrs Gardiner l'ignorait, mais *Almack* n'avait aucun secret pour Fanny Fitzwilliam. Elle aussi était assise à la table du petit déjeuner, avec son mari pour seule compagnie. Leurs cousines avaient pris leur repas plus tôt.

— Il faut qu'elles y aillent, dit-elle à son époux, concentré sur son journal du matin.

— Hein ? Qui doit aller où ? Vous souhaitez renvoyer une servante ? C'est votre affaire, ma chère, ne m'ennuyez pas avec ce genre de choses.

— Je veux parler d'*Almack*. Letty, Camilla, et *Almack*.

— Vous allez à *Almack* ? Mais nous ne sommes pas mercredi. De plus, les bals ne commenceront pas avant mars.

— Vous avez tout à fait raison, mais les filles auront besoin d'entrées, le moment venu.

Elle soupira en repoussant sa tasse, l'air songeur.

— Y a-t-il un problème ? Êtes-vous en mauvais termes avec les dames patronnesses ? Vous n'avez pas fâché lady Jersey ni la princesse Lieven, au moins ?

— Non, non, je sais ce que je dois faire, et je suis en excellents termes avec toutes ces dames – du moins, je ne suis pas en mauvais termes. Mais… vous savez ce que c'est. Hypocrites comme elles le sont, si elles se mettent en tête qu'un parfum de scandale entoure Letty, ces demoiselles se verront refuser ces fameuses entrées, ce qui déclencherait encore plus de bavardages et de commérages. Pas plus tard qu'hier, Mrs Burrell – une femme affreuse, toujours d'une extrême froideur – a émis un commentaire des plus terribles à propos de Letty et de l'affaire Busby.

Fitzwilliam fronça les sourcils, replia son journal et le posa sur la table.

— Letty s'est fort bien conduite l'autre soir, étant donné les circonstances. Certes, elle paraît un peu déprimée, mais qu'a-t-elle fait pour déclencher ainsi les ragots ?

— Elle n'a pas le moral, et cela se voit. Surtout lorsqu'elle est avec Camilla, si pleine de vie et si prompte à rire. Sir Sidney a fait une remarque à ce propos, quand nous étions chez les Rampton. Je le croyais vraiment intéressé par Letty, pour qui il semblait éprouver une certaine admiration, mais elle est devenue assez ennuyeuse, voyez-vous.

— Sir Sidney ? On dirait bien qu'il est en quête d'une épouse. Au moins, lui, ce n'est pas un coureur de dot. Ses revenus sont énormes, il ne dilapide pas son argent aux jeux et mène rondement ses affaires. Letty l'apprécie-t-elle ?

— Letty se moque complètement de la gent masculine, répondit Fanny d'un ton acerbe. Elle n'a pas envie d'être à Londres ni de fréquenter la bonne société. Son seul désir, dit-elle, c'est qu'on l'autorise à rentrer à Pemberley.

— Eh bien ! qu'on la laisse regagner sa campagne du Derbyshire pour un temps, si cela peut l'aider. J'aurais cru au contraire qu'elle préférerait fuir cette région : le jeune Busby n'en est-il pas originaire ? Tout le voisinage ne parlera que de cette histoire, c'est certain.

— Exactement. De plus, elle sera malheureuse en retrouvant les lieux où ils se sont fréquentés : les souvenirs afflueront. Non, elle ne doit pas rentrer chez elle. Les gens ne cesseraient de jaser, si elle quittait la ville maintenant. Tout le monde connaîtrait la raison de son départ. Letitia affirme que ses sœurs aussi doivent retourner dans le Derbyshire. Vous imaginez ? Il serait impossible d'expliquer à Mr Darcy pourquoi toutes ses filles ont fui Londres avant même que la Saison commence.

Ses cousines devaient mesurer l'importance de faire une apparition à *Almack*, mais ne montrèrent aucun signe d'inquiétude quand Fanny leur apprit qu'il pourrait y avoir un problème avec les entrées.

— Pour ma part, Fanny, cela m'est plutôt égal, dit Camilla, qui se préparait pour une promenade à pied. C'est vrai, j'adore les bals mais, en dehors d'*Almack*, ce ne sont pas les soirées dansantes qui manquent, non ? Sans compter qu'il est exclu que Belle et Georgina y participent cette année. Elles feront un scandale si Letty et moi nous y rendons sans elles.

Fanny sourit en pensant aux jumelles.

— C'est vraiment dommage, mais vous avez raison : cela irait à l'encontre des principes de vos parents.

Dans son for intérieur, Fanny approuvait cette décision. Belle et Georgina étaient toutes deux fort jolies ; ensemble, elles formaient un duo si ravissant qu'elles risquaient de faire de l'ombre à Letty, pourtant très belle, et d'éclipser le charme discret de Camilla. La gaieté et l'esprit taquin de cette dernière constituaient des atouts indéniables, mais ils ne seraient guère mis en valeur dans l'atmosphère guindée et plutôt aseptisée des bals d'*Almack*.

Toutefois, si elle parvenait à trouver un époux pour Letty, et pour Camilla, alors les jumelles... Hélas, les aînées étaient loin d'avoir envie de se marier : Letty était occupée à soigner son cœur brisé, et soûlait tout le monde avec Pemberley et sa haine de la ville, tandis que Camilla regardait tout parti potentiel d'un œil bien trop cynique ! Peut-être sir Sidney gagnerait-il ses faveurs. L'autre soir, il avait semblé témoigner à Camilla un certain intérêt – même si les matrones et les douairières tendaient à le considérer comme un célibataire endurci. Personne n'avait réellement su ce qui s'était passé, dans cette malheureuse affaire avec Miss Harper, mais en quoi cela l'empêchait-il de se marier, à présent ? Il lui fallait sûrement un héritier.

Il était beau et séduisant : elle-même ne restait pas insensible à son charme. Il paraissait sûr de lui et respirait l'intelligence. Peut-être était-il l'homme idéal pour Camilla. Ils avaient quelques années d'écart, mais ce n'était pas un mal puisque tant de choses la faisaient rire chez les plus jeunes. Il était cultivé, avait beaucoup voyagé... N'avait-il pas passé une année à l'étranger après la paix d'Amiens, en 1802 ? Elle se souvenait d'avoir entendu dire qu'il était allé en Italie et avait aussi visité la France. Il avait eu la chance de ne pas demeurer bloqué, comme tant de ses compatriotes, quand Bonaparte avait repris les hostilités en ordonnant l'arrestation de tout ressortissant anglais se trouvant sur le sol français.

Sir Sidney était un connaisseur, et un homme très raffiné. Oui, il pourrait tout à fait convenir à Camilla. On ne le disait pas exalté ; les ragots n'avaient jamais associé son nom à celui des dames bien nées les plus frivoles qui évoluaient dans son milieu. Toutefois, comme nombre de ses congénères, c'était bien évidemment chez les demi-mondaines qu'il faisait ses rencontres amoureuses.

Elle ne savait pas exactement ce que Camilla ressentait pour lui, car son attitude joviale et vivante cachait de la pudeur. Elle ressemblait à son père, peu enclin à se dévoiler. Même si ses contemporains riaient, pleuraient et se montraient sensibles, Fanny n'avait jamais vu Mr Darcy perdre son sang-froid.

Quel dommage que Letty n'ait pas hérité de ce trait de caractère paternel ! Elle donnait bien trop libre cours à ses émotions. Quant à Belle et à Georgina, eh bien ! elles étaient jeunes et débordaient de bonne humeur. La nonchalance de Belle était un charme qui faisait défaut à Letty, pétrie d'inquiétude et d'idées noires, et Georgina était une adolescente pleine d'entrain.

— Cela me rappelle que, d'après Dawson, Belle et Georgina n'ont presque plus rien à se mettre, confia Fanny à Camilla. Elle dit qu'elles ont dû grandir depuis que leurs robes ont été cousues.

Camilla acquiesça.

— Elles ont grandi, je l'ai remarqué dès qu'elles sont arrivées. Quels tourments elles vont nous causer ! Maintenant qu'elles sont à Londres, elles voudront des vêtements plus à la mode. Nous ne réussirons jamais à les convaincre de continuer à porter leurs tenues de salle d'étude.

— Non, en effet, et ce ne serait pas correct, car Letty et vous aurez beau souhaiter les garder à l'étage, ce sont de vraies jeunes filles.

Miss Griffin avait à ce sujet son propre point de vue et l'avait exprimé à Camilla sans détour, comme de coutume.

— Cela ne marchera pas. Je ne supporte pas de les avoir là-haut, à bourdonner comme des mouches dans une bouteille, mécontentes, furieuses qu'on les prive des plaisirs de la ville, obsédées par deux choses : les fêtes et les « soupirants », comme elles appellent les jeunes garçons. J'avoue avoir échoué avec elles. Rien de ce que j'ai entrepris ne les a raisonnées : elles ne pensent que frivolité et amusement. Je ne veux plus avoir à veiller sur elles.

Miss Griffin était assise à un petit bureau dans l'une des pièces du dernier étage, une pile de feuilles posée à côté d'elle. Elle était occupée à écrire. Très friande de romans, adorant raconter aux filles des histoires palpitantes et improbables quand elles se réunissaient toutes devant la flambée, dans la salle d'étude, elle s'était laissé convaincre de prendre la plume et de consigner les sensationnelles aventures de son héroïne.

— Comment ça se passe ? demanda Camilla en se penchant par-dessus la chaise de la gouvernante dans l'espoir d'apercevoir quelques lignes : elle mourait d'envie de connaître le sujet du roman de Miss Griffin.

L'air désapprobateur, cette dernière agita la main vers les pages in-quarto, qu'elle cacha sous une autre feuille. Des gammes provenaient de la pièce voisine, où Alethea s'exerçait.

— Et je vais vous dire autre chose. Il est très difficile pour Alethea de rester concentrée sur ses livres quand elle n'a qu'une idée en tête : la musique. La semaine prochaine, elle chantera devant le Signor Silvestrini, et, s'il décide de la prendre comme élève, je pense que ce sera encore pire pour elle. Je n'ai pas l'impression de respecter les termes de mon contrat avec votre famille, Camilla. Non, je ne les respecte pas.

— Oh ! la belle affaire ! répondit aussitôt Camilla. Allons, vous savez que mes parents ont toujours été contents de vos services. Papa répète souvent qu'il est ravi d'avoir deux filles instruites. Comme moi, il a conscience que Belle et Georgina sont des cas désespérés. Vous avez vraiment fait tout votre possible, croyez-moi. Elles sont accomplies dans quelques domaines : elles parlent français et savent tenir des comptes.

En dehors de cela, elles n'ont rien dans la tête, mais c'est dans leur nature, et personne ne les changera.

Elle s'interrompit et tapota l'épaule de Miss Griffin pour la réconforter.

— Tante Georgiana affirme qu'elles ressemblent à tante Lydia, qui était très extravagante dans sa jeunesse. Elle a épousé un homme que papa refusait de recevoir. Rappelez-vous, c'est toujours seule qu'elle nous rendait visite.

— Je me souviens très bien de Mrs Wickham à cette époque. Elle a perdu son mari pendant la guerre d'Espagne, n'est-ce pas ? Et s'est-elle remariée ?

— Il me semble, à un homme élégant. Elle vit à Londres, mais papa ne veut pas qu'on la voie plus que ne le requiert la politesse. Je crois qu'elle évolue dans des cercles très différents de ceux des Fitzwilliam.

Miss Griffin ramena la conversation sur Belle et Georgina.

— Si elles ne restent pas dans la salle d'étude avec Alethea, alors elles doivent sortir en société. Lady Fanny me paraît fort désireuse d'endosser cette responsabilité, même si je crains que les jumelles ne l'accaparent totalement. Au risque de vous laisser, Letty et vous, livrées à vous-mêmes.

— Oh ! ne vous en faites donc pas pour nous. Pour le moment, Letty a la ferme intention de broyer du noir et, tant que Fanny m'accompagne aux fêtes auxquelles je ne peux me rendre seule, cela me convient.

— Miss Griffin est d'accord avec vous, confia Camilla à Fanny, sachant que cela lui ferait plaisir. Elle n'est plus disposée à veiller sur les jumelles... En fait, elle pense qu'elles devraient quitter la salle d'étude dès maintenant. Elle ajoute toutefois que, si elles doivent paraître en société, il faut qu'une bonne les accompagne. Sackree aura trop à faire avec nous quatre, si elle doit s'occuper de chacune d'entre nous et nous habiller.

Le visage de Fanny s'éclaira.

— Vraiment ? C'est ce que Miss Griffin a dit ? Eh bien ! dans ce cas, plus rien ne s'y oppose – car je ne voudrais pour rien au monde vexer votre gouvernante. Vous savez ce que c'est, avec les gens de maison. Si elle partait, vos parents ne me le pardonneraient jamais.

— C'est hors de question. Letty et moi n'accepterions jamais qu'elle s'en aille, surtout à cause de Belle et de Georgina. Du reste, que deviendrait Alethea sans elle ? Il serait difficile de lui trouver une nouvelle gouvernante, je puis vous l'assurer.

Fanny avait beau se dire qu'il était absurde de se préoccuper d'une jeune fille de seize ans, le caractère et les talents d'Alethea l'impressionnaient. Elle ne souhaitait pas le départ de Miss Griffin. De plus, elle serait ravie que les jumelles quittent l'étage et sortent en société, car c'était exactement ce qu'elle espérait.

— J'appelle tout de suite ma modiste, déclara-t-elle. Et je parlerai à Dawson de cette histoire de bonne. Elle saura faire au mieux.

Le jour était mal choisi pour aller au parc : le ciel gris et le vent froid n'incitaient guère à la promenade. Même Camilla dut se forcer, elle qui d'habitude prenait beaucoup de plaisir à cet exercice. Les odeurs de Londres – chevaux, fumée, miasmes du fleuve charriés par la brise – stagnaient dans l'air humide. Sackree ronchonnait depuis l'instant où elles avaient tourné à l'angle d'Aubrey Square, fouettées par une bourrasque particulièrement glacée. Au bout d'un quart d'heure, Camilla en avait eu assez et avait préféré abandonner sa promenade. Au lieu de quoi, elle décida de rendre visite à Mrs Rowan, qui vivait sur Bruton Street, à quelques pas de là.

La maison de Mrs Rowan était l'une de ces demeures à plusieurs niveaux bâties au début du siècle précédent, ornées d'une façade lisse, d'ouvertures sobres et d'un briquetage rouge soigné. Le vestibule était étroit et l'escalier simple ; aussi, une fois introduite par un jeune groom noir dans les appartements du premier étage, Camilla fut-elle surprise. La grande et belle pièce était pourvue de trois fenêtres à guillotine qui donnaient sur une petite place, sans verdure à cette époque de l'année.

Au-dehors, tout était morne et gris. À l'intérieur, c'était une explosion de couleurs : des rouges, des roses foncés éclaboussés d'or et de violet. Le sol était couvert de tapis turcs ; d'autres étaient suspendus aux murs entre une série de tableaux : des portraits, des paysages, des miniatures, des aquarelles, et de nombreux dessins originaux représentant des hommes en robe étrange, une épée au côté, coiffés d'un chapeau à gland de soie rouge. Des fauteuils et des canapés étaient disposés çà et là : quelques-uns avaient été placés près d'un feu qui crépitait joyeusement, d'autres autour des tables, ou regroupés pour plus d'intimité dans un coin de la pièce.

Les murs étaient parés de brocart dans des tons de rose que Camilla n'avait jamais vus auparavant, et, partout, l'œil était attiré par des couleurs chatoyantes : celles de jolis coussins lisses, rebondis et confortables posés sur chaque siège ou par terre, invitant à la détente.

Plusieurs personnes se trouvaient là. Mrs Rowan se détacha d'un petit groupe rassemblé près de la cheminée et s'avança aussitôt, les mains tendues, pour la saluer.

— Comme je suis contente que vous soyez venue ! (Elle se mit à rire en voyant l'expression de Camilla.) Vous semblez étonnée. Vous vous dites sans doute que cet endroit est bien étrange ! La plupart des gens ont cette réaction en le découvrant. Quand j'étais enfant, mon père vivait en Turquie et, après la mort de ma mère, j'y ai passé plusieurs années, avec lui. J'en ai développé un goût du mobilier et de la décoration ottomans, et j'ai même adopté certaines des coutumes de ce pays. Alors, qui connaissez-vous déjà ?

Pagode Portal faisait partie du nombre surprenant de visiteurs étant donné l'heure matinale. Pourtant, quelques minutes plus tard, Camilla se demanda comment les amis de Mrs Rowan auraient pu préférer la compagnie de quelqu'un d'autre.

Heureuse de constater la présence de sir Sidney, elle sentit sa joie redoubler lorsqu'elle le vit s'approcher d'elle avec un sourire.

— Venez, asseyons-nous dans ce canapé. Ne perdons pas de temps, car j'entends des pas dans l'escalier, et les invités de Mrs Rowan sont souvent si nombreux qu'on est obligés de rester debout, ou de se vautrer sur les coussins au sol.

— Ils ont l'air très douillets, fit-elle remarquer.

— Ils le sont peut-être, mais, pour ma part, je préfère ne pas avoir à m'y étendre. C'est sans doute très confortable une fois qu'on est dessus, mais on manque cruellement d'élégance quand on essaie de s'en relever. Laissons-les donc aux jeunots. Il faut bien leur reconnaître une certaine souplesse physique, à défaut d'une agilité de l'esprit.

— Je ne vois aucun « jeunot » dans les parages, dit-elle en regardant autour d'elle.

Elle aperçut Mr Wytton, qui en la repérant à son tour la salua froidement d'un signe de tête. Mr Layard était à ses côtés ; il agita vivement la main vers elle, et la gratifia d'un sourire des plus amicaux.

— Ils arriveront plus tard. Je conseille pourtant à Mrs Rowan de ne pas les accepter : qu'avons-nous en commun avec ces jeunes naïfs, dont certains n'ont même pas encore quitté l'université ?

— Et Mrs Rowan, qu'en dit-elle ?

— Oh, que l'on doit leur enseigner les civilités, et que, s'ils ne commencent pas à cet âge, ils deviendront insupportables quand ils auront atteint les vingt-six ou vingt-sept ans.

— Je pense que Mrs Rowan a tout à fait raison. Les jeunes hommes doivent apprendre à bien se comporter en société.

— Qu'ils le fassent ailleurs ! Ils n'ont plus d'excuses, désormais : ils ont la possibilité de voyager comme cela leur chante, d'apprendre l'élégance et de l'appliquer également dans leur discours. Laissons aux Français et aux Italiens le soin de leur inculquer tout cela, que cette corvée nous soit épargnée !

Elle se mit à rire.

— J'ai cru comprendre, monsieur, que vous aviez beaucoup séjourné à l'étranger.

— C'est exact – avec des interruptions dues à la guerre. La façon cavalière dont ce soi-disant empereur nous a traités, nous autres explorateurs, n'est certainement pas le moindre de ses péchés.

— Ne parlez pas de la guerre, je vous en supplie, leur lança Mrs Rowan depuis l'autre bout de la pièce. Il est interdit d'en discuter dans ma maison. Seul le présent doit nous préoccuper.

— Vous n'y pensez pas, madame, protesta Mr Wytton. J'évoquais justement avec Pagode les antiquités que j'avais récemment fait venir en Angleterre par bateau, pour qu'elles soient ensuite acheminées à l'abbaye. Ce ne sont pas des objets de notre époque, assurément. Aussi, dois-je m'abstenir d'en parler ?

— Oh ! les sujets classiques sont parfaitement tolérés, et tellement à la mode ! J'autorise les discussions portant sur les antiquités, mais pas si vous parlez de Thucydide, ni si vous mentionnez les similitudes d'une certaine campagne d'Espagne avec celle qu'un général athénien lança contre les Spartiates et les Perses.

— Des antiquités ? s'enquit sir Sidney en reportant son attention sur Mr Wytton. Et en quoi consiste votre chargement ?

— Il s'agit principalement de statues. Je les ai achetées à Paris, où l'on trouve à la vente tous les butins du monde. Elles proviennent d'Italie : il y a quelques bustes romains et une belle nymphe grecque qui appartenait autrefois au Vatican. Elle a été volée par celui dont on ne doit pas prononcer le nom. (Il fit un léger signe de tête en direction de Mrs Rowan.) Pour une raison que j'ignore, cette pièce ne faisait pas partie de celles qui ont été restituées à Rome aux frais du prince régent. Une perte pour Pie VII – mais un gain pour moi.

— Aux frais du prince régent ? demanda Camilla, curieuse d'en entendre davantage. Quel rapport celui-ci a-t-il avec les statues du Vatican ?

— Après la guerre, il aurait coûté trop cher au pape de faire revenir en Italie tous ces trésors volés, lui expliqua sir Sidney. On a proposé au prince – un collectionneur avisé, comme vous le savez sans doute – d'acheter certaines œuvres mais, dans l'un de ses rares élans de noblesse, il a déclaré que ces précieux objets appartenaient à Rome et de ce fait a payé leur transport vers l'Italie.

— Vraiment ? s'enquit Camilla. Il a tout mon respect pour cela.

— Le nôtre aussi, mais ne vous laissez pas emporter par votre enthousiasme, Miss Camilla, rétorqua sir Sidney d'un ton sec. Quand vous aurez vécu quelque temps à Londres, vous vous rendrez compte qu'éprouver de l'admiration pour Prinny est assez déplacé.

— Ah oui ? Je doute d'avoir l'occasion de me forger une opinion quelle qu'elle soit : je n'évoluerai probablement pas dans les mêmes sphères que lui.

— Pourtant, par son mari, votre tante n'est-elle pas en relation avec Carlton House ? l'interrogea Mr Layard. (Il traversa la pièce et s'assit à côté du canapé, sur un tabouret bas.) Il me semble que Mrs Pollexfen est votre tante.

— Mrs Pollexfen, votre tante ! s'écria Mrs Rowan. Grands dieux, Camilla, vous côtoierez les sphères les plus hautes si vous fréquentez ces gens.

— Je ne l'ai vue que rarement, dit Camilla, et pas depuis qu'elle s'est remariée.

— Elle se nommait Mrs Wickham, autrefois, c'est bien cela ? s'enquit Mr Portal.

— Oui, répondit-elle. Mr Wickham est mort pendant la guerre d'Espagne, lors de la bataille des Arapiles. Oh, je suis navrée, madame, ajouta-t-elle en regardant Mrs Rowan avec un air contrit. Me voilà de nouveau à parler conflits. Cependant, cela n'a rien à voir avec son époux actuel. Tout ce que je sais, c'est qu'ils habitent Londres. J'ignore tout de ses relations avec Carlton House.

— Ils vivent à Londres dans un luxe extraordinaire, fit remarquer Mr Portal. Vous vous en rendrez compte par vous-même : je suppose que vous avez l'intention de lui rendre visite.

— Je ne crois pas… C'est-à-dire que, quand mes parents rentreront de Constantinople, peut-être que nous…

Une femme plutôt jolie, assise à côté de Mr Wytton, lui souffla à l'oreille que Mrs Pollexfen avait toujours été considérée comme quelqu'un de rapide. Son premier mariage avait été auréolé de scandale : il avait été question de fugue amoureuse et de déshonneur, étouffés par sa famille. Tout cela appartenait au passé, bien sûr, et était sans importance, mais cette dame n'avait pas redoré son blason en épousant Francis Pollexfen car, malgré sa fortune et ses relations, il avait très mauvaise réputation. Mr Wytton l'avait sûrement déjà rencontré.

Ce dernier, plongé dans un ennui profond, pencha la tête sans répondre, tout en se demandant brièvement pourquoi Sophie, qui devait être une cousine de Mrs Pollexfen, n'avait jamais évoqué cette femme. Sa fiancée adorait parler de ses relations les plus huppées, et il trouvait cela totalement rasant, car lui-même ne manquait pas de contacts aussi haut placés qu'insipides. Il préférait fréquenter des individus que Sophie qualifiait de communs et d'insignifiants : poètes, écrivains et consorts. Elle était heureuse qu'il connaisse le malicieux et très en vogue lord Byron, mais tous ces personnages érudits avec lesquels il sortait constituaient, selon elle, la compagnie la plus assommante du monde.

C'était une petite créature frivole, comme toutes les jeunes filles de dix-sept ans. Quant à lui, il détestait les femmes pédantes. Miss Camilla Darcy, par exemple : voilà une demoiselle aux opinions bien tranchées, et qui n'avait pas peur de les exprimer. Sophie aurait jugé la conversation de sa cousine soporifique, et il en était ravi.

Mrs Rowan disait au revoir à un homme singulier, vêtu d'un manteau crasseux.

— C'était Mr Algernon Watson, l'historien, déclara-t-elle en rejoignant Camilla. Très timide, mais au bout de six ou sept fois il vous adressera peut-être la parole. Après quoi, vous regretterez qu'on vous l'ait un jour présenté, car c'est l'être le plus bavard que j'aie jamais rencontré ; le plus brillant également, mais sans le moindre sens de l'humour. Il a entrepris d'écrire l'histoire des Turcs ottomans, et me rend visite pour discuter de leurs coutumes et de leur mode de vie.

— Il doit se féliciter que vous maîtrisiez si bien le sujet, supposa Camilla.

— Oh ! détrompez-vous ; ce que je raconte à Mr Watson ne lui est d'aucune utilité : il est persuadé qu'une femme ne peut avoir raison. Tout ce que j'ai observé et expérimenté au cours des années que j'ai passé dans ce pays n'a aucune valeur à ses yeux. Lui qui n'y a jamais mis les pieds doit en avoir une meilleure idée que moi.

— Quelle mauvaise foi ! Son livre d'histoire ne vaudra pas la peine d'être lu.

— Ce sera un immense succès, et son travail sera admiré par nombre d'érudits. Il n'y a que moi qui m'en moquerai, et peut-être votre mère en rira-t-elle aussi à son retour, car je suis sûre qu'elle aura beaucoup appris sur les Turcs lors de son séjour à Constantinople.

— En effet, je l'espère, et pour mon père également.

— Non, non, lui passera son temps à converser avec d'autres Européens et à participer à des réunions officielles. Vous savez, c'est à nous, les femmes, de nous imprégner de la culture d'un pays étranger, car nous avons moins de fierté et sommes plus curieuses. Aussi, malgré notre liberté restreinte, nous percevons beaucoup plus de choses que les hommes.

Wytton la regarda en haussant un sourcil, l'air interrogateur.

— Vous n'êtes pas tendre avec la gent masculine, Mrs Rowan, alors que vous faites preuve d'une grande indulgence pour les personnes de votre sexe.

— C'est justifié.

— Vous semblez pensive, Miss Camilla, fit remarquer Mr Portal. Ne me dites pas que vous désapprouvez Miss Rowan.

— Je ne suis pas en mesure d'émettre un avis, car je n'ai jamais quitté l'Angleterre – pays que je connais bien mal. Oh ! comme j'aimerais pouvoir voyager, et visiter toutes ces contrées dont on parle !

— Je vous conseille d'oublier ce genre d'idée révolutionnaire, lui confia Mrs Rowan. Une jeune femme comme vous est destinée à épouser un homme respectable, puis à s'installer à la campagne et à y élever ses enfants. Vous aurez peut-être le droit, si vous tombez sur un bon mari, de passer quelques semaines à Londres pour la Saison.

— Comme ça, destinée ? J'espère bien que non. Pour vous, cela ne s'est pas passé ainsi.

— J'étais jeune quand mon époux est décédé, ce qui pour beaucoup est un grand malheur. Cependant, une fois veuve, une femme peut mener une vie indépendante, et cela me convient très bien. Certes, je ne connais pas les joies de la maternité, mais j'ai d'autres compensations.

Camilla remarqua le sourire intime et fugace que Mrs Rowan, tout en parlant, avait adressé à Pagode Portal. Elle se demanda si les ragots qui circulaient au sujet de sa nouvelle amie étaient vrais, après tout.

— Pour rien au monde je ne me remarierai, reprit Mrs Rowan. Vous n'imaginez pas comme il est agréable de gérer sa propre fortune !

Pendant la visite de sa sœur à Bruton Street, Letitia était partie faire une promenade à cheval avec le capitaine Allington. Une fois en selle, elle devenait une autre : ses craintes s'évanouissaient, ses idées noires s'envolaient, ses joues pâles s'enflammaient. C'était une excellente cavalière, et, chose rare, elle s'était disputée avec Mr Fitzwilliam sur le choix de sa monture. Après avoir vu le grand cheval bai décharné qu'elle avait ramené de la campagne, Mr Fitzwilliam lui avait clairement exprimé sa désapprobation.

— Vous ne pouvez pas monter cette grosse bête : elle est bien trop puissante pour vous. Je n'ai jamais vu un cheval qui convienne aussi peu à une dame. Mais à quoi songeait votre père ? Laissez-moi vous en prêter un de mes écuries. La jument de Fanny vous ira à merveille ; c'est une charmante créature, la plus sûre qui soit.

Camilla, amusée, avait remarqué les mâchoires crispées de Letty, qui s'était efforcée de répondre avec toute la politesse requise.

— Vous êtes trop aimable, monsieur, mais, croyez-moi, je suis habituée à sir Lancelot. Cela fait trois ans que nous nous connaissons et nous entendons à merveille. Je vous accorde qu'il est grand, mais cela rend les promenades plus confortables, et il est fort bien dressé. Il n'est jamais parti au galop sans que je l'y autorise et ne m'a jamais désarçonnée.

— À la campagne, c'est différent. En ville, il sera effrayé par la circulation. S'il fait un écart, vous serez incapable de le maîtriser.

Le moment était venu pour Camilla de venir au secours de son aînée.

— Elle dit vrai, monsieur. C'est mon père qui lui a offert ce cheval, issu de son élevage, pour son usage personnel. Sir Lancelot est fougueux mais pas méchant, et il s'est toujours bien conduit avec ma sœur.

Fitzwilliam avait dû céder. Ne pouvant rien faire de plus, il avait passé sa colère sur le palefrenier des Darcy auquel il reprocha d'avoir permis à sa maîtresse d'amener un tel cheval à Londres.

— J'vous demande pardon, Votre Honneur, mais j'ai rien à voir là-dedans, moi. Mr Darcy m'a dit d'amener ce cheval à Londres pour Miss Darcy, donc c'est ce que j'ai fait. Mrs Darcy m'a prié de veiller moi-même sur cette bête : elle ne monte pas plus que Miss Camilla, mais elle adore sir Lancelot, et elle se dit toujours confiante quand Miss Darcy part avec lui et les chiens, car elle sait que c'est une monture intelligente qui mènerait sa fille n'importe où.

Letitia, accompagnée du palefrenier, avait donc sorti sir Lancelot. Le capitaine Allington les avait retrouvés au parc et s'était empressé d'inviter Letty à se joindre à lui pour de futures promenades. C'était à présent la troisième fois qu'ils chevauchaient ensemble.

Camilla n'arrivait pas à savoir si Fitzwilliam s'opposait obstinément à ces excursions à cause de la taille et du caractère du cheval, ou bien à cause du changement qui s'opérait chez sa sœur une fois qu'elle était perchée sur sir Lancelot. Ce jour-là, à son retour, Letty, la mine resplendissante, fut accueillie joyeusement par Fanny, ravie de voir sa cousine de meilleure humeur – même si ce n'était que temporaire. Son époux, de son côté, affichait plus de réserve.

Le capitaine Allington était formel.

— Vous pouvez me croire, c'est une cavalière hors pair ! s'écria-t-il. Seigneur, quelle merveilleuse promenade ! (Il se tourna vers Letitia.) J'espère qu'un jour vous me rendrez visite à Richmond ou à Bushey, où nous pourrions faire galoper les chevaux comme il se doit.

Distraite par sa fillette, Fanny sourit à peine et répondit qu'elle était certaine que Letty aimerait renouveler l'expérience. Fitzwilliam fronça les sourcils et parut sur le point de parler ; heureusement, le capitaine Allington quittait déjà la pièce en les saluant.

Plus tard dans la soirée, Fanny fut moins sûre de son jugement sur une telle excursion, quand Fitzwilliam entra dans sa chambre alors qu'elle se changeait pour le souper. Il aimait la voir en sous-vêtements, les cheveux défaits. Cela suscitait en lui les émois les plus intenses. Il la regarda avec amour : elle était assise à sa coiffeuse, dans un peignoir de soie, sa bonne brossant sa chevelure avant de la relever. Fanny congédia la domestique puis, le sourire aux lèvres, se tourna vers son mari, la main tendue pour le tenir à distance.

— Non, non, monsieur, me voilà coiffée, il vous faudra patienter.

Il n'en prit pas ombrage, habitué aux lubies de son épouse en matière de vêtements et de coiffure lorsqu'elle se préparait pour une occasion formelle. Du côté de Fanny, ces tactiques relevaient de la ruse. Sa mère, une femme expérimentée, lui avait prodigué d'excellents conseils sur la façon dont une femme devait s'assurer de la présence de son mari auprès d'elle à ce moment-là de la journée, quand la tentation se faisait la plus vive.

— Même le plus tendre des maris sera tenté par la fréquentation des bordels, comme tous les hommes de notre rang, avait-elle dit à Fanny. Faites en sorte qu'il désire passer ce temps-là en votre compagnie. Ce n'est pas une question de morale ; celle-ci tombe chez tous les mâles en même temps que leurs chausses. Il s'agit de l'habituer à d'autres manières. Flirter avec un tiers ne sera pas un mal non plus. Cela favorisera les ardeurs qu'il a pour vous.

Son mari, à des lieues d'envisager qu'une mère puisse avoir une telle conversation avec sa fille, laissa de côté sa ferveur pour évoquer l'affaire de Letitia et de son cheval.

— J'ai été fort mécontent de l'état dans lequel elle est rentrée de sa promenade, aujourd'hui. Je n'aime pas la voir galoper sur une bête pareille, et il n'est pas non plus bon signe qu'elle trouve cet exercice si grisant. Je dois le reconnaître : elle m'a à la fois déçu et surpris, car c'est par ailleurs une fille très obligeante.

Fanny tripota le couvercle d'un pot de crème.

— À ce propos, vous devez garder à l'esprit qu'elle a été élevée à la campagne. Vous savez comment sont les gens, là-bas : agités, toujours actifs. Pensez seulement à Camilla, qui aime prendre l'air avec ses promenades à pied quotidiennes. Letty a besoin de se défouler. Son moral est encore bien bas, et elle n'a de cesse de s'inquiéter pour sa famille.

Elle reposa le pot et, choisissant plusieurs bracelets, les enfila un à un le long de son bras mince.

— Hier, justement, Belle et Georgina sont allées sur Bond Street et sont rentrées un peu tard. Elles avaient croisé une connaissance et n'ont pas vu l'heure passer. Letty s'est mise dans un état ! Elle imaginait les pires désastres : elles s'étaient fait renverser par une voiture, ou enlevées, ou bien elles étaient tombées du trottoir et s'étaient cassé la jambe !

Fitzwilliam appréciait ce genre de faiblesse toute féminine, mais Letty y allait peut-être un peu fort. De plus, demanda-t-il, si elle redoutait tant les accidents, pourquoi choisir de monter un tel cheval ?

— Oh ! ce n'est que le sort des autres qui l'angoisse. Elle ne nourrit aucune crainte pour sa propre sécurité ou son bien-être, répondit Fanny.

— Et combien de temps passe-t-elle avec le capitaine ? Je sais que vous aimeriez qu'elle oublie ce pauvre Busby – j'en ai plus qu'assez d'entendre son nom dans toute la ville, je vous le dis –, mais Allington n'a jamais été considéré comme un bon parti pour elle. C'est un fils cadet, il ne perçoit aucun revenu en dehors de sa solde et n'a pas la moindre perspective d'avenir. Certes, il est très beau et toutes les filles raffolent de ses moustaches, mais cela reste insuffisant, Fanny.

— Letty n'a aucune inclination pour lui, ni lui pour elle.

Fitzwilliam devait l'accepter. Son épouse se trompait rarement en matière d'affaires de cœur.

— Et il ne sera pas au bal d'*Almack*, ce soir. Les soldats fréquentent peu cet endroit ; elle devra donc converser et danser avec d'autres hommes.

— Deux jeunes femmes, d'une valeur de 100 000 livres à elles deux ! Il va vous falloir être vigilante, Fanny, très vigilante.

Chapitre 7

— Je ne comprends pas pourquoi on appelle ça une robe habillée alors qu'on a la poitrine et les épaules dénudées. Et, lorsqu'il n'est pas requis d'être habillée, on se retrouve à porter des tenues dont le collet nous remonte jusqu'au menton, fit remarquer Camilla en se contorsionnant devant le miroir pour mieux observer son reflet.

Non seulement Fanny avait réussi à obtenir les précieuses entrées pour *Almack*, mais elle avait aussi su résister aux gémissements et aux supplications de Belle et de Georgina pour être de la fête – « Impossible, il n'y a pas d'entrées pour vous. » Elle avait aussi personnellement passé en revue chaque détail des robes de soirée que Camilla et Letty allaient porter au premier bal de la Saison.

Leurs tenues étaient à la pointe de la mode : un voile d'organdi couvrait leur jupon de soie ; l'arrondi de chaque robe, orné de volants, montrait leurs chevilles, vêtues pour l'occasion de bas de soie. Camilla adorait la caresse de cette matière sur sa peau, les bruissements et les mouvements de sa toilette – même si, au début, son décolleté vertigineux l'avait décontenancée. Tout comme la taille haute et ajustée du vêtement, et les petites manches ballon qui laissaient voir les épaules, soulignant d'autant plus leurs poitrines.

Pendant ce temps, Letty luttait contre Sackree, remontant sa robe d'un coup sec afin de couvrir davantage sa gorge. Elle proposa même d'ajouter un peu de dentelle de dernière minute. Fanny, qui venait vérifier si ses cousines s'en sortaient, ne voulut rien entendre.

—Quoi de plus triste qu'une pudibonde ? Croyez-moi, ce soir, vous verrez des femmes avec des décolletés bien plus audacieux. Ces robes-ci sont tout à fait décentes. Letty, vous pouvez accrocher ce bijou en perles et rubis au milieu, juste ici. Camilla, voici un petit bouquet de fleurs de la part de sir Sidney. Tenez, vous devriez l'attacher ainsi à votre corsage.

—De sir Sidney ? (Camilla essaya de dissimuler sa joie.) Y a-t-il une carte avec ?

—Les compliments d'usage. Il a aussi fait envoyer un bouquet à Letty. Je l'ai laissé en bas, puisqu'elle voudra le porter à la main. Allons, passons aux colliers et aux bracelets. Letty, il vous faudrait une pointe de rouge… Non, ne vous sauvez pas ! Vous êtes trop pâle ; il est primordial que vous ayez l'air épanouie, ce soir.

Sackree et Fanny l'épinglèrent, la boutonnèrent, la poudrèrent, et tirèrent la robe et les cheveux de Camilla. Celle-ci se faisait l'effet d'un cheval que l'on pansait pour une occasion importante. Ou encore, d'une génisse de l'Antiquité, parée et enrubannée, sur le point d'être menée à l'autel du sacrifice. Elle s'apprêtait à faire part de ses impressions à Fanny quand elle se ravisa : peut-être la comparaison avec la génisse était-elle un peu trop réaliste pour que l'on en saisisse la drôlerie.

Letty était superbe, mais d'une humeur manifestement orageuse. Aux yeux de Camilla, cela ajoutait encore au charme de sa sœur, qui manquait parfois de vivacité. Une beauté figée n'avait pas l'attrait d'une beauté vivante. Pourtant, si Letty ne voulait pas faire tapisserie, il lui faudrait présenter une figure plus avenante car son attitude actuelle risquait de terrifier tous les jeunes messieurs, ainsi que leurs aînés, sans doute. Pourvu que la magie du bal opère, et que sa sœur oublie les vexations pour s'autoriser à s'amuser !

Elles descendirent au rez-de-chaussée, où Mr Fitzwilliam patientait, vêtu de la tenue de soirée la plus convenue qui soit : des chausses, des bas de soie et une redingote noire ornée de boutons en laiton. Son regard s'attarda sur le décolleté des filles jusqu'à ce que Fanny, resplendissante dans une robe de satin bleue relevée d'une parure de diamants héritée de sa mère, lui tapote l'épaule avec son éventail pour lui signaler qu'elles étaient prêtes à partir.

La voiture fut annoncée et Fanny y monta, suivie de Camilla et de Letty. Après que Fitzwilliam eut donné ses consignes au cocher, ils s'éloignèrent rapidement de la maison. Cependant, ils durent ralentir à l'approche de King Street, où se trouvait *Almack* : la rue était bondée de véhicules déposant leurs coquets fardeaux au pied des marches du club, à la lueur des torches.

Sans vouloir paraître gauche ni donner l'impression d'être une fille tout juste débarquée de sa campagne, Camilla ne put s'empêcher d'ouvrir des yeux émerveillés devant le nombre de personnes et d'équipages présents. Les lanternes de la voiture luisaient dans la rue faiblement éclairée. Un brouhaha monta des conversations naissantes, les nouveaux arrivants saluant leurs prédécesseurs et se tournant pour faire de même avec ceux qui approchaient.

— On ne connaît personne ! s'exclama Letitia. Oh ! comme je regrette que nous soyons venues !

— Balivernes, rétorqua Fanny. Un bal, c'est l'endroit idéal pour faire des rencontres. C'est tout l'intérêt d'*Almack*. Je puis vous assurer que je connais chacune de ces personnes – ou du moins leur famille. Toutes les jeunes filles de haut rang qui ont le droit de sortir en société seront ici, ainsi que tous les hommes susceptibles de constituer un beau parti.

— Je vois que cet endroit mérite bien son surnom de « foire aux mariages », intervint Camilla.

Cette remarque lui valut un regard critique de Fitzwilliam et un rapide geste de dénégation de la part de Fanny.

— Ne dites pas cela ; il serait très vulgaire de paraître en quête d'un mari.

— Eh bien, comme nous n'en cherchons pas, répondit Letitia, il n'y a pas de risque. C'est pourquoi nous aurions dû nous abstenir de venir car, en nous voyant, tout le monde pensera le contraire.

— Mais si vous n'y allez pas, à votre âge, alors que l'on vous sait à Londres pour la Saison, on trouvera cela fort singulier, et les commérages reprendront de plus belle. C'est bien la dernière chose que nous souhaitons, n'est-ce pas ?

Letitia se laissa retomber sur la banquette et replongea dans sa bouderie. Camilla se penchait en avant pour voir quelle était leur position dans la file quand la voiture s'immobilisa. Le valet ouvrit la portière, déplia le marchepied et aida les dames à descendre.

Le petit groupe gravit le large escalier de pierre menant à la salle de bal. On examina attentivement leurs invitations, on inspecta la tenue de Mr Fitzwilliam, dans le cas où il aurait tenté d'être admis dans le Saint des Saints avec un pantalon prohibé : derrière ces portes, les chausses étaient encore de rigueur. Enfin, on les laissa entrer.

L'impression première de Camilla fut celle d'une mer de miroirs pailletés. Les gigantesques glaces qui couvraient les murs démultipliaient la foule, en une véritable armée de gens chic. Les lustres de cristal richement ornés, illuminés par les flammes de gaz ondoyantes, étincelaient de mille feux. Les colonnes dorées de style classique soutenaient une galerie dans laquelle des musiciens jouaient. Il faisait chaud, l'atmosphère était étouffante, et, en dehors des glaces et des dorures, la salle ne comportait aucun élément de décoration.

Mrs Rowan lui avait dit à quoi s'attendre : compagnie ennuyeuse, ratafia et limonade pour uniques boissons, pain et beurre pour seule nourriture, et des sujets de conversation d'une banalité affligeante, qui ne porteraient ni sur la politique ni sur quoi que ce soit de sérieux.

— Vous allez trouver le temps long.

C'était oublier la passion de Camilla pour la danse. Elle regretta de ne pas être déjà en train de valser sur la piste. Le simple fait d'observer les danseurs l'enivrait.

Quelqu'un essayait de lui montrer une fiche sur laquelle étaient notées les figures de quadrille. Elle la repoussa avec un sourire. Toute sa famille connaissait le quadrille, et chacune de ses sœurs adorait danser. Plus d'un après-midi pluvieux à Pemberley avait été sauvé de l'ennui grâce à un professeur de danse des environs qui leur enseignait les pas. Griffy se mettait au pianoforte, et sa mère, dont l'amour pour la danse n'avait jamais faibli, regardait ses filles avec un plaisir non feint, battant la mesure avec sa main.

C'était la cohue : les hommes comme les femmes se pressaient les uns contre les autres, certains entrant dans la salle, d'autres s'arrêtant pour saluer des amis ou observer les danseurs autour d'eux.

Camilla aperçut sir Sidney au fond de la salle. Il s'entretenait avec une personne élégante coiffée d'une extraordinaire parure de plumes. Comme il avait de l'allure dans son bel habit du soir ! Sa haute taille et sa silhouette avaient l'avantage de dominer l'assemblée, qui comptait pourtant de nombreux jeunes hommes – certains étaient agréables à regarder, mais la plupart avaient les traits encore mal définis, en plus d'être sujets à l'acné.

Il l'avait repérée. Après avoir pris congé de la lady à la coiffe de plumes, il s'avança vers Camilla, à qui il prit la main pour la porter à ses lèvres.

— Je parlais avec Mrs Beecham. La connaissez-vous ?

Camilla secoua la tête.

— Non. Elle est ravissante.

— Plus bavarde qu'une pie, elle sait tout des affaires de chacun et n'a aucun sens de la discrétion. Par conséquent, c'est la femme la plus redoutée de Londres et celle qui reçoit le plus de compliments. Elle m'entretenait au sujet de Tom Busby et de votre sœur – une histoire à laquelle je n'accorde strictement aucun intérêt. Ce genre d'amours puériles ne mérite que l'oubli.

Camilla, reconnaissante, lui adressa un sourire radieux. Elle éprouvait un vif plaisir à se trouver en compagnie d'un être capable de mentionner franchement le nom de Tom, sans avoir à subir les regards en coin, les coups d'œil entendus et les silences soudains qui les avaient poursuivies, ses sœurs et elle, ces derniers jours. Comme elle s'y était attendue, sir Sidney n'appartenait pas aux mauvaises langues friandes de scandales qui pullulaient à Londres, impatientes de ruiner une réputation ou de semer la discorde au sein de leur cercle d'amis.

— Voyez-vous cet individu, là-bas ? demanda sir Sidney en regardant à travers le monocle qu'il venait de poser contre son œil. Je n'ai jamais vu quelqu'un porter une veste aussi peu seyante.

— C'est Mr Valpy. Un homme d'Église.

— Ah oui, vraiment ? Que fait-il ici, au bal ? Il aurait mieux valu qu'il reste sur sa chaire, à s'occuper de ses paroissiens, et qu'il s'abstienne de nous imposer sa présence dans cet accoutrement ridicule. Je déteste les ecclésiastiques qui dansent, pas vous ? Sans compter qu'il affiche un air franchement réprobateur. Je me demande comment il s'est débrouillé pour être admis.

— Il est à la mode ; les élégants se pressent pour entendre ses sermons.

— Les élégants se pressent pour assister à une exécution, ou pour voir un chien à deux têtes. Cela ne signifie pas pour autant que les meurtriers ou les monstres ont leur place aux bals d'*Almack*.

— Vous êtes très dur avec lui, répondit Camilla en riant.

— C'est un affront ambulant.

Il la pria de lui accorder la prochaine danse, et, tandis qu'ils s'avançaient vers la piste, Camilla constata avec satisfaction que Letty était introduite auprès d'un petit groupe par lord Rampton, un danseur hors pair – mais figurant en tête de la liste des candidats inéligibles dressée par sa cousine.

— Qui danse avec sir Sidney ? s'enquit lady Jarvie, une femme d'une quarantaine d'années en robe violette de soie brillante, coiffée de plumes et de perles.

Sa compagne, lady Warren, balaya la piste du regard.

— C'est l'une des filles Darcy. Il paraît que sir Sidney a des vues de leur côté. Ce serait une gageure pour l'heureuse élue de parvenir à le retenir, car chacun sait qu'il n'est guère enclin au mariage.

Les deux femmes rirent de bon cœur.

— Toutefois, ce n'est pas avec Miss Darcy qu'il danse.

— Non, c'est avec Miss Camilla Darcy, la deuxième de la fratrie.

— Que de sœurs ! murmura lady Jarvie en lissant ses jupes violettes. On ne les compte plus, paraît-il.

— Elles sont cinq, ou peut-être six ou sept, répondit Mrs Naburn en se joignant à elles. (Elle agita un éventail aux couleurs criardes). Et chez elles il y en a encore plein la nursery, à ce qu'on dit. Chacune vaut 50 000 livres. Cela doit coûter cher à Mr Darcy, d'avoir engendré tant de filles !

Lady Warren avait enragé en apprenant que, d'année en année, le capital de Mr Darcy augmentait de manière régulière.

— Très jolies sommes, mais je suis surprise qu'elles ne soient pas encore plus élevées.

— Par ailleurs, on raconte que ces demoiselles sont toutes ravissantes, reprit Mrs Naburn.

— Encore faut-il être sensible à ce genre de beauté, rétorqua lady Warren, qui ne l'était pas.

Les pensées de lady Naburn la ramenèrent à l'argent.

— Le domaine de Pemberley vaut-il tant que cela ?

— Mon mari en parlait, pas plus tard qu'hier, répondit lady Jarvie. On y trouve du charbon, ainsi que d'autres minéraux – je ne saurais dire lesquels, mais ils sont fort demandés et atteignent des tarifs très élevés. Puis il paraît que Mr Darcy a beaucoup investi au moment où le marché était au plus bas, et qu'il a cédé ses parts au prix fort lors des rumeurs de paix. Ensuite, il les a rachetées quand les perspectives étaient très sombres, pour les revendre après Waterloo, ayant amassé une nouvelle fortune.

— N'est-il pas un parent de la très riche lady Catherine de Burgh ? demanda Mrs Naburn.

Elle sourit et salua d'un signe de tête une de ses connaissances toute de rose vêtue, avant d'ajouter discrètement :

— Cette chère Eliza n'aurait pas pu choisir une couleur moins flatteuse. Quelle idée de porter du rose quand on a les cheveux roux !

Lady Jarvie fronça les sourcils en songeant à la généalogie des Darcy.

— Lady Catherine doit être la tante de Darcy, la sœur de sa mère. Sa fille unique est morte il y a quelques années, je crois.

— À ce qu'on dit, elle léguera tout à Mr Fitzwilliam, et je pense que celui-ci se réjouira de recevoir un tel héritage, les informa lady Warren. Bien que son père soit comte, lui est un fils cadet, vous savez. Il ne possède pas de domaine, et a une famille à nourrir – une famille qui ne cesse de s'agrandir.

— C'est le prix à payer quand on épouse une femme jeune, et lady Fanny se révèle prolifique. D'ailleurs, n'est-elle pas de nouveau enceinte ?

Toutes se retournèrent pour regarder Fanny, dont la mince silhouette semblait démentir leurs suppositions.

— Difficile de l'affirmer, avec cette mode des tailles hautes, déclara Mrs Naburn après un examen minutieux. On dit qu'elle s'amuse beaucoup avec ses enfants, tout comme son époux. C'est un homme extrêmement dévoué, pas un de vos débauchés.

— Je détesterais avoir un mari pareil ! s'écria lady Jarvie. Il serait toujours à la maison, à m'ennuyer terriblement, au lieu de sortir voir du monde.

— Du monde en mousseline ? demanda Mrs Naburn avec malice.

— Je ne pose jamais de questions.

Lady Warren observait les danseurs.

— Voilà Miss Darcy, là-bas – la partenaire de lord Rampton. Il ferait un époux parfait pour elle. Il serait sans doute considéré comme un bon parti.

Oui, elle se réjouirait de voir Miss Darcy mariée à ce dépensier, même si un dépensier sans titre aurait été préférable.

— Cinquante mille livres ne suffiront pas à le sauver de la ruine, à ce qu'on dit, leur confia lady Jarvie en baissant la voix.

— Le père de Miss Darcy se laissera peut-être convaincre de se montrer plus généreux encore avec ce jeune couple, supposa Mrs Naburn. Il n'a qu'à demander à Mr Gardiner. C'est un parent de sa femme, vous savez, et je suis sûre qu'il gagne des milliers de livres en une seule semaine.

— Ces filles sont de la famille des Gardiner ? s'enquit lady Jarvie. Je suis étonnée qu'on les ait autorisées à entrer ici.

La réponse de lady Warren fusa aussitôt. Après tout, on la savait liée par alliance aux Darcy.

— Les Gardiner sont de lointains parents, et, bien entendu, les Darcy sont cousins avec la moitié des familles nobles. Il ne saurait être question qu'elles soient exclues – pas en raison de leur rang de naissance. Même Sally Jersey n'aurait pas ce pouvoir.

— Qui est leur mère ?

— Un être insignifiant : c'est la fille d'un gentleman qui possède un modeste domaine, un de ces propriétaires terriens avec un revenu annuel de 2 000 livres. Elle n'avait aucune fortune. Pas la moindre ! Elle s'est très bien débrouillée en mettant la main sur Darcy ; à l'époque, on a beaucoup jasé.

Lady Warren n'avait pas sitôt prononcé ces mots qu'elle les regrettait déjà. Ses compagnes pouvaient à tout moment se rappeler que son propre frère avait lui aussi épousé l'une des filles de ce propriétaire terrien. Elle déploya son éventail d'un goût exquis et l'agita devant son visage.

— Quelle chaleur ! Quelle affluence ! Chaque année, c'est pire.

La pénible Mrs Naburn ne se lassait pas de ce sujet.

— Et elle n'a pas eu de garçons ? Comme il doit regretter cette union ! Ni fortune ni fils… Un sort bien difficile à accepter pour tout homme.

— Il en a deux, beaucoup plus jeunes que leurs sœurs, leur apprit lady Jarvie. Cinq filles, puis deux garçons, d'après ce qu'on m'a dit.

— Dans ce cas, à moins que les deux frères ne soient de constitution fragile, les demoiselles devraient s'atteler à faire le meilleur mariage possible, déclara Mrs Naburn, les lèvres pincées. Il serait plus sage pour elles de ne pas fréquenter des hommes tels que lord Rampton – quelle que soit leur envie de porter un titre.

— Sir Sidney, lui, a une belle fortune.

— Ses sentiments envers Miss Camilla Darcy sont peut-être sérieux, mais inutile d'espérer qu'il la conduise à l'autel. Il n'a pas eu beaucoup de chance avec ses fiancées précédentes. Il a été abandonné à deux reprises, n'est-ce pas ? (Lady Warren n'oubliait jamais un commérage susceptible de nuire à un membre de la bonne société.) Maria Harper s'est enfuie de chez elle la veille du mariage, afin de lui échapper. À la suite de cela, le père de la jeune fille lui a mené la vie dure, et, finalement, elle n'a pas trouvé mieux que s'installer dans les Midlands avec je ne sais quel ecclésiastique.

Lady Jarvie secoua la tête, faisant trembler les plumes de sa coiffe.

— Puisqu'on parle d'abandon, Miss Darcy n'était-elle pas la promise de Tom Busby ? Celui qui a reparu marié à une étrangère. Il semblerait que Miss Darcy fasse étalage de la peine causée par son amour perdu.

— Après plus de trois ans ? Du jamais-vu ! s'écria Mrs Naburn. Pas un homme au monde ne mérite qu'on se souvienne encore de lui au bout de trois mois – que dis-je, trois semaines, voire trois jours. Alors trois ans !

Voilà un sujet de conversation qui plaisait davantage à lady Warren.

— Elle ne s'est pas rendu service : on ne parle que d'elle dans toute la ville alors qu'elle vient juste d'arriver pour sa première Saison. Et j'ai entendu dire que la deuxième sœur – celle qui fait les yeux doux à sir Sidney, là-bas – est devenue l'amie d'une drôle de femme. Elle finira bas-bleu, et personne ne voudra l'épouser.

— Deux des sœurs cadettes sont jumelles, et d'une beauté renversante. Je les ai vues sur Bond Street, déclara lady Jarvie. L'une est blonde, l'autre brune – ainsi, il y en a pour tous les goûts.

— Je sais qui est leur mère ! s'exclama soudain Mrs Naburn. Cela me revient à l'instant. C'est la sœur de Lydia Pollexfen !

Lady Jarvie haussa les sourcils.

— Vraiment ? Jamais je ne l'ai entendue dire qu'elle avait des nièces.

— Il y a eu des différends familiaux. Les parents de lady Pollexfen n'ont pas approuvé son premier mariage : un parfum de scandale entourait l'homme en question. Mais il est mort – c'est donc de l'histoire ancienne.

Lady Warren avait prononcé ces mots d'un ton définitif. Ne pouvaient-elles pas clore cette conversation sur les Darcy ?

— Les filles Darcy connaîtront le faste si elles se mettent à fréquenter Mrs Pollexfen, dit Mrs Naburn. Elles vont faire la connaissance de Prinny, et je doute que cela plaise à Mr Darcy.

— Oh ! lady Fanny ne fraie pas avec ces gens-là. Elle maintiendra ses petites protégées à l'abri. (Lady Warren poussa un soupir de soulagement en apercevant enfin un objet de distraction pour ses interlocutrices.) Doux Jésus, regardez ! C'est Emily Cantor. Voilà une coiffure extraordinaire ; on dirait vraiment un épouvantail. Emily, ma chère ! (Elle embrassa son amie sur les joues.) Vous êtes superbe. Quelle élégante coiffure, ce soir !

Camilla, d'excellente humeur, était ravie de danser – surtout avec sir Sidney. Elle le trouvait, il fallait l'avouer, de plus en plus séduisant. En plus d'être un merveilleux cavalier, il se révélait aussi très spirituel : il connaissait tout le monde, et ne cessait de la divertir avec des révélations et des anecdotes sur chacune des personnes présentes. La joie de Camilla redoubla lorsqu'elle vit que Letty avait succombé aux plaisirs de la danse et qu'elle avait perdu, au moins pour un temps, son air introverti.

La danse se termina. Sir Sidney guida Camilla hors de la piste et partit lui chercher un verre de limonade. Elle se tint près d'un pilier, les joues rouges et les yeux brillants. Plusieurs hommes la regardèrent avec admiration. Deux jeunes femmes passèrent à côté d'elle, un châle pailleté nonchalamment drapé sur les bras. Elles se retournèrent pour lui jeter un coup d'œil plus méprisant et accusateur qu'admiratif, et Camilla les entendit rire tandis qu'elles faisaient des commentaires.

Elle n'en prit pas ombrage. Elle était heureuse, et ce n'étaient pas deux inconnues aux manières désagréables qui allaient ternir sa bonne humeur. Sir Sidney revint auprès d'elle ; elle accepta avec reconnaissance le verre de limonade qu'il lui offrait.

— J'espère que vous me ferez l'honneur de m'accorder une autre danse, plus tard, déclara sir Sidney. J'aimerais pouvoir vous inviter tout de suite, mais vous savez, cela ne se fait pas et on nous regarderait de travers.

Effectivement, danser avec le même homme plus de deux fois au cours d'une soirée serait perçu comme inconvenant, mais, pour sa part, elle aurait été ravie d'avoir sir Sidney pour unique cavalier. C'était toutefois impensable ; un tel comportement désolerait Fanny et susciterait les réflexions de l'assemblée présente, principalement composée de mères aux yeux de lynx, si jalouses pour leurs filles qu'elles n'attendaient qu'une chose : pouvoir prendre en défaut les nouvelles héritières.

Du reste, Fanny n'avait aucune intention de laisser sa cousine passer la soirée en compagnie d'un seul homme. Elle rejoignit le couple et entraîna Camilla un peu plus loin.

— Ne m'en voulez pas, très chère, mais j'aimerais que vous rencontriez d'autres personnes. On ne connaît jamais trop de monde en société, je vous le garantis.

Camilla jubilait trop pour être contrariée. Elle sourit, tint consciencieusement les propos de rigueur, dansa avec un jeune homme fringant et sans aucune conversation, participa aux danses campagnardes avec un cavalier dédaigneux et un peu plus âgé observant avec une profonde complaisance son propre reflet dans les longs miroirs, avant de connaître la félicité en valsant avec sir Sidney.

Elle avait souvent assisté à des fêtes, des bals de campagne et toutes sortes de rassemblements, mais pour la première fois, elle dansait dans les bras d'un homme qui ne la laissait pas indifférente. Son sentiment d'exaltation l'avait d'abord décontenancée, alors qu'ils tournoyaient dans la salle, sir Sidney l'entourant de ses bras puissants, leurs corps et leurs visages tout proches. Puis elle s'y abandonna, laissant le plaisir l'envahir. Enivrée, les yeux luisants et le teint coloré, elle lui souriait.

— Ce que je m'amuse ! s'écria-t-elle à la fin du morceau en revenant vers Fanny. C'est tellement grisant !

Mr Fitzwilliam fronça les sourcils.

— Où est Letty ? demanda-t-il en guise de réponse. Il est temps que nous partions, la voiture va nous attendre.

Letty conversait de façon animée avec un homme de vingt-six ou vingt-sept ans, de taille moyenne, à l'air distingué et à l'œil rieur. Camilla le trouva sympathique et, pendant qu'ils attendaient au pied des marches que leur véhicule soit annoncé, elle interrogea sa sœur sur l'inconnu.

— C'est lord Rampton qui me l'a présenté. Ce sont de vieux amis, ils viennent de la même région. Il s'appelle Mr Barcombe. Mr Barleigh Barcombe.

— Il vous plaît ?

Letty haussa les épaules, ce qui lui valut un claquement de langue réprobateur de la part de Fanny. Letty s'excusa avant d'ajouter qu'il lui avait paru très courtois.

— D'après lord Rampton, c'est un joyeux drille qui fait rire tout le monde.

— Sauf vous, rétorqua Camilla.

— Je ne suis pas d'humeur à rire, répondit Letitia en enroulant son châle autour d'elle. Ce qu'il fait froid ! J'espère que vous n'allez pas vous enrhumer après avoir dansé avec tant de ferveur, Camilla. Vous auriez dû faire attention à ne pas avoir trop chaud.

— M'enrhumer pour avoir dansé ? Jamais de la vie ! Voyez vous-même : ma cape me protège parfaitement, et voici la voiture.

À leur retour, ils trouvèrent dans le salon le thé que Fell leur avait préparé. Fanny bâilla, se plaignant d'être épuisée, tandis que Fitzwilliam l'observait avec approbation et reprenait des forces en sirotant un verre de cognac.

Letty paraissait contrariée.

— Eh bien, Camilla, on peut dire que vous avez attiré l'attention en dansant ainsi avec sir Sidney.

Fanny étouffa un autre bâillement.

— Ne racontez pas de bêtises. J'ai dit à Fitzwilliam – n'est-ce pas, mon cher ? – à quel point j'étais heureuse de vous voir danser. Surtout vous, Letty, vous aviez l'air si gaie ! Vous étiez très en beauté, avec un peu de rose aux joues. Je n'ai pas ressenti la moindre honte à vous voir danser. Vous le faites toutes deux si bien et avec tant de facilité, sans vous concentrer sur vos pas ni perdre le fil de la conversation. Vous avez exécuté tout cela avec grâce et naturel, exactement comme il convient.

— Sir Sidney est un danseur hors pair, et n'importe quelle fille serait ravie de l'avoir comme cavalier, rétorqua Camilla, piquée par la remarque de sa sœur.

— Je pense que maman aurait été choquée de vous voir valser ainsi. Je ne vous avais jamais vue vous abandonner de la sorte.

— Allez donc vous coucher, intervint Fanny, sans quoi vous ne serez bonnes à rien, demain matin.

En montant dans sa chambre, Camilla constata avec plaisir qu'un feu y avait été allumé et soigneusement entretenu par Sackree. En attendant sa maîtresse, la bonne lui avait sorti une chemise de nuit, qu'elle avait suspendue près de la cheminée afin de la réchauffer.

— Je vous laisserai dormir, demain matin, dit Sackree en dégrafant la robe de Camilla, vous aurez besoin de repos.

— Honte à vous ! Vous me prenez pour une bien faible créature, si vous me croyez épuisée après un seul bal ! De plus, je ne pourrai pas faire la grasse matinée : j'ai promis à Alethea de l'emmener à sa leçon de chant. Griffy a attrapé un rhume de cerveau et devra éviter de sortir.

— Un rhume de cerveau, voyez-vous cela ! (Sackree fit la moue en époussetant la tenue de bal que Camilla venait d'enlever.) Elle sera là-haut, dans la salle d'étude, à gratter le papier de sa plume. Vous verrez si je me trompe.

— Elle écrit un roman, Sackree, vous le savez bien, et toute occasion pour l'avancer est bonne à prendre.

— Comme s'il n'y avait pas déjà assez de romans pour vous farcir la tête de sornettes ! Je l'ai entendue lire un extrait de sa prose à Miss Alethea : j'en ai eu la chair de poule. Des histoires pareilles… Je me demande ce que votre mère dirait.

— Cela la ferait rire, répondit Camilla en réprimant un énorme bâillement.

— Allez, couchez-vous, que j'éteigne la bougie.

La bassinoire avait chauffé le lit. Dans un soupir, Camilla se laissa tomber sur les oreillers et s'assoupit presque aussitôt. Sa dernière pensée consciente fut pour sir Sidney : elle le trouvait décidément fort agréable.

Chapitre 8

Camilla descendit, vêtue d'une légère robe de coton et d'un spencer ajusté couleur safran – la nouvelle tenue de promenade dont elle raffolait. Ainsi parée, et encore imprégnée des plaisirs du bal, elle était d'humeur joyeuse. Balançant son bonnet français au bout de ses rubans, elle se rendit au salon pour rejoindre Alethea, qu'elle entendait jouer au pianoforte.

Elle fut surprise de trouver Mr Fitzwilliam au milieu de la pièce, la mine aussi sombre qu'une nuée d'orage. Il tenait un petit livre relié en cuir – ouvrage qu'elle reconnut aussitôt.

Fanny protestait avec véhémence : il devait s'agir d'une erreur et, quand bien même son époux aurait raison, elle ne voyait pas où était le mal.

— Le mal, madame ? répéta son mari d'un ton glacé. Vous trouvez qu'il n'y a pas de mal à ce qu'une jeune fille possède ce genre de livre ? Une jeune fille dont vous avez la responsabilité, qui plus est, et qui vit sous notre toit ? Aucun ouvrage ne saurait être plus inapproprié que celui-ci. Aucune femme ne devrait le lire, surtout une jeune célibataire ! C'est inconcevable.

Letty entra dans la pièce, curieuse de connaître la cause de tels éclats de voix. Jetant un bref coup d'œil au recueil que Mr Fitzwilliam tenait, elle vit à quel point son cousin était furieux.

— Quel est ce livre, monsieur ? s'enquit-elle.

— C'est à peine si j'ose vous dire son titre, Letitia. Si cet ouvrage vous appartient, vous avez commis là une faute grave, mademoiselle, très grave, je vous assure, en l'apportant en plus dans le salon de Fanny !

Oh ! Seigneur... À présent, Letitia allait forcément se lancer dans l'un de ses sermons. Si seulement Camilla et Alethea étaient déjà parties pour la leçon de chant ! Mais la tempête éclaterait, quoi qu'il advienne. Camilla entendit avec soulagement le pas décidé de Fell, qui leur annonça l'arrivée de visiteurs, au rez-de-chaussée.

— Ce sont Mrs Gardiner et Sophie, déclara Fanny avec reconnaissance. Elles sont venues chercher Belle et Georgina pour faire des courses. Alethea, appelez donc vos sœurs ; elles ne doivent pas faire attendre leur tante.

Quand Mrs Gardiner et sa fille entrèrent dans la pièce, elles étaient accompagnées de Mr Wytton et de Mr Layard.

— Ces messieurs ont proposé de venir avec nous, ce matin, dit Mrs Gardiner en embrassant Fanny. N'est-ce pas admirable de leur part ? En général, les hommes détestent faire les boutiques. Mr Layard nous a assuré avoir l'œil pour les cocardes et les rubans, et il a souvent conseillé ses sœurs. Il en a quatre, figurez-vous !

La voix de Mrs Gardiner retomba lorsqu'elle perçut la tension qui régnait dans la pièce. Elle dévisagea tout le monde tour à tour dans l'espoir d'obtenir une explication.

Fitzwilliam hésita, préférant éviter de poursuivre sa diatribe en public.

Camilla saisit l'occasion pour risquer une sortie.

— Vous avez trouvé mon livre, Mr Fitzwilliam, dit-elle, la main tendue. Je me demandais où je l'avais laissé.

C'en était trop pour son cousin.

— Il est à vous ? C'est vraiment le vôtre ? Et puis-je savoir où vous vous êtes procuré un ouvrage pareil ?

— Je l'ai emprunté à Mrs Rowan.

— Elle devrait avoir honte de posséder un tel livre, et de vous l'avoir prêté !

— Mais qu'est-ce donc ? s'écria Letitia.

— Le *Décaméron*, de Boccace, répondit Camilla en rougissant.

Elle vit une expression de surprise naître sur le visage de Wytton, et la bouche de Mr Layard former un O d'étonnement.

— En italien, poursuivit-elle. Je ne l'avais jamais lu dans cette langue.

Fanny, horrifiée, laissa échapper un couinement, mais il était trop tard.

— Oserez-vous affirmer haut et fort que vous l'avez déjà lu en anglais ? Ignorez-vous qu'il s'agit là d'une œuvre tout à fait inconvenante ? Elle est immorale. Dire que ces écrits sont « osés » serait en dessous de la vérité. Comment en êtes-vous venue à lire ce genre de choses, et à l'avouer sans honte ?

— Comment pouvez-vous parler ainsi de Boccace ?

— Monsieur, Miss Camilla n'a pas tort, en effet. Le *Décaméron* fait partie des trésors de la littérature européenne.

C'était Mr Wytton qui avait prononcé ces mots. Quand Fitzwilliam lui fit face, Camilla regretta que le fiancé de Sophie n'ait pas su se taire.

— Là n'est pas la question, monsieur. L'important, c'est que les jeunes femmes doivent se tenir à l'écart de tout ce qui vient du continent, à plus forte raison de contes immoraux.

— Camilla, comment avez-vous pu ? demanda Letitia à voix basse, choquée. (Elle se tourna vers Fitzwilliam en secouant la tête.) J'ai honte de l'avouer, mon cousin, mais vous avez raison. Ma sœur avait le droit d'aller dans la bibliothèque de Pemberley, et a ainsi eu accès à toutes sortes de livres qu'elle n'aurait jamais dû ouvrir.

— Oh, sornettes !

Camilla sentait sa colère monter, mais elle devait à tout prix maîtriser son énervement. Elle devait rester calme.

— Les livres ne peuvent pas faire de mal.

Fitzwilliam s'en prit de nouveau à Camilla.

— Pas de mal ? Je crois qu'il ne vous appartient pas d'en juger. Les livres peuvent se révéler néfastes, et ce genre d'ouvrage n'a pas sa place dans la bibliothèque d'un gentleman, sauf s'il est mis sous clé – du moins dans les familles où l'on est assez sot pour laisser les femmes y accéder. Je n'ai jamais rien entendu de pareil ! Je n'aurais pas cru cela possible, même de la part de Darcy.

Et Letitia qui acquiesçait ! Quelle pudibonde, celle-là ! Mrs Gardiner paraissait gênée, ce qui était bien normal. Sophie, quant à elle, prenait un malin plaisir à voir sa cousine réprimandée de la sorte. Camilla releva la tête : elle ne changerait pas d'avis et ne laisserait pas son père se faire insulter, même si sa sœur semblait n'y voir aucun inconvénient.

— Mon père est bien trop intelligent pour mettre des livres sous clé. Oui, on trouve cet ouvrage dans sa bibliothèque, traduit, et c'est lui-même qui m'en a recommandé la lecture il y a un an à peine.

Cette réflexion fit sourire Mr Wytton. Foudroyé du regard par Mrs Gardiner, il reprit son sérieux.

— Votre père ? intervint Mr Layard dans le vain espoir de redonner à ces échanges un ton plus léger. Vraiment ?

Personne ne lui accorda la moindre attention.

— C'est certainement vrai, dit Letitia d'un air pincé. Elle a en effet lu *Tom Jones*, Chaucer, ainsi que les œuvres de toutes sortes d'écrivains qui n'ont pas leur place dans les saines lectures dont devrait se nourrir l'esprit modeste d'une jeune fille.

L'esprit modeste d'une jeune fille, voyez-vous cela ! Letitia devenait chaque jour un peu plus prude et assommante. D'où tenait-elle ce discours si pompeux ? Certainement pas de ses parents. Ceux-ci considéraient la lecture non seulement comme un plaisir, mais aussi comme un devoir pour toute la famille. Certes, à moins d'y être forcées, les jumelles n'ouvraient jamais autre chose qu'un roman mélodramatique Minerva, mais Letty avait bénéficié autant que Camilla d'un libre accès aux rayonnages bien garnis de la bibliothèque de Pemberley. À l'écouter ce jour-là, on aurait pourtant cru que ses lectures s'étaient limitées aux très chastes essais du pasteur Vicesimus Knox.

— Elle a même lu ce livre affreux, *Le Moine*, ajouta Letty d'une voix d'outre-tombe.

— Quelle belle hypocrite vous faites, Letty ! s'écria Alethea, prenant part à la dispute en remettant de l'huile sur le feu. Je vous ai vue lire *Le Moine* ! Moi aussi, je l'ai lu. Miss Griffin a dit que c'était un roman passionnant, et j'en ai savouré chaque mot.

Sophie lisait rarement, mais la mention du chef-d'œuvre du roman gothique de Lewis lui évoqua quelque vague souvenir.

— C'est un livre monstrueux ! Je vous jure que, la nuit où je l'ai terminé, je n'ai pas pu fermer l'œil !

Wytton s'éloigna vers la fenêtre, le dos tourné, pour pouvoir donner libre cours à son envie de rire. Camilla, furieuse, regarda ses épaules s'agiter de soubresauts. Lui trouvait peut-être la situation comique, mais pour sa part cette scène la mettait très mal à l'aise, tout comme Fanny – ce qui était plus grave.

Fitzwilliam resta perplexe devant la remarque naïve de Sophie, et Camilla pensa qu'il était temps d'apaiser sa colère.

— Je suis sincèrement désolée de vous avoir fâché, mon cousin, et je veillerai à ne plus laisser traîner mes livres à l'avenir.

— Tant que vous demeurerez sous mon toit, j'exige que vous évitiez d'avoir ce genre d'ouvrages entre les mains.

Elle ouvrit la bouche pour répliquer mais, voyant l'expression de Fanny, elle se ravisa, ravalant son indignation.

— J'agirai comme vous le souhaitez, Mr Fitzwilliam, tant que je serai votre invitée.

— Je vous suggère également de réfléchir à votre comportement et de prendre la mesure de votre faute, afin de ne plus recommencer. C'est inconvenant, vraiment inconvenant. Aucun mari n'aura l'indulgence de votre père – même si je persiste à croire qu'il n'est pas au fait de toutes vos lectures.

Mr Fitzwilliam en avait peut-être fini, mais Letty restait sur sa faim. Malgré les vaillants efforts de Fanny pour la détourner du sujet, elle continua à réprimander Camilla, accusant sa sœur d'avoir fait preuve d'indélicatesse et de grossièreté envers son hôte et ses aînés. Elle allait de ce pas écrire à papa, afin de lui faire savoir jusqu'où sa négligence l'avait mené.

— Faites-le donc ! s'écria Camilla, soudain furieuse. Vous verrez à quel point il appréciera que sa fille lui dicte sa conduite ! Je n'aimerais pas être à votre place, quand il répondra à votre lettre.

— Oh, je vous en prie ! intervint Fanny en portant la main à son front. S'il vous plaît, cessez de vous quereller. Je ne supporte pas les disputes, ça me rend malade !

— Je suis vraiment navrée de vous causer tant de tracas, regretta sincèrement Camilla. Venez, Alethea, allons-y ou vous serez en retard pour votre cours.

— Je n'ai toujours pas l'esprit tranquille à propos de ces leçons, déclara Letty, trop heureuse d'avoir trouvé une nouvelle occasion de pointer du doigt la folie et l'entêtement de ses sœurs.

— Je suis d'accord avec Letty, en convint Fanny. Vous savez, Bloomsbury est un quartier très populaire, fort loin du Londres huppé. Je n'aime pas l'idée qu'Alethea et vous alliez vous aventurer là-bas. Pourquoi le professeur ne viendrait-il pas à Aubrey Square, comme le font les autres ?

Sans tenir compte de Letty, Camilla tenta d'apaiser les craintes de Fanny. Le Signor Silvestrini n'était pas un maître comme les autres. Il pouvait se permettre de choisir ses élèves, et se contenterait probablement de donner quelques conseils à Alethea et de lui fournir le nom d'un autre professeur – quelqu'un qui, sans nul doute, accepterait de se déplacer.

— S'il vous plaît, oubliez Bloomsbury et les professeurs de chant italiens, dit-elle avec une gaieté résolue tandis qu'elle enfilait ses gants. Alethea et moi ne risquons rien dans la voiture. De plus, Figgins nous accompagne.

— Oh ! très bien, si vous emmenez une bonne, repartit Fanny d'un ton sceptique.

Mrs Gardiner, qui avait jusque-là entretenu une conversation animée avec Sophie et l'obligeant Mr Layard, s'avança.

— Nous ferions mieux de partir, Fanny : j'entends les jumelles, à côté. Mr Wytton, êtes-vous prêt ?

La petite troupe quitta la pièce et descendit l'escalier menant au vestibule. Il s'ensuivit une certaine agitation, chacun étant affairé à se passer un châle sur les épaules ou à enfiler une paire de gants, et Camilla se retrouva à côté de Wytton.

Il lui fourra un petit livre dans la main.

— Tenez, Miss Camilla, lui souffla-t-il. Je pense que vous feriez mieux de récupérer ça. Toutefois, pour le bien de lady Fanny, à défaut du vôtre, tâchez de ne pas le laisser traîner.

C'était le recueil de Boccace. Elle le regarda pendant une seconde avant de le glisser rapidement dans son réticule.

— D'où le sortez-vous ?

— Mr Fitzwilliam l'a posé, et je l'ai pris.

Puis il ajouta d'une voix plus forte :

— Oui, Mrs Gardiner, me voici à votre disposition. Venez, Sophie, prenez mon bras.

Figgins était la nouvelle bonne dévolue à la salle d'étude, celle qui l'avait précédée ayant été affectée au service des jumelles. Miss Griffin, malgré les tâches dont elle était chargée et l'écriture de son roman, n'était pas aveugle au comportement de l'exubérante Figgins avec la progéniture de Fanny. Elle ne faisait preuve d'aucune méchanceté, mais préférait, à l'évidence, les rares occasions qu'elle avait d'aider les jeunes filles à leur toilette et leur habillement plutôt que les moments consacrés à s'occuper des enfants. Miss Griffin, que les tout-petits n'intéressaient guère, le comprenait sans mal.

Maigre et vive, Figgins était la fille du cocher des Fitzwilliam. Fanny fut ravie de lui accorder cette place et, par ce choix, de pouvoir faire plaisir à un domestique ancien et estimé.

— Elle fera parfaitement l'affaire, avait déclaré Fanny. Et c'est une Londonienne d'adoption ; elle a grandi ici. C'est appréciable pour une jeune femme d'avoir une bonne qui saura la guider.

Toutefois, ce jour-là, le sens de l'orientation de Figgins ne fut pas requis tandis qu'elle grimpait dans la voiture, derrière Camilla et Alethea. Alors que le véhicule roulait sur les pavés, Alethea, débordante de joie, s'adonnait à d'interminables vocalises pour s'échauffer la voix, sans se soucier de l'effet que ses bruyants exercices pouvaient produire sur les piétons et les occupants des autres attelages.

Letitia aurait été horrifiée ; elle aurait grondé sa sœur, l'assommant de remontrances, et aurait probablement invoqué la loi. Camilla, toujours contrariée par l'attitude de Letty et humiliée par les reproches de Fitzwilliam, ne s'en préoccupa guère. Alethea ne faisait de mal à personne, et Camilla n'avait aucune envie de la fâcher. Comme Fanny, elle estimait avoir eu son lot de disputes pour la journée.

L'équipage tourna à l'angle d'une grande place respectable, puis s'arrêta devant le numéro 19. L'émerveillement de Figgins devant la propreté des fenêtres, du perron et des pièces de laiton fit place à la surprise lorsqu'elle vit un étranger leur ouvrir la porte. Non pas qu'il fût désagréable à l'œil, comme elle le confia par la suite à ses proches amis d'Aubrey Square, pour peu que l'on aime les bruns aux yeux noirs. Mais il parlait dans une langue étrangère et, même lorsqu'il passait à l'anglais, on ne comprenait pas un mot de ce qu'il disait.

Les appartements du Signor Silvestrini, situés au premier étage, étaient pourvus d'une belle pièce sur l'avant, aménagée en studio. Camilla et Alethea s'arrêtèrent sur le seuil, embrassant du regard le pianoforte, la harpe, le pupitre, les piles soignées de partitions, le métronome, les planches anatomiques des muscles de la gorge, affichées bien en évidence et, tout autour, les gravures représentant divers opéras du continent.

Le maestro était un homme trapu aux cheveux noirs et ondulés attachés en catogan. Vêtu d'une impeccable redingote noire, d'un nœud papillon et d'un pantalon, il serait passé inaperçu dans la rue. Sa personne ne dégageait rien d'extraordinaire, et il n'avait l'air ni d'un charlatan ni d'un simulateur.

Ses manières étaient vives et professionnelles. Il se présenta aux sœurs, demanda qui chantait, escorta Camilla jusqu'à un petit canapé inconfortable et conduisit Alethea dans la lumière.

— Seize ans ? Trop jeune.

Au grand étonnement de Camilla, Alethea ne protesta pas et ne parut pas fâchée. Elle se contenta de rester immobile, à le regarder sans crainte, avec son culot habituel.

— Mais, puisque vous êtes là, nous allons voir ce dont vous êtes capable. Vous avez déjà pris des leçons à la campagne avec un certain Mr Thompson, qui m'a recommandé à vous.

C'est très aimable de sa part, même si je n'ai jamais entendu parler de lui. Il ferait mieux de garder ses jeunes élèves élégantes pour lui, ou de les envoyer à d'autres Mr Thompson de la ville. Une chose est sûre : Londres regorge de professeurs de chant.

— Mais il n'y a qu'un seul Silvestrini, fit remarquer Alethea.

L'homme se dérida.

— C'est vrai, c'est vrai. Allons, commençons.

Alethea se livra à toute une série de vocalises, fit des gammes ascendantes et descendantes, arpégées ou non, et acheva sa démonstration avec une simple ballade en italien.

Camilla l'écouta tout en réfléchissant aux talents musicaux. La plupart des jeunes filles qu'elle connaissait apprenaient à chanter et à jouer d'un instrument. Ces aptitudes étaient jugées indispensables : non seulement elles prouvaient à une société intraitable que la demoiselle avait reçu une bonne éducation, mais elles étaient utiles pour divertir les invités d'une fête privée.

Toutefois, chez certaines, la musique se situait au-delà de la simple instruction. Quel espoir restait-il à celles pour qui, comme Alethea, cet art était vital ? Elle doutait que beaucoup d'hommes apprécient ou tolèrent cela chez une épouse. L'avenir musical d'Alethea reposerait entièrement sur son futur mari. Camilla priait du fond du cœur pour que sa sœur trouve quelqu'un qui partage sa passion. Elle frissonnait à la simple idée qu'Alethea puisse en être privée.

L'attitude du professeur de chant ne trahissait en rien son jugement. Il s'anima en exposant ses attentes à Alethea, parut songeur en l'écoutant, énergique lorsqu'il la corrigea puis expliqua un point précis. Pourtant, Camilla n'aurait su dire ce qu'il pensait de la voix d'Alethea. Même après qu'elle eut terminé et qu'il eut fait les cent pas autour d'elle en se caressant le menton entre le pouce et l'index, il n'y avait pas moyen de prédire son verdict.

Le maestro finit par rompre le silence avec un profond soupir, comme s'il avait longuement retenu son souffle.

— Bien, dit-il. Remarquable. Êtes-vous sûre d'être anglaise ?

Alethea acquiesça.

— Je n'aurais jamais cru cela possible. (Il se tourna vers Camilla.) Vous êtes sa sœur ? Où sont ses parents ? Qui s'occupe de ses leçons ?

— Mes parents sont actuellement à l'étranger, monsieur. Ils nous ont chargées, ma sœur aînée et moi, de veiller à l'éducation musicale d'Alethea.

— Et vous, pourquoi êtes-vous venue, et pas l'autre sœur ? Non, inutile de me répondre, cela n'a aucune importance.

Alethea s'adressa directement au Signor Silvestrini.

— Alors, serez-vous mon professeur ?

Il la regarda avec stupeur.

— Mais… évidemment ! Il ne nous reste qu'à régler les formalités.

Camilla ouvrit des yeux ronds en entendant le montant des « formalités » : elle n'aurait jamais cru qu'un professeur de chant puisse prétendre à de tels honoraires.

— Parce qu'elle est très jeune, et qu'il n'est pas question qu'elle se produise en public à son âge, je vous fais un prix. Je serais prêt à me ruiner pour qu'elle devienne mon élève !

Il y allait peut-être un peu fort, mais Camilla ne put réprimer un sourire. La haute opinion qu'il avait de lui-même, son admiration pour Alethea, sa bonne humeur et son dynamisme lui plaisaient. Quant à l'idée qu'Alethea se produise en public, ça non, ni à seize ans ni plus tard. Mais, puisqu'il n'en était pas question, inutile d'en discuter.

Alethea descendit l'escalier en dansant, en extase devant le signor et ses leçons. Alors qu'elle sautait de la dernière marche, la porte d'entrée s'ouvrit sur une grande femme blonde très belle, habillée avec beaucoup d'élégance, et suivie d'une fillette aux joues roses. À la vue des deux inconnues, l'enfant s'accrocha aux jupes de sa mère. Le signor dévala l'escalier à toute vitesse et souleva la petite dans les airs. Celle-ci poussa des cris aigus avant de déverser un flot de paroles en italien.

— Voici la Signora Silvestrini, annonça-t-il aux sœurs en attrapant sa femme par la taille, en dépit de ses protestations amusées.

Elle s'adressa à lui en italien d'une voix grave, aux tonalités riches, qui fit naître la jalousie chez Alethea. Puis elle salua les jeunes filles dans un anglais maladroit mais charmant.

Camilla ne pensait pas, à en juger par son apparence, que cette dame pouvait être italienne, et sa surprise n'échappa pas à l'œil vif du Signor Silvestrini, dont le visage se plissa de nouveau dans un sourire.

— Vous vous attendiez à ce qu'elle soit brune, comme moi, comme la *bambina* et tous les autres Italiens ! Mais non, elle vient de Lombardie, et les Lombards sont grands et blonds. C'est une chanteuse, une chanteuse célèbre de Milan, mais maintenant c'est ma femme, et la mère de mon petit ange.

Camilla appela Figgins. Elles sortirent dans le jour gris et brumeux, avec le sentiment de laisser derrière elles un monde plus lumineux et plus chaleureux. Sur un coup de tête, elle demanda au cocher de les conduire chez *Gunters*.

— Tu pourras y manger des pâtisseries et boire un chocolat chaud, dit-elle à Alethea, qui avait toujours un creux.

Une fois devant chez *Gunters*, Camilla renvoya la voiture : étant donné la courte distance, elles rentreraient à pied. À l'intérieur, elles furent aussitôt assaillies par de merveilleuses odeurs de café, de chocolat et de pain chauds. Elles s'assirent à une petite table, près de la fenêtre.

Alethea fit soigneusement son choix sur le splendide étalage de pâtisseries. Elle se délecta d'un grand bol de cacao qu'elle but à petites gorgées. Elles avaient insisté pour que

Figgins les accompagne et consomme elle aussi. La bonne s'installa avec plaisir sur un tabouret, au fond de la salle, en compagnie de plusieurs servantes qui semblaient aussi occupées que leurs maîtresses à échanger les derniers potins.

Il régnait dans cet endroit un certain brouhaha, entre les conversations qui allaient bon train, le va-et-vient des clients, et les domestiques qui se rendaient dans l'arrière-boutique pour y récupérer les longues commandes de desserts des grands dîners : rares étaient les Londoniens qui employaient leur propre chef pâtissier.

Tandis que Camilla buvait son chocolat, elle observa autour d'elle les gens qui discutaient aux tables voisines, saluant des connaissances, attendant leur commande ou faisant leur choix. Avec un intérêt inhabituel, elle chercha à deviner qui, parmi les couples présents, étaient maris et femmes, amants, ou simples amis.

Elle remarqua le regard affectueux qu'échangèrent un homme et une femme – un regard dans lequel on décelait une entente ou une complicité qu'elle-même n'avait encore jamais expérimentée. Puis il y eut des sourires, de petites attentions, un désir manifeste de se rapprocher d'un compagnon. D'autres, moins sûrs de leur situation, émettaient des messages différents. On penchait légèrement la tête, on faisait des œillades incitant la dame à baisser les yeux, on inclinait son chapeau, on tripotait sa lavallière, on se donnait un coup de gant sur la cuisse…

La porte s'ouvrit de nouveau. Sa cousine Sophie entra, accompagnée de Mrs Gardiner. Salutations, exclamations de surprise et de plaisir, explications. Les jumelles étaient parties déjeuner chez des amis – *Quels amis ?* se demanda Camilla – et les hommes étaient retournés à leurs occupations.

— Je pense toutefois que Mr Wytton au moins reviendra nous rendre visite cet après-midi. Il n'a pas passé beaucoup de temps avec Sophie, ce matin : elle se préoccupait plus de trouver des rosettes pour ses chaussures que d'accorder son attention à son futur époux. Nous sommes venues chercher quelques friandises ; ensuite, nous rentrerons à la maison.

Du coin de l'œil, Sophie regarda Alethea, qui venait de se fourrer une énième pâtisserie dans la bouche.

— Ma cousine, quel appétit ! Vous allez devenir énorme.

— Moi ? Non, répliqua Alethea. Je ne grossis jamais.

Mrs Gardiner insista pour que les sœurs les accompagnent chez elle, sur Albemarle Street.

— Fanny peut se passer de vous. Nous n'avons pas encore eu le plaisir de profiter de la compagnie d'Alethea. J'ai voulu vous dire ce matin combien elle avait grandi, mais j'ai bien vu que le moment était mal choisi. C'est devenu une vraie jeune fille !

À ces mots, Alethea lui jeta un regard noir, que Mrs Gardiner eut la sagesse d'ignorer.

— Et les jumelles sont de vraies beautés, à présent. J'ai pu enfin le vérifier de mes propres yeux.

— J'espère qu'elles ne sont pas au centre de toutes les conversations.

— Eh bien, si, répondit Sophie avec un haussement d'épaules. Les gens les ont surnommées « Jour et Nuit », l'une étant très blonde et l'autre très brune. Tous les gentlemen en sont fous.

— J'ai du mal à le croire, déclara Camilla, c'est à peine si elles ont mis le nez dehors, si ce n'est pour faire quelques courses. Elles n'ont assisté à aucune fête, et Fanny pense qu'elles ne doivent pas aller aux bals.

— Lady Fanny a pourtant parlé avec Mme Lapierre de robes de bal pour les jumelles, rétorqua Sophie, sa mine angélique se teintant d'une légère acrimonie. Je l'ai entendue.

— Il s'agissait sans doute d'une soirée dansante privée, dit Camilla, son cœur se serrant dans sa poitrine. Elles auront peut-être le droit d'assister à une ou deux réceptions.

Sophie parut dubitative et se renfrogna lorsque Alethea leur annonça qu'elle aimerait aller chez les Gardiner. Figgins ne pouvait-elle pas être envoyée chez les Fitzwilliam avec un message pour Fanny ? On n'avait pas besoin d'elles, à la maison, surtout si les jumelles étaient absentes.

— Notre cousine Fanny va pouvoir bénéficier d'un peu de tranquillité, sans nous quatre. Quant à Letty, elle avait prévu de ranger son bureau de voyage, celui qu'elle emporte partout avec elle. Il est rempli de lettres, et je parie qu'il y en a une ou deux de la main de Tom. Seigneur ! Dans quel état se mettra-t-elle si elle tombe sur une de ses missives ! Cela dit, elle n'aura sans doute pas grand-chose à lire, étant donné qu'il n'a jamais été très doué pour l'écriture.

Camilla approuvait mais se garda de le dire. Tom était un charmant jeune homme, de bien des façons, mais il avait achevé sa scolarité sans en avoir retenu grand-chose et, s'il n'avait été un gentleman, on aurait pu le croire illettré. C'est tout juste s'il parvenait à griffonner quelques mots sur les fusils et les chiens. Cette situation n'avait rien d'extraordinaire : rares étaient les hommes qui faisaient de bons correspondants. Toutefois, un simple gribouillis pouvait suffire à relancer le désespoir de Letty.

Une visite chez les Gardiner offrait des perspectives plus attrayantes. Si seulement Letty pouvait jeter au feu le moindre papier barbouillé de la main de Tom ! Mais elle était plus encline à explorer à l'infini le champ des occasions manquées. Dans ce cas, elle se raisonnerait plus facilement si on la laissait seule.

— Au fait, Figgins, quand vous aurez transmis notre message à lady Fanny, rassurez Miss Darcy : dites-lui que nous allons bien et que notre sortie s'est déroulée sans incident. Précisez-lui que nous sommes en lieu sûr, aux bons soins de Mrs Gardiner, et qu'elle ne doit pas s'inquiéter pour nous.

— Et ajoutez que Miss Camilla et Miss Alethea rentreront avec ma propre voiture, ajouta Mrs Gardiner. Venez, les filles. Sophie, vous pouvez porter la boîte de friandises.

Une fois à Albemarle Street, Camilla s'interrogea de nouveau sur le mariage et les galanteries. Mr et Mrs Gardiner formaient un couple heureux. Ils s'entendaient à merveille et, au fil du temps, avaient fini par se ressembler. Camilla en était frappée. Ses parents, selon elle, éprouvaient eux aussi une affection mutuelle, mais ils avaient conservé leur personnalité et leurs différences. Après de nombreuses années de mariage, Sophie et Wytton emprunteraient-ils le même chemin que Mr et Mrs Gardiner, ou celui de Mr et Mrs Darcy ?

Ces réflexions lui furent inspirées par la visite de Mr Wytton qui, comme il l'avait promis, passa dans l'après-midi. Il était accompagné une fois de plus de Mr Layard, dont le visage s'éclaira à la vue de Camilla. Il vint s'asseoir à côté d'elle, et elle lui demanda son avis.

— Eh bien, comme Wytton restera quelqu'un d'unique en son genre, s'ils doivent finir par se ressembler, c'est Sophie qui devra devenir érudite et collectionneuse d'antiquités.

Il avait baissé la voix, mais pas assez pour que ses propos échappent à Mrs Gardiner.

— Quelle idée, Mr Layard ! Comment pouvez-vous dire une chose pareille ? Aucune femme ne peut être érudite, ni collectionneuse d'antiquités. Voilà une pensée totalement absurde !

Camilla fut surprise par la véhémence de cette réaction. Mrs Gardiner se tourna vers Mr Wytton. Camilla lança à Mr Layard un regard qui en disait long.

— Je crains que nous n'ayons contrarié Mrs Gardiner, déclara-t-elle.

Mr Layard baissa le ton jusqu'au murmure.

— Pour cette génération, le mot « érudit » en lui-même évoque le danger.

Elle aurait aimé en savoir davantage, car ce terme ne lui avait jamais semblé pernicieux mais, comme les bonnes manières lui interdisaient d'insister ou de poursuivre une conversation à voix basse avec Mr Layard, elle sourit et changea de sujet, lui demandant s'il avait eu l'occasion de lire *Frankenstein* – un texte des plus étranges, qui venait tout juste de paraître.

— Seigneur, vous voilà encore à parler littérature, Camilla ! s'écria Sophie. Prenez garde : on va finir par croire que vous passez votre temps à lire, que vous êtes un bas-bleu. Et comment osez-vous évoquer cet ouvrage abominable ? C'est un tissu d'absurdités que personne ou presque n'a lu, et qui a suscité de vives protestations chez ceux qui ont daigné le faire. Je refuse de lire de telles inepties, sans compter que c'est une jeune femme qui les a écrites, à ce qu'on raconte. Elle devrait savoir que c'est inconvenant, vraiment.

— Mary Shelley en serait l'auteure, intervint Wytton, laconique.

— Je n'en crois rien, déclara Layard. Aucune femme n'aurait les capacités d'écrire un tel livre… ni ne le voudrait.

Wytton l'approuva.

— Moi-même, je doute qu'une femme soit capable d'avoir un sens du récit aussi aiguisé.

— Voilà un jugement bien sévère. (Camilla ne souhaitait pas se laisser entraîner dans une dispute, mais il lui fut impossible d'ignorer une telle affirmation.) Dans ses écrits, la romancière Maria Edgeworth fait preuve d'une grande puissance narrative.

— Cela n'a rien à voir. C'est le genre d'écrits que l'on attend d'une femme, tandis que *Frankenstein* est fort différent. À mon avis, ce texte est de la plume de Shelley lui-même.

— Shelley, le poète ? demanda Sophie avec une moue. Je n'aime pas les poètes.

— Pas même lord Byron ? s'enquit Mr Layard pour la tester.

— Oh ! lui, il est si charmant, si romantique ! Mais sa poésie, quelle histoire ! Sans intérêt. Les gens ont beau encenser *Le Corsaire* et le citer à tout bout de champ, ce n'est pas à mon goût. J'ai essayé de le lire, un jour, et je me suis terriblement ennuyée.

Ce mépris manifeste pour l'œuvre d'un des plus célèbres poètes d'Europe lui fit monter le rose aux joues, puis elle haussa brièvement les épaules.

Mr Wytton dévorait sa fiancée du regard : Camilla en eut la chair de poule. Elle décela dans ses yeux une affection prédatrice, presque choquante. Elle avait déjà vu les ardeurs d'un homme se lire sur son visage, ce qu'elle avait alors remarqué avec l'indifférence d'un cœur à prendre. Toutefois, sans qu'elle sût pourquoi, le regard de Mr Wytton la frappa avec une force toute particulière.

Il s'était rapproché de Sophie et se tenait désormais derrière son siège. Il lui posa négligemment la main sur l'épaule et caressa une boucle de cheveux qui s'était échappée sur sa nuque. Sophie leva les yeux vers lui avec un sourire, puis bougea légèrement la tête pour qu'il lui effleure la joue.

Camilla détourna le regard et se sentit rougir violemment, surprise par l'ampleur de son trouble. Avait-elle envie qu'on la touche ainsi ? Oui, peut-être, si la main appartenait à un certain…

— Vous rêvez, Miss Camilla ? (Les paroles de Mr Layard interrompirent ses réflexions.) Je parlais du monstre créé par le docteur Frankenstein et de la course-poursuite sur la glace. Vous n'avez pas écouté un traître mot de ce que j'ai dit.

Elle s'excusa et reporta avec soulagement son attention sur le roman, se demandant ce que son cousin Fitzwilliam penserait de ce livre. Lui et Fanny formaient eux aussi un couple dévoué. Peut-être était-ce la différence d'âge, ou le fait qu'il s'agisse d'un second mariage, qui poussait tant son cousin à réprimander son entourage sur des sujets pour lesquels le père de Camilla ne se serait jamais inquiété. Dès qu'elle trouverait un nouvel exemplaire de *Frankenstein*, elle l'achèterait et l'enverrait à Constantinople.

— Je suis sûre que ma mère va adorer ce roman. Mon père aussi, car le thème du livre n'est-il pas la boîte de Pandore qu'est la science moderne ? Papa s'intéresse beaucoup à la philosophie naturelle.

Après le départ des gentlemen, Camilla et Alethea attendirent la voiture pour être reconduites chez leurs cousins, qui habitaient à quelques rues de là. Mrs Gardiner avait fermement refusé qu'elles rentrent à pied. Il leur avait été impossible de décliner son aimable proposition. Leur hôtesse avait quitté la pièce avec précipitation pour donner ses consignes et chercher un patron qu'elle avait promis à Fanny. En l'absence de sa mère, Sophie ne vit plus aucune raison de tenir sa langue.

— Ainsi, ma cousine, on vous conte fleurette, dit-elle à Camilla.

Celle-ci ne répondit rien. Elle n'avait pas l'intention de débattre avec Sophie.

— Sir Sidney Leigh en pince pour vous, à ce qu'il paraît. Certains affirment que c'était Letty qui l'intéressait, mais que c'est désormais vous qui faites l'objet de ses attentions. Cela vous plaît-il, d'avoir un tel soupirant ? Il n'est plus tout jeune, mais vous…

Le regard espiègle de sa cousine l'amusa grandement. Celle-ci lui signifiait la différence considérable existant entre une fraîche demoiselle de dix-sept printemps et une vieille fille fanée de presque vingt ans.

— Letty doit bien s'en rendre compte, avec tout le chagrin que lui a causé Tom Busby, puis la tournure fâcheuse que l'affaire a prise. Et la voilà reléguée dans un coin, maintenant. Être encore célibataire à vingt et un ans ! Cela doit la bouleverser terriblement.

— Letty est bien trop intelligente pour se tourmenter avec cela, répondit Camilla, espérant que Mrs Gardiner reviendrait pour mettre fin aux commentaires désagréables de Sophie.

— Bien sûr, il n'est pas question d'abbaye avec sir Sidney, puisqu'il n'en a pas. Il ne possède qu'une maison de campagne, je crois ; une demeure assez modeste. Connaissez-vous le montant de ses revenus ? Wytton gagne 30 000 livres par an et, d'après papa, cela pourrait être plus s'il s'attelait à la gestion de ses domaines au lieu de partir se promener à l'étranger.

Alethea avait écouté sa cousine avec un mépris non dissimulé.

— Sophie, que vous êtes devenue vulgaire ! s'exclama-t-elle. Vous n'avez que l'argent et les flirts à la bouche. N'avez-vous rien trouvé d'autre pour vous occuper l'esprit ? Peut-être qu'un peu de lecture quotidienne et de pratique musicale vous feraient du bien. Comment se porte votre jeu, d'ailleurs ? Avez-vous progressé, depuis la dernière fois que nous vous avons entendue ?

Sophie s'empourpra : elle était piètre musicienne.

— Oh, nous savons à quel point vous surpassez tout le monde dans ce domaine.

— Je vous remercie, répondit Alethea avec une reconnaissance exagérée.

— C'est mal de taquiner ainsi Sophie, fit remarquer Camilla à sa sœur une fois dans la voiture des Gardiner.

— Quelle effrontée impertinente elle est devenue ! Vous ne m'aviez pas prévenue. Et la façon dont Mr Wytton la regarde !

On croirait qu'il va la dévorer sur-le-champ ! Une fois mariée, elle ne pourra plus l'amadouer de ses charmes. On dirait une gazelle qui a attrapé la queue d'un tigre et qui croit que c'est un jouet.

— Voyez-vous Sophie comme une gazelle ? demanda Camilla, surprise par la perspicacité de sa petite sœur.

— Eh bien… (Elle réfléchit un instant.) Physiquement, oui.

— Et Mr Wytton, est-ce un tigre ?

— Il est pareil à une bête en cage, affirma Alethea dans un éclat de rire. Il ressemble à la caricature d'un animal en chausses et redingote.

— Un animal ? Oh non, Alethea, il m'a l'air d'un homme des plus civilisés.

— Je n'insinue pas le contraire, mais les salons et les esprits de la bonne société londonienne sont trop étroits pour lui. Il doit se sentir plus à l'aise en compagnie de ses amis, de gens comme lui. Sophie le verra peu quand ils seront mariés, et s'en moquera. C'est pour son abbaye et ses 30 000 livres annuelles qu'elle l'épouse, non pour son intelligence et sa personnalité.

— Alethea !

— Ne soyez pas prude, Camilla, cela ne vous sied pas. Vous savez bien que j'ai raison.

Chapitre 9

Le dimanche suivant, les sœurs assistèrent toutes à la messe, mais dans différents endroits. Fanny s'en trouvait secrètement soulagée : le dimanche précédent, la beauté fracassante des cinq filles avait beaucoup attiré les regards dans la chapelle Belgrave, le lieu de culte que Fanny et son époux avaient coutume de fréquenter. Fitzwilliam avait fort peu apprécié ces marques d'intérêt, et le plaisir tranquille que Fanny éprouvait à se rendre à l'église, écouter des sermons pleins de bon sens, retrouver certains amis, puis rentrer chez elle à pied, au bras de son mari, avait été totalement gâché.

Belle et Georgina avaient tout d'abord refusé d'aller à l'église. La journée était ensoleillée, mais venteuse.

— C'est extrêmement agaçant : cette brise met les plumes de mon chapeau sens dessus dessous, se plaignit Belle.

— Et elle nous donne un teint rougeaud, j'aurai l'air d'une paysanne tout juste rentrée de la traite, ajouta Georgina.

— Nous pouvons lire l'office à la maison, proposa Belle.

Mr Fitzwilliam ne partageait pas cet avis. Il se montra intraitable sur le sujet : les jumelles devaient impérativement se rendre à l'église.

Alethea, de son côté, souhaitait aller à la cathédrale Saint-Paul pour y entendre les chœurs. Elle fusilla Fanny du regard quand celle-ci suggéra aux jumelles d'accompagner leur petite sœur, mais elles refusèrent : selon elles, il n'y avait aucune personne à la mode parmi les paroissiens de Saint-Paul, rien que des gens ternes et ennuyeux.

— Dans ce cas, je serai terne et ennuyeuse, rétorqua Camilla, car j'ai l'intention d'accompagner Alethea. Elle ne doit pas y aller seule.

Letitia ne souhaitait pas non plus se rendre à Saint-Paul. À la surprise générale, elle déclara vouloir assister à la messe de l'église Saint-Botolph. Le capitaine Allington leur avait dit que le pasteur qui y officiait était excellent. Personne ne s'en souvenait donc ?

Camilla se rappelait parfaitement cette conversation. Le capitaine Allington leur avait confié qu'il accompagnait parfois sa tante Rolande à l'église.

— Les espérances... Vous savez ce que c'est. J'en nourris à cet endroit : ma tante est riche et n'a pas d'enfant.

Il était très étonnant que Letitia veuille s'y rendre : d'après les descriptions du capitaine, le pasteur en question était du genre à vous secouer la conscience, à vous faire croire que vous risquiez une damnation prochaine.

— Il n'encourage guère les déplacements le dimanche, leur avait dit le jeune homme. Les sermons qu'il prêche sont de ceux qui vous rendent heureux une fois qu'ils sont finis.

Camilla ne put que souscrire à ce point de vue : il lui arrivait trop souvent à elle aussi de se sentir soulagée, le sermon terminé, mais pas forcément parce qu'elle avait perçu des odeurs de brûlé et de soufre émanant de la chaire. Letty devait avoir le moral particulièrement bas pour choisir un office pareil ; pourtant, ces derniers temps, elle avait semblé avoir recouvré un peu de bonne humeur.

Restaient donc Belle et Georgina, qui se disputaient pour savoir où aller. Elles optèrent finalement pour la chapelle royale. Cette idée déplut fortement à Mr Fitzwilliam, mais Miss Griffin le rassura en lui promettant d'accompagner les jumelles et de veiller à ce qu'elles adoptent un comportement décent, au milieu d'une congrégation aussi auguste qu'élégante : en effet, il arrivait souvent qu'un ou deux membres de la famille royale assistent à la messe.

C'était la première fois que Camilla se rendait à Saint-Paul. L'immensité de la nef et du dôme la bouleversa. Alethea et elle étaient arrivées en avance pour pouvoir faire le tour de l'édifice. Camilla, en s'y promenant, fut heureuse de découvrir un mémorial dédié à John Donne, dont elle connaissait bien les sermons et admirait grandement les poèmes, à la fois sacrés et profanes. Elle les préférait d'ailleurs aux textes des poètes de la nature, si appréciés de ses contemporains. Un bedeau en robe noire s'approcha ensuite des deux sœurs, les informant qu'elles auraient le temps de visiter la crypte et de voir la tombe de Nelson avant de s'installer pour l'office divin. Il les guida donc dans cette direction. Camilla, très émue, se recueillit devant la sépulture tout juste achevée du héros national pendant qu'Alethea, insensible aux batailles et officiers de marine, quelles que soient leurs distinctions, allait et venait entre les reliques poussiéreuses.

Camilla prit plaisir à écouter les chants, mais Alethea se montra plus critique. Elle entonna joyeusement les cantiques d'une voix forte : toutes les têtes de sa rangée se tournèrent vers elle. Tandis qu'après le service les deux sœurs patientaient dans la file pour sortir, un homme portant un col romain s'approcha de Camilla et la complimenta sur la voix d'Alethea.

— Pardonnez-moi de vous déranger ; vous devez être surprise qu'un inconnu vous aborde de la sorte, mais j'ai le plaisir de connaître Miss Darcy, et je vous ai remarquée au bal d'*Almack* – même si nous n'avons pas été présentés. Elle m'a parlé d'une sœur cadette chantant divinement, et j'ai donc pensé que ce devait être elle.

Qu'un étranger lui adresse ainsi la parole déconcerta Camilla. Letty avait-elle rencontré un ecclésiastique dans cette ville ? Soudain, la mémoire lui revint : c'était avec lui que sa sœur avait dansé lors du bal – l'ami de lord Rampton. Elle chercha son nom dans ses souvenirs ; Letty avait dû le mentionner.

— Vous êtes Mr Barcombe, n'est-ce pas ?

Il s'inclina.

— Pour vous servir. Puis-je vous présenter ma sœur, Mrs Seton ? Louisa, voici Camilla Darcy.

La femme qui l'accompagnait sourit et tendit la main. Elle ressemblait beaucoup à son frère : elle n'était pas grande, mais avait un visage élégant et une certaine classe.

— Voici ma plus jeune sœur, Alethea, dit Camilla.

Alethea considéra la soutane de Mr Barcombe d'un œil critique. Elle avait tendance à se méfier des membres du clergé. Le petit groupe s'écarta pour laisser passer quelques fidèles, puis se rendit sous la coupole.

— Vous avez deux autres cadettes, déclara Mr Barcombe avec une légère gaucherie. Je crois les avoir vues au parc. Elles sont jumelles, et pourtant elles ne se ressemblent guère : l'une est brune et l'autre blonde.

Alethea lui jeta un de ses regards scrutateurs.

— Belle, c'est la blonde, et Georgina la brune. Leurs yeux sont de la même couleur, mais en dehors de cela elles sont assez différentes. Sauf en ce qui concerne la profondeur de leur bêtise, ajouta-t-elle dans un murmure.

Camilla la fusilla du regard, mais le commentaire n'avait pas échappé à Mrs Seton, qui parut le trouver drôle.

— Vous chantez de façon charmante, dit-elle à Alethea.

Toutes deux marchèrent devant en parlant musique.

— Ma sœur est une musicienne passionnée, confia Mr Barcombe à Camilla. Elle organise des soirées musicales chez elle, à Park Street. Je suis certain qu'elle serait ravie que vous et vos sœurs… Toutes doivent pratiquer un instrument, n'est-ce pas ?

L'homme lui inspirait une certaine sympathie. Il avait visiblement été ébloui par les jumelles, et elle se demanda laquelle des deux l'avait ainsi captivé.

—Georgina et Belle jouent du pianoforte et de la harpe en duo, l'informa-t-elle pour le tirer de son embarras.

—De la harpe ? C'est merveilleux ! Dans ce cas, je suis sûr que… et peut-être Miss Alethea… ?

—Alethea n'a pas encore quitté la salle d'étude. Elle adore écouter de la musique, mais elle n'est pas autorisée à participer aux réceptions.

—Oh ! mais dans le cadre d'une fête privée, c'est différent. Elle a le droit de s'y rendre. Les enfants de ma sœur aînée y participent régulièrement : la fille a quinze ans et le garçon seize – enfin, il vient lorsqu'il est de retour de Harrow. Ils jouent tous les deux d'un instrument.

Camilla lui sourit et répondit par les civilités d'usage, jugeant qu'il valait mieux éviter le sujet de la présence des jumelles – sans parler de celle d'Alethea – à ce genre de soirée. Ils se dirigèrent vers les imposantes portes et descendirent les marches, au pied desquelles les voitures les attendaient.

—Pourrais-je avoir l'honneur de vous présenter mes respects, à vous et à vos sœurs ? s'enquit Mr Barcombe en aidant les filles Darcy à gravir le marchepied. Si Mrs Fitzwilliam n'y voit pas d'objection, évidemment.

—Il est fou de Belle, déclara Alethea avec assurance, une fois que le véhicule se fut mis en branle. C'est très amusant ! Mais il a l'air assez gentil. Belle n'en fera qu'une bouchée et s'en débarrassera aussitôt, comme elle le fait avec tout le monde.

—Alethea !

—Quoi, « Alethea » ? Je ne sais pas ce qui vous arrive depuis que vous êtes à Londres, mais vous êtes devenue bien ennuyeuse !

—Ah oui ? Oh, mon Dieu ! Ce n'était pas mon intention.

— J'ai pensé qu'il valait mieux vous le dire ; vous pourrez ainsi y remédier, lui confia Alethea avec gentillesse. On a déjà assez de Letty ; vous n'allez pas vous y mettre à votre tour.

Letitia avait été enchantée par le sermon sur les tourments de l'enfer. Quand elle rentra à Aubrey Square, elle voulut tout raconter. Le révérend Valpy, déclara-t-elle, était un excellent prédicateur. Et le capitaine Allington était présent, lui aussi, pour veiller sur sa tante.

— Sa tante, fit-elle remarquer avec un sursaut d'humour, dont le chapeau semblait orné d'un faisan mort !

Fanny éclata de rire, rappelant aux filles que les plumes étaient à la mode, mais qu'en trop grand nombre, elles produisaient un effet pour le moins singulier.

Belle et Georgina revinrent tout excitées de leur visite à la chapelle royale. Elles y avaient vu un duc de la famille régnante à l'air mélancolique et, pour en revenir aux plumes, elles n'avaient pu s'empêcher d'ouvrir des yeux ronds devant les chapeaux portés par les filles Berry.

— Non seulement on y trouvait des plumes, mais aussi des fruits ! Vous imaginez ?

— Allons, mes chéries, je ne veux pas vous entendre prononcer un mot de travers sur les filles Berry, les réprimanda Fanny. Leur salon est l'un des lieux les plus en vogue de la ville ; elles y reçoivent toutes les figures importantes de ces dernières années, et mieux vaut éviter de vous les mettre à dos.

— Oh ! ce ne sont que des gens coincés, déclara Belle. Mais écoutez : après l'office, une femme vêtue d'une robe de soie verte ravissante et d'une pelisse de velours s'est approchée de nous, affirmant qu'elle était notre tante. Il s'agissait de tante Lydia ! La dernière fois qu'elle nous a vues, nous étions encore à la nursery ! Alors, qu'en dites-vous ? N'êtes-vous pas étonnées ? Pour ma part, elle ne m'avait laissé aucun souvenir, et il me semble n'avoir jamais entendu papa et maman parler d'elle.

Non, songea Camilla, car, même si sa mère éprouvait de l'affection pour sa petite sœur, son père avait peu d'estime pour elle. Elle avait l'impression qu'il avait détesté Mr Wickham, le mari de sa tante ; qu'il y avait eu entre eux un différend majeur ayant perduré même après la mort du pauvre homme, en Espagne.

Georgina poursuivit le récit entamé par sa jumelle.

— Elle n'est pas ronde du tout et ne ressemble absolument pas à tante Kitty. C'est une femme pleine d'entrain. Elle portait un bonnet d'une extrême élégance, et était accompagnée d'un homme brun, assez petit, qui paraissait bien plus âgé qu'elle. C'était son époux, car il s'est présenté comme notre oncle – j'en déduis donc qu'il est marié avec elle. Il a été frappé par la beauté de Belle, qu'il a scrutée de la tête aux pieds comme les hommes ont l'habitude de le faire, avant de lui prendre la main et de la saluer. Tante Lydia s'est moquée de lui, disant qu'elle allait devoir le surveiller, avec de si jolies nièces dans les parages. Ensuite, elle nous a demandé si toute la famille était en ville. Elle ignorait que papa était parti à l'étranger, mais elle n'a pas paru ennuyée de son absence.

— J'ai sa carte, intervint Belle en brandissant le petit carton de manière théâtrale. Elle veut que nous lui rendions visite. Avons-nous votre permission, cousine Fanny ? C'est quand même notre tante, et elle nous a promis de nous emmener dans toutes sortes d'endroits excitants.

Fanny et son mari échangèrent un regard inquiet. Fitzwilliam fronça les sourcils. Il serait bienséant, déclara-t-il, que les filles, chaperonnées par Fanny, rendent toutes visite à leur tante un matin, mais il était inutile et inconvenant d'aller plus loin.

Voyant les jumelles sur le point de déployer leur impressionnant arsenal de querelles, supplications et protestations,

Letitia et Camilla s'empressèrent de détourner la conversation : elles parlèrent sermons, musique, évoquèrent les paroissiens et leurs tenues, tout en décochant des regards noirs à leurs sœurs dès que celles-ci menaçaient d'ouvrir la bouche.

Alethea, ne pouvant plus se contenir, fut prise d'une crise de fou rire et escortée hors de la pièce par Miss Griffin. La jeune fille sortit sans faire d'histoires, promit à sa gouvernante de lui jouer tous les morceaux de musique qu'elle avait entendus ce matin-là, et lui demanda d'une voix forte si elle ne trouvait pas que les jumelles étaient les filles les plus odieuses du monde.

Ce soir-là, Fitzwilliam se rendit de bonne heure dans la chambre de sa femme, les lèvres pincées et les sourcils froncés.

— Cette rencontre ne me plaît pas du tout, mon amour, dit-il en s'asseyant devant le feu, les mains tendues vers les flammes. Les jumelles n'auraient pas dû faire la connaissance de Lydia Pollexfen. Cela devait forcément arriver mais, quand bien même, je ne parviens pas à m'en réjouir. Francis Pollexfen est un homme important ; c'est un ami intime du prince de Galles, il évolue dans les plus hautes sphères de la société, assurément, mais il a aussi une réputation de débauché. Et sa femme, ne joue-t-elle pas à des jeux d'argent ? Ne fraie-t-elle pas avec lady Aldernay et sa clique ? Je tremble en pensant à ce que Darcy dirait s'il apprenait que ses filles se mêlent à ces gens.

Fanny appliquait de la crème sur ses joues lisses.

— Vous avez tout à fait raison. Il serait très inconvenant que les filles fréquentent ce milieu. Je ne me fais pas de souci pour Letty et Camilla. Je crois qu'elles ont une idée du passé de Lydia, et elles feront attention à ne pas se laisser entraîner. Mais les jumelles ! Elles sont si jeunes ; tout ce qui est enjoué et amusant les attire. Comment leur en vouloir ? Ne vous inquiétez pas, je veillerai sur elles, et elles se rendront uniquement aux fêtes et aux sorties que je leur aurai autorisées. Elles m'obéiront, sinon, elles retourneront en salle d'étude.

— J'étais loin de me douter que recevoir nos cousines générerait tant de complications, grommela son mari en retirant sa robe de chambre. (Il grimpa dans le lit, à côté de sa femme.) Je suis sûr qu'en grandissant nos petites seront moins difficiles à gérer.

— Les filles de Darcy ne sont pas si difficiles ; ce sont les plus gentilles du monde, je vous assure. À cet âge, les demoiselles sont toutes ainsi, et vous verrez que les nôtres agiront exactement de la même façon.

Il souffla la bougie et se rapprocha de Fanny.

— J'espère bien que non, ma chère.

Camilla, seule dans son lit, n'avait pas encore éteint sa bougie : elle était plongée dans la lecture interdite de Boccace. Puis, les yeux pleins de sommeil, elle posa le recueil sur la table de chevet et s'allongea, l'esprit apaisé par la lueur de la bougie et du feu qui projetait des ombres dansantes dans la pièce. En se consumant, le charbon sifflait et craquait ; les vitres vibraient derrière les volets après que la brise eut enflé en violentes bourrasques, les vents se déchaînant souvent à l'équinoxe de mars. Connaissait-on les tempêtes d'équinoxe, à Constantinople ? Maman et papa étaient-ils couchés dans une chambre richement ornée, aux fenêtres étrangement façonnées, le vent hurlant au-dehors, d'une façon peut-être typique de l'Extrême-Orient ?

Letty s'inquiétait certainement à cause de la tempête, comme toujours. Elle était allée se mettre au lit en hochant la tête, persuadée que, le lendemain matin, on ne se réveillerait pas indemnes de cette terrible nuit. Les vitres voleraient en éclats, les tuiles arrachées laisseraient la pluie pénétrer à l'intérieur, les plafonds finiraient par céder sous le poids de l'eau… Et dehors ! Les cheminées s'écraseraient dans les rues, menaçant la vie des passants. C'est vrai, les arbres ne risquaient pas de s'abattre, ni les branches de s'envoler, comme à la campagne, mais les enseignes se balançaient de manière si impressionnante qu'elles pouvaient être brutalement arrachées de leur support et décapiter celui ou celle qui aurait le malheur de se trouver dessous.

Camilla entendit le lit de sa sœur aînée craquer, puis un bruit de pas sur le plancher. Elle s'empressa de souffler sa bougie : elle n'avait nulle envie d'entendre les angoisses de Letty, ni de faire l'objet de son inquiétude. Letty ne manquerait pas de l'inviter à venir dans sa chambre afin qu'elles se rassurent l'une l'autre, puis elle proposerait d'aller vérifier que leurs sœurs étaient en sécurité. Elle se figurerait aussi que, les domestiques ayant mal fermé les portes, les cambrioleurs, le mauvais temps et Dieu sait quelle autre calamité, pourraient s'introduire dans la maison aux heures les plus sombres de la nuit.

Camilla resta allongée, immobile, et ne répondit pas aux légers coups frappés à sa porte. Puis elle entendit Letty regagner sa chambre. Elle se mit à penser aux contes ensoleillés du *Décaméron*, à la nature de l'amour entre hommes et femmes, aux possibilités de voir sir Sidney le lendemain et, de façon plus alarmante, aux deux mariages de sa tante Lydia et à la probabilité que les jumelles succombent à son influence. Fanny avait beau se montrer optimiste, l'éclat qui brillait dans les yeux de Belle et de Georgina n'avait pas échappé à Camilla. Fascinées par leur tante, les jumelles ne se laisseraient pas facilement convaincre de limiter leurs relations à une ou deux visites de courtoisie. Peu importait, elle en parlerait à Fanny : sa cousine n'ignorait plus combien ses petites sœurs pouvaient être têtues. Toutes les trois. Quelle chance qu'Alethea soit encore sous la surveillance de Griffy !

Tout en haut de la maison, Miss Griffin, la tête enveloppée d'un châle bien chaud, le nez rouge et très pris, écrivait à la lueur d'une unique bougie, noircissant des pages entières de papier couleur crème d'une belle écriture fluide. Dans la chambre de l'autre côté du couloir, Alethea était assise devant le feu tandis que Figgins approchait une paire de ciseaux de ses cheveux bouclés. Alethea lui faisait part des projets qu'elle avait l'intention de mener à bien pendant son séjour à Londres – projets qui auraient fait bondir ses sœurs hors de leurs couches douillettes si elles avaient pu l'entendre.

Chapitre 10

Mrs Pollexfen passa voir Fanny et ses nièces dès le lendemain, avant même qu'elles aient pu prévoir de leur côté un moment pour lui rendre visite, ou que Fanny et Camilla aient eu l'occasion de contenir l'impatience des jumelles. L'instant fut mal choisi car, même si lady Fanny se trouvait chez elle et acceptait de recevoir, ses pensées étaient accaparées par sa fille Charlotte, qui souffrait de sévères maux de gorge et dont la peau s'était couverte de rougeurs en l'espace d'une nuit. Les symptômes étaient apparus si subitement que la mère de l'enfant craignait une maladie grave.

Letitia ne perdit pas une seconde pour conforter Fanny dans ses angoisses maternelles. Elle secoua la tête, l'air sérieuse, et conseilla qu'on aille quérir un médecin sans délai.

— J'ai déjà demandé à ce qu'on fasse venir le docteur Molloy, répondit Fanny.

— On n'est jamais trop prudent, insista Letitia. Tant de maladies graves commencent ainsi !

— Et bien des cas de gorges douloureuses et d'éruptions cutanées ne se limitent qu'à cela, s'empressa d'ajouter Camilla. L'enfant est grognon pendant un jour ou deux, puis il recouvre une parfaite santé et tout est oublié. Fanny, s'il vous plaît, ne vous en faites pas. Je vous assure que mes sœurs comme moi, sans parler de mes petits frères, avons tous connu des épisodes de ce genre à un moment ou à un autre, et que nous nous en sommes tout à fait remis.

— Oui, mais c'était à la campagne, rétorqua Letitia, se sentant obligée d'insister. À Londres, c'est fort différent, et les risques d'attraper des infections – des infections graves – sont bien plus nombreux.

— Oh, sornettes !

Letty ne voyait-elle donc pas les effets de ses paroles sur sa cousine ? Ne pouvait-elle tenir sa langue ? Certes, la fillette ne paraissait pas en forme, mais afficher une mine aussi consternée, et affirmer avec certitude qu'il s'agissait d'une maladie grave, était parfaitement inutile.

— Le docteur Molloy sera là très bientôt, Fanny, et je suis persuadée qu'il vous tranquillisera.

— Oui, je l'espère. (Le visage de Fanny s'éclaira lorsqu'elle entendit le heurtoir.) C'est peut-être lui !

Elle se précipita vers la porte, mais Fell annonça l'arrivée de Mrs Pollexfen.

— Le docteur n'est pas encore là, madame, l'informa le domestique.

Lydia Pollexfen franchit le seuil tout en agitant les mains, entrecoupant son discours de petits rires.

Elle s'arrêta net, ouvrit les bras dans un extravagant mouvement de plaisir, et s'avança pour étreindre Letitia dans une embrassade parfumée.

— Quelle belle jeune femme vous êtes devenue, Letty ! Vous ressemblez tant à ma sœur Jane. Peut-être un peu plus grande, mais encore plus jolie, je le jure !

Elle se montra plus réservée quand vint le moment de saluer Camilla.

— Et vous, vous êtes le portrait craché de votre chère mère – même si vos cheveux sont un peu plus foncés que les siens, non ? Vous avez aussi son regard caustique. Je m'attends à avoir peur de vous, car vous n'ignorez pas que ma sœur sait se montrer piquante.

Camilla salua sa tante, qui s'éloigna pour déposer en roucoulant des baisers sur les joues des jumelles. Celles-ci semblaient lui plaire davantage.

— « Qui sont ces créatures divinement jolies ? » me suis-je demandé lorsque je vous ai aperçues. Je n'envisageais pas une seconde que vous étiez mes nièces, je puis vous l'assurer : la dernière fois que je vous ai vues, vous n'étiez encore que deux bébés potelés à la nursery. Qui aurait cru qu'en grandissant vous deviendriez de si charmantes jeunes filles ? Vous savez, dans notre famille, une seule d'entre nous pouvait être qualifiée de « beauté » : c'était ma sœur Jane. Votre mère n'était pas mal, mais elle avait l'œil trop vif pour être considérée comme véritablement belle. Moi, j'étais jolie, j'étais même la plus jolie, mais Jane, elle, était d'une beauté sans pareille.

Camilla voulait bien croire que sa tante Lydia avait été ravissante, car elle avait de beaux restes. Cependant, alors que tante Jane était toujours fort belle – dans son cas, c'était une affaire de traits et d'ovale plutôt que de jeune âge et d'épanouissement –, le charme de tante Lydia résidait plus dans ses manières gracieuses et son style élégant. Son sourire, son allure, ses gestes, ses jeux de regard et sa façon bien personnelle de s'approprier la mode constituaient la base de ses attraits.

Du reste, elle était séduisante. Il était impossible de ne pas la remarquer et, si Camilla la soupçonnait d'afficher une expression acerbe lorsqu'elle ne souriait pas, et d'avoir un regard plus froid et plus sournois quand celui-ci se posait enfin, il n'en paraissait rien à cet instant précis.

— Je vois que vous observez ma tenue ! s'écria sa tante. Vous vous demandez où je l'ai trouvée, et qui est ma couturière. Cela ne correspond pas vraiment à la mode anglaise, n'est-ce pas ? Eh bien, mes chéries, je vous annonce que je fais faire toutes mes robes à Paris. Celle-ci, c'est la toute dernière nouveauté, et je vous garantis qu'elle fera bientôt fureur à Londres. Je ne suis pas une beauté, ni une jeunesse – même si je suis évidemment moins âgée que votre mère, et que toutes mes autres sœurs, en ma qualité de benjamine. Par conséquent, je dois m'habiller avec un chic tout particulier. Je me fais également coiffer par un Français, dont je vous donnerai le nom. Il ne s'occupe pas de n'importe qui mais, si vous lui dites que vous êtes mes nièces, il n'y aura aucun problème. L'élégance, mes chéries, est essentielle quand on avance en âge. Pour le moment, vous avez toutes les joues fraîches comme la rose – Dieu merci, j'ai moi aussi conservé un joli teint, ce que je considère comme une grande chance –, mais, au fil des années, la jeunesse se flétrit, ét c'est là que l'élégance vient en renfort. Et si l'on veut être véritablement distinguée, vous pouvez me croire, mieux vaut ne pas regarder à la dépense. Soyez-en bien conscientes, et assurez-vous de trouver un mari fortuné.

Lui arrivait-il de respirer de temps à autre ? songea Camilla.

L'entrée d'Alethea créa une diversion. On l'avait priée de descendre de l'étude pour venir au salon saluer sa tante.

— Oh ! s'exclama Mrs Pollexfen en haussant brusquement les sourcils et en relâchant son sourire. Doux Jésus, mais… qui est-ce ?

— Voici Alethea, dit Camilla en poussant sa sœur afin qu'elle exécute une révérence.

— Par le ciel, c'est incroyable ce que vous ressemblez à votre père ! J'ai eu un choc en vous voyant !

— Enchantée, madame, répondit poliment Alethea. Je crois, il est vrai, que j'ai beaucoup pris de mon père.

— Eh bien, sur vous cinq, il fallait s'y attendre… Toutefois, vous autres, vous n'avez rien de Darcy, physiquement, ça non… et vous n'avez rien de commun non plus avec sa sœur, Georgiana. Il faut avouer qu'elle n'a jamais été jolie, ce qui ne l'a pas empêchée de faire un excellent mariage, et ce dès sa première Saison à Londres.

Letitia accueillit ces propos sans grand enthousiasme.

— En général, on trouve justement que je ressemble à ma tante Georgiana, fit-elle remarquer avec raideur. Et j'ai la même couleur de cheveux que mon père.

— Oh ! ne vous méprenez pas, répliqua Mrs Pollexfen, je n'ai aucune intention de vous offenser, je vous assure. Darcy a toujours été considéré comme un très bel homme – même si, pour ma part, je n'ai jamais compris pourquoi. Vous savez, il n'arrivait pas à la cheville de mon cher Wickham, qui était aussi agréable que charmant. Miss Alethea a exactement le même regard franc que votre père, c'est assez déconcertant ! Et, chez une femme, je ne suis pas certaine que... Mais vous êtes encore jeune, n'est-ce pas, Alethea ?

— J'ai seize ans.

— Eh bien, voilà, vos traits ont le temps de s'adoucir, et vous serez bientôt aussi jolie que vos sœurs, je n'en doute pas. Bien entendu, moi, j'étais mariée à quinze ans – je crois beaucoup aux unions précoces. Je n'en revenais pas, que votre mère vous garde si longtemps à la campagne ! Je lui ai écrit à ce sujet : « Envoyez donc les filles à Londres, ai-je dit, et je veillerai sur elles, je les laisserai profiter des plaisirs de la ville et des galants, et elles trouveront un époux en un rien de temps. » Car vous possédez toutes un héritage important, je le sais. Tout Londres ne parle que des riches sœurs Darcy, qui sont ici pour la Saison, et je parie que les coureurs de dot sont déjà à vos trousses... N'ai-je pas raison ?

Elle se tourna vers Fanny.

— Il faut que vous preniez le plus grand soin d'elles, poursuivit-elle. Assurez-vous de les conduire partout où elles seront susceptibles de rencontrer des hommes fortunés et élégants. Oh ! je leur établirai moi aussi un programme de sorties, comptez sur moi – nous allons tant nous amuser !

Quel dommage qu'Alethea ne puisse pas partager tous ces plaisirs !

En voyant la tête d'Alethea, Camilla espéra que sa petite sœur réprimerait son envie d'émettre une opinion sur le genre de « plaisirs » promis par leur tante. Ce n'était pas comme si elles en retireraient quelque chose, et Fanny ouvrait déjà la bouche pour refuser d'autoriser ses cousines, qui étaient sous sa responsabilité, à passer beaucoup de temps avec leur tante, tout en s'excusant aussi poliment que possible.

Mrs Pollexfen, sans doute accoutumée à feindre la surdité quand cela l'arrangeait, n'écouta pas un traître mot du discours de Fanny. Elle s'adressait aux jumelles avec animation, leur parlant salons mondains, visites de jardins publics, pique-niques, petits déjeuners, et autres réjouissances susceptibles de séduire leurs cœurs frivoles.

Fanny quitta la pièce lorsque le docteur Molloy arriva. Dans la seconde, Mrs Pollexfen était installée sur le canapé, enjoignait aux jumelles de la rejoindre et commençait à faire des projets.

Levant les yeux au ciel, Alethea haussa les épaules puis demanda à Camilla l'autorisation de se retirer : elle était au beau milieu d'un cours avec Miss Griffin. Elle salua sa tante, qui la gratifia d'un sourire froid.

— Mais bien sûr que vous pouvez retourner à vos livres, ma chère, lui dit Mrs Pollexfen pour la congédier. C'est le meilleur endroit où vous puissiez être.

Camilla ne put s'empêcher de sourire en voyant la grimace qu'adressa Alethea à sa tante et aux jumelles par-dessus son épaule, avant de s'éclipser. Elle entendit sa sœur monter l'escalier d'un pas si bruyant qu'à lui seul il suffisait à exprimer le mépris et l'indignation de l'adolescente. Elle était incorrigible ! Heureusement, Mrs Pollexfen n'avait pas remarqué la grimace. D'un autre côté, Camilla pouvait difficilement en vouloir à sa sœur d'adopter une telle attitude.

Letitia, l'air pincé, écoutait sa tante parler. Elle s'approcha de Camilla.

— Je ne crois pas que papa et maman apprécieraient que nous voyions souvent notre tante, murmura-t-elle.

— Je suis certaine que non. Ne vous inquiétez pas, et pour l'amour du ciel ne sermonnez pas les jumelles, ou vous les fâcherez et les conforterez dans leur désir d'entreprendre ce que vous désapprouvez. Laissez Fanny s'en charger ; elle mettra bientôt fin à tout cela.

Tout en tapotant le bras de Belle, Mrs Pollexfen s'adressa aux deux aînées.

— Nous parlions d'organiser une réception chez moi. Cela fait partie de mes plaisirs – et de ceux de mon cher Francis. Rien ne le ravit plus que de recevoir de jolies femmes dans son salon ! C'est quelqu'un de très sensible à la beauté – je le taquine souvent à ce sujet. Nous inviterons tous les jeunes hommes les plus à même de constituer un parti intéressant, ainsi qu'un ou deux messieurs plus âgés. Que diriez-vous, Camilla, si parmi eux il y avait sir Sidney ?

Elle émit un petit rire perlé en voyant sa nièce s'empourprer malgré elle.

— Ah, n'est-ce pas que j'ai raison ? Inutile de rougir ; tout le monde est au courant, l'affaire n'a rien de secret. Où que j'aille, j'entends vos deux noms mentionnés ensemble. Ce sera une bonne union pour vous, car c'est un homme d'importance, et spirituel avec ça. Puisque je sais que vos chers parents vous trouvent brillante – et je crois que vous l'êtes – c'est sur ce genre d'homme qu'il vous faudra jeter votre dévolu. Rares sont ceux qui rêvent d'une femme intelligente ; vous avez donc de la chance d'avoir retenu son attention. Et même s'il est… Mais ne parlons pas de cela, c'est sans importance. Vous êtes une personne rationnelle, je n'en doute pas, et mieux vaut un mariage de raison qu'un mariage d'amour. J'aurais tenu un discours bien différent il y a quelques années, car il n'y a pas plus romantique que moi. Toutefois, le mariage ne se résume pas à de longs soupirs et à de grandes aspirations. Toute jeune fille en quête d'un époux devrait le savoir. Vous êtes très sensée, et vous avez autant de chances d'être heureuse que toutes les jeunes femmes de ma connaissance sur le point de se marier.

Ces paroles provoquèrent une vive inquiétude chez Camilla.

— Je vous en supplie, ne parlez pas ainsi ! Je ne suis attachée à aucun homme en particulier, et je n'ai absolument pas l'intention de me marier pour le moment.

— Il est tout à fait normal et bienséant de réagir comme vous le faites, et vous pouvez me faire confiance, je n'en soufflerai mot à quiconque. Mais, ici, c'est différent : nous sommes en famille, et nous pouvons discuter librement, n'est-ce pas ?

On aurait dit que tout Londres avait choisi ce jour-là pour se rendre chez les Fitzwilliam. Aussitôt après que Mrs Pollexfen eut été reconduite à la porte – non sans s'être d'abord écriée que sa visite avait duré trop longtemps, qu'il était déjà bien tard, et qu'elle jurait de prendre immédiatement les dispositions nécessaires à la réalisation des projets évoqués –, on frappait de nouveau au heurtoir. Cette fois, les pas qui résonnèrent dans l'escalier étaient ceux d'un homme. Un ecclésiastique maigre et tiré à quatre épingles, à l'air dédaigneux, fut introduit dans la pièce.

— Le révérend Valpy, annonça le valet avant de se retirer.

Camilla considéra le nouveau venu avec étonnement. C'était la première fois qu'elle le rencontrait – tout comme Belle et Georgina, si elle en jugeait par leur expression de surprise. Le révérend s'avança en donnant l'impression, par sa simple présence, de les gratifier d'une immense faveur. Puis il s'adressa à Letty, qui s'était précipitée vers lui à son arrivée.

— Ah ! ma chère Miss Darcy, je vois que vous me remettez, et je vous demande pardon de passer à l'improviste. Je ne m'excuse pas de manquer à la règle formelle qui veut que je me présente, car je sais bien, comme vous, que c'est le devoir de tout ecclésiastique de rendre visite aux membres de sa congrégation, et l'on m'a dit que vous en faisiez partie, dimanche dernier.

Letitia parut troublée.

— Oh ! oui, c'est vrai, j'étais accompagnée du… C'est-à-dire que… j'ai assisté à l'office avec lady Innis et son neveu, le capitaine Allington.

— Ah ah ! je le connais bien, c'est pourquoi je me suis senti obligé de venir vous souhaiter la bienvenue au sein de notre petit cercle.

Entre-temps, Letitia s'était calmée.

— Je suis flattée de votre attention, monsieur, car votre congrégation n'a rien de « petit ». J'ai vu que l'église était comble, dimanche matin. Votre temps doit être compté. Je sais à quel point la charge qui vous incombe, en tant qu'ecclésiastique, peut être lourde : en plus des obligations qui vous lient à votre paroisse, vous avez le devoir de visiter les malades.

— Je m'en acquitte le jeudi – à moins que l'affaire ne soit urgente, répliqua Mr Valpy avec complaisance. (Il reporta son attention sur Camilla, parut ne pas aimer ce qu'il vit, puis observa les jumelles.) Je crois comprendre, Miss Darcy, que ce sont vos sœurs ? Ne vont-elles pas à l'église, elles aussi ?

Letitia se hâta de lui expliquer qu'il leur arrivait souvent d'assister à la messe dans des lieux différents.

Il afficha une moue de désapprobation toute cléricale.

— Les familles ne devraient pas se séparer pour pratiquer leur culte. Le respect du jour du Seigneur commence et se termine en famille, vous savez. Je ne peux que vivement recommander à votre père de vous conduire toutes à notre office, dimanche prochain. Peut-être que, s'il est là…

Camilla dut se retenir de rire en imaginant la réaction de son père face à cet homme ridicule. Comment Letty réussissait-elle à se montrer si polie ? Les jumelles se gênaient moins : toutes deux chuchotaient sur le canapé.

— Mes parents sont actuellement à l'étranger, déclara Letitia.

— Mais ils vous auront laissées aux bons soins d'un proche respectable et vigilant, je n'en doute pas, rétorqua Mr Valpy.

Camilla regarda Letty en fronçant les sourcils : sa sœur aînée s'entretenait avec le révérend au sujet des Fitzwilliam. En quoi cela concernait-il Valpy de savoir qui était responsable des filles Darcy, quelle église la famille fréquentait, et de quelle manière ?

— Les Fitzwilliam – mes cousins – assistent en général à l'office de la chapelle Belgrave, conclut Letitia.

L'homme parut sincèrement déçu et secoua la tête.

— Loin de moi l'idée de dénigrer mes pairs, quel que soit leur lieu de culte, mais, lorsque c'est la conscience qui est en jeu, on n'est jamais trop prudent.

Il s'arrêta, visiblement dans l'expectative. Letitia lui proposa un siège ; il s'y installa avec l'air de quelqu'un qui s'apprête à rester longtemps.

Quelle situation embarrassante ! Il tardait à Camilla de voir revenir Fanny. Face à elle, cet ecclésiastique présomptueux n'aurait qu'à bien se tenir. Cela dit, Fanny ne pourrait pas grand-chose si Letitia persistait à encourager Mr Valpy de la sorte. Elle l'entraînait à présent dans une conversation sérieuse, pendant que Belle et Georgina, incrédules, en étaient réduites à le dévisager.

Nouveaux coups frappés à la porte, nouveaux pas dans l'escalier. Le valet, pourtant habitué à faire bonne figure, afficha une expression de légère surprise en annonçant l'arrivée du révérend Barcombe.

Un, c'était déjà rude, deux... Impossible !

— C'est une véritable épidémie ! s'écria Belle.

Mr Barcombe, qui venait d'échanger un salut glacé avec Mr Valpy, eut un tressautement nerveux de la lèvre, tandis que Letitia faisait taire ses sœurs, parties dans une crise de fou rire, et demandait qu'on excuse leur inconvenante désinvolture.

Qu'est-ce qui pouvait bien retenir ainsi Fanny auprès du docteur Molloy ? Camilla espéra que Charlotte n'avait rien de grave. Celle-ci avait paru pâle et fiévreuse, sans que cela soit particulièrement alarmant... En fait, la fillette lui avait semblé plus contrariée que malade.

Mr Barcombe faisait la paix avec les jumelles, se ralliant à leurs préjugés à l'égard des hommes d'Église. Devant l'originalité des compliments et les traits d'esprit du révérend, les rires de Belle et de Georgina se muèrent en sourires satisfaits.

Qui serait le suivant ? Les visiteurs de ce matin-là formaient un petit groupe incongru et peu opportun. Pourquoi sir Sidney ne s'était-il pas montré ? Il avait été question d'une promenade en voiture dans le parc, mais il n'était pas venu, et aucun domestique n'avait présenté de message à Camilla.

Le bruit du heurtoir contre la porte résonne bien différemment pour celui ou celle qui, le cœur battant, compte voir apparaître la personne espérée. On frappa un nouveau coup au rez-de-chaussée. Camilla tendit l'oreille : ce visiteur-ci éveillerait-il chez elle un intérêt particulier, serait-il susceptible d'égayer son humeur ? Non, la voix râpeuse qu'elle perçut sur le palier n'appartenait pas à celui qu'elle attendait.

Pagode Portal entra dans la pièce derrière Fanny et le docteur. Il leur fit part de ses regrets pour l'indisposition de Charlotte et proposa, si le docteur Molloy autorisait les fruits dans l'alimentation de la fillette, d'aller en faire chercher dans son domaine à la campagne.

Le médecin, tout à fait à son aise et l'air approbateur, posa ses yeux froids sur la volée de jeunes filles avant d'accepter le verre de vin qui lui était offert.

Mr Valpy fut fâché de se retrouver en telle compagnie.

— Il aurait mieux fait de s'éclipser par l'entrée de service et l'escalier de derrière plutôt que de s'installer au salon avec les gentlemen, murmura-t-il à l'intention de Letitia.

Le docteur Molloy, manifestement doté d'une excellente ouïe, gratifia Mr Valpy d'un regard noir.

Mr Portal, à côté de Letitia, ajustait un lorgnon contre son œil pour examiner une miniature ovale accrochée au mur. Il s'esclaffa en entendant les propos de Valpy.

— Vous n'y êtes pas du tout, monsieur. Les patients du docteur Molloy appartiennent à l'aristocratie du pays. Vous ne pouvez pas refuser un siège ici, à Aubrey Square, à un homme qui a sa place dans les salons royaux, n'est-ce pas ?

— Vraiment ? s'enquit Valpy d'un ton glacé. Je l'ignorais.

— Le docteur Molloy et moi sommes de vieux amis, intervint Mr Barcombe. J'espère que votre visite n'a rien de professionnel, Molloy ?

Fanny lui sourit.

— Si, car ma petite fille ne va pas bien. Toutefois, il me jure qu'elle est hors de danger. Elle a la rougeole, mais il s'agit seulement d'une forme bénigne.

— La rougeole ! s'écria Letitia, fort inquiète. Fanny, il ne faut pas prendre cela à la légère ! Charlotte devrait être conduite loin de Londres ; elle serait mieux au vert. Pourquoi ne l'emmenez-vous pas à Pemberley ? Nous pourrions venir avec vous. Vous connaissez les bienfaits du bon air sur un malade.

— L'air de la campagne et un long trajet ne feront aucun bien à Charlotte, déclara le docteur Molloy avec fermeté.

Je ne tiens pas en très haute estime la fraîcheur de mars. Je ne vois pas en quoi le froid et l'humidité aideraient un enfant à guérir, croyez-moi.

Letty parut déçue, mais Camilla accueillit avec reconnaissance la détermination du médecin. Letty souhaitait sans doute retourner à la campagne, mais plus les jours passaient plus ses autres sœurs et elle-même avaient de raisons de préférer rester en ville.

— Je voudrais savoir si vous avez toutes eu la rougeole, s'enquit le docteur Molloy.

— Mais oui, répondit Camilla.

— Moi, j'ai été très malade, lui confia Letitia.

— Tenez, vous voyez ? rétorqua Georgina. Vous avez eu la rougeole pendant que vous étiez à Pemberley. Visiblement, l'air de la campagne ne vous a pas réussi.

— Si j'avais attrapé la rougeole alors que j'étais à Londres, je n'y aurais peut-être pas survécu, car il n'est pas rare d'en mourir.

— Letty, l'interpella Camilla, écoutez donc le docteur Molloy, et cessez de penser toujours au pire.

Le docteur Molloy fit un petit sourire.

— Voilà enfin des paroles sensées. Ma jeune patiente n'étant pas en péril, Miss Darcy, je vous demande – je vous supplie, même – de ne pas effrayer lady Fanny sans raison.

Mr Valpy grimaça et reprit sa conversation avec Letitia.

— S'il vous plaît, parlez-moi de Pemberley. C'est chez vous, n'est-ce pas ? Dans quel comté se trouve ce domaine ? Je ne peux que vous approuver en ce qui concerne les bienfaits de l'air de la campagne. Je crois beaucoup aux vertus de la vie rurale.

— Mais pas de la vie frugale, souffla Pagode Portal à l'oreille de Camilla. Qui est donc ce personnage assommant ?

— C'est le pasteur de Saint-Botolph.

— Ah oui, vraiment ? Je le remets, à présent : des gens peu avisés se déplacent en masse pour l'écouter les réprimander, et leur faire une peur bleue en leur parlant des flammes de l'enfer et de la damnation, ce qui n'est pas très difficile, si je puis me permettre. C'est un évangélique acharné, vous savez, et je suis surpris de le trouver assis dans la même pièce que Barleigh Barcombe, qui, lui, est le membre le plus loyal de la branche inférieure de l'Église anglicane.

— Je n'ai pas l'habitude de voir des ecclésiastiques d'autant de confessions différentes, comme vous en avez à Londres. Dans notre paroisse, nous nous contentons de ce cher vieux Canon Meyrick, notre pasteur depuis toujours. Il utilise un sablier pour minuter ses sermons : ainsi, ils ne durent jamais plus d'un quart d'heure.

— Quel homme admirable !

— À mon avis, Mr Valpy est capable de s'accommoder de bien des désagréments lorsqu'il s'agit de servir ses intérêts.

En regardant Letty à l'autre bout de la pièce converser de manière si rapprochée avec l'homme en question, Camilla ressentit une pointe d'appréhension. Trop sérieuse et encore fragilisée par la « trahison » de Tom, sa sœur serait peut-être mûre pour de nouvelles extravagances. Pourvu qu'à leur retour de voyage papa et maman ne retrouvent pas leur fille aînée convertie à l'évangélisme !

Chapitre 11

Sir Sidney contemplait la bruine d'avril par l'une des grandes fenêtres de son élégant salon. Comme chaque année à cette période, les averses soudaines, fréquentes et souvent torrentielles, alternaient avec de belles éclaircies.

L'objectif qu'il s'était fixé lui inspirait une certaine sérénité : il s'était résolu à se marier. Il n'avait qu'un frère cadet – qu'il ne voyait plus – pour hériter du domaine, de la fortune et du rang de baronnet, aussi à trente-cinq ans était-il temps pour lui, comme l'avaient prédit les matrones friandes de potins, de trouver une épouse et d'engendrer un héritier.

Il avait pris sa décision avant même que la Saison ne commence. Il passerait en revue la cuvée annuelle de débutantes et, ne pouvant se résoudre à la perspective de partager chaque jour son petit déjeuner avec un laideron, il jetterait son dévolu sur une belle jeune fille. En réalité, il n'avait pas l'intention de partager ce repas – ni aucun autre moment de sa vie – avec une femme, quelle qu'elle soit. Non, la place et les devoirs de celle-ci se borneraient à la sphère domestique. Elle s'occuperait de la maison et des enfants et, si elle se sentait seule, elle recevrait des amies dans une situation similaire.

Il ne comptait pas non plus être un mari tyrannique ni strict. Il avait trop d'expérience pour se croire capable d'imposer à son épouse des conditions que lui-même n'aurait pu supporter. Une fois qu'elle lui aurait donné un héritier et un ou deux autres fils, elle aurait le droit de s'amuser comme elle l'entendrait – un arrangement que toute femme sensée accueillerait avec bonheur.

Lors de sa première rencontre avec Letitia Darcy, il avait cru qu'elle ferait parfaitement l'affaire. Il admirait sa beauté, ses manières posées et bienséantes. Elle était riche, bien née, et avait connu – du moins le croyait-elle – une tragédie amoureuse qui lui épargnerait peut-être l'embarras d'un trop grand attachement. Toutefois, après avoir fait plus ample connaissance, il s'était rendu compte qu'elle l'ennuyait : elle était trop solennelle, trop sérieuse, et le risque de la voir s'impliquer dans les œuvres de charité ou les affaires de l'Église était trop important. De plus – que Dieu l'en préserve ! – il était certain qu'elle ferait la morale à son époux si celui-ci s'écartait, même d'un cheveu, du droit chemin. Enfin, son calme et sa sérénité apparents étaient trompeurs, et la dernière chose qu'il souhaitait avoir dans sa maison, c'était un caractère passionné et lunatique.

Par ailleurs, il fallait reconnaître qu'il était nettement plus plaisant de converser avec sa sœur Camilla. Elle avait la repartie facile, était plus intelligente et, face à un groupe d'individus brillants, plus capable de se défendre que son aînée. Il tirerait peut-être même un semblant de fierté d'avoir une telle épouse. Certes moins ravissante que Letitia, elle était acceptable et, avec de belles tenues et quelques apprêts, elle deviendrait tout à fait louable. Étant donné sa finesse d'esprit, elle saurait comment conduire son mariage. Enfin, sa dot était aussi élevée que celle de son aînée – un argument de taille sur sa liste de considérations.

Le père de Camilla se trouvait à l'étranger, mais pour combien de temps ? Il devait bien y avoir un membre de sa famille à qui il pourrait parler. Mr Gardiner, peut-être ? C'était sans doute mieux ainsi, d'ailleurs, sans « papa » pour l'assommer avec les questions paternalistes que tout chef de famille mariant sa fille était obligé de poser. Oui, il serait bien plus pratique de traiter avec quelqu'un de moins proche, et de discuter accords et arrangements financiers avec l'homme d'affaires de la famille. Il serait la risée de tous si on l'abandonnait une nouvelle fois devant l'autel : sa réputation n'y survivrait pas. Ils passeraient peut-être leur lune de miel à Paris. Il serait ravi de faire visiter cette ville à Camilla. Lui ne s'y ennuyait jamais : c'était la cité des plaisirs !

En attendant, il devait se montrer agréable. Il savait qu'elle n'était pas indifférente à ses charmes. Il frissonna légèrement. Il avait quand même l'habitude d'être le centre des attentions : les femmes le trouvaient séduisant, il en avait toujours été ainsi. Et il le fallait, s'il voulait convaincre celle-ci de l'épouser. Même une demoiselle aussi intelligente et rationnelle devait se laisser persuader que son soupirant éprouvait quelque tendre inclination à son égard, et inversement. À l'époque de son père, les unions n'étaient qu'une question d'argent et d'aspects pratiques, mais les choses avaient changé avec la nouvelle génération. Désormais, seules comptaient les émotions, et une certaine ardeur dans les sentiments était un préalable à tout attachement. S'il manifestait une approche purement pragmatique du mariage, on l'accuserait d'être un cœur de pierre intéressé.

—Cet homme me regarde comme si j'étais un tableau accroché au mur du salon, fit remarquer Alethea en retournant s'asseoir auprès de Camilla, après avoir délecté les convives de plusieurs chansons.

—Qui donc ?

—Eh bien, sir Sidney Leigh, là-bas, près de la cheminée, avec son air hautain.

Elles étaient chez Mrs Seton qui, comme l'avait promis son frère Barleigh Barcombe, donnait une soirée musicale.

Elle avait fait parvenir aux cinq sœurs une charmante invitation et toutes l'avaient honorée.

La passion des filles Darcy pour la musique n'était pas la seule raison de leur présence dans ce joli salon. La rougeole de Charlotte Fitzwilliam avait beau être bénigne – comme l'avait prédit le docteur Molloy –, la fillette n'en était pas moins grognon et irritable, réclamant constamment la présence de sa mère à ses côtés pour la réconforter, lui lire des histoires et la divertir. Fanny, mère tendre et dévouée, ne vivait pas comme une épreuve le fait de veiller sur sa petite malade quand la nourrice s'octroyait quelques heures de repos indispensable. Même Mr Fitzwilliam, qui aimait que Fanny soit disponible dans sa propre chambre, laissa son amour paternel l'emporter : il exhorta sa femme à ne pas se soucier de lui et à s'occuper de Charlotte autant qu'elle l'estimait nécessaire.

— Mais il n'y a pas que vous que je néglige ! protesta Fanny.

— Ne froncez pas les sourcils, répondit-il en prenant son visage entre ses mains. Je déteste vous voir faire cette tête.

— Nous avons des invitées ; les avez-vous oubliées ? Les filles… Qui les chaperonnera ? Qui les emmènera aux fêtes, pour veiller à ce qu'elles ne s'attirent pas d'ennuis ?

— Des « ennuis » ? demanda-t-il d'un ton sévère. J'ose espérer qu'aucune demoiselle logeant sous mon toit ne s'attirera le moindre ennui, comme vous dites.

— Vous vous méprenez : je ne parle pas de tracas graves. Elles ne feraient rien de pernicieux, vous le savez, mais elles connaissent encore mal la ville et ignorent parfois quelle attitude adopter.

— Il n'y a aucun problème : elles peuvent se passer de fêtes pour le moment. Cela leur fera du bien : il me semble que leur vie s'est résumée à des frivolités, ces dernières semaines.

Fanny protesta : la Saison était trop courte, et elle voulait que chaque journée passée à Londres soit un ravissement pour ses cousines.

— Je n'ai jamais entendu de pareilles sottises ! De quel droit, je vous prie, leurs journées doivent-elles être considérées comme perdues si elles ne sont pas consacrées aux plaisirs et à des activités futiles ? Ce sont des créatures intelligentes, je n'en doute pas : les enfants de Darcy ont tous appris à se tenir. Elles feraient mieux de vous aider à veiller sur Charlotte. Avec une malade à la maison, elles pourraient avoir l'esprit occupé par autre chose que les fêtes.

— Justement, Letty et Camilla m'ont toutes deux proposé de rester auprès de Charlotte et passent déjà une bonne partie de la journée avec elle. Il n'est pas juste de leur demander d'en faire autant la nuit. Alethea aussi lui a tenu compagnie, mais sans grand succès : sa vivacité et son énergie fatiguent beaucoup notre pauvre fille. Elle lui écrit un morceau – une chanson – et dit qu'elle la lui apprendra quand elle ira mieux. Charlotte est très enthousiaste à cette idée. C'est fort aimable de la part d'Alethea d'avoir ce genre d'attention.

— Et les jumelles ?

— Aussi sensibles l'une que l'autre, elles sont toutes retournées de voir la petite dans ce triste état. Elles compatissent sincèrement, mais elles n'ont pas leur place au chevet d'une malade.

Son mari n'était pas indifférent au charme envoûtant de Belle et de Georgina.

— Cela ne m'étonne guère. Étant plus féminines que leurs sœurs, elles ont plus besoin d'être choyées et protégées.

Fanny le dévisagea, se demandant un instant comment cette conception de la nature féminine pouvait cadrer avec les inévitables exigences imposées par l'accouchement et la maternité. Cependant, distraite par Charlotte qui l'appelait, elle quitta la pièce pour aller s'occuper de l'enfant.

Ayant à cœur de tranquilliser Fanny, Letitia et Camilla affirmèrent qu'elles n'avaient pas l'intention de sortir en société tant que Charlotte était malade et que sa mère était accaparée par la fillette.

— Du reste, Fanny, cela ne signifie pas que nous resterons cloîtrées en permanence à la maison : notre cousine Mrs Gardiner nous a invitées à dîner, si nous étions disponibles, et Letty a prévu de se rendre à une réunion de l'une de ses œuvres. Sackree l'accompagnera ; il n'y aura aucun manquement aux règles de la bienséance.

— Et souvenez-vous : j'ai vingt et un ans, ajouta Letty. Si je suis avec ma bonne, personne n'y trouvera rien à redire. Comme vous le savez, Mr Valpy m'a demandé de me pencher sur les affaires de son association, et je ne voudrais pas paraître négligente.

— L'invitation de Mrs Seton est également irréprochable, déclara Fanny en fronçant les sourcils devant la poignée de cartons les conviant, elle et ses cousines, à diverses fêtes et sorties. Alethea pourra y aller aussi. Cette réception familiale lui plaira : Mrs Seton a la réputation de toujours inviter des musiciens de qualité.

Ainsi, Letitia partit assister à une réunion organisée par la Société des malheureux pauvres – ou était-ce la Société pour la suppression du vice ? Elle avait insisté pour que sa sœur se joigne à elle, mais Camilla avait décliné sa proposition avec une grimace.

— Non, Letty, je vous laisse le soin de vous occuper de ces bonnes œuvres.

Elle ne comprenait pas comment Letty pouvait choisir de passer son temps avec un groupe de personnes qui, comme elle l'avait constaté la seule fois où elle avait accompagné sa sœur, respiraient la suffisance et faisaient preuve d'une piété trop manifeste pour être véritablement convaincante. Ce genre de ferveur n'impressionnait pas Camilla. Peut-être son jugement était-il trop sévère, mais ni Mr Valpy ni ses projets ne lui inspiraient confiance. « Charité bien ordonnée commence et finit par soi-même » – telle devait être la devise de Mr Valpy.

Pendant ce temps, les jumelles supplièrent qu'on les autorise à aller faire les boutiques de Bond Street, chaperonnées par leur bonne.

— Après tout, quelles bêtises pourraient-elles bien commettre sur Bond Street ? demanda Camilla à Letitia, redoutant une scène.

— Ce serait les encourager à ne penser qu'à des frivolités. Elles dilapident leur argent en colifichets et parures inutiles et, en attendant, leurs têtes restent désespérément vides.

— Vous supposez que, si on leur refuse la permission de sortir, elles demeureront sagement à la maison, plongées dans des lectures édifiantes ?

— Cela leur ferait le plus grand bien.

La sortie des jumelles à Bond Street leur prit un temps considérable et, à leur retour, elles parurent singulièrement transportées de joie, ce qui éveilla aussitôt les soupçons de Camilla. Elle venait toutefois de recevoir un message de sir Sidney lui demandant de se joindre à lui ainsi qu'à un groupe d'amis pour une sortie au théâtre, deux jours plus tard. Cette invitation avait provoqué une telle euphorie chez la jeune femme qu'elle ne se sentit pas le cœur à réprimander Belle et Georgina pour leur retard. Il ne lui vint pas non plus à l'esprit d'interroger leur bonne, comme Letitia l'aurait immédiatement fait. Ainsi, les jumelles, soulagées, n'échangèrent qu'un simple regard de connivence avant de se retirer pour se changer.

Quelle que fût la raison de leur bonne humeur, celle-ci se maintint toute la soirée, et la famille fit porter la harpe de Belle dans la seconde voiture sans avoir à l'entendre maugréer à la perspective d'une assommante réception. En temps normal, toute fête à laquelle Alethea avait le droit de se rendre était considérée comme le summum de l'ennui.

Belle et Georgina avaient interprété leurs morceaux avec goût et élégance, et reçurent les félicitations de tous.

— Sir Sidney les observe comme si elles étaient de la porcelaine sous vitrine, confia Alethea à Camilla d'un ton espiègle.

Camilla se mit à rire.

— Un tableau, de la porcelaine… Qu'est-ce qui vous prend ? C'est un connaisseur qui a l'œil, voilà tout.

— Je n'aime pas sa bouche triste. Je ne comprends pas pourquoi il vous plaît tant, Camilla. Moi, je ne le supporte pas.

— Alethea !

— Oh, vous n'allez pas recommencer avec vos sermons ! J'ai tout de même le droit d'avoir mon propre avis sur les gens, non ? J'espère juste que vous n'avez pas l'intention de l'épouser.

— Alethea ! Comment pouvez-vous parler ainsi ?

— Il vous regarde comme si vous étiez une pouliche qu'il s'apprête à acheter. Je ne lui trouve pas l'air d'un connaisseur, ni même d'un soupirant. Moi, j'appelle ça un goujat.

Camilla était si fâchée contre sa petite sœur qu'elle se leva brusquement pour partir à l'autre bout de la pièce. Mr Barcombe la rejoignit et s'extasia sur les jumelles, ne tarissant pas d'éloges sur l'interprétation de Belle : comme son jeu avait été divin, comme elle était ravissante, assise à son instrument ! D'ailleurs, aurait-on le plaisir d'entendre Miss Camilla ?

La réponse fut non. Elle abandonna le révérend à sa béatitude et s'avança vers l'une des longues fenêtres. Il régnait une chaleur étouffante. Si les volets n'étaient pas fermés, un léger courant d'air la rafraîchirait peut-être.

Juste devant elle, deux femmes d'une quarantaine d'années conversaient, installées dans un canapé, leurs têtes enturbannées très proches l'une de l'autre. Elles avaient chuchoté tout le long de l'interprétation des jumelles et d'Alethea, et avaient éclaté de rire en échangeant des ragots pendant qu'un trio jouait une sonate de Clementi. De quoi parlaient-elles, à présent ? Camilla ne put s'empêcher de tendre l'oreille après les avoir entendues mentionner le nom de sir Sidney. N'étant pas de nature indiscrète, elle aurait dû s'éloigner, mais elle était comme tétanisée tandis qu'elle observait l'homme en question, assis dans un fauteuil au fond de la pièce. Comme à l'accoutumée, il était vêtu avec élégance, la jambe tendue devant lui. Il avait préféré les chausses et les bas de soie aux pantalons. Avait-il l'intention de se rendre à un bal ?

À son entrée, il lui avait souri puis lui avait demandé comment elle se portait, mais son hôtesse était alors venue détourner son attention et, depuis, ils n'avaient pas échangé un seul mot. S'il avait prévu de poursuivre la soirée ailleurs, il ne tarderait pas à prendre congé sans que Camilla ait eu l'occasion de lui parler. N'avait-il pas envie de discuter avec elle ? Il semblait fort apprécier la compagnie de l'inconnue avec qui il conversait à bâtons rompus. De son côté, la jeune femme, ses yeux bleus rivés sur le visage de son interlocuteur, entrouvrait sa jolie bouche et ponctuait leurs échanges de petits éclats de rire.

— Mrs de Witt paraît ravie de s'entretenir avec sir Sidney, déclara l'une des femmes enturbannées. Elle était follement amoureuse de lui, c'est évident, avant d'épouser son imbécile de mari.

— On dirait bien qu'elle a encore un faible pour lui. De Witt s'absente souvent de Londres, n'est-ce pas ?

— Oh, il est toujours par monts et par vaux.

— Pas plus tard qu'avant-hier, j'ai vu Mrs de Witt et sir Sidney au parc, dans le vis-à-vis de celui-ci. Ils sont très à l'aise ensemble.

— Elle souhaitait ardemment l'épouser, paraît-il, mais son père s'est opposé à leur union. Elle est restée enfermée trois jours dans sa chambre, à sangloter et à crier qu'elle réussirait à l'avoir.

— J'ai entendu dire qu'elle avait pleuré tout le long de la cérémonie, lorsqu'elle a épousé Mr de Witt.

— Il est tellement sot qu'il n'a même pas dû le remarquer.

— Il a une maîtresse. C'est Snipe qui m'en a parlé : une ravissante rousse sur qui il a lui-même des vues. Il a été très contrarié quand il s'est rendu compte que de Witt l'avait devancé.

— De toute évidence, Mrs de Witt se console aussi de son côté. Mais sir Sidney a besoin d'une épouse, vraiment. Les flirts, les fiançailles, c'est bien joli, mais cela ne remplit pas une nursery.

Quelles misérables bonnes femmes, quelles langues de vipère ! Cela lui apprendrait à jouer les espionnes. Elle aurait dû se douter que ces commérages risquaient de la blesser.

Comment sir Sidney pouvait-il être épris de cette Mrs de Witt ? Une blonde fanée, à la robe certes fort élégante, mais sans véritable classe ni beauté.

Pourquoi faisait-il si chaud, dans cette pièce ? Et pourquoi ces musiciens n'accordaient-ils pas leurs instruments correctement, au lieu de les faire grincer si affreusement ? Pourquoi Mr Barcombe restait-il assis là-bas, ce sourire idiot plaqué sur la figure ? N'avait-il pas conscience du ridicule ? Et ces deux jeunes gens près de la porte, qui s'effleuraient les doigts en douce, pensant que personne ne les avait repérés ? En voilà une façon de se comporter en public !

C'est alors qu'elle remarqua de quelle manière le jeune homme en question regardait la fille qui se tenait à ses côtés : Camilla décela dans ses yeux une telle tendresse qu'elle en eut la gorge nouée.

Sir Sidney n'avait jamais ri en sa compagnie, ne lui avait souri, ni n'avait flirté avec elle avec autant de décontraction qu'il le faisait à cet instant avec Mrs de Witt.

Le feu de la jalousie l'embrasa. D'où provenait cette émotion ? Comment et depuis quand l'inconnu de ses rêveries adolescentes avait-il pris les traits de sir Sidney Leigh ? Et avait-il émis un signe quelconque montrant qu'il éprouvait plus d'affection pour elle que pour son cheval, son chien ou n'importe qui, parmi toutes ses connaissances de Londres ?

Elle se mordit la lèvre et plaqua un sourire sur son visage, luttant pour reprendre contenance et ne rien laisser paraître de ses sentiments. C'était désormais tout ce qui lui restait : la dignité de n'avoir soufflé mot à personne de son inclination pour cet homme, et d'avoir jusqu'à présent réussi, avec plus ou moins de succès, à la cacher aux autres mais aussi à elle-même.

Elle avait autorisé sir Sidney à lui tenir agréablement compagnie. Il était beau, séduisant. Elle ne s'était pas avoué qu'elle était, en réalité, tombée amoureuse de lui.

Et lui, était-il épris d'elle ? Rien ne le prouvait. Il lui avait accordé une certaine attention, avait dansé avec elle sans bouder son plaisir. Assurément, il appréciait sa compagnie. Hormis les commentaires cinglants et spirituels qu'il avait émis sur la gent masculine et ses folies, ils avaient échangé sur différents sujets. Il avait parlé de la mission de son père à Constantinople, de sa rencontre avec sa mère lors d'une réception mondaine, de Pemberley, et de son goût prononcé pour l'art italien quand il voyageait sur le continent.

Jamais il n'avait tenté de la courtiser.

C'étaient là des bases bien fragiles pour commencer une passion. Pourtant, cela lui avait suffi. Ses sentiments étaient-ils réciproques, même à un infime degré ? En le voyant avec Mrs de Witt, elle en doutait. Sincèrement.

Leurs noms avaient peut-être été associés dans les potins bienveillants ou non : à l'échelle londonienne, sir Sidney et elle avaient en effet passé beaucoup de temps ensemble, mais il n'y avait eu ni évolution, ni mots murmurés à l'oreille, ni la moindre pression sur une main, pas plus qu'un léger frôlement de bras pour lui donner matière à espérer, ou lui faire comprendre qu'elle occupait une place particulière dans son cœur.

La sortie prévue au théâtre qui l'avait tant réjouie ne suscitait désormais plus aucune joie en elle. Mrs de Witt feraitelle partie du groupe d'amis de sir Sidney ? Certainement, et cette femme ne manquerait pas de déployer sa science en matière d'attirance et de séduction.

Camilla était sans aucun doute la créature la plus malheureuse au monde. Pour la première fois, elle mesura l'intensité des sentiments que Letty avait dû éprouver en apprenant qu'elle avait perdu Tom – à deux reprises, qui plus est ! D'abord sur le champ de bataille, et ensuite lorsqu'il avait épousé cette jeune Belge inconnue de tous. Camilla devrait peut-être, elle aussi, orienter ses lectures vers les traités religieux et consacrer du temps à servir la cause d'associations nobles et utiles.

Son avenir se déroula devant elle : elle finirait vieille fille, vêtue de robes ternes, assistant un jour à la réunion de la Société de Satan, dont les membres seraient contre, plutôt que pour, l'œuvre de son éponyme ; courant le lendemain à la Société des Vertus, dont les membres, cette fois, seraient pour plutôt que contre…

Elle ne put se retenir de sourire à défaut de rire à gorge déployée devant l'absurdité de ce tableau imaginaire. Finalement, elle trouva un certain apaisement à écouter les notes fort agréables du premier violon. Comment avait-elle pu les juger affreuses, un instant auparavant ? Quelques minutes plus tard, elle parvenait à accepter une tasse de thé avec une humeur proche de la gaieté.

Alethea avait pour habitude de raconter à Miss Griffin tout ce qu'elle savait au sujet de ses sœurs. Elle n'avait pas l'impression d'être une rapporteuse, car elle était sûre que l'objet de leurs conversations ne sortait jamais des quatre murs de leur chambre.

Ce soir-là, à son retour, elle confia à sa gouvernante son inquiétude au sujet de Camilla.

— J'espère sincèrement qu'elle ne compte pas épouser cet horrible sir Sidney. Malgré les attentions qu'il lui prodigue et les ragots qui commencent à circuler, il ne l'aime pas, j'en mettrais ma main au feu.

— Et elle, le trouve-t-elle à son goût ?

— Oh, oui, malheureusement. Camilla est un cas ! Je regrette que le bon sens lui fasse parfois défaut.

— Le bon sens ! Celui-là, quand une fille tombe amoureuse, il est capable de s'envoler par la fenêtre.

— Ça ne m'étonne pas, sauf qu'il ferait mieux de se dépêcher de revenir avant que ma sœur ait de gros ennuis.

— Je n'ai pas l'impression que sir Sidney soit un séducteur.

— Ce n'est pas ce que je voulais dire, non, il est très correct, tout comme l'est Camilla. Elle n'est pas là, à le dévorer des yeux où qu'il aille.

— Je suis bien contente de l'entendre. Je serais fâchée d'apprendre qu'une fille que j'ai élevée ne fasse pas preuve de discrétion dans ses sentiments amoureux.

Alethea cessa de faire les cent pas, décocha un coup de pied à une bûche qui dépassait de l'âtre – ce qui lui valut une vive réprimande de sa gouvernante – et fit remarquer que tout cela était bien joli, mais qu'il fallait voir comment Letty s'était conduite, à l'époque où Tom et elle étaient fiancés.

— Des fiançailles, c'est différent.

— Je ne vois pas en quoi. Tout cela est si horripilant ! Si seulement papa et maman étaient là, ils se débarrasseraient de ce baronnet d'une chiquenaude. Et ils sauraient reprendre en main les jumelles.

— Je vous en prie, épargnez-moi le compte-rendu de leurs dernières bêtises.

— Je ferais mieux de m'abstenir, en effet. Vous en seriez malheureusement choquée, et vous sentiriez coupable de leur attitude – même si ce n'est pas votre faute.

— Je suppose qu'elles sont allées rendre visite à votre tante, Mrs Pollexfen.

— Ça alors, c'est exactement ce qu'elles ont fait ! s'écria Alethea. Comment l'avez-vous deviné ?

Miss Griffin saupoudra de sable la page qu'elle venait d'écrire, puis la secoua.

— C'était couru d'avance.

— Fanny est aveugle : elle est complètement sous l'emprise de Belle et de Georgina, tout comme Mr Fitzwilliam. Il n'a pas la moindre idée de leur véritable personnalité.

— Je doute qu'elles commettent de grosses bêtises chez leur tante. Elle les en empêchera, car elle craint votre père.

Alethea se laissa choir devant le feu et s'allongea sur le ventre, appuyée sur les coudes.

— J'espère que vous avez raison. Allons, oublions l'amour et le mariage, et concentrons-nous sur ce roman. Je veux découvrir ce qui est arrivé à Adelysia : va-t-elle réussir à échapper aux griffes du méchant comte ? Oui, c'est évident, sinon il n'y aurait plus d'histoire. Mais faites-moi donc la lecture ; je veux tout savoir.

Chapitre 12

Les craintes de Camilla se révélèrent infondées : Mrs de Witt ne figurait pas parmi les personnes que sir Sidney Leigh avait invitées au théâtre. Au lieu de quoi, elle fut ravie de retrouver Pagode Portal et Mrs Rowan, déjà installés dans la loge. Ils étaient en compagnie de Mrs Delamere, la sœur de sir Sidney, qui vivait dans le Kent. Elle avait quelques années de moins que son frère et, avec son nez hautain et son air bien élevé, elle ressemblait à une vraie matrone romaine. Toutefois, elle se montra fort courtoise et se déclara enchantée de faire sa connaissance.

À la surprise de Camilla, Mr Roper ne tarda pas à rejoindre la petite troupe. Mrs Delamere s'apprêtait à faire les présentations quand Camilla répondit avec un sourire qu'ils se connaissaient déjà.

Mr Roper avait visiblement gardé un souvenir très précis de leur précédente rencontre. Il s'assit à côté d'elle. Après s'être raclé la gorge et avoir jeté des regards nerveux à la ronde comme si l'inspiration allait glisser entre les plis du rideau peluché ou voler dans les airs en passant par le candélabre suspendu au plafond de la salle, il se décida à présenter à la jeune femme des excuses plus ou moins confuses.

— Je suis passé à Aubrey Square, mais lady Fanny n'était pas visible, dit-il d'une voix étranglée. Les deux fois. Je crains de les avoir offensées, elle et vos sœurs. Votre sœur, je veux dire.

— Ma cousine devait tout simplement être absente.

— Elle l'était pour moi, en tout cas. Je comprends tout à fait que l'embarras provoqué lors de ma visite par la nouvelle que je détenais, et que j'ai partagée avec vous, par inadvertance, de manière si irréfléchie, l'ait dégoûtée de moi. Plus j'y pense et plus je suis horrifié d'avoir été la cause de… Bref, je crois que votre sœur a été totalement bouleversée. Je regrette sincèrement qu'elle ait été mise au courant pour Mr Busby de façon si froide et abrupte.

Il s'interrompit. La sueur perlait sur son front ; on décelait l'angoisse dans ses yeux sombres.

— De toute manière, elle n'aurait pas pu accueillir cette nouvelle sans émotion, répondit Camilla d'une voix douce, désireuse de le rassurer. C'est vous qui déteniez cette triste information, ce n'était pas votre faute. Vous ignoriez tout de l'affaire.

— Je suis vraiment navré pour elle, comme je le serais pour toute personne dans une situation similaire. Mais je crains que lady Fanny… J'ai peur que vous me preniez toutes pour une langue de vipère, que vous pensiez qu'aussitôt sorti de chez votre cousine je me suis empressé de répandre la nouvelle. Ce n'était pas le cas, je vous assure. Je suis allé chez ma tante, chez qui je loge, puis au *Pink's* – dont je suis membre, comme vous devez le savoir. (Il prononça ces mots avec la fierté d'un garçon qui trouve sa place parmi ses aînés.) Je n'avais pas sitôt franchi les portes du club que cette histoire était déjà sur toutes les lèvres.

— Je n'en doute pas. Quoi de plus fascinant qu'un jeune homme qui sort de sa tombe, perd la mémoire, se marie sans avoir prévenu personne, et oublie qu'il était déjà fiancé ? C'est le genre de nouvelle qui ne peut rester secrète longtemps nulle part, et surtout pas à Londres. L'affaire est aussi passionnante qu'un roman mélodramatique. Plus savoureuse même, puisqu'elle est réelle.

— Oui, j'imagine. (Roper ne parut pas totalement convaincu.) Cependant, je suis content de vous trouver ici : ainsi, au moins un membre de votre famille saura que je n'ai rien à voir avec le fait que la nouvelle se soit répandue si vite, et si largement.

Mrs Delamere, qui avait entretenu une conversation animée avec Mrs Rowan, s'immisça dans leur discussion.

— Quelle est cette histoire ? De quoi parlez-vous, Mr Roper ?

Il hésita ; Camilla eut pitié de lui.

— Nous évoquions l'étrange retour à la vie de Mr Busby, madame. On le croyait mort à Waterloo, mais il apparaît qu'il n'en est rien.

— Oh ! cette affaire-là ! Je connais un peu le comte de Broise, dont ce Busby a épousé la fille. C'est un parent éloigné de mon mari. Il me semble que sa fille est une créature charmante, à la tête d'une coquette fortune. Busby aurait pu trouver pire ! J'ai entendu dire qu'ils allaient bientôt venir à Londres.

Le cœur de Camilla se serra. Dieu seul savait comment Letty réagirait en apprenant la nouvelle ! Et il fallait bien la mettre au courant : quel désastre si elle tombait par hasard sur Tom au cours d'une soirée dansante, un bal, ou une promenade au parc !

Ce soir-là, c'était Edmund Kean qui jouait dans *Jules César*. Le reste de l'assemblée se mit à commenter la pièce et compara Kean à Kemble dans le rôle de Brutus, se demandant si le jeune homme arriverait à la cheville de son aîné. Comme Camilla n'avait jamais vu Kemble sur les planches ni assisté à une pièce de Shakespeare auparavant, elle concentra son attention sur ce qui l'entourait.

Le théâtre de Drury Lane lui parut immense. Il pouvait accueillir environ trois mille spectateurs, lui avait-on dit, et elle était en effet très étonnée par la taille et l'opulence de la salle, ainsi que par l'éclat intense, presque aveuglant, du velours rouge et des surfaces dorées. Camilla et ses compagnons étaient placés dans une loge située au troisième étage, à gauche de la scène. Ainsi, la jeune femme avait vue sur la foule du parterre : les gens étaient si serrés les uns contre les autres qu'ils devaient être mille, pas moins.

Puis elle promena son regard sur les sièges réservés aux personnes plus distinguées : des hommes et des femmes en tenue de soirée prenaient place, saluaient des amis, faisaient signe à des connaissances et agitaient leurs éventails, conférant au décor faste et animation. Certaines des spectatrices étaient éblouissantes – des diamants de la plus belle eau. Camilla reconnut plusieurs messieurs parmi les compagnons de ces dames et les soupçonna d'avoir laissé à la maison leurs épouses moins séduisantes que les femmes de petite vertu avec lesquelles ils s'encanaillaient.

Elle savait que, dans les galeries courant derrière les étages supérieurs et les loges, des prostituées qui n'avaient pas la chance de se faire entretenir proposaient leurs services. Camilla et les autres les avaient aperçues en entrant, qui lançaient des œillades langoureuses à tous les hommes, même accompagnés.

La foule s'agita encore, puis les lumières de la salle s'éteignirent. Une lueur dramatique fut projetée sur la scène. Le rideau se leva ; Flavius et Marullus firent leur entrée.

Elle s'était attendue à passer la soirée dans cet état d'esprit ambivalent nouveau pour elle mais auquel elle commençait à s'habituer : le plaisir de se trouver proche d'un homme, mêlé à de sérieux doutes sur ses propres sentiments et sur leur réciprocité. En même temps, elle devrait s'efforcer de rester naturelle pour jouer son rôle tel que l'exigeait la bienséance dans les sorties de ce genre.

Au lieu de quoi, elle fut transportée, oubliant la salle et la présence de ses compagnons. Elle se perdit tant dans la passion et la poésie de la tragédie qui se déployait sur scène que, au moment de l'entracte, elle sursauta et regarda autour d'elle, comme si elle émergeait d'un rêve pour se réveiller dans un lieu inconnu. Seuls Brutus et Cassius lui importaient, et non plus sir Sidney. Elle passa les quelques minutes avant la reprise dans une sorte d'étourdissement, parlant peu, répondant uniquement par un sourire aux questions et remarques. Comme elle ne parvenait pas à trouver les propos convenus que l'on attendait d'elle, elle demeura silencieuse.

Comment les autres pouvaient-ils rester assis avec autant de pondération, et paraître indifférents au spectacle ? Mr Roper lui demanda bien si elle ne pensait pas qu'il s'agissait là d'une représentation de premier choix, Kean étant un acteur formidable, mais, pour toute réponse, elle ne put qu'acquiescer en souriant. Puis – quel soulagement ! – la pièce reprit et elle put de nouveau se perdre dans les répliques, souvent lues mais, semblait-il, jamais vraiment comprises. Kean était un génie, et bien plus : il était l'incarnation de Brutus, l'essence même du personnage. C'est tout juste si elle osa respirer pendant la grande scène du face-à-face entre Brutus et Cassius. Absorbée, parfaitement immobile sur son siège, elle songea que, même si elle vivait jusqu'à cent ans, elle n'oublierait jamais la magnifique tirade de Kean.

Elle connaissait Brutus comme s'il faisait partie d'elle. Elle partageait sa vertueuse indignation, tremblait devant la force et l'assurance de ses paroles. Cassius était excellent, lui aussi. Elle sentit des larmes lui piquer les yeux en l'entendant déclamer : « Moi, qui t'ai refusé de l'or, je te donne mon cœur… »

Aucune scène d'amour n'aurait pu l'émouvoir autant. La grandeur du cœur et de l'esprit la touchait au plus profond de son être. Elle qui d'ordinaire se vantait de sa logique et affichait son mépris pour tout étalage d'émotions fortes se retrouvait à présent désarmée par la magie des vers de

Shakespeare. Comme elle se connaissait mal ! Comme son jugement sur les autres lui paraissait superficiel ! Comme ses soucis quotidiens lui semblaient insignifiants, comparés aux tortures de cette âme, qui aimait cet homme d'un amour si profond et qui, malgré tout, devait le détruire pour préserver la liberté qu'elle chérissait plus encore !

Dans la salle, le silence était loin de régner : tout au long de la représentation, les gens bavardaient, riaient et se bousculaient. Pourtant, la présence de Kean était si captivante que Camilla parvint sans peine à oublier les deux mille autres spectateurs. Tandis que le rideau s'abaissait, et qu'elle prenait conscience des larmes qui baignaient ses joues et du brouhaha qui enflait, Mr Roper la ramena brutalement sur terre en murmurant dans son oreille : il ne comprenait pas pourquoi un auteur aussi doué que Shakespeare, selon l'avis général, pouvait décider de tuer le héros si tôt dans le déroulement de l'intrigue.

— Le héros ? répéta-t-elle en clignant des yeux, tentant de rassembler ses esprits.

— Eh bien, la pièce est sur Jules César, non ? Je veux dire… c'était un grand homme, et l'œuvre porte son nom, après tout.

— Oh ! vous n'y êtes pas du tout ! s'écria-t-elle, peinée de voir que le jeune homme n'avait pas vécu la même expérience qu'elle. C'est Brutus, le véritable héros. C'est lui, le personnage principal. C'est pourquoi Kean a été choisi pour le rôle. N'avez-vous pas été bouleversé par Brutus ?

— Mon Dieu ! Je crois que vous avez raison, constata Mr Roper, très impressionné. Savez-vous que je n'y ai jamais songé ? Après tout, ce serait logique – même si je ne comprends toujours pas pourquoi Shakespeare n'a pas fait de César le personnage central de la pièce. Mais ce que vous dites est vrai. Kean a été très émouvant. Cela dit, j'ignore comment il fait, car il n'y a eu ni déclamation, ni grands gestes, ni poses théâtrales – c'est presque comme s'il ne jouait pas la comédie. Pourtant, on ne pouvait s'empêcher de le regarder, et il s'y connaît pour placer sa voix. À certains moments, il chuchotait à peine, mais on pouvait tout de même l'entendre très distinctement jusqu'au fond du théâtre, malgré le brouhaha ambiant.

La soirée était loin d'être achevée : il restait encore la farce, que Mr Roper, comme il le confia à Camilla, trouvait plus à sa portée. Toutefois, malgré son désir de demeurer auprès de sir Sidney, la jeune femme demanda à prendre congé pendant la comédie, se sentant incapable de la supporter tant que les répliques de Shakespeare lui résonnaient dans la tête.

Sir Sidney se montra très attentionné, et il apparut que ni sa sœur ni Mrs Rowan ne souhaitaient y assister. Ainsi, ils laissèrent Mr Portal et Mr Roper apprécier les plaisirs plus grossiers de la pièce burlesque et acceptèrent l'invitation de Mrs Rowan, qui leur proposa d'aller dîner chez elle autour d'un verre de vin.

Peu à peu, Camilla recouvra ses esprits tandis que la petite troupe marchait d'un pas rapide dans les rues brumeuses de Londres. Les poumons emplis d'air froid, la jeune femme se concentrait sur l'agitation nocturne de la ville.

— Il paraît que des voitures ont été lapidées, l'autre soir, confia Mrs Delamere à son frère. Sans doute un coup des radicaux, des révolutionnaires, ou encore des réformateurs. J'espère bien que les coupables ont été arrêtés et seront sévèrement punis. Pourvu que nous n'ayons pas à subir de telles violences sur le chemin du retour ! Je dois avouer que j'ai failli renoncer à venir jusqu'ici, sans compter que Mr Delamere se faisait beaucoup de souci pour moi. Mais j'étais fâchée à l'idée de vous faire faux bond, mon cher frère, alors que vous aviez tant insisté pour que je vous accompagne. Nous devons donc en profiter autant que possible, et ne pas nous laisser intimider.

— Les journaux ont exagéré l'incident, comme souvent, répondit sir Sidney. Une poignée de vagabonds ivres aura balancé quelques insultes, assorties d'un ou deux projectiles, sur des voitures garées devant *Almack*, voilà tout ! Je crois que nous pouvons flâner dans les rues de Londres sans la moindre inquiétude. Du reste, nous sommes accompagnés par deux valets robustes et un cocher. Je doute que l'on tente de nous agresser.

Ils atteignirent leur destination sains et saufs. Un domestique muni d'une torchère se tenait prêt à ouvrir la porte de Mrs Rowan. À l'intérieur, ils trouvèrent lumière, chaleur, confort, et serviteurs attentionnés. C'était manifestement la première visite de Mrs Delamere en ces lieux : elle parut déconcertée quand Mrs Rowan les fit monter dans ses appartements aux tons rose et pourpre.

— Tout cela est vraiment très oriental ! souffla Mrs Delamere à l'oreille de Camilla. C'est franchement excentrique… Voilà ce qui arrive quand une riche veuve est livrée à elle-même à Londres. Je me demande si sa famille approuve.

Tout en murmurant, Mrs Delamere conservait un visage neutre, mais Camilla vit à l'air amusé de Mrs Rowan que son hôtesse n'était pas dupe.

Le feu fut allumé, le vin apporté et servi aux invités. Le souper se déroula dans une salle attenante ; la conversation porta sur le théâtre, Kean et d'autres pièces fort appréciées, sur les représentations théâtrales amateurs qui avaient lieu chaque Noël chez les Delamere, dans le Kent, et sur la mode – sujet que sir Sidney semblait maîtriser presque aussi parfaitement que les dames.

— Votre frère nous est très précieux, confia Mrs Rowan à Mrs Delamere. Ce qu'il nous raconte sur les châles, les soieries et les accessoires en dit long sur son intérêt pour la mode féminine – une qualité extrêmement rare chez un homme.

La plupart ne s'en soucient guère, sauf lorsqu'il s'agit de protester devant le montant de la note de la couturière, de se moquer de son bonnet horrible alors qu'elle est habillée à la toute dernière mode, ou de pester contre le dérangement et le coût occasionnés par le nettoyage ou la réparation d'un bijou.

— Sidney a l'œil pour tout ce qui touche à ce domaine – et à bien d'autres encore, rétorqua Mrs Delamere d'un ton froid. Si je veux un avis sur une soierie, une robe ou un chapeau, c'est à lui seul que je m'adresse. Je lui confie souvent des courses, et il ne me déçoit jamais. Je viens rarement en ville, mais je ne me sens pas provinciale quand c'est le cas, je puis vous l'assurer.

La conversation s'orienta vers le Kent et l'endroit où Mrs Delamere résidait. Apparemment, elle vivait dans le domaine qui jouxtait celui de son frère, ayant épousé leur voisin le plus proche.

Camilla écouta ces propos avec curiosité, désireuse d'en apprendre davantage au sujet de la famille et de la demeure de sir Sidney. Même si elle ne connaissait pas le Kent, elle était persuadée que c'était le comté le plus charmant du pays – les gens l'appelaient d'ailleurs « le jardin de l'Angleterre ». Elle se surprit à souhaiter ardemment pouvoir visiter cette région, et écouta avec enthousiasme Mrs Delamere raconter que les terres de son frère se portaient à merveille, que les cultures avaient été fort abondantes l'été précédent, et que les semailles de l'hiver se révélaient prometteuses.

Mrs Delamere s'intéressait de très près à la propriété de sir Sidney – qui était également sa maison d'enfance – puisque son frère, informa-t-elle l'assemblée d'un air important, s'y rendait rarement et, comme on ne pouvait compter sur les intendants – aussi excellents soient-ils – pour chaque petit détail de fonctionnement du domaine, ces derniers devaient donc consulter une personne d'autorité pour obtenir des conseils sur telle ou telle affaire.

— Si mon frère se marie un jour, nous espérons qu'il passera plus de temps dans le Kent. Ainsi, je serai peut-être déchargée d'une partie de mes obligations, déclara-t-elle en jetant un rapide coup d'œil vers Camilla. Une femme et des enfants le persuaderont sans doute plus facilement de se mettre régulièrement au vert. Aimez-vous la campagne, Miss Camilla ? La propriété de votre père, dans le Derbyshire, est bien sûr réputée pour sa beauté et la noblesse de son cadre. Venez-vous souvent en ville ? Envisagez-vous de vous installer à Londres ?

— C'est ma première visite, sans compter l'époque où je fréquentais une institution. Je dois avouer que j'apprécie la vie citadine – du moins ce que j'en ai vu jusqu'à présent. Il est facile de broyer du noir à la campagne ; quand le temps est maussade et que les sorties deviennent impossibles, on s'y ennuie vite. À Londres, il y a toujours quelque chose à faire. Cette ville regorge de vie et d'animation.

— Je dirais plutôt qu'elle est bondée, bruyante, et en perpétuelle effervescence. Et, aujourd'hui, avec les travaux entrepris par Mr Nash un peu partout, autant habiter sur un chantier. Je préfère la paix et la tranquillité de la campagne.

— C'est parce que vous préférez la vie domestique, fit remarquer son frère tandis qu'ils quittaient la salle du souper pour prendre le thé devant la cheminée de la pièce principale. Pour les hommes, Londres est le seul endroit où la vie est possible – sauf quand on a l'intention de passer ses journées à faire du sport.

— N'êtes-vous pas sportif, sir Sidney ? s'enquit Camilla.

Mrs Rowan tendit à la jeune femme son thé servi dans une tasse de porcelaine rouge et or des plus raffinées. Camilla la prit et se retourna vers sir Sidney.

— Pardonnez-moi, ma question était indiscrète. Ne vous croyez pas obligé d'y répondre.

— Je suis sûr que vous ne pensiez pas à mal et, pour tout vous dire, non, je ne suis pas vraiment sportif, répliqua-t-il en acceptant à son tour une tasse de thé. Je préfère évoluer dans le beau, ce qui n'est pas facile sur un terrain de chasse ou armé d'un fusil pour tirer sur les oiseaux – des animaux exquis tant qu'ils sont en vol, mais bien tristes une fois abattus.

— Je vous garantis qu'on les trouve à nouveau exquis lorsque le chef cuisinier nous les apporte sur un plat, intervint Mrs Rowan, le regard pétillant.

Ce commentaire le fit rire : en effet, la nourriture comptait également parmi les plaisirs de sa vie.

— J'approuve tout ce qui est agréable aux sens.

Camilla sourit. Il lui plaisait qu'un homme fasse preuve d'autodérision. Sir Sidney lui inspira une affection toute particulière lorsqu'elle l'entendit admettre qu'il préférait la peinture, la musique et la littérature au tir et à la chasse au renard.

— Je ne suis pas un dandy, cela dit, poursuivit-il. Je ne me préoccupe pas seulement des foulards et de la coupe d'un manteau. J'apprécie les combats de boxe – si je puis me permettre d'évoquer un tel sujet en compagnie de dames – et l'on estime que j'ai l'œil pour les chevaux. De plus, je ne suis pas un de ces citadins insipides qui se sentent souffrants dès qu'ils quittent la ville. Je prends autant de plaisir que quiconque à passer quelques jours – je dis bien quelques jours seulement – à la campagne.

— Pourvu que vous y trouviez une compagnie agréable, de beaux meubles, de jolies toiles et une chambre confortable où dormir, ajouta Camilla à sa place.

— Ah ! je vois que vous avez bien cerné mon caractère, répondit-il avec un sourire en la regardant dans les yeux. (Elle sentit son pouls s'accélérer.) Et vous ne m'en tenez pas rigueur ? Vous ne pensez pas qu'un homme est bien méprisable s'il ne chevauche pas avec ses chiens cinq jours par semaine, et ne rentre pas chez lui couvert de boue pour boire et somnoler devant un bon feu ?

— Pas du tout. J'aime qu'un homme ait de la conversation et j'ai remarqué que, souvent, les chasseurs ne parlent que renards, points et courses, et qu'ils n'ont de cesse de vanter les mérites de leur cheval bien plus rapide que les autres. Tout cela est si fatigant et ennuyeux ! Les écouter me donne la migraine.

— Surveillez vos propos, ma chère, l'avertit Mrs Rowan, amusée. Neuf Anglais sur dix sont fous de sport. Vous allez vous faire une mauvaise réputation si vous affichez ouvertement votre mépris pour les courses, la chasse et les combats. La seule chose qu'ils préfèrent au sport, c'est écraser les Français – activité dont ils sont aujourd'hui privés, bien sûr.

Pour quelqu'un qui prétendait ne pas aimer le sport, se dit Camilla, sir Sidney avait une silhouette bien ferme et bien musclée. Une redingote ajustée, des chausses moulantes et des bas de soie constituaient une tenue sans pitié pour les défauts physiques. Elle n'en discernait aucun chez sir Sidney, et ne pouvait qu'admirer la puissance que l'on devinait sous sa sveltesse et son élégance.

Elle s'arracha à la contemplation des épaules bien dessinées et des belles jambes de sir Sidney. Mrs Rowan l'observait d'un air moqueur, exactement comme si elle pouvait lire dans ses pensées.

Par bonheur, la jeune femme ne put faire de même avec son hôtesse : elle en aurait été fort irritée. En réalité, le regard amusé de Mrs Rowan cachait une certaine inquiétude, à mesure qu'elle prenait conscience de la profondeur des sentiments de sa nouvelle amie pour sir Sidney. Elle savait en son for intérieur que cela ne marcherait pas entre eux, absolument pas. Comment une jeune femme – même de caractère, comme Camilla Darcy –, amoureuse sans doute pour la première fois, allait-elle faire face aux inévitables embûches qui s'annonçaient ?

Le lendemain matin, Camilla se réveilla d'excellente humeur. Elle avait l'impression de ne faire qu'un avec le monde, et souhaitait de tout son cœur que chacun connaisse le même bonheur. Pauvre Letty ! Son amour pour Tom avait-il été aussi intense que l'était le sien pour sir Sidney ? Cela expliquerait son si profond chagrin, son incapacité à l'oublier. Comme l'angoisse devait la ronger, à l'idée que son amour vivait toujours, mais qu'elle en était privée !

Cette compassion nouvelle pour sa sœur ne suffit pas à assombrir la sensation de bien-être de Camilla. Dehors, le soleil brillait, comme pour faire écho à sa joie. Une journée radieuse s'annonçait. L'air était frais, même au cœur de la ville ; les arbres en bourgeons et le pépiement des oiseaux portaient la promesse du printemps à venir. Elle se leva d'un bond, quitta précipitamment la maison et, pleine d'impatience, traversa la place d'un pas pressé, Sackree se hâtant derrière elle.

— Seigneur Dieu, mademoiselle, où allez-vous si vite ? Je ne parviens pas à vous suivre : regardez-vous, on dirait que vous avez des ailes !

— Aujourd'hui, Sackree, je crois bien que j'en ai.

— Y a un homme là-dessous, marmonna Sackree en se dépêchant pour ne pas se laisser distancer. À part ça, je ne vois pas ce qui pourrait la mettre de si bonne humeur, et, s'il s'agit du beau gentleman qui est venu régulièrement renifler les environs comme un chien difficile tourne autour de son repas, alors on est bons pour la crise d'hystérie. Mr Fitzwilliam et lady Fanny auront beau être tout sourires avec lui, il ne fera pas l'affaire, c'est un fait. Il est peut-être de compagnie agréable pour eux, mais pas pour elle. Dieu tout-puissant, si seulement Mr et Mrs Darcy étaient là ! Eux, au moins, ils auraient le bon sens de comprendre ce qui se trame !

Évidemment, Sackree était au courant de tous les potins échangés entre les domestiques ; ces derniers connaissaient mieux que quiconque la situation, la vraie nature et le tempérament de l'intéressé – mieux que les Darcy ou les Fitzwilliam ne l'eussent cru possible.

— C'est un bon parti, avait déclaré Fell, on ne peut pas le nier, dans la mesure où ce sont la fortune et la propriété qui sont recherchées chez un homme. Mais ça ne suffit pas à faire un mariage heureux, et Miss Camilla n'est pas du genre à tolérer des extravagances chez un homme. Pour qu'elle accepte la vie qu'il compte lui faire mener, il faudra qu'il sorte le fouet, et on ne se flagelle pas, chez les aristocrates. Ou alors pour le plaisir…

— Le fouet, non mais ! Aucune fille Darcy ne se laissera diriger par cet instrument ! s'était écriée Sackree, scandalisée à cette idée.

— J'ignore si le gentleman de Miss Camilla est pire que ce pasteur suspect qui rôde autour de Miss Darcy, était intervenue Dawson. En voilà un dont la tête ne me revient pas.

— Moi, je ne fais jamais confiance aux pasteurs, quels qu'ils soient, avait dit un valet d'un ton lugubre. Celui-là est très près de ses sous, mais il attend qu'on réponde à ses questions indiscrètes. « Quand Miss Darcy fera-t-elle sa promenade au parc ? La voiture est-elle réservée pour tel après-midi ? Qui est venu rendre visite à ces demoiselles, ce matin ? »

— Et ni un « bonjour » ni un « merci » quand il arrive ou repart, ajouta le majordome. Mr Portal, lui, a toujours le sourire et un mot gentil. Et puis il n'est pas avare en pourboires.

— Paraît qu'il est riche comme Hérode.

— Comment ça, riche comme Hérode ?

— J'en sais rien, moi. C'est bien ce que les gens disent, non ?

— Ce n'est pas Hérode, mais un autre bonhomme de l'Antiquité. J'ai oublié lequel.

— En tout cas, Mr Portal, il a fait fortune aux Indes. Deux fois. Il paraît qu'il a des tas de coffres remplis d'or à la banque, et aussi des cassettes pleines de rubis, d'émeraudes, et j'en passe !

— En voilà un qui ferait un bon mari.

— Sauf qu'il n'a d'yeux que pour cette veuve, Mrs Rowan, et qu'elle ne veut rien savoir.

Tous avaient secoué la tête devant une telle obstination.

— Où allez-vous, mademoiselle ? cria Sackree, hors d'haleine. Vous pouvez au moins me le dire !

— Eh bien, je l'ignore.

— Alors rentrons, car ce n'est pas l'ouvrage qui me manque, à moi !

Camilla accepta, désireuse de faire plaisir à son entourage. Elles retournèrent à la maison, où on lui apprit que sir Sidney était passé en son absence. Son visage s'assombrit ; des nuages vinrent obscurcir son humeur radieuse.

— Il souhaitait voir Mr Fitzwilliam. Ils sont restés ensemble plus d'une demi-heure, puis il est parti sans s'enquérir de la santé de ces dames.

Sa déception fut vive. Pourquoi leur aurait-il rendu visite sans passer ne seraient-ce que cinq minutes en sa compagnie ? Il avait probablement ses raisons – une affaire à traiter, sans doute en rapport avec le Parlement, mais tout de même... Il devait certainement avoir envie de la voir : ses manières de la veille avaient été si prononcées, si attentionnées ! Camilla manquait peut-être d'expérience, mais ne pouvait se tromper là-dessus.

— Camilla, venez donc un instant, je vous prie.

La requête venait de son cousin, qui se tenait sur le seuil de la bibliothèque. Il paraissait incroyablement satisfait de lui-même.

— Permettez-moi juste de monter retirer ma pelisse et mon chapeau, monsieur.

— Non, non, vous êtes très bien ainsi. Je dois partir dans quelques minutes.

Il lui tint la porte, puis la referma derrière elle avant de se diriger vers la cheminée, à l'autre bout de la pièce. Il posa un bras sur le manteau et un pied sur le garde-cendre.

Cette pièce, appelée « la bibliothèque », était effectivement pleine de livres reliés de cuir. Toutefois, elle était vraiment trop étroite pour mériter une telle appellation, et faisait plutôt office de cabinet pour son cousin. Elle était agrémentée d'un beau bureau, d'un confortable fauteuil de cuir, non loin de l'âtre, d'un globe terrestre posé sur un élégant guéridon, et d'une pendule de cheminée créée par l'horloger Tompion. Entre les rayonnages, les murs étaient ornés d'un certain nombre de gravures militaires.

Une atmosphère masculine se dégageait de l'endroit, et Camilla songea un instant que Fanny réservait une bonne partie de la maison à son usage personnel, ainsi qu'à celui de ses enfants et de ses invités. Par conséquent, la demeure était essentiellement féminine. Cette bibliothèque – ou ce cabinet, peu importait – était le seul espace clairement dévolu au maître des lieux, mais elle trouvait que c'était bien suffisant pour lui. Son territoire à lui s'étendait au monde extérieur et aux terrains de chasse. Il pouvait se rendre comme bon lui semblait au Parlement, dans ses clubs, chez ses amis célibataires, dans les cafés, les tavernes et les auberges, les salles de boxe et d'escrime, mais aussi chez Tattersall's, le lieu masculin par excellence, où les hommes observaient, achetaient et vendaient des chevaux tout en échangeant les dernières nouvelles, discutant gazon, montures, cavaliers et propriétaires.

Dans cette maison, seule cette pièce lui était destinée, mais, une fois à l'extérieur, aucune frontière n'entravait ses déplacements. Pourquoi n'y avait-elle jamais songé auparavant ? Elle ne s'était pas rendu compte à quel point l'univers de Fanny, le sien et celui de ses sœurs étaient confinés à la sphère domestique, ce minuscule espace clos qui s'arrêtait aux portes et aux fenêtres, et, au-dehors, se limitait à un petit quartier chic de Londres.

— S'il vous plaît, soyez très attentive à ce que je vais vous dire, Camilla, déclara son cousin en fronçant les sourcils. L'affaire est de la plus haute importance. Vous savez peut-être que sir Sidney m'a honoré de sa présence, ce matin. (Il ne s'interrompit pas pour avoir la réponse.) Je suis absolument ravi de vous annoncer l'objet de sa visite – mais peut-être que je ne vous apprendrai rien, puisque les jeunes femmes connaissent toujours à l'avance ce genre de nouvelles.

Ces propos la laissèrent à la fois surprise et perplexe. Sir Sidney n'avait mentionné aucune affaire qui aurait trait à Mr Fitzwilliam.

— Je vous assure, monsieur, que j'ignore tout du motif de sa visite.

— Il est venu me demander, puisque je suis votre parent le plus proche et que vous êtes actuellement sous ma protection, la permission de vous faire ses hommages.

— Ses hommages ?

— Les félicitations sont de rigueur : il a l'intention de vous épouser.

Chapitre 13

Rien n'avait préparé Camilla à un tel choc. Elle était si stupéfaite qu'elle en perdit sa langue et regarda Fitzwilliam avec des yeux ronds.

Comment était-ce possible ? Sir Sidney ne lui avait rien dit ! Assurément, il l'attirait beaucoup, elle était amoureuse de lui – elle devait bien se l'avouer, à défaut de le confier à autrui –, mais elle doutait toujours de ce qu'il ressentait pour elle. Pourquoi était-il venu voir son cousin de façon si formelle ? La démarche, fort correcte, appartenait à un âge révolu, en plus de manquer cruellement de romantisme et de sentiment ! Ne pas lui en avoir parlé d'abord… C'était mal, très mal.

Mr Fitzwilliam l'observait, dans l'expectative.

— Eh bien, qu'avez-vous à répondre ? D'habitude, l'heureuse élue a une idée de ce qu'il y a à dire. Vous ne pouvez ignorer l'intérêt qu'il vous porte. N'êtes-vous pas reconnaissante et ravie d'avoir conquis un tel homme ? Il a un titre ; certes, ce n'est qu'un baronnet, mais, au moins, il est ancien et honorable, pas comme ces titres inventés que l'on voit de nos jours. De plus, il possède une belle fortune, une maison dans le meilleur quartier de la ville, et un charmant domaine dans le Kent. Ma cousine, je vous félicite, vraiment !

Un long silence s'ensuivit avant qu'elle recouvre l'usage de la parole.

— C'est tellement singulier !

— « Singulier » ? répéta-t-il d'un ton sec. Je ne vois pas ce qu'il y a de singulier là-dedans. Il arrive un âge où un homme doit se mettre en quête d'une épouse qui lui donnera un héritier. J'ai cru comprendre que sir Sidney avait un frère cadet, avec tout ce que cela implique. Il fait le bon choix en voulant se marier, et vous avez de la chance qu'il ait jeté son dévolu sur vous. Vous aurez une excellente situation, vous ferez des jalouses parmi vos amies, et votre famille sera fière de votre réussite.

La confusion régnait dans l'esprit de la jeune femme. S'adresser ainsi à son cousin, sans même lui parler d'abord, quelle attitude présomptueuse ! Ses sentiments avaient-ils été si transparents ? Non, car leurs relations n'avaient pas atteint le stade où la question des fiançailles pouvait se poser. Elle mesurait très bien l'ardeur des émotions qu'il suscitait en elle, mais qu'en était-il de son côté ? Certes, elle avait eu l'impression, après la soirée de la veille, que Mrs de Witt ne représentait rien pour lui, tandis qu'elle, Camilla, commençait à compter dans sa vie. Mais il ne l'avait jamais courtisée, et aucune parole ni aucun geste ne l'avaient incitée à croire qu'il avait l'intention de se lier à elle de la façon la plus intime qui soit.

— Cette union ravira tout le monde, disait son cousin. Elle rapprochera sir Sidney de notre groupe à la Chambre des Communes. Puisque nous avons quelques points qui nécessitent un maximum de voix, savoir que l'on peut compter sur son soutien fera la différence. Une alliance familiale est le meilleur moyen de s'assurer une certaine fidélité, car celle-ci peut varier d'un jour à l'autre. Je vous souhaite de tout mon cœur d'être heureuse, Camilla. C'est capital, pour vous. Letty sera sans doute vexée, ajouta-t-il avant de s'esclaffer. Rares sont les sœurs aînées qui apprécient de voir une de leurs cadettes se marier avant elles.

— Mais, monsieur, aucune décision ne saurait être prise avant le retour de mon père. Il faut d'abord le mettre au courant, lui demander son avis…

— Non, non, le mariage d'une fille n'est pas aussi important que celui d'un fils. Sir Sidney est riche, pétri de bon sens, issu d'une bonne famille ; il a une excellente réputation et c'est un conservateur résolu. Que faudrait-il de plus à votre père ? Et à tout homme pour sa fille, hein ? Non, non, tout se déroulera pour le mieux, au moins en ce qui concerne les fiançailles – nous pouvons aller jusque-là, c'est ce que j'ai dit à sir Sidney. Nous dînons chez lui, ce soir. J'ai pris la liberté d'accepter son invitation. Fanny n'a pas d'autre engagement, puisqu'elle refuse toute sortie tant que Charlotte est malade, mais elle semble aller mieux, aujourd'hui. Je vais donc la prier de se joindre à nous. La sœur de sir Sidney… Vous l'avez déjà rencontrée, je crois ?

Camilla hocha la tête, de nouveau muette.

— C'est elle qui jouera les hôtesses ; par conséquent, ce dîner chez lui sera parfaitement bienséant. Il lui a demandé de quitter sa campagne exprès pour l'occasion – un homme a besoin des siens, en pareil moment. Allons, ne prenez pas cet air accablé ! Cela ne vous fait-il pas plaisir ? Je n'aurais pas consenti à ce qu'il vous fasse ses hommages si je n'avais été certain – et Fanny sera d'accord avec moi – de votre inclination pour lui.

— J'espère que… Je ne souhaitais pas que mes sentiments soient une évidence – pour vous ni pour quiconque. C'est un sujet privé.

— Eh bien, c'est peut-être votre avis, mais la réalité est tout autre. Le mariage ne concerne pas que deux individus : il y a également de nombreux éléments à prendre en compte. L'homme d'affaires de sir Sidney passera me voir prochainement, car il s'agit bien d'un contrat dont il faut établir les clauses, vu l'importance de sa fortune. Bien, je dois y aller. Vous trouverez Fanny dans sa chambre, je crois. Annoncez-lui la bonne nouvelle ; informez-la du dîner de ce soir, et adressez-lui de ma part mon affection et mes hommages, s'il vous plaît. Je vais me mettre en retard si je ne pars pas tout de suite.

Les Gardiner avaient eux aussi été invités à souper chez sir Sidney, ce qui était juste et bienséant, dit Fitzwilliam en entrant dans l'élégant salon en compagnie de Fanny, Letitia et Camilla. Les jumelles étaient restées à la maison, n'opposant aucune résistance – une réaction que Camilla avait jugée suspecte tandis qu'elle montait avec sa sœur dans la voiture. Toutefois, elle était trop préoccupée pour s'appesantir sur la question.

— Après tout, c'est une réunion familiale, poursuivit Fitzwilliam en saluant Mr Wytton, venu avec les Gardiner. L'occasion de rassembler les membres présents et futurs de la famille.

Malgré la confusion qui l'habitait, Camilla ne put s'empêcher de voir comment Wytton dévorait Sophie des yeux. La jeune fille, de son côté, se préoccupait plutôt d'observer les lieux avec un certain émerveillement. Elle remarqua le raffinement des meubles, les splendides tentures et les magnifiques toiles, avant de scruter ses cousines de la tête aux pieds et de conclure que sa robe de mousseline blanche était bien plus jolie que leurs toilettes.

C'était sans conteste l'intérieur d'un véritable amateur d'art. Camilla n'avait jamais vu autant d'objets charmants réunis en un seul et même endroit. L'arrangement des bibelots, qu'ils soient posés sur une table, dans une niche ou accrochés aux murs, témoignait du goût exquis de leur propriétaire. Sir Sidney possédait une petite galerie, conçue pour son père par Adam, dans laquelle il avait exposé avec ingéniosité sa collection de statues italiennes. Il serait très heureux de pouvoir les y amener après le dîner.

Il avait accueilli Camilla avec un sourire et une courbette élégante. Puis il lui avait pris la main et l'avait effleurée d'un baiser – un baiser bien indifférent pour un homme amoureux, avait-elle songé un instant avec inquiétude. Il faut dire qu'ils n'étaient pas seuls, et que tous les yeux convergeaient sur eux. Fiancé officiel ou non, un gentleman aussi correct et bien élevé que sir Sidney ne se permettrait pas de l'étreindre devant les invités. Malgré tout, en sondant son regard, elle n'avait décelé ni chaleur ni passion, mais y avait lu une froideur terrible qui pendant une seconde l'avait emplie de crainte. Puis cette distance avait disparu pour être remplacée par une admiration manifeste.

— Vous êtes très en beauté, ce soir, dit-il avant de s'occuper des autres convives.

Quelle perfection ! pensa-t-elle en observant la pièce autour d'elle. Même les domestiques étaient beaux. En général, on les choisissait pour leur port noble – en espérant que leur caractère le soit aussi –, mais également pour leur aptitude à se fondre dans le décor. Ce n'était pas le cas des gens de maison de sir Sidney : au contraire, il semblait qu'on devait les remarquer. Un jeune homme en particulier retint son attention. Il se déplaçait vite, avec des gestes gracieux. Il avait le teint mat et des yeux noirs qui lui mangeaient le visage. Sa perruque de valet poudrée et sa livrée de soie bleu clair accentuaient sa peau brune.

— Eh bien, Camilla, j'espère que vous savez à quoi vous vous engagez, lui souffla Letty. Je suis consciente que rien ne peut être décidé avant que papa nous ait envoyé son avis, et que les fiançailles ne peuvent être annoncées officiellement, mais la nouvelle va se répandre comme une traînée de poudre. Vous savez à quel point la bonne société est friande de potins : si d'aventure vous vouliez renoncer à cette union, votre situation serait délicate.

— Je n'ai pas l'intention d'y renoncer, répondit Camilla. Pourquoi ne pas vous réjouir pour moi, Letty ?

Sa sœur avait le visage fermé.

— Je vous souhaiterais tout le bonheur du monde si seulement…

— Si seulement quoi ?

— Oh, rien. Sir Sidney est un très bel homme, et vous savez sûrement ce que vous faites en acceptant de l'épouser.

— Auriez-vous par hasard une certaine inclination pour lui ?

La question surprit Letitia.

— Moi ? Ah, ça non, jamais !

— C'est encore Tom ?

— Mais non, Tom n'a rien à voir là-dedans. Sir Sidney n'est pas du tout mon genre, voilà tout.

Le souper fut servi à la française ; il dura fort longtemps, mais la nourriture était délicieuse. Camilla put à peine avaler une bouchée. Les hommes ne s'attardèrent pas autour de leur verre de vin, et Mr Wytton, impatient de s'asseoir à côté de Sophie pour lui faire sa cour, quitta la salle du souper avant ses compagnons. Ravie d'être l'objet de son attention, la jeune fille flirta avec lui avec force mouvements de tête. La bienséance aurait voulu que, ce soir-là, elle cède le devant de la scène à sa cousine, mais il parut évident à Camilla et à Letitia qu'elle n'en avait pas l'intention. Sa mère aussi s'en rendit compte et dut rappeler sa fille à l'ordre à plusieurs reprises, soit en haussant les sourcils, soit en les fronçant légèrement.

— Quel soulagement j'éprouverai quand elle sera mariée ! dit Mrs Gardiner à Camilla. (Assises sur un canapé, elles attendaient que les autres hommes les rejoignent.)

Les fiançailles ne lui réussissent pas : elle ne cesse de grogner et de s'agiter. Enfin, je suppose que c'est normal.

— C'est merveilleux de voir à quel point Mr Wytton est épris d'elle, fit remarquer Camilla en se souvenant comment sa main avait effleuré celle de Sophie, comment il la couvait du regard, et comment son visage s'adoucissait lorsque sa fiancée se tournait vers lui avec un sourire.

— Il est d'un caractère passionné, lui confia Mrs Gardiner.

Ces paroles lui parurent étranges, même si sa tante disait vrai. Wytton était passionné, et Sophie avait beaucoup de chance de lui inspirer des sentiments si profonds.

Puis elle se ressaisit. Elle serait désormais à sir Sidney ce que Sophie était à Wytton. Un grand frisson la parcourut à cette idée. Elle était impatiente de voir son futur époux entrer dans la pièce. Pourtant, lorsqu'il apparut enfin et s'avança vers elle, elle aurait voulu être n'importe où ailleurs. Mrs Gardiner se leva avec tact et sir Sidney demanda à Camilla la permission de s'asseoir à côté d'elle. Remarquant l'éclat qui brillait dans ses yeux, il s'écarta légèrement d'elle, puis lui avoua qu'elle avait fait son bonheur en acceptant de lui donner sa main.

En réalité, elle ne se souvenait pas de l'avoir fait. Avait-elle dit « oui » à Mr Fitzwilliam ? « Faire ses hommages », était-ce la même chose qu'une demande en mariage ? Car, si elle y réfléchissait bien, il n'y avait pas eu de véritable demande. Sir Sidney avait dû prendre l'autorisation de Fitzwilliam pour un accord tacite. Le regrettait-elle ? Bien sûr que non. Elle se secoua intérieurement : il fallait qu'elle cesse de ressasser ces idées absurdes !

La soirée se poursuivit dans une sorte d'irréalité, comme dans un rêve. Peut-être était-ce dû au fait qu'elle n'avait rien mangé de la journée... ou était-ce à mettre sur le compte de la bienséance presque étouffante de son entourage ? L'impression que rien ne détonnait, que tout était calculé au millimètre, lui inspira une panique soudaine : où serait sa place à elle ?

Cadrerait-elle avec le décor ? Ne ferait-elle pas tache, telle une fausse note, une discordance ?

À quoi bon se faire des idées ? se réprimanda-t-elle, le cœur battant la chamade quand sir Sidney remua légèrement et interpella Wytton pour lui faire part d'un bon mot. Tout à coup, elle prit conscience de la présence physique et de la proximité de son hôte. Elle se sentirait à la maison, dans ces lieux – c'était une évidence. Partout où il était chez lui, elle serait chez elle. La plupart des jeunes fiancées devaient s'interroger sur leur vie future. Elles se demandaient sans doute quel effet cela faisait d'être une épouse, de devenir la maîtresse d'une demeure qui à l'origine n'était pas la leur. Ils voyageraient certainement ; ils iraient ensemble dans ces pays étrangers qu'elle était si impatiente de visiter. Jamais il ne voudrait d'une femme qui reste sagement au foyer, ni d'une fée du logis. Non, ce n'était pas du tout son genre.

Dans ce cas, quel genre d'homme était-ce ? De qui était-elle éprise, au juste ? Le connaissait-elle, en réalité ?

Elle sortit de sa rêverie en voyant Mrs Delamere debout à côté d'elle, lui proposant une tasse de thé.

— Je vous remercie.

— Nous sommes si contents, lui dit Mrs Delamere avec un petit sourire qui la fit ressembler de manière frappante à son frère. Nous sommes très impatients de vous accueillir dans le Kent.

Cette femme allait devenir sa sœur. Le Kent serait sa seconde maison.

— C'est très aimable à vous, murmura-t-elle.

— Faites en sorte que cela ne s'éternise pas, lui conseilla Mrs Delamere. Les longues fiançailles n'apportent rien de bon, vous pouvez me croire.

Une fois la réception terminée, et après un retour sans encombre à Aubrey Square, le vif enthousiasme que Camilla avait éprouvé le matin avait disparu. Il ne l'avait pas totalement quittée, mais il était étouffé, caché par une émotion qui, à sa surprise, relevait plus du ressentiment. Cette aigreur lui était inspirée par les événements de la journée, l'atmosphère guindée de la soirée, et la passion de Wytton pour Sophie – même si elle n'aurait su dire pourquoi ces témoignages d'affection l'avaient touchée à ce point. Elle n'avait pas du tout apprécié la façon dont Mr Fitzwilliam avait accueilli à sa place la demande en mariage de sir Sidney, comme s'il ne s'agissait que d'une vulgaire affaire à régler. Elle regrettait du fond du cœur que Constantinople soit si loin, se prenant à souhaiter se trouver là-bas. Ou à Prague, ou encore au Caire – partout sauf à Londres.

Elle se sermonna alors pour sa bêtise et but à petites gorgées le lait chaud au miel que Sackree avait préparé. La bonne estimait que c'était ainsi que devait s'achever une soirée festive, que l'on soit une jeune Londonienne élégante ou non. La boisson la revigora, sans toutefois chasser ses craintes, ses idées noires et ses interrogations. Elle resta longtemps assise devant le feu. Pour une fois, Sackree ne lui demanda pas d'aller vite se mettre au lit. À plusieurs reprises, la bonne vint à la porte jeter un coup d'œil discret à sa maîtresse, avant de s'éloigner sur la pointe des pieds.

La rédaction de la lettre à l'intention de ses parents fut une tâche ardue. Camilla avait rongé le bout de sa plume et froissé plusieurs feuilles du papier raffiné de Fanny avant de parvenir à un résultat satisfaisant.

— Avez-vous terminé, ma chère ? s'enquit Fanny en passant la tête dans l'encadrement de la porte. Vous pourrez la faire partir avec la missive de Fitzwilliam.

— Non, répondit Camilla, pas encore. J'ai la tête lourde et les idées confuses. J'aimerais la lire encore une fois avant de la sceller et de l'envoyer.

Elle bâilla et s'étira les bras.

— Vous avez mal dormi, la nuit dernière, fit remarquer Fanny en voyant ses cernes et sa pâleur. Ce n'est pas une période facile, pour une jeune fille.

Camilla se demanda si sir Sidney avait perdu ne serait-ce qu'une seconde de sommeil en songeant à elle. Sans doute pas. Elle se mit à rire d'avoir des pensées si bêtes.

— Je sors faire un tour en voiture avec Belle et Georgina, déclara Fanny. Voulez-vous nous accompagner ?

— Non, merci, répondit la jeune femme en se levant d'un bond. J'ai besoin de me dégourdir les jambes. Je vais rendre visite à Mrs Rowan.

En remontant Park Street, elle était impatiente de se retrouver en bonne compagnie, d'avoir une conversation agréable pour la distraire des pensées qui l'agitaient toujours. Ce serait l'occasion de réfléchir et de parler de sujets autres que sir Sidney, l'amour, le mariage, ou le Kent. Elle marcha donc d'un bon pas et ne tarda pas à arriver devant la porte de Mrs Rowan, les joues rosies par le vent cinglant. Là, elle s'arrêta sur le perron pour reprendre haleine.

À l'intérieur, tout n'était que brouhaha, rires, éclats de voix, visages intelligents. Un feu dansait joyeusement dans l'âtre et, sur une desserte, la cafetière remplissait son office. Une fois assise, Camilla sentit ses inquiétudes s'envoler tandis que Pagode Portal, en grande conversation avec Mr Layard, s'interrompait pour lui adresser un clin d'œil et un signe de tête.

Mr Roper s'approcha pour la saluer. Il était ravi, dit-il ; il ne s'attendait pas à la voir ce jour-là, pensant qu'elle serait désormais très prise par un certain visiteur...

— Que voulez-vous dire ? s'écria-t-elle.

— Eh bien, fit-il en l'observant d'un air entendu, toute la ville sait que vous allez épouser Leigh. Je l'ai appris de la bouche d'au moins trois personnes – dans le plus grand secret, car bien sûr la nouvelle ne saurait être annoncée officiellement tant que votre père est à l'étranger. Mais aurais-je été mal informé ?

Un silence soudain s'était abattu sur la pièce. Camilla regarda autour d'elle, consternée.

— Je préférerais ne pas en parler, si vous voulez bien m'excuser.

Remarquant sa pâleur subite et le léger tremblement de sa voix, tous ravalèrent les questions qui leur brûlaient les lèvres et reprirent obligeamment leurs conversations.

Tous, sauf Pagode Portal ; les sourcils froncés et l'air grave, il interrogea Mrs Rowan d'un coup d'œil puis traversa la pièce d'un pas pesant.

— Miss Camilla, permettez-moi de prendre place à vos côtés. Acceptez-vous, Mr Roper, de me laisser un instant m'entretenir en privé avec Miss Camilla ?

Le jeune homme se leva aussitôt.

— Si c'est pour un échange de secrets, alors je ferais mieux de m'en aller. Vous ne trouverez pas meilleur endroit : assis dans cette alcôve, vous pourrez dire tout ce que vous voulez : personne ne vous entendra.

Sur ce, il s'éloigna. Camilla sourit à Mr Portal.

— Souhaitez-vous me faire part d'une chose en particulier, monsieur ? Je suis à votre disposition.

Il rapprocha un peu sa chaise, qui protesta lorsque l'un des pieds racla le sol : Pagode Portal n'était pas un poids plume.

— Vous excuserez ma franchise, mais c'est la seule façon d'aborder le sujet. Du reste, vous êtes une créature logique, pleine de bon sens ; vous saurez donc que c'est sans méchanceté aucune que je m'adresse à vous.

D'ordinaire, ce genre de propos serait accueilli avec une grande méfiance et provoquerait plutôt l'inverse de l'effet escompté, mais, chez Pagode Portal, l'honnêteté semblait si évidente, sa bonne volonté si prononcée, que Camilla songea qu'il ne pouvait qu'être sincère.

— J'ai entendu dire que vous alliez vous fiancer à sir Sidney Leigh. Que vous alliez l'épouser.

Elle s'empourpra, blêmit, puis recouvra son sang-froid.

— À croire que les secrets deviennent publics avant même que les principaux intéressés les apprennent, déclara-t-elle d'un ton qui se voulait léger.

— Il faut que vous reconsidériez la question. Vous devez refuser cette union. Ma chère Camilla, vous n'avez pas idée de ce à quoi vous allez faire face. Vous nagez en eaux troubles – en eaux troubles et profondes.

— En eaux troubles ? Bonté divine, mais de quoi parlez-vous ?

— Je connais sir Sidney Leigh depuis de nombreuses années. Je le considère comme un ami, et c'est un homme bon, qui en vaut bien d'autres. Mais vous n'êtes pas faits l'un pour l'autre, et je trouve très malvenu de sa part de songer à l'idée même du mariage… et de vous avoir choisie vous, entre toutes !

— Monsieur, que signifie tout cela ? Vous m'effrayez avec vos mises en garde mystérieuses. Dites-moi les choses franchement : quel est le problème avec lui ? Ou avec moi ?

Une idée horrible venait de lui traverser l'esprit ; des visions semblables à celles qu'elle lisait dans les romans gothiques lui apparurent.

— Il n'est pas déjà marié ? Il n'a pas d'épouse ? (Une épouse folle à lier, enfermée dans un grenier, prisonnière d'une demeure isolée, loin de Londres ?) Oh ! pour l'amour du ciel, Mr Portal, ne me faites pas languir davantage !

— Non, mais non ! s'écria-t-il. Cela n'a rien à voir avec une épouse et, la question ne devrait pas se poser – c'est justement là où je veux en venir.

Dans un ultime effort, refrénant la colère et la peur qui montaient en elle, elle prit une profonde inspiration et cessa de se triturer les doigts.

— S'il vous plaît, déclara-t-elle très lentement, dites-moi, sans passer par quatre chemins, quel est le problème avec sir Sidney. Ne vous dérobez pas ; inutile de tourner autour du pot.

— Soit. Vous avez entendu parler… Je pense que toute jeune fille, même élevée à la campagne, doit savoir… Je suppose que vous êtes érudite, et au courant de certaines pratiques – même si, comme je l'ai dit, vous avez grandi dans le Derbyshire.

Camilla le dévisagea, stupéfaite. Quelles révélations pouvaient causer chez lui une telle hésitation, tout à fait inhabituelle ?

— Vous n'ignorez pas – vous devez le savoir, j'en suis sûr – qu'il y a des hommes qui préfèrent la compagnie de personnes de leur sexe plutôt que celle des femmes. Je ne parle pas de clubs ou de rassemblements sportifs, mais de… (Il s'interrompit, comme s'il cherchait ses mots.) … de… disons… de relations amicales, plus profondes qu'elles ne devraient l'être.

Chapitre 14

— Un sodomite.

Sans y avoir été invité, ce mot surgit dans son esprit. Inconsciemment, Camilla le souffla tout haut, épouvantée.

Pagode Portal laissa échapper un petit soupir.

— Eh bien, oui, voilà. Ce n'est pas le terme que j'aurais employé en présence d'une jeune femme, non seulement pour tout ce qu'il a de choquant, mais aussi parce que vous pouviez en ignorer le sens.

Ce n'était pas son cas. Elle lisait la presse ; elle avait parcouru un article sur une arrestation pour sodomie à Winchester, et sur la pendaison d'un homme sur l'île de Wight pour bestialité. C'était une chose de connaître la signification d'un mot, mais c'en était une autre de le prononcer dans un salon, devant un homme – même s'il s'agissait de Mr Portal –, dans un tel contexte. Elle en eut le souffle coupé. Mr Portal devait être dérangé ; sans quoi, comment pouvait-il suggérer une idée aussi affreuse ? Certes, il ne semblait pas avoir perdu l'esprit, et il la regardait d'un air extrêmement préoccupé : une forte concentration se lisait sur sa face rubiconde.

— Je sais ce qu'est un s… (Elle ne put se résoudre à répéter le mot.) Je sais ce que c'est, finit-elle par dire. Comment osez-vous ? Vous ne devriez pas me tenir ce genre de discours, c'est totalement inconvenant de votre part, et vous n'avez aucune raison de le faire, vraiment !

Mr Portal, l'air gêné, paraissait souffrir de la chaleur. Il agita sa main devant son visage.

— C'est une situation très délicate, sans précédent. Jamais je n'aurais cru discuter d'une telle chose un jour… Mais c'est ainsi. Votre père est à l'étranger, Fitzwilliam est si accaparé par ses calculs parlementaires qu'il préfère faire l'autruche, et il n'est pas du genre à s'imaginer que l'une de ses connaissances puisse être versée dans ces pratiques. Mr Gardiner ne s'en soucie pas – je pense qu'il ne se doute de rien ; ce n'est pas dans ses habitudes de… Bref, personne n'a protégé vos intérêts comme ils auraient dû l'être. Quoi qu'il en soit, vous devez accepter que sir Sidney, l'homme que vous avez l'intention d'épouser, est…

Cette fois, elle ne lui permit pas de finir sa phrase. Elle se leva, bouleversée, blême de rage, et se tourna vers lui.

— Taisez-vous. Vous prétendiez agir sans aucune méchanceté : qu'est-ce donc, si ce n'est de la cruauté ?

— Ma chère, mes propos n'ont rien de malveillant, je ne dis que la pure vérité. (Il s'interrompit, soupira et essuya son front trempé de sueur avec un mouchoir.) J'ai supplié Mrs Rowan de vous en toucher un mot. Elle est plus âgée que vous, a une plus grande expérience de la vie, a été mariée… Il aurait mieux valu que ce soit elle qui vous en parle. Mais elle a refusé. Elle s'en doutait, et depuis un moment, mais elle ne voulait pas évoquer ce sujet avec vous uniquement sur la base de soupçons. Elle a insisté pour que je vous mette au courant, car je sais très bien à quoi m'en tenir à propos de sir Sidney. Je ne vous dirai pas comment j'ai acquis la certitude qu'il a un tel penchant. Non seulement c'est inutile mais, de plus, je trahirais un secret. Cette information seule est suffisante ; cela fait malheureusement partie de la nature de certains hommes, voilà tout. Vous pouvez en discuter avec

Mrs Rowan : même si le sujet est de mauvais goût, elle peut vous éclairer. Après tout, il vaut mieux qu'une jeune fille, en faisant son entrée dans le monde, soit au courant des nombreux vices et travers de l'humanité. Je préfère que vous le sachiez plutôt que vous restiez dans l'aveuglement, comme cela a été le cas jusqu'à présent.

Elle recouvrait peu à peu son calme.

— Ce serait idiot de ma part de nier qu'il existe toutes sortes de vices… (Elle grimaça, essayant de trouver les mots justes.) … de vices contre nature chez certains, quel que soit le rang qu'ils occupent dans la société. Je puis cependant vous assurer que je n'ai nulle raison de croire que sir Sidney se livre à ce genre de comportement. Monsieur, poursuivit-elle dans un murmure passionné, comment aurais-je pu tomber amoureuse d'un tel individu ? Et pourquoi voudrait-il se marier ? Vos révélations n'ont aucun sens.

— La raison d'un homme peut fort bien lui dicter de se marier, tandis que ses inclinations sont ailleurs. Bon sang, ne l'avez-vous pas senti froid avec vous, là où vous pensiez trouver de la chaleur, de l'ardeur, voire un geste un peu osé – ce qui serait normal entre un homme et une femme qui s'aiment et sont attirés physiquement l'un par l'autre ?

Si elle l'avait senti froid ? Son cœur se serra, son corps tout entier se pétrifia. Ne s'était-elle pas interrogée sur son manque de passion, par rapport à celle dont Wytton faisait preuve envers Sophie, ou encore à ce jeune couple aperçu à la soirée de Mrs Seton ? Cette ferveur qui s'exprimait devant elle, encore et encore, même dans les rassemblements les plus convenus ? L'amour, c'est comme un rhume, disait-on : on ne peut le cacher. Si sir Sidney n'avait aucune difficulté à dissimuler ses émotions, n'était-ce pas pour la simple raison qu'il ne ressentait rien pour elle ?

— Il a un valet, reprit Mr Portal. Un beau garçon à la peau mate et lisse, avec de grands yeux. L'avez-vous remarqué, hier soir ?

Elle hocha la tête, incapable de parler.

— C'est l'un de ses préférés.

Ce valet. Oh, mon Dieu ! Elle n'arrivait pas à le croire. Elle nageait en plein cauchemar. Elle n'allait sûrement pas tarder à se réveiller, troublée par la précision de son rêve, mais soulagée de trouver une réalité plus joyeuse.

Malheureusement, c'était le genre de songe dont on ne sort pas. Elle chercha son mouchoir.

— Je dois rentrer, répliqua-t-elle. Dites que je suis souffrante. Dites ce que vous voudrez.

— Je vous jure que c'est vrai, entendit Wytton, venant de Snipe Woodhead.

Snipe était assis à sa place favorite, dans le célèbre bow-window du *Pink's* qui donnait sur St James Street. De ce point de vue, il pouvait observer les allées et venues de ses amis comme de ses ennemis. Toutefois, ce matin-là, il avait d'autres chats à fouetter et, entouré de sa cour, il était plus tourné vers l'intérieur du club que vers l'extérieur. Il n'avait pas remarqué la présence de Wytton, installé un peu plus loin, dans un coin de la vaste salle.

— Je le tiens de Layard, qui doit l'avoir appris de Wytton – ces deux-là s'entendent comme larrons en foire. C'était une réunion de famille : Miss Camilla Darcy et sir Sidney Leigh allaient se fiancer – en secret, car il fallait attendre le consentement de Mr Darcy pour que l'annonce soit publiée dans les pages de la *Gazette*. La sœur de Sidney était venue exprès de la campagne. Elle a épousé Delamere, vous vous souvenez de lui ? C'est un whig [1], bien sûr, mais il est plutôt sympathique. C'était donc une réception formelle ; hormis les Gardiner, il n'y avait personne de la famille de Darcy. Je me demande si c'était calculé. Cinquante mille livres qui allaient directement tomber dans la poche de Leigh, et Miss Camilla qui deviendrait lady Leigh – ce titre n'était sans doute pas pour lui déplaire, même si avec une fortune pareille… Tout cela n'a finalement abouti à rien : le lendemain, vous entendez, le lendemain soir, Leigh a reçu un message en provenance d'Aubrey Square : la demoiselle ne pouvait accepter les fiançailles, et souhaitait ne plus jamais le revoir.

— De toute évidence, ces filles Darcy ont l'habitude de s'approcher de l'autel sans jamais y parvenir tout à fait, fit remarquer un membre au teint rougeaud. Le jeune Busby n'avait-il pas abandonné l'une des sœurs Darcy, justement ?

— C'était l'aînée, intervint un individu en costume de capitaine de vaisseau, qui visiblement sortait tout juste d'une séance pénible au ministère de la Marine. C'est une bigote ; une de ces évangéliques. Ce n'est pas gênant si l'on a envie de partager son lit avec une pile de pamphlets. Garçon ! Une chope de bière, et que ça saute.

Un bref silence se fit dans la longue et magnifique salle : le groupe d'hommes réfléchissait aux dangers de l'évangélisme.

— Cela nous pend au nez, dit l'habitué au visage rubicond d'un ton lugubre. Il y a des signes avant-coureurs. En grandissant, nos enfants, tous autant qu'ils sont, deviendront collet monté et hypocrites, croyez-moi.

---

1. Le parti *whig* est un parti politique apparu en Angleterre au XVIIe siècle. Il fut l'adversaire historique du parti *tory* (« ancêtre » du parti conservateur actuel). (*NdT*)

On acquiesça à ces propos, surtout si l'on savait que le rougeaud avait passé un moment très désagréable avec son fils à propos de dettes de jeu et de substitution héréditaire.

— Et les jumelles Darcy ? Elles sont d'une beauté incroyable, déclara le capitaine. Je les ai vues hier soir chez Mrs Pollexfen, même si on ne m'a pas présenté : il n'y avait pas moyen de les approcher. « Jour » et « Nuit », les surnomme-t-on… Je me demande bien qui elles abandonneront.

— Ou qui les abandonnera ! Il semblerait que ça marche dans les deux sens, avec ces filles-là, ajouta le rougeaud.

Cette remarque déclencha l'hilarité générale.

— Dommage qu'on ne puisse pas épouser les deux, regretta lord Rampton en se joignant au groupe. Je parle des jumelles, Miss Belle et Miss Georgina. Non seulement vous doubleriez la mise, mais en plus vous en auriez une pour les jours d'humeur joyeuse, et l'autre pour les jours moroses.

— Oh ! une seule femme, c'est déjà bien suffisant, intervint Snipe Woodhead en s'esclaffant. C'est ce que vous découvrirez dès que vous aurez mis la main sur votre héritière, Rampton.

— Je ferais mieux de me dépêcher, répondit ce dernier, l'air sombre. Sans quoi, je vais devoir partir pour Calais rejoindre Beau Brumell[1] et les autres exilés qui ont les huissiers à leurs trousses.

— George Brummell est encore à Calais ? Je pensais qu'il était tiré d'affaire, dit Snipe Woodhead.

— Corrigez vos manières, changez de mode de vie et demandez la main de Miss Darcy, conseilla le capitaine en assenant une claque sur l'épaule de lord Rampton.

1. George Brummell, dit Beau Brummell (1778-1840), était le pionnier du dandysme britannique. Il dépensa une grande partie de sa fortune en vêtements, paris et jeux d'argent. Ruiné et endetté, il s'enfuit pour Calais en 1816, afin d'échapper à la prison. (*NdT*)

Vidant sa chope d'un trait, il émit un petit rot de satisfaction et s'éloigna de sa démarche chaloupée de marin pour aller commander un copieux repas.

Maudits soient-ils, tous autant qu'ils sont! songea Wytton. Ainsi, Miss Camilla avait donné son congé à Leigh. Dieu merci, quel soulagement! À sa grande surprise, il avait été contrarié à l'annonce de son futur mariage avec Leigh. Il en avait parlé à Sophie, sans lui expliquer pourquoi cette union aurait été vouée au désastre, bien sûr. Pour la première fois, il avait trouvé l'ignorance de sa fiancée ennuyeuse. Elle s'était mise à rire d'un air affecté, déclarant que sir Sidney était un bon parti pour sa pauvre cousine, qui sans lui finirait au rebut jusqu'à devenir, officiellement, une vieille fille.

— Je n'en crois rien, avait-il répondu avec une certaine raideur. À dix-neuf ans? Avec un physique comme le sien?

— Un physique comme le sien? C'est Letitia, la beauté de la famille, et en général on dit des jumelles qu'elles sont très jolies, mais Camilla… Elle est presque commune!

Il avait eu du mal à se retenir, et s'était contenté de repartir que Camilla avait elle aussi hérité des traits gracieux de la famille. Prenant cette réflexion pour un compliment personnel, Sophie s'était radoucie, tout sourires. Wytton n'avait alors pu s'empêcher de se remémorer la remarque de Layard après l'annonce de ses fiançailles avec Sophie: les chatons étaient certes très mignons, avait-il dit, mais, en grandissant, ils avaient la vilaine habitude de devenir des chats.

Pendant qu'au club les ragots sur Camilla allaient bon train, celle-ci essuyait la fureur de son cousin. Il l'avait convoquée dans la bibliothèque. En entrant dans la pièce, la jeune femme l'avait trouvé près de la cheminée, le regard jetant des éclairs. Elle referma la porte et resta sur place, blême, rassemblant tout le courage et toute la détermination dont elle était capable pour ne pas se laisser intimider et se retrouver forcée d'avouer une faute.

— Fanny m'a appris que vous aviez écrit à sir Sidney pour lui dire que tout était fini entre vous. Est-ce vrai ? Est-ce seulement possible ?

Elle déglutit, posa sa voix.

— C'est vrai, je lui ai écrit.

— Et quelle raison, quelle excuse peut justifier cette attitude pour le moins incompréhensible, voire idiote ? Je n'ai jamais vu une chose pareille : une jeune femme accueillant favorablement la demande en mariage d'un soupirant, après avoir obtenu l'accord de sa famille – excepté, bien sûr, la décision finale, qui appartient à votre père, lequel aurait forcément donné son consentement –, qui annonce ensuite, avec le plus grand calme, que tout est annulé ! Plus de fiançailles, plus de mariage.

La voix de Fitzwilliam, à ce moment-là, n'était pas celle qu'il utilisait d'ordinaire en société. C'était le ton qu'il employait quand il commandait aux militaires, il s'adressait à elle comme il aurait arraché une décoration à un jeune subalterne inexpérimenté ayant failli à son devoir.

Si elle n'avait encore été sous le choc causé par les révélations de la veille et leurs conséquences, elle aurait pu trouver ce rapprochement amusant. En fait, elle regrettait seulement que son cousin parle si fort – ou plutôt qu'il beugle – et qu'il ne lui fasse pas l'honneur d'envisager qu'elle puisse être guidée par la raison.

— Monsieur, j'ai toute ma tête. Je ne peux épouser sir Sidney Leigh. Ce que j'ai appris à son sujet exclut toute possibilité de nous voir mariés un jour. Dans de telles circonstances, aucune femme ne pourrait le prendre pour époux.

— Pourtant, vous persistez dans votre refus de m'éclairer sur ces fameuses circonstances, et vous continuez à taire ce qui vous autorise à mettre cette maison sens dessus dessous et entache votre nom des ragots les plus scandaleux ! Sans compter que vous me mettez moi aussi dans une situation extrêmement délicate !

—Je suis la seule à blâmer. Vous ne pouvez être tenu pour responsable.

—À blâmer ? Il ne s'agit pas de cela, mais de voix ! Savez-vous ce que cela signifie, de contrarier un homme tel que sir Sidney Leigh ? Puisqu'il ne peut résulter de toute cette affaire qu'un ressentiment certain à votre égard, et à l'égard de tous les membres de votre famille, comment envisager une seconde qu'il nous soutienne à la Chambre des Communes ? Nous allons devoir bientôt débattre d'enclosures, et j'ai promis à Mr Hilbertson, dont les terres… (Il se ressaisit.) Enfin, oublions cela – ce genre de problèmes doit vous dépasser.

—Je crois que je peux comprendre ce qu'est le décompte des voix, répliqua Camilla, qui sentait la colère l'envahir. Toutefois, j'ose espérer que vous comprendrez qu'à mes yeux mon bonheur prime sur un vote à la Chambre des Communes.

Elle se retint d'ajouter qu'elle doutait fort des bienfaits de l'enclosure des espaces à usage collectif, ayant constaté le désarroi que cela avait entraîné chez les paysans de sa région : nombre de leurs voisins s'étaient empressés d'expulser les locataires de leurs terres, qui s'étaient ainsi retrouvés dans le dénuement le plus total.

—Votre bonheur ! Si nous sommes sur terre, ce n'est pas pour assurer notre propre bonheur, me semble-t-il. Le devoir avant tout, mademoiselle.

—Je ne pense pas qu'il soit de mon devoir d'épouser sir Sidney Leigh.

—Non, mais c'est le vôtre que de vous laisser conseiller par ceux qui savent mieux que vous ce qu'il convient de faire. Soit : si vous refusez de m'exposer vos griefs à l'encontre de sir Sidney – griefs qui, du reste, ne sont apparus que très tardivement –, alors l'affaire est close.

Dieu merci ! Toutefois, elle se dit que la fureur de son cousin ne serait pas apaisée de sitôt. Camilla allait sans doute encore baisser dans son estime. C'était bien dommage, mais elle n'y pouvait rien.

— La toux persistante de Charlotte inquiète beaucoup sa mère, continua Fitzwilliam d'un ton cassant. Vous ne l'avez peut-être pas remarqué, préoccupée comme vous l'êtes par vos petites affaires. Par conséquent, j'ai décidé que Fanny emmènerait Charlotte et le bébé à Southend : le docteur Molloy pense que l'air marin leur fera du bien. Pendant leur absence, puisque vous n'aurez plus personne pour vous chaperonner, les sorties vous seront interdites.

— Je ne m'en porterai pas plus mal, monsieur, répondit-elle.

En effet, ce serait un soulagement de se voir épargner les commentaires sournois, les regards en coin et les inévitables remarques acerbes. Le beau monde détestait les parjures, et, même si les fiançailles n'avaient pas été officiellement annoncées, la bonne société considérerait Camilla comme telle et prendrait poliment sa revanche, comme chaque fois que quelqu'un avait la témérité ou l'imprudence de bafouer ses règles tacites.

Fitzwilliam poursuivait sa diatribe, discourant sur la disponibilité et le sens du devoir de Letitia.

— Letty, dit-il avec ostentation, trouvera largement de quoi remplir ses journées durant cette période : ses bonnes œuvres l'occupent beaucoup.

Camilla ferait bien d'en prendre de la graine et, ce faisant, d'essayer de gagner en humilité.

— Je n'ai pas de leçons d'humilité à recevoir de la part de Mr Valpy, rétorqua-t-elle. Tout ce que je retiendrais de son enseignement, c'est la fumisterie.

Fitzwilliam alla s'asseoir à son bureau, le visage empourpré et les sourcils froncés.

— Vous n'êtes pas en position de critiquer un ecclésiastique.

— Quand un homme est hypocrite, je crois pouvoir le reconnaître, qu'il soit dans les ordres ou pas.

Il lui jeta un regard haineux.

— Mr Valpy sera toujours le bienvenu chez moi. Par souci des convenances, lui seul sera autorisé à vous rendre visite.

Elle le salua d'une révérence et s'enfuit avant que sa langue la trahisse. En refermant la porte derrière elle, elle sentit un intense soulagement l'envahir : l'entretien était terminé et Fanny allait bientôt partir, lui laissant quelques jours de répit avant qu'elle affronte le jugement d'un monde sans pitié. Son cousin pensait peut-être la punir, mais ce fut avec bonheur qu'elle accueillit ces dispositions.

Par le ciel, quelle histoire les jumelles allaient faire en apprenant qu'elles n'avaient pas le droit de sortir, ni de recevoir de visites, et qu'elles seraient privées de tous leurs plaisirs frivoles ! Que croyait Fitzwilliam ? Que ses jeunes cousines allaient rester bien sagement assises à broder, à travailler leurs instruments et à étudier avec Miss Griffin ? Letty ne leur serait d'aucun secours : elle leur proposerait sans doute d'élever leurs âmes en lisant quelques-uns de ses pamphlets assommants.

Mr Fitzwilliam quitta la maison l'esprit agité, avec l'impression fort déplaisante que Camilla avait eu le dessus. Maudite gamine ! Qui aurait cru qu'elle se montrerait si têtue ? Qu'avait-il bien pu se passer pour que, tout à coup, elle prenne en grippe sir Sidney ? Plus il y réfléchissait, plus il était convaincu qu'il ne s'agissait que d'une querelle d'amoureux. Sir Sidney avait été trop direct, ou pas assez ; il avait offensé la jeune femme, et elle, mue par la fougue des Darcy, avait répondu à cet affront supposé de manière totalement disproportionnée.

Il décida de passer voir sir Sidney en allant au club. La visite serait délicate, mais il lui devait bien cela, après le brutal revirement de Camilla – sans compter qu'elle ne s'était sans doute pas encombrée des règles de politesse. D'après Fanny, quand Camilla s'était assise pour écrire son message à sir Sidney, elle avait le visage baigné de larmes, et sa plume avait transpercé le papier en plusieurs endroits tellement elle avait appuyé fort.

— Et, une fois qu'elle eut terminé, c'est à peine si elle put sceller le cachet tant elle tremblait ! Elle a tiré si brutalement sur la sonnette que j'ai bien cru qu'elle allait lui rester dans la main. Quand Fell est arrivé, elle lui a tendu vivement la lettre et lui a demandé, complètement bouleversée, de la porter sur-le-champ à Sackville Street, disant qu'il n'avait pas une seconde à perdre. J'en étais toute retournée. Qu'est-ce qui a pu la perturber à ce point ?

— Son orgueil et son caractère fougueux, avait répliqué Fitzwilliam.

Il pensait encore que c'était la seule réponse plausible. La jeune fille clamait qu'elle avait de bonnes raisons de mettre fin à cette relation, mais ces affirmations ne reposaient sur rien. N'est-ce pas ?

Le souvenir de la triste affaire avec Miss Harper l'effleura. Elle avait été plus grave encore : la rupture s'était produite la veille même du mariage. Au moins, Camilla leur avait épargné cette honte. Après la fugue de la future mariée, sa famille n'avait pas desserré les dents. La jeune fille s'était retirée dans son domaine à la campagne, avait évité de se rendre à Londres pendant un très long moment – jusqu'à ce que les potins se tassent. Elle avait fini par épouser un ecclésiastique de la région, lui semblait-il – un homme qui, assurément, ne possédait ni l'influence ni le quart de la fortune de sir Sidney.

Une vraie folie. Quel était le problème, avec cet homme ? Mais à quoi bon s'appesantir sur la question ? Il était de son devoir de vérifier si l'on pouvait ramasser les pots cassés, recoller les morceaux, colmater les brèches. Il poursuivit son chemin, se perdant en métaphores, et traversa la route machinalement, ne remarquant même pas le petit balayeur des rues, jusqu'à ce que le garçon famélique commence à l'apostropher d'une voix aiguë et plaintive. Fitzwilliam lui jeta une pièce et tourna au coin de Sackville Street.

L'attitude et le franc-parler de Camilla lui restaient en travers de la gorge. À cinquante ans, Mr Fitzwilliam n'avait rien d'un romantique. Sa conception des choses datait du siècle précédent, et il était totalement dépassé par l'idée que l'on puisse se marier par amour plutôt que pour des raisons pratiques comme l'argent, l'avancement et les bénéfices que chacune des deux familles pouvait tirer de cette union.

Cela ne voulait pas dire qu'il était sans cœur. Il était sincèrement dévoué à Fanny, pour qui il avait eu le coup de foudre dès leur première rencontre. Il nourrissait à son égard des sentiments jamais éprouvés pour sa précédente épouse, une femme froide et correcte, à la fortune honorable, qui avait accepté ce mariage pour faire plaisir aux siens et parce qu'il était fils de comte – fils cadet, bien entendu : ni sa personne ni sa dot n'auraient suffi à gagner les faveurs du fils aîné d'un comte. Ils s'étaient témoigné peu de tendresse durant leur vie conjugale, et aucun enfant n'était venu sceller leur union. Quand la tuberculose avait emporté sa femme, son chagrin s'était limité à la simple bienséance.

Sa rencontre avec Fanny Erskine, jeune lady vive, chaleureuse, de vingt-trois ans sa cadette, puis la cour qu'il lui avait faite avaient été bien différentes. Il avait beaucoup de chance de l'avoir pour épouse. Comme elle allait lui manquer ! Elle ne s'absenterait guère plus de dix jours, mais c'était déjà trop long. Il pourrait prendre une diligence jusqu'à Southend, ou faire le trajet à cheval : la station balnéaire n'était située qu'à vingt-cinq miles de là. Bref… Sa cousine Camilla ne possédait ni les manières charmantes ni le bon cœur de Fanny.

Malgré leur côté aguicheur, les jumelles étaient capables d'affection. C'étaient des filles en or, ravissantes, qui feraient probablement des épouses adorables pour les chanceux sur qui elles auraient jeté leur dévolu. Letitia aussi : il ne pouvait qu'approuver sa douceur toute féminine et son altruisme infaillible. Cette affaire Busby avait choqué tout le monde, mais l'effervescence était retombée et Letty avait su affronter la situation avec intelligence. Il espérait qu'elle trouverait un mari aimable : elle ferait une excellente épouse pour celui qui la mériterait.

Pas comme Camilla – une vraie mégère, celle-là. Si elle persistait dans ses sottises, elle maudirait certainement le jour où elle avait éconduit sir Sidney. Il n'y avait pas tant d'hommes riches et respectables que cela prêts à supporter son sens de la repartie et sa propension à la polémique. Darcy ne lui avait pas rendu service en l'autorisant à donner son avis sur tout et à devenir cette personne si désagréable. Du reste, elle n'était pas aussi belle que ses sœurs, et elle finirait vieille fille si elle ne prenait pas soin de corriger ses manières.

Mû par ces pensées curieusement réconfortantes, il arriva devant la demeure de sir Sidney. Il était sur le point de gravir les marches en pierre pour frapper au heurtoir quand la porte s'ouvrit sur Pagode Portal.

Fitzwilliam, malgré la sympathie qu'il lui portait, ne se sentait jamais tout à fait à l'aise en sa compagnie. Il savait qu'il était un nabab parmi les nababs, et, si la place qu'il occupait dans la société avait été uniquement due à l'étendue de sa fortune, il aurait été moins gêné en sa présence. Mais

Portal, personnalité aux relations multiples, pour qui la famille importait beaucoup, avait été envoyé aux Indes pour être soustrait aux tentations londoniennes. Il avait commis nombre d'imprudences dans sa jeunesse, et s'était fourré tant de fois dans des situations embarrassantes que les siens, à bout de patience, lui avaient demandé de plier bagage, confiant son sort à l'Honourable Artillery Company.

Les capacités et le tempérament de Portal avaient fait le reste. Il était revenu, occupant une position stratégique dans un monde pour lequel il semblait n'avoir que peu d'égards – peut-être était-ce précisément ce qui agaçait Fitzwilliam. Bon sang ! Cet homme ne valait guère mieux qu'un radical, avec ses points de vue catégoriques, très éloignés de ceux des conservateurs, et son approbation de la réforme, y compris dans ses aspects les plus vils.

Fitzwilliam le salua en touchant le bord de son chapeau et s'apprêtait à entrer quand Portal le retint d'une main.

—Leigh n'est pas là.

—Ah ? Dans ce cas, je vais juste laisser ma carte.

—Inutile. Il est parti.

—Parti ? (Fitzwilliam dévisagea Portal.) Parti où ? Dans le Kent, j'imagine.

—Un peu plus au sud. En Italie, pour être exact.

—En Italie ! Pourquoi ferait-il une chose pareille ?

—Toute la ville est en ébullition ; quantité de rumeurs circulent.

Voilà exactement ce que Fitzwilliam redoutait.

—Et je suppose qu'elles concernent ma cousine, Miss Camilla Darcy ?

—Non, plus maintenant, car il apparaît que l'ampleur du scandale s'étend bien au-delà d'un simple abandon, je vous assure. (Voyant que le majordome, impassible, attendait toujours sur le seuil, Portal recula d'un pas et déposa une pièce dans sa main tendue.) Maintenant, fermez-moi cette porte, ordonna-t-il au domestique avant de conduire Fitzwilliam un peu plus loin, sur le trottoir. Voyez-vous, il a emmené son valet. Le beau garçon à la peau mate.

— Et pourquoi n'aurait-il pas le droit d'emmener le personnel de son choix ?

— Parce qu'il n'a pas pris ce garçon comme serviteur, voilà pourquoi. L'un des autres valets, par jalousie j'imagine, a porté plainte contre sir Sidney. Si ce dernier remet un jour les pieds dans ce pays, il le paiera cher.

La lumière commença à se faire dans l'esprit de Fitzwilliam. Effaré, il regarda Portal, les yeux exorbités.

— En Italie ! Un valet ! Beau garçon ! Ne me dites pas que…

— Si, je le dis. Cet homme est un sodomite. Votre cousine l'a échappé belle, Fitzwilliam. Vraiment. Ce mariage aurait été voué à l'échec. Vu le comportement de notre ami, cela aurait fini par se savoir un jour ou l'autre, c'est inévitable. Pensez alors au scandale !

Fitzwilliam blêmit à mesure qu'il réfléchissait.

— Bonté divine… J'ai vraiment peine à le croire. Êtes-vous en train de me dire, sérieusement, que Leigh est un… qu'il est… Je n'aurais jamais cru cela de lui, jamais ! Il… il est des nôtres ! Si vous dites vrai, monsieur, alors il ne mérite que la pendaison, voilà tout. Oui, la pendaison ! Dans l'armée, on l'aurait fusillé pour cela. Et bon débarras !

— Oh, je ne pense pas qu'un homme mérite la pendaison pour cela, répondit Portal d'un ton irrité. Mais, lorsqu'on a ce genre de préférences, il faut savoir rester discret. Ni la société ni les femmes n'apprécient ce travers – et la loi le tolère encore moins.

— Les femmes ! s'écria Fitzwilliam. Voyez-vous, Portal, vous devez vous tromper : les femmes ont toujours été sensibles au charme de sir Sidney. Camilla elle-même était très éprise de lui. C'est ce que m'a assuré lady Fanny, et elle sait de quoi elle parle.

— C'est courant, répliqua sèchement Portal. Nombre de sodomites sont mariés et pères de famille.

— Quelle honte ! Jamais je n'ai entendu une horreur pareille. (Une idée lui traversa l'esprit.) Mon Dieu, il est membre du *Pink's* ! Il en sera banni à jamais, bien entendu : ce genre de créatures n'a pas sa place dans un tel endroit.

Portal le regarda avec une gravité profonde, mais ses lèvres tressaillirent.

— Non, bien sûr.

— Voilà donc pourquoi Camilla... Mais comment l'a-t-elle découvert ? Une jeune fille innocente ignore tout de ces choses-là ! Qui a bien pu la mettre au courant ?

— Qui, je vous le demande ?

Chapitre 15

Les voitures qui emmenaient Fanny et sa suite s'éloignèrent de la maison en cahotant, par une matinée de printemps brumeuse. Charlotte, le bébé, la nourrice et Fanny voyageaient en calèche, tandis que Dawson et la bonne de la nursery les suivaient dans une seconde voiture, au milieu d'un amas de cartons et de malles. Un valet accompagnait chaque véhicule : Mr Fitzwilliam n'était pas du genre à laisser sa femme prendre le risque de se faire agresser ou insulter durant le trajet. Fanny avait protesté, soutenant que la route reliant Londres à Southend était peu dangereuse, mais il n'avait rien voulu savoir.

— C'est le minimum. Ma mère ne voyageait jamais sans au moins deux valets de pied et un domestique, en plus de sa servante.

Fanny n'était pas mécontente que la défunte comtesse repose, depuis plusieurs années avant sa rencontre et son mariage avec Fitzwilliam, dans l'immense et hideux mausolée familial. Elle s'était imaginé une dame aux manières tyranniques. Étant elle-même fille de comte, elle connaissait les manies et les lubies de la haute aristocratie. La mère de Fanny était pourtant délicieusement excentrique et intrépide, peu soumise aux frayeurs féminines habituelles et adorant voyager à l'étranger, dans les conditions les moins propices possible. Elle n'avait donc rien de commun avec la mère de son cher Fitzwilliam. Quand bien même, Fanny préférait diriger les choses à sa façon, qu'elle estimait plus rationnelle.

Elle se sentait légèrement coupable de laisser les cinq sœurs Darcy livrées à elles-mêmes, mais la santé de Charlotte primait, et rien de fâcheux ne menaçait les filles. Comme Camilla, elle pensait que quelques jours passés à la maison – pour une bonne raison – seraient fort bénéfiques pour la réputation et la tranquillité d'esprit de la jeune femme. Malheureusement, il y aurait toujours des mauvaises langues prêtes à critiquer la naïveté de sa cousine pour être tombée amoureuse d'un tel homme. Et son attachement pour sir Sidney, désormais connu de tous, dissuaderait d'autres bons partis potentiels de la courtiser. Après tout, en dépit de ses efforts, Camilla et ses sœurs seraient peut-être toujours célibataires une fois la Saison londonienne achevée. Puis leurs parents rentreraient. Elle frissonna à l'idée de devoir expliquer à Darcy ce qui s'était exactement passé entre sa fille préférée et le triste personnage que sir Sidney Leigh s'était révélé être.

Cependant, ce n'était pas encore à l'ordre du jour. Fanny, optimiste de nature, chassa donc ces angoisses et se tourna vers Charlotte qui toussait de façon persistante.

Les sœurs Darcy firent leurs adieux à Fanny et aux enfants avec des sentiments mitigés. Letitia, tout en approuvant les craintes maternelles de sa cousine, prévint ses sœurs d'une voix lugubre qu'elle ne s'attendait pas à une guérison de Charlotte, à son retour, et que sa toux inquiétante nécessitait la plus grande surveillance. En plus de se complaire dans la gravité éventuelle de la maladie de l'enfant, Letitia se réjouissait de se retrouver, comme elle l'avait elle-même décrété, responsable de ses sœurs. Elle occupait la position d'aînée, elle était compétente, et la seule qui soit majeure ; par conséquent, quoi de plus normal que cette charge lui échoit ?

Elle avait déjà prévu tout un programme de lecture et d'apprentissage des langues pour les jumelles. Alethea pourrait être confiée sans risques aux bons soins de Miss Griffin. De toute façon, même si Letitia ne l'aurait jamais avoué, la forte personnalité de sa plus jeune sœur l'intimidait trop pour qu'elle se sente le courage de remplacer sa gouvernante.

Quant à Camilla, il lui faudrait se remettre de son épreuve. Étant donné sa nature peu sensible, elle ne connaîtrait pas de tourments comparables à ceux d'une femme plus délicate. Letitia savait que sa sœur n'avait jamais vraiment compris ce qu'elle avait pu ressentir à l'annonce de la disparition de Tom Busby, ni le choc qu'elle avait éprouvé en apprenant son retour. Désormais, elle allait peut-être commencer à entrevoir ce que Letitia avait enduré.

— Vous aurez besoin de repos, Camilla, dit-elle. Une période de calme, d'introspection vous fera le plus grand bien et se révélera même indispensable avant que vous tentiez de reprendre votre place dans le monde. Et, quand vous aurez eu le temps d'analyser le problème en profondeur, vous trouverez comme moi que nous ferions toutes mieux de rentrer à Pemberley, loin des plaisirs superficiels de la bonne société.

— Parlez pour vous ! intervint Georgina avec impertinence. Rien ne me fera retourner à Pemberley avant l'été. Quant à laisser Camilla enfermée dans le noir, vous devriez avoir honte, si c'est votre idée. Qu'elle sorte s'amuser ! Il y a des tas de bons partis à rencontrer : quoi de mieux qu'un nouvel amour pour oublier le précédent ? Vous l'auriez compris, si vous aviez passé un peu plus de temps avec le capitaine Allington plutôt qu'avec ce triste ecclésiastique.

Letitia se tourna vers sa sœur, les yeux étrécis, prête à la sermonner.

— Ne vous fatiguez pas, répliqua Belle, ni Georgina ni moi n'écouterons vos palabres. Nous verrons bien si vous arriverez à nous garder sous votre coupe !

— Eh bien ! s'écria Letitia. Demandons à Mr Fitzwilliam ce qu'il pense de tout cela.

— Il est sorti – à son club, au Parlement, ou je ne sais où. À mon avis, on ne le verra pas beaucoup en l'absence de Fanny. Il n'a pas confiance en lui, seul avec nous. Tant de femmes, cela va l'angoisser : il est toujours mal à l'aise en notre compagnie, à jeter des coups d'œil sur nos seins avant de se concentrer sur Fanny. C'est un homme bien-pensant ; il gardera ses distances avec nous afin de préserver sa réputation.

— Et, d'ici à deux ou trois jours, il sera parti pour Southend pour partager la couche de sa femme ! ajouta Georgina dans un éclat de rire.

Letitia était vraiment scandalisée, à présent. Que ses petites sœurs, âgées de dix-sept ans, tiennent ce genre de discours – et aient même ces idées –, cela dépassait les bornes ! Faire preuve d'une telle indélicatesse, à la fois en pensée et en parole, quelle indécence !

Elle se rendit compte qu'elle s'adressait à une pièce vide : Belle et Georgina rejoignaient l'étage en riant, et Camilla, profitant de l'embarras de Letitia, était parvenue elle aussi à s'échapper en doublant les jumelles d'un pas pressé pour grimper l'escalier menant à la nursery, où elle serait peut-être à l'abri des sermons de sa sœur. Miss Griffin n'avait jamais le temps d'écouter ses prêches, et la gouvernante était l'une des rares personnes qui impressionnaient Letty.

Fidèle à sa parole, Fitzwilliam avait laissé au majordome la consigne d'informer les visiteurs que les filles Darcy, en l'absence de Fanny, n'étaient pas disponibles – à quelques exceptions près, comme le découvrit Camilla, assise au pianoforte et concentrée sur un nouveau morceau, en voyant Mr Valpy entrer dans le salon. Cette visite lui inspira à la fois surprise et mécontentement. Dès que Valpy se rendit compte de sa présence, il afficha un sourire de consolation, puis s'approcha de Camilla et se mit à chuchoter. Cette attitude aurait pu être appropriée s'il s'était adressé à une veuve éplorée, mais elle déclencha des envies de fou rire chez la jeune femme.

— Ma chère Miss Camilla, je suis si heureux d'avoir l'occasion de vous apporter un peu de réconfort !

Moins on en fait, mieux c'est, songea-t-elle, bien décidée à ne pas se lever pour le saluer.

— Nous ne recevons pas en ce moment, répondit-elle d'un ton poli mais qui n'avait rien d'engageant. Ma sœur est occupée, à l'étage.

— Ah, bien sûr, dans un moment pareil, vous préférez qu'on vous laisse tranquilles. Je comprends, je comprends tout à fait ! s'exclama-t-il en se rapprochant plus qu'elle ne l'aurait souhaité. Je ne veux pas déranger Miss Darcy, mais vous ne devez pas me considérer comme un simple visiteur car, comme l'exige le devoir de sa profession, un homme d'Église ne peut que venir en aide à ceux qui souffrent.

Elle haussa les sourcils.

— Je ne crois pas que ma sœur souffre.

— Vous m'avez mal compris. Je fais référence à votre embarras, à cette triste affaire concernant celui dont le nom ne devra plus jamais être mentionné entre gens honnêtes.

— Vous parlez de sir Sidney Leigh ? Je vous remercie, mais je n'ai nullement besoin d'être consolée.

Elle se laissa glisser de son tabouret, du côté opposé à l'importun, et fit le tour du pianoforte. Une seconde plus tard, elle saisissait le cordon de la sonnette et l'actionnait. Quand le domestique arriva, elle lui demanda de prévenir Miss Darcy que celle-ci avait de la visite. Elle suivit l'homme jusqu'à la porte, se retourna et esquissa une révérence à l'intention de Mr Valpy.

— Je suis sûre que vous m'excuserez, lui dit-elle. Le devoir m'appelle, moi aussi. Ma sœur va descendre dans un instant.

Elle quitta précipitamment la pièce et referma le battant derrière elle.

Le valet appelait une bonne pour porter le message à Letitia, dans sa chambre.

— Dépêchez-vous, pour l'amour du ciel ! s'écria Camilla. Mr Valpy pourrait s'agiter et commencer à faire le tour de la maison. Il serait tout à fait capable de visiter les cuisines et de sermonner le chef !

Le valet parut épouvanté. Il savait fort bien que le chef avait un tempérament capricieux : considérant d'un mauvais œil quiconque empiétait sur son terrain, il était en plus français et catholique romain. On envoya Sally à l'étage avec la consigne de se hâter, puis le domestique se retourna vers Camilla d'un air contrit.

— Fell lui a fait savoir qu'aucune de vous n'était disponible, mademoiselle, mais il a insisté. Il a affirmé que le maître souhaitait sa venue, qu'il était là en tant qu'ecclésiastique et non pour une visite de courtoisie.

— Vous n'y êtes pour rien, répondit-elle avec chaleur. Mon Dieu, je l'entends s'approcher de la porte du salon ! Dites-lui que Letitia sera là dans une seconde, et que je suis sortie.

— L'êtes-vous vraiment, mademoiselle ? demanda le valet de l'étage à Camilla, qui s'enfuyait.

— Oui ! répliqua-t-elle.

— Au fait, mademoiselle, une lettre vient d'arriver pour vous. J'ai préféré ne pas vous l'apporter tant que vous étiez en compagnie de Mr Valpy. Elle est sur la table, dans le hall.

— Merci, dit-elle, vous avez bien fait.

Désormais, les messages ne suscitaient plus d'enthousiasme chez elle, ni l'espoir qu'ils proviennent de quelqu'un qui s'intéresse à elle. Elle ne reconnut pas tout de suite l'écriture, décidée mais féminine. Elle rompit le cachet et déplia la lettre.

Elle était de Mrs Rowan. Camilla soupira. Elle avait reçu un mot courtois de la part de Mr Portal, qui s'excusait de lui avoir causé un tel désarroi, mais elle n'avait pas eu envie de lui répondre. Il n'était pas à blâmer. En réalité, elle lui devait même une fière chandelle. Malgré tout, elle ne souhaitait pas le voir, ni retourner dans les élégants appartements de Mrs Rowan, où elle avait autrefois passé de si agréables moments.

Ils étaient tous au courant de sa situation ; ils riraient d'elle dans son dos, ou pire encore : ils compatiraient.

Elle parcourut l'écriture régulière de la lettre. Le message respirait la gentillesse et la bonne volonté. Sa gorge se noua.

« Ne tuez pas le porteur de cette missive, je vous en supplie », avait écrit Mrs Rowan.

« Mr Portal m'avait demandé de vous expliquer moi-même la situation. J'ai refusé, et j'ai eu tort. Je me rends compte à présent qu'il aurait sans doute été plus facile pour vous d'entendre la vérité de ma bouche plutôt que de la sienne. Toutefois, j'ai agi pour les meilleures raisons : ce que je savais au sujet de sir Sidney Leigh ne reposait que sur des on-dit. Il apparaît finalement que mes scrupules étaient inutiles, et je puis vous assurer, ma chère amie, que je regrette beaucoup de n'avoir pas su faire preuve d'un peu moins de gentillesse. Pardonnez-moi, vous et Mr Portal. Il s'en veut de vous avoir confié ce qu'il savait de manière si directe, mais j'ignore s'il existait un autre moyen de le faire. Je ne peux croire, vous connaissant, que vous lui en tiendrez rigueur.

» J'ai entendu dire que lady Fanny était partie au bord de la mer. J'espère que sa fille se porte bien ; je suis certaine que le bon air marin guérira vite l'enfant. En attendant, ne restez pas enfermée à la maison, à broyer du noir – même si je suis sûre que ce n'est pas votre genre. Venez donc nous rendre visite ; vous trouverez une compagnie agréable et intelligente.

Je serais extrêmement heureuse de vous voir. Mr Portal se joint à moi et espère lui aussi que nous nous reverrons très bientôt. »

Camilla était émue par ce message chaleureux et plein de bonté. Ces derniers temps, les témoignages d'affection s'étaient faits rares. Il aurait été cruel de refuser l'invitation. De plus, avait-elle autre part où aller ? À la bibliothèque, dans les boutiques de Bond Street, où elle tomberait inévitablement sur les personnes qu'elle avait le moins envie de rencontrer pour le moment ? Non. Au parc, pour aller s'y promener, à cette heure inconvenante ? Elle y prendrait peu de plaisir : elle n'avait aucune envie d'errer dans la beauté mélancolique des arbres en bourgeons et des fleurs du printemps.

Elle décida de se rendre à Park Street. Elle s'apprêta à appeler Sackree, puis hésita. Elle irait seule. Fanny serait horrifiée si elle l'apprenait, mais elle se trouvait à Southend. Camilla pourrait tomber sur Fitzwilliam ; ce serait jouer de malchance, et les probabilités étaient minces ; aussi boutonna-t-elle sa pelisse, la journée étant fraîche malgré les premiers signes du printemps. Elle salua de la tête une bonne qui, inquiète, était venue dans le hall aussitôt après avoir entendu la porte d'entrée s'ouvrir, et resta un moment sur le seuil.

— Vous sortez seule, Miss Camilla ? Ne dois-je pas appeler Sackree ?

— C'est inutile, je ne vais pas bien loin, répondit Camilla.

Elle quitta précipitamment la maison avant que la servante ait eu le temps d'en référer à l'un de ses supérieurs.

Tandis qu'elle marchait d'un bon pas, savourant la sensation de liberté apportée par cette activité, l'esprit revigoré, elle se mit à penser sans le vouloir aux hommes d'Église. Comment Letitia supportait-elle la compagnie de Mr Valpy ? Comment faisait-elle pour écouter avec un tel enthousiasme sa prose pompeuse et sournoise sur la religion, la société et le reste ? Comment Fitzwilliam – un homme expérimenté – pouvait se laisser duper par cet individu ?

Il y avait aussi le cas de Barleigh Barcombe, un membre du clergé qui n'était certes pas du même acabit que Valpy mais qui, à sa manière, se fourvoyait autant que lui. Elle ne comprenait pas comment Barcombe, être sensé et intelligent, occupant une place respectable, pouvait nourrir une telle passion pour une créature comme Belle, qui lui serait extrêmement mal assortie.

Belle était aussi jolie qu'obstinée, et son air à la fois mélancolique et fragile en avait trompé plus d'un avant Barcombe. Ses soupirants étaient tous convaincus qu'il fallait la protéger des tourments du monde, et qu'eux seuls en étaient capables. Complètement absurde. Belle n'a pas plus besoin d'être protégée qu'un chat : jetez-la comme vous voudrez, elle retombera toujours sur ses pieds. Cherchez-la où vous pensiez la trouver, et vous verrez qu'elle aura disparu. Tenez-lui tête, et elle se retournera contre vous. Donnez-lui l'occasion, et elle vous lacérera le cœur, comme un chaton jouant avec une souris.

Non, Belle ne méritait pas l'affection de Mr Barcombe : elle se moquait de lui et le méprisait, avec une nonchalance mêlée d'indifférence. Il n'y avait pas la moindre once de tendresse lorsqu'elle le congédiait sans réserve ou repoussait ses attentions, et ses paroles cruelles ne cachaient pas non plus d'éventuels sentiments amoureux.

Georgina faisait preuve de plus de courtoisie envers lui que sa sœur. Puisqu'il ne la considérait qu'avec un intérêt poli, elle lui rendait la pareille, se contentant de rire franchement devant ses sottises et de taquiner Belle avec son soupirant indésirable.

De qui Belle et Georgina étaient-elles éprises ? Il devait bien y avoir quelqu'un car, depuis l'âge de treize ou quatorze ans, elles avaient toujours jeté leur dévolu sur un homme.

Elles ne manquaient pas de cœur, n'étaient ni méchantes ni dépravées, seulement jeunes, inconséquentes et centrées sur leurs propres plaisirs. Elles déployaient leurs ailes et testaient leurs pouvoirs, voilà tout.

D'ici à un an ou deux, Belle aurait sans doute perdu de son espièglerie et aurait moins envie de taquiner ceux qui essayaient de lui imposer leur autorité. *Sous ses manières frivoles, elle a un cœur tendre, bien plus tendre que celui de Georgina*, pensa Camilla. Georgina était la plus volontaire des deux, et Camilla n'osait songer à ce qui se passerait quand elle se serait mis en tête d'obtenir quelque chose – ou quelqu'un.

Le moment était des plus mal choisis pour laisser les jumelles en liberté à Londres. Dieu seul savait quelles bêtises elles allaient bien pouvoir commettre au cours des semaines à venir ! Letitia avait beau s'être fièrement déclarée responsable de la fratrie, ni elle ni Fitzwilliam ne seraient capables de refréner Belle et Georgina. Elles n'en feraient qu'à leur tête, c'était inévitable. Et si Camilla en parlait à tante Lydia ? Elle faisait preuve d'indulgence, mais avait assez d'expérience pour empêcher deux filles aussi jeunes de franchir les frontières invisibles de ce qui était tolérable dans le milieu impitoyable de la bonne société.

Elle poursuivit ainsi ses réflexions, souhaitant éviter de penser à sir Sidney Leigh et au coup qu'il lui avait porté en plein cœur.

Quant à Alethea, qu'est-ce qui la rendait si heureuse ? Elle grandissait, bien sûr, et quitter enfin l'âge ingrat devait contribuer à la mettre de bonne humeur. Elle était visiblement ravie de ses leçons de chant, mais il y avait autre chose, un éclat espiègle dans son regard, comme si elle savait quelque chose que ses sœurs ignoraient. Il ne servirait à rien d'interroger Griffy : celle-ci refusait de parler d'Alethea, sa dernière élève et sa préférée, avec quiconque. En dehors de ses remarques d'ordre général et de ses reproches sur le fait qu'Alethea soit désordonnée, Griffy n'avait rien à ajouter.

Camilla se retrouva devant la porte de Mrs Rowan et oublia tout de ses sœurs, de leurs soupirants en soutane et des secrets d'Alethea lorsqu'elle se rappela sa visite récente à son amie. Comme elle était heureuse, alors, et comme la situation avait changé depuis !

Elle n'aurait pas dû venir. C'était une erreur. Il était encore trop tôt pour retourner sur les lieux où ses espoirs, sa vie future avait été anéantie par quelques mots violents. Dans cette maison se trouvait un certain nombre de visiteurs qui avaient vu son embarras et qui connaissaient, comme tout Londres à cette heure, la raison de son départ mouvementé et précipité.

Mais il était trop tard pour faire demi-tour et s'enfuir ; impossible de bafouiller une excuse et de s'en retourner. C'était sa propre bêtise qui l'avait poussée jusque-là. Fallait-il qu'elle soit idiote pour se laisser ainsi toucher par cette lettre chaleureuse et courir se jeter dans la fosse aux lions ? Elle vit Pagode Portal s'approcher, un sourire joyeux aux lèvres, comme si de rien n'était. Comment pouvait-il afficher une si bonne humeur ? Et Mrs Rowan, si empressée de venir la saluer ? Était-elle, au fond, une véritable amie ? Camilla n'avait-elle pas été trop prompte à lui faire confiance, sur la base de vieux souvenirs ? Elle s'était prise d'affection pour Mrs Rowan dès leurs retrouvailles mais, de même, n'avait-elle pas aimé sir Sidney au premier regard ? Cela en disait long sur sa capacité de jugement.

Mr Layard l'observait avec un grand sourire, la traitant comme une enfant qu'il aurait relevée pour la consoler après une chute, songea-t-elle avec folie. Au moins, Mr Wytton conservait une attitude froide, ne la gratifiant que d'un sourire distant et d'un signe de tête poli.

Des années d'éducation la sauvèrent. Enfin, les bonnes manières, le décorum et la fierté qu'on lui avait inculqués dès son plus jeune âge se révélaient utiles ! Elle les avait pourtant détestés et s'y était farouchement opposée durant sa période garçon manqué, qui avait duré jusqu'à l'adolescence. Personne dans cette pièce n'aurait pu mesurer, en la voyant, l'ampleur de son trouble. Elle sourit, bavarda, écouta, mangea et but d'une façon qui n'avait rien d'affecté. Elle adopta cette contenance avec facilité, se surprenant elle-même, s'émerveillant de sa capacité de détachement ; elle devenait simple spectatrice, comme les autres. Sa sociabilité triomphait sur son moi profond, momentanément réduit au silence.

Malgré la tristesse qui lui serrait le cœur, la satisfaction l'envahit. Qu'elle sache faire semblant de manière si convaincante était pour elle une formidable découverte. Voilà comment les femmes parvenaient à garder la tête haute dans l'adversité, à sourire malgré les infidélités et les trahisons, à mettre le monde au défi de prouver que leur mariage était un échec, leur progéniture une déception, et l'argent une source d'inquiétude.

À son grand étonnement, Mr Wytton s'approcha pour lui parler.

— Je viens tout juste de chez les Gardiner, dit-il sans préambule. Mrs Gardiner et Sophie s'apprêtaient à sortir pour se rendre à Aubrey Square, me semble-t-il. (Il s'interrompit et la regarda avec intensité.) Elles ont eu vent de vos ennuis récents – mais pas par vous, je suppose.

— Non, répondit-elle, nerveuse. Enfin… Je comptais leur écrire… Merci de m'en avoir informée, monsieur. Je vais rentrer immédiatement. J'espère arriver à la maison avant elles.

Ses traits plutôt sévères s'adoucirent en un sourire contraint.

— Ne vous en faites pas pour cela, Miss Camilla : elles ont l'intention de passer par une ou deux boutiques en chemin. La mercerie a reçu de nouveaux rubans en provenance de

France, et Sophie peut mettre un après-midi entier à faire son choix.

Elle lui rendit son sourire en songeant que Mr Wytton paraissait bien plus avenant lorsqu'il n'affichait plus son air morose.

Mr Layard se joignit à eux.

— J'entends Wytton dire du mal de Sophie, déclara-t-il en adressant un clin d'œil à la jeune femme. Comment veut-il qu'elle soit si ravissante et si élégante si on ne lui laisse pas le temps de choisir les plus jolies babioles ? Je suis sûr que vous prenez du temps vous aussi pour sélectionner vos rubans, même si les fanfreluches ne constituent pas l'essentiel de vos préoccupations.

— Certes, mais je n'ai pas besoin d'un après-midi entier, répliqua-t-elle en riant. Toutefois, il ne faut pas faire les choses à moitié ; il est donc parfaitement normal, quand il est question de rubans, qu'on leur accorde toute l'attention qu'ils méritent.

Wytton lui jeta un regard moqueur et céda sa place à son ami qui, aussitôt assis, entreprit de divertir sa compagne en lui racontant l'épisode absurde où il avait tenté de dénicher un ruban vert susceptible de plaire à sa grand-tante.

— Après m'être donné tout ce mal, j'avais l'impression d'avoir admirablement rempli ma mission, puisque j'ai l'œil, mais ma grand-tante fit un long nez – qu'elle a plutôt comme un bec de perroquet – et m'annonça finalement que le vert ne lui plaisait plus, qu'elle trouvait cette teinte peu seyante, et qu'elle regrettait de ne pas m'avoir demandé de lui acheter un ruban bleu.

— La morale de cette histoire, Mr Layard, c'est qu'il vaut mieux laisser aux femmes le soin de régler leurs problèmes de rubans.

— Mais pas du tout, pas du tout ! En plus d'avoir un goût exquis, j'ai vraiment l'œil pour les couleurs. Si jamais vous voulez un avis sur un ruban ou une soierie, je suis votre homme !

Les yeux de Camilla perdirent leur gaieté, et son visage s'assombrit. Elle se souvint avec une netteté saisissante de la scène où lady Delamere avait déclaré, à l'occasion du souper donné chez sir Sidney, combien son frère était doué pour juger une soierie ou un damas.

Layard la regarda avec étonnement.

— Eh bien, qu'ai-je dit pour vous attrister à ce point ? demanda-t-il. Je ne faisais que plaisanter, vous savez.

Elle secoua la tête.

— Bien sûr ! C'est juste que cela m'a rappelé quelqu'un d'autre un instant. Ce n'est rien.

Même s'il s'était éloigné, Wytton avait de toute évidence écouté leur conversation. Il se rapprocha, parut sur le point de parler, hésita, considéra Camilla d'un regard pénétrant puis dit à Layard sur un ton léger qu'il ferait mieux de tenir sa langue, car il n'y avait pas d'homme à Londres qui eût plus mauvais goût que lui, et Miss Camilla prendrait moins de risques en choisissant elle-même ses rubans et son satin. Ensuite, il prit son ami par le coude, gratifia la jeune femme d'un petit sourire entendu et entraîna Layard plus loin.

Elle eut le sentiment que Wytton avait immédiatement compris les raisons de sa contrariété et que, sans pour autant la prendre en pitié, il avait perçu sa gêne et détourné aussitôt l'attention de son ami – tout cela l'air de rien.

L'avait-elle mal jugé ? Peut-être était-il plus profond qu'il ne le paraissait. Une pensée lui traversa l'esprit, faisant naître un sourire involontaire sur ses lèvres : Sophie aurait beaucoup de mal à ne pas se laisser distancer par un mari qui non seulement lui était bien supérieur intellectuellement, mais se révélait aussi subtil et perspicace pour analyser les sentiments et les réactions d'autrui.

Chapitre 16

Lady Warren était dans son boudoir, une pièce dans les tons roses décorée de rideaux et de meubles fort élégants, agrémentée d'une chaise longue ainsi que d'un fauteuil à dossier capitonné au tissu doux et confortable. Vivant au rythme des gens huppés, elle était restée à l'opéra jusqu'à 1 heure du matin avant de se rendre à plusieurs fêtes nocturnes, où l'on dansait encore à 3 heures passées. Par conséquent, elle s'était levée tard et, assise dans un flot de dentelles et de rubans, les pieds posés sur un petit tabouret brodé, elle établissait son emploi du temps du jour.

Elle ne tint pas compte du léger coup de heurtoir qui lui parvint. Si c'était pour un mot ou un message, on le lui apporterait. Si c'était un visiteur, ses domestiques chasseraient cet importun avec l'admirable grossièreté courtoise qu'elle leur avait enseignée, et qu'elle adoptait elle-même à l'égard de ceux qu'elle méprisait ou qui s'écartaient des lois implicites mais inflexibles du milieu en vogue qu'elle fréquentait.

Elle fut donc surprise d'entendre frapper avec force à sa propre porte. Celle-ci s'ouvrit aussitôt et l'incarnation même du beau monde entra sans cérémonie. Lady Warren glapit de plaisir, envoya valser le tabouret d'un coup de pied et tendit les bras.

— George ! Mon chéri ! J'ignorais totalement que vous étiez de retour en Angleterre ! Je ne vous attendais pas avant la semaine prochaine, au plus tôt. Vous semblez en pleine forme !

— En effet, mais ne vous approchez pas trop : ce matin, cela m'a pris des heures d'arranger correctement ce foulard. Nyers a été malade pendant presque toute la traversée, ce qui l'a rendu hargneux et fort malhabile. Les valets ne sont pas censés souffrir du mal de mer – a-t-on idée ? J'ai été obligé de sévir.

Lady Warren ne prêta pas grande attention à ses propos : l'apparence immaculée de George Warren, véritable dandy, démentait que le domestique du jeune homme eût pu commettre d'éventuels impairs ce matin-là. Après avoir tiré vigoureusement sur le cordon de la sonnette, elle ordonna que l'on prépare du café – avait-il déjà pris son petit déjeuner ? Non ? – et un petit déjeuner qui saurait flatter l'appétit et l'ego du fils unique de lord Warren.

Ils se contemplèrent mutuellement avec une satisfaction profonde. De taille moyenne et de bonne corpulence, George avait un très beau visage sur lequel flottait une expression de supériorité et d'ennui mêlés. De son côté, il approuvait l'allure encore plaisante de lady Warren, dans son peignoir froufroutant rose et crème : il ne supportait pas qu'une femme se néglige.

En dépit de l'affection manifeste qu'ils éprouvaient l'un pour l'autre, ils ne partageaient aucun lien de sang. Lady Warren était sa belle-mère – sa mère biologique étant décédée peu de temps après sa naissance. Provenant d'une famille sans renommée particulière, et disposant d'une rente à peine correcte de 20 000 livres, Caroline Bingley (son nom d'alors) avait épousé le banal Mr Warren, encore loin, à l'époque, du titre détenu par son grand-oncle. Cette union avait été considérée comme bonne, sinon excellente, par ses amis et sa famille. Dans sa jeunesse, elle avait été jolie, mais ses manières distantes avaient tendance à rebuter les hommes. Elle s'était estimée heureuse d'avoir pu mettre la main sur Mr Warren.

Leur mariage, tout froid qu'il était, avait été une réussite, les deux parties se traitant avec une indifférence polie. Après la guerre, la grippe et un accident de chasse de trop avaient achevé d'éliminer les héritiers les plus directs, et l'accession surprise de son époux au titre les avait tous deux ravis, leur offrant le plaisir de mener à loisir l'existence frivole et égoïste qui leur convenait, à l'un comme l'autre.

Aucun enfant n'était venu sceller cette union mais, puisque les intentions de Mr Warren, en se remariant, étaient de donner une mère à son fils, elle n'en avait jamais ressenti le manque. Dès leur première rencontre, elle était tombée sous le charme du petit George, alors âgé de huit ans. Un attachement profond liait encore le jeune homme à sa belle-mère, malgré toutes les étapes traditionnelles qu'il avait franchies au cours de son éducation, et dont l'objectif était de rompre des liens forts avec sa famille : sa scolarité à Harrow, un passage par l'armée – même s'il n'était jamais allé dans un endroit exposé, étant trop rusé pour cela –, et, depuis la paix, un voyage en Europe.

George rentrait tout juste d'Italie. Sa première visite dans sa ville natale fut pour sa belle-mère. D'un côté, elle était la mieux placée pour le mettre au courant des derniers potins, scandales et nouvelles. De l'autre, personne n'était aussi peu enclin que George à se lancer dans le tourbillon de la bonne société sans connaître sur le bout des doigts son état, ses modes et son humeur du moment.

Relations, liaisons officielles ou officieuses (les plus passionnantes) furent passées en revue. Pendant que l'on posait sur la nappe bœuf froid et jambon, ils évoquèrent l'élévation sociale et la fortune d'Untel, le discrédit et le déclin de tel autre, se moquant et se délectant des mésaventures de leurs nombreux amis, proches et connaissances.

—Ainsi, Caroline, votre frère reste confiné à la campagne avec sa ravissante femme qui persiste, par sa bonne nature et de façon absurde, à refuser de voir le mal chez quiconque ? C'est aussi bien qu'elle ne vienne pas à Londres : elle se ferait manger toute crue. Et je visualise parfaitement Bingley avec une paire de guêtres, s'occupant de ses terres et de ses locataires. Croyez-vous qu'il sorte en blouse ?

— C'est la faute de Jane. Il n'aurait jamais dû faire ce très mauvais mariage ! s'écria lady Warren. Elle a une influence colossale sur lui : elle l'a totalement converti à ses manières provinciales. Avec sa fortune et sa prestance, il aurait pu vivre à Londres comme n'importe quel gentleman, et épouser une femme riche et importante. Au lieu de quoi, il a choisi Jane Bennet, et regardez un peu ce qu'il est devenu : un paysan ! Cette situation me déplaît au plus haut point. Je ne les vois jamais, vous savez : ils viennent si rarement à Londres, et on s'ennuie tellement chez eux ! Sans compter que le Derbyshire est bien la campagne la plus monotone qui soit : personne n'irait dans ce comté si ce n'est pour visiter le château de Chatsworth, endroit déjà bien ennuyeux, à ce qu'on dit.

La rancune qu'elle éprouvait à l'égard de sa belle-sœur ne datait pas d'hier et lui rappela un cancan particulièrement savoureux qu'elle avait oublié de mentionner jusque-là.

— Au fait, savez-vous que Mr Darcy est parti en Turquie avec son assommante épouse ? Pouvez-vous croire une chose pareille ? Toutes ses filles sont à Londres pour la Saison ; elles logent chez lady Fanny Fitzwilliam. Elles sont cousines, bien sûr.

— Toutes les filles Darcy ? demanda George en inspectant le jambon à travers son lorgnon avant de s'en couper plusieurs fines tranches. Ne sont-elles pas toute une ribambelle ?

— Elles sont cinq. Dieu merci, l'une d'elles est toujours en salle d'étude. Les deux aînées ont officiellement le droit de sortir mais, à vingt et un ou vingt-deux ans, elles ne vont pas tarder à être mises au rebut, si vous voulez mon avis. Les deux suivantes sont jumelles, et je suis convaincue qu'elles tiennent beaucoup de leur tante Lydia : je ne serais pas du tout étonnée d'apprendre que l'une d'elles s'est enfuie avec quelque individu peu recommandable. Oh, oui, ces demoiselles sont sans doute destinées à jeter leur bonnet par-dessus les moulins. Mais écoutez donc, George : la plus âgée, Letitia, a été tellement ridiculisée ! Avez-vous entendu parler d'un certain Tom Busby ?

Complètement absorbé, George Warren écouta l'histoire tout en avalant son petit déjeuner, n'interrompant le flot de paroles de sa belle-mère que pour réclamer du café et ordonner au serviteur d'alimenter la flambée.

— Épatant ! s'exclama-t-il quand elle eut terminé. Seigneur, je me demande comment Darcy prendra la nouvelle, lui qui est si rigide et si orgueilleux ! Sa fille n'arrivera jamais à trouver un bon mari, maintenant qu'elle est devenue la risée de tous.

— Le capitaine Allington s'est montré très assidu dans ses attentions envers elle. Naturellement, il court après ses 50 000 livres mais, peu importent ses belles moustaches de hussard, il ne les aura pas. Il va se faire coiffer au poteau par un certain révérend Valpy – voilà ce qui va se passer.

— Valpy ? Jamais entendu ce nom-là. Bien fait pour elle, si elle épouse un ecclésiastique. Cinquante mille livres, dites-vous ? Jolie fortune. Et les autres ?

— Chacune d'elles vaut la même somme, et probablement bien plus : ce maudit Darcy est devenu si riche que c'en est insoutenable.

Il fut un temps où, dans sa jeunesse, lady Warren avait durement lutté pour gagner les faveurs de Mr Darcy. Elle s'était sentie profondément humiliée lorsqu'il avait épousé Elizabeth Bennet, une fille de rien. Elle n'avait jamais pardonné cet affront à Mr et Mrs Darcy, et George connaissait parfaitement l'animosité de sa belle-mère à leur égard.

— Tiens donc ! déclara-t-il. Dois-je essayer de prendre une des sœurs dans mes filets ? Cinquante mille livres, ce n'est tout de même pas négligeable.

— Non, certainement pas, répondit aussitôt lady Warren. Comme je vous l'ai dit, Letitia épousera ce Valpy. De plus, ma chère amie Lucy Ancaster nous présentera sa fille, l'année prochaine : sa dot s'élèvera à 80 000 livres, pas moins. La demoiselle a toujours eu un faible pour vous depuis que vous l'avez maltraitée en la jetant à bas de son poney.

George fronça les sourcils.

— Ça y est, je la remets : une petite brune, avec des dents de cheval et des yeux globuleux. Seigneur, est-elle prête à sortir en public ? Quatre-vingt mille livres, dites-vous… Eh bien, cela vaut peut-être la peine d'attendre.

— Laissez-moi vous raconter la meilleure sur les filles Darcy. La deuxième sœur, Camilla, est vive, pleine d'esprit, et rendrait assurément la vie infernale à n'importe quel homme. Elle vient d'éconduire sir Sidney Leigh d'une manière totalement scandaleuse : toute la ville ne parle que de ça. Elle ne faisait aucun secret de son inclination pour lui, le dévorant du regard pendant les bals, ne cessant de minauder, tout sourires, dès qu'il tournait la tête vers elle… Un comportement révoltant, si vulgaire !

— Attendez une seconde, Caroline, l'interrompit George. (Il s'essuya la bouche et se carra dans son fauteuil avec un soupir de satisfaction.) Sir Sidney est quelqu'un de formidable, mais il a des habitudes curieuses. Il n'aime pas trop les femmes, pour ainsi dire.

Dans le monde, lady Warren prenait garde à surveiller ses propos, consciente que la bonne société s'exprimait désormais avec plus d'affectation. Mais, dans la sphère privée, en présence de ses intimes, elle parlait de manière plus directe, comme c'était l'usage au siècle précédent.

— C'est un sodomite, ce que personne n'a osé dire, même si les gens s'en doutaient – il faut avouer qu'il a su rester très discret sur ses amours perverses. Mais à présent tout le monde est au courant, et c'est bien sûr la raison pour laquelle Maria Harper l'a abandonné à l'autel, il y a plusieurs années. Dieu seul sait comment cette idiote a découvert le pot aux roses, mais le fait est qu'elle l'a su. Non, il apparaît que sir Sidney n'aime pas les femmes, mais il lui faut quand même un héritier, et il ne serait pas le premier à faire un mariage de convenance. Cela donne aux hommes de son genre un vernis respectable, car rien ne dégoûte plus les gens qu'un sodomite.

— Il devrait aller en Italie : ce pays regorge de beaux garçons, et là-bas ils font moins de chichis.

— C'est exactement ce qu'il a fait, répondit sa belle-mère d'un air triomphant. Il a pris ses cliques et ses claques. Il n'a pas supporté la ruine de sa réputation et le scandale que l'affaire a provoqués. Évidemment, rien de tout cela n'aurait éclaté au grand jour – quoi qu'on dise sur ce valet qui a fourni des preuves contre lui – si Miss Camilla Darcy n'avait pas ressenti une telle attirance pour lui et avait su rester mesurée : fiançailles officieuses, fête de famille, la sœur de sir Sidney qui vient exprès de la campagne… tout se déroule comme il se doit, et soudain, pouf ! plus rien, et Londres qui ne parle que de ça !

— J'aime bien Leigh, déclara George en se nettoyant une molaire avec un cure-dent en ivoire. Nous appartenons aux mêmes clubs. C'est quelqu'un de très érudit, qui m'a donné l'occasion d'acquérir une ou deux belles pièces – des objets d'art, voyez-vous. C'est un véritable expert. Il me paraît injuste qu'il ait précipité son départ à cause d'une jeune provinciale.

— On ne peut approuver la sodomie, répliqua lady Warren.

Son sens moral n'aurait peut-être pas résisté à un examen attentif mais, sur ce point, elle demeurait intraitable.

— Une telle bestialité ne devrait inspirer que de la répulsion ajouta-t-elle.

— Oh oui, pour vous, j'imagine, mais lorsqu'on est un homme du monde, on peut se permettre une plus grande tolérance. À l'étranger, comme je vous l'ai dit, les gens ont une attitude très différente. Certains sodomites sont souvent cultivés, comme Leigh, et leur compagnie peut se révéler fort divertissante. J'ai un ou deux amis, d'anciens camarades de classe… Mais laissons cela, se reprit-il. Il est vraiment absurde de brandir la pendaison ou je ne sais quelle autre punition : de nos jours, on ne peut infliger une peine aussi barbare à un gentleman. Ainsi, une des filles Darcy serait responsable de sa disgrâce ? Je n'aime pas ça, cela me semble parfaitement injuste.

— Elle non plus n'est pas sortie indemne de cette affaire, et c'est bien mérité. Une fois qu'on a mauvaise réputation, il est dur de s'en défaire, et cette donzelle a montré son affection de manière bien trop directe. N'est-elle pas ridicule, maintenant que tout le monde sait que Leigh se souciait d'elle comme d'une guigne et n'avait d'yeux que pour le valet ?

— C'est malgré tout lui qui va devoir supporter l'opprobre. Miss Camilla Darcy a des relations, une belle fortune… Est-elle jolie ?

Lady Warren haussa les épaules.

— Si l'on aime ce style. Pour ma part, je ne lui trouve aucun charme. Trois de ses sœurs sont bien plus ravissantes. La cadette est loin d'être une beauté, mais ce n'est encore qu'une très jeune fille, donc on ne peut rien dire.

— Eh bien, Caroline, déclara-t-il en se levant de table. Nous pourrions nous amuser avec cette Camilla. Qu'en dites-vous ? Ne vous plairait-il pas de voir son orgueilleux de père contrarié ?

— Certes, répondit lady Warren avec grand enthousiasme. Mais soyez prudent, George : pour rien au monde je ne voudrais que vous tombiez amoureux d'elle.

— Tomber amoureux ? Pour qui me prenez-vous ? Non, non, aucun risque. Je me contenterai seulement de toucher son point le plus vulnérable : sa réputation, madame. Vous connaissez mieux que personne le pouvoir des rumeurs et des on-dit. Quel excellent divertissement ce sera de provoquer sa chute sans qu'elle sache ce qui se trame ! (Il se frotta les mains.) Je vois que je suis rentré en Angleterre au moment opportun. Nous allons bien nous amuser ! J'aurai besoin de votre aide, Caroline.

Lady Warren, dont le cœur était aussi froid que celui de son beau-fils, lui sourit, les yeux pleins de malice, tandis qu'il penchait sa tête savamment décoiffée pour l'embrasser sur la joue.

— Arrangez-vous pour que je puisse rencontrer cette demoiselle, si vous voulez bien.

— Rien de plus facile, répliqua aussitôt lady Warren. Lydia Pollexfen, leur tante, donne une réception à laquelle les sœurs sont invitées et se sentiront obligées d'aller, même si les relations entre Lydia et les Darcy sont loin d'être au beau fixe, croyez-moi.

— Ah ! Pollexfen, l'ami de Prinny.

— En effet, et Lydia ne perd pas de temps : ces filles ne tireront aucun bénéfice à être aperçues en sa compagnie, qu'elle soit leur tante ou pas. Je crois que les deux aînées la voient très peu, mais les jumelles fréquentent beaucoup son milieu. Ce sont des créatures têtues, stupides, pétries d'idées frivoles et romantiques. Ce sera toutefois l'occasion pour vous de rencontrer Camilla Darcy. Lydia m'a assuré qu'elle serait là.

— Dans ce cas, débrouillez-vous pour que je sois invité, moi aussi. Ne perdons pas de temps pour notre petit jeu – j'espère qu'elle le trouvera amusant.

Saluant sa belle-mère d'un geste gracieux de la main, il quitta la pièce d'un pas nonchalant.

Chapitre 17

Fell était un excellent majordome, mais il se sentit complètement dépassé : Mrs Pollexfen et Mrs Gardiner arrivèrent de directions opposées, exactement au même moment, leurs voitures se disputant l'espace devant la porte des Fitzwilliam, à Aubrey Square. Aucun majordome, quelles que soient son expérience et sa carrure, n'aurait pu se mesurer à elles. Du reste, leurs visites étaient légitimes : toutes deux faisant partie de la famille, elles n'auraient pu être éconduites.

Sophie entra suivant sa mère et sa cousine, son joli visage assombri par un air boudeur et ennuyé.

Sitôt revenue de chez Mrs Rowan, Camilla avait couru à l'étage pour remettre de l'ordre dans ses cheveux décoiffés par sa marche rapide et laisser le temps à ses joues en feu de reprendre une teinte normale. En entendant les voix de ces dames, elle se hâta de descendre au salon.

Letitia y était déjà, son cadre à broder posé sur une petite table, une boîte de fils de soie à ses pieds. Camilla remarqua qu'un livre à la couverture marbrée dépassait sous un coussin. Elle ne fut guère surprise de découvrir que sa sœur préférait lire un roman plutôt que coudre ou parcourir un ouvrage plus austère. Letty avait manifestement envie de faire bonne figure devant leurs visiteurs. Pensait-elle qu'il s'agirait de Mr Valpy ?

Camilla ne souhaitait pas particulièrement voir sa tante Lydia, qui ne lui inspirait aucune confiance. Cela dit, n'importe qui valait mieux que cet odieux ecclésiastique, avec ses manières insidieuses et ses allusions claires à Pemberley. Elle aurait juré qu'il cherchait à se faire inviter dans le Derbyshire. Ses vœux avaient des chances d'être exaucés s'il parvenait à convaincre Letty de faire ce qu'elle désirait plus que tout : fuir la vie londonienne et retourner à la campagne avec ses sœurs.

Camilla n'imaginait rien de plus assommant que d'être enfermée à Pemberley avec Valpy, Letty plus emphatique que jamais, et ses deux – non, trois – autres sœurs faisant la tête. Il faudrait sans doute traîner de force une Alethea hurlante, pour la fourrer dans la voiture qui l'éloignerait des leçons du Signor Silvestrini. Elle aurait des raisons d'être furieuse, car elle avait fait d'incroyables progrès aussi bien en chant qu'au pianoforte. De plus, elle avait apparemment commencé la flûte – d'où venait cet instrument, d'ailleurs ? Le visage fermé de Griffy, quand elle l'avait interrogée à ce sujet, l'avait empêchée d'aller plus loin.

Tante Lydia et Mrs Gardiner, ennemies de longue date, échangeaient les civilités d'usage.

— Voici donc la petite Sophie ! s'écria Lydia, tout sourires. Mon enfant, comme vous êtes devenue jolie ! C'est à peine si je vous aurais reconnue. Il s'est écoulé une éternité depuis notre dernière entrevue, et vous êtes désormais une vraie jeune fille, fiancée à un excellent parti. Félicitations ! Bien entendu, cette union aura ses revers : Wytton est résolument excentrique – comme toute sa famille, d'ailleurs. Avez-vous rencontré sa mère ? Non ? Elle est à l'étranger ? Eh bien, elle est comme lui : toujours par monts et par vaux, comme si elle n'avait nul endroit ravissant où séjourner – car Wytton ne chasserait jamais sa mère de l'abbaye. Il y a bien sûr le petit manoir, mais il est terriblement vieux, je crois, et je suis certaine que

Wytton compte habiter avec sa mère – c'est-à-dire, dès qu'elle sera de retour en Angleterre, car il est évident qu'elle ne va pas pouvoir continuer à voyager ainsi éternellement ; elle n'est plus toute jeune ! Mais cela ne vous ennuiera pas de l'avoir avec vous, Sophie. Vous serez heureuse de profiter de sa compagnie, parce qu'il n'est sûrement pas dans l'intention de votre futur mari de rester à l'abbaye, ni de passer du temps à Londres. Il a la bougeotte, comme on dit – ce qui change des autres hommes, aux travers bien différents – et par conséquent il sera en permanence à l'étranger, en train de visiter des endroits horribles comme l'Égypte et la Grèce. Ce sont des pays très dangereux, il faut le dire ; il se peut donc que vous ne soyez pas longtemps une épouse délaissée et solitaire. Les veuves s'en donnent à cœur joie, je vous assure, une fois la période de deuil de rigueur terminée.

Totalement noyée sous ce flot de paroles, Sophie ne sut pour une fois que répondre. Mrs Gardiner, habituée aux manières de Lydia, lui décocha simplement un regard noir pour la faire taire, et rétorqua que le jeune couple ne passerait qu'une partie de l'année à l'abbaye.

— Vous pourrez peut-être changer Wytton, Sophie, renchérit Lydia en ignorant les propos de Mrs Gardiner. C'est incroyable à quel point le mariage peut transformer un homme – je l'ai souvent remarqué. Mais, à votre place, je profiterais autant que possible de ma Saison à Londres – il n'y a rien de plus amusant. Avez-vous assisté aux réunions d'*Almack*, et dansé toute la nuit aux bals les plus courus ?

Camilla soupçonnait sa tante d'être parfaitement au courant que Sophie n'avait pu obtenir son entrée pour *Almack*, et d'avoir deviné que la jeune fille en était profondément contrariée. Mrs Gardiner avait trop de bon sens pour se préoccuper du jugement des dames patronnesses d'*Almack*, mais elle devait compatir à la déception de sa fille, et, que l'on soit raisonnable ou non, personne n'aimait se voir rappeler, surtout par Mrs Pollexfen, une exclusion sociale.

Letitia fit diversion en commençant à critiquer les excès et le matérialisme de la Saison à Londres. Sa tante Lydia, incrédule, roula des yeux, haussant ses épaules anguleuses et élégantes.

— Ce discours serait très convenable si vous étiez dans vos vieux jours, ma chère Letty, l'interrompit-elle sans s'excuser. Toutefois, chez une jeune femme de votre âge et de votre rang, c'est une absurdité totale de condamner ce que vous connaissez à peine. Prenez garde : de tels propos vous feront passer pour amère, et, avec l'affaire Busby encore dans tous les esprits, cela sera du plus mauvais effet.

Camilla ne pouvait qu'admirer sa tante Lydia, qui avait le chic pour décocher ses flèches avec la précision d'un tireur d'élite. Elle aurait dû être désolée pour sa sœur mais ne put toutefois s'empêcher de sourire intérieurement devant l'embarras de Letty. Celle-ci, dont la vision de la vie était déjà sérieuse par nature, leur faisait désormais subir, sous l'influence déplaisante de Mr Valpy, des prêches quotidiens et versait tant dans la bigoterie que cela en devenait insupportable pour tout être doué de raison.

Sophie, cramoisie et vexée, se leva pour s'approcher de la fenêtre où, les épaules affaissées, elle fit mine de s'intéresser au spectacle de la rue, en contrebas. Ce n'est qu'à l'apparition des jumelles qu'elle sembla recouvrer un soupçon de bonne humeur. Georgina fit une entrée théâtrale, digne de la scène de Drury Lane, et Belle suivit sa sœur d'un mouvement aérien, comme à son habitude. Elles entraînèrent Sophie vers un canapé puis, bras dessus, bras dessous, leurs têtes toutes proches, elles se mirent à chuchoter entre elles.

Fronçant les sourcils devant cette entorse aux règles de la politesse, Mrs Gardiner eut toutefois la sagesse de ne pas réprimander Sophie, au grand soulagement de Camilla : si elle en jugeait par la tension qui habitait sa jeune cousine, la moindre critique aurait pu l'entraîner dans une crise de larmes, voire d'hystérie.

C'était étrange, car Sophie avait toujours eu les nerfs solides et était peu encline à s'épancher ou à se laisser aller à des comportements extravagants. Camilla aurait dit d'elle que, sous ce charme exquis, on trouvait une personne lucide et pragmatique. Pourtant, ces derniers jours, sa cousine lui semblait à fleur de peau. Mrs Gardiner, au vu des regards inquiets qu'elle jetait à sa fille, devait partager cet avis.

Lydia parlait désormais à Mrs Gardiner des nouvelles soieries ravissantes tout juste arrivées de France et, sur ce terrain neutre et intéressant, les deux femmes s'entretinrent cordialement pour un temps. Camilla remarqua que Letty leur prêtait une oreille très attentive, même si elle faisait semblant d'être plongée dans ses propres pensées, se montrant au-dessus de ces frivolités. Un peu plus de vêtements soyeux, un peu moins de toile de bure, et Letty serait bien plus épanouie ! Camilla aurait aimé la voir sortir de son affliction chronique.

Elle avait placé beaucoup d'espoirs en la personne du capitaine Allington, si désireux d'escorter Letty au parc, en promenades à cheval, et, quand l'occasion se présentait, toujours prompt à l'inviter à danser. Il ne fallait tout de même pas oublier que c'était lui qui, en premier lieu, avait amené Letty à l'église de Mr Valpy. Camilla, de colère, aurait bien tiré les moustaches du beau jeune homme pour le punir du préjudice subi. Du reste, il faisait moins attention à Letty, ces derniers temps. Il semblait avoir succombé, comme nombre d'autres victimes, aux charmes de Belle, laissant plus que jamais Letty à la merci du révérend Valpy.

Camilla devint songeuse, l'esprit toujours nimbé d'un nuage de tristesse. C'était comme avoir mal à une dent : la douleur était tantôt vive, tantôt sourde, comme pour rappeler à quel point elle pouvait être intense. Si c'était ça, l'amour, alors c'était fini, pour elle. Tante Lydia avait raison : il valait mieux choisir un mari qu'elle apprécierait, certes, mais pour qui elle n'éprouverait pas de passion intense. Ainsi, quoi qu'il fasse, cela n'aurait pas d'importance, et elle ne s'exposerait plus aux risques qu'elle avait pris en s'autorisant si bêtement à s'éprendre de sir Sidney.

Son cœur fit un bond dans sa poitrine lorsqu'elle entendit justement sa tante mentionner ce nom. Lydia jeta à sa nièce un rapide coup d'œil – qui n'avait rien de bienveillant – et continua à informer Mrs Gardiner, en haussant la voix, du scandale dont le beau monde se repaissait encore.

— Vous n'êtes pas au courant ? Il s'est enfui en Italie. Il a tout abandonné derrière lui, et la maisonnée est sens dessus dessous : on ignore s'il reviendra, ou s'il faut envoyer chercher des housses de protection et des malles. Le heurtoir de la porte d'entrée a été retiré, et il n'y a plus un seul valet dans la demeure. (Hochant la tête, elle se pencha vers Mrs Gardiner pour appuyer ses propos.) Il paraît que Mrs Delamere a renvoyé tous les domestiques, excepté le majordome, qui est trop vieux pour avoir commis une faute. Même le petit cireur de chaussures est parti ; il ne reste plus que le personnel féminin.

Camilla s'agrippa au dossier d'un fauteuil. *Au diable Sophie et ses nerfs fragiles !* Comment elle-même allait-elle parvenir à maintenir un semblant d'indifférence devant l'œil de lynx de Lydia qui la scrutait avidement, à la recherche du moindre signe de faiblesse qu'elle pourrait ensuite exposer à ses amis, assoiffés de ragots ?

Vive la solidarité familiale !

Mrs Gardiner vola au secours de Camilla.

— Je suppose que la maison va être mise en location, rétorqua-t-elle d'un ton méprisant. Dites-moi, Lydia, c'était fort intéressant, ce que vous nous racontiez sur les châles. Ils sont en cachemire véritable ? Car on en trouve beaucoup sur le marché qui sont d'une qualité très inférieure : on les prétend en cachemire alors qu'il n'en est rien.

L'instant gênant passa. Après avoir pris plusieurs inspirations profondes, et malgré sa pâleur, Camilla fut capable de répondre de façon très posée aux interrogations de Georgina et de Belle, qui désiraient savoir si, en été, il valait mieux porter des robes en mousseline blanche ou bien un imprimé fleuri.

Si seulement l'esprit pouvait se reposer, et se concentrer uniquement sur les soieries, les châles et les rubans de chaussures ! Elle ne voulait pas des regrets, des angoisses et de la futilité d'un ressassement stérile sur une relation qui s'était révélée fort différente de ce qu'elle avait imaginé. Elle s'obligea à répondre à une question portant sur le nombre adéquat de plumes. *Au diable les plumes, les chapeaux, et tout le reste !*

Lydia se leva sans cesser de jacasser puis, tout en ajustant les pans de sa robe, chercha son ombrelle et son réticule.

— Donc tout est arrangé : vous amenez les filles jeudi à ma réception – et votre Sophie aussi, bien entendu. Toutes ces jolies créatures en même temps ! J'ignore si mon cher Pollexfen arrivera à supporter tant de jeunesse et de beauté : il va être transporté !

À la seconde où la porte se fut refermée sur leur tante, Camilla et Letitia firent part, à grand renfort de cris et d'exclamations, de leur contrariété et de leur consternation à Mrs Gardiner pour avoir accepté l'invitation à leur place.

— Je n'ai aucune envie d'y aller ! protesta Camilla. Il avait été convenu entre nous et Mr Fitzwilliam que nous ne sortirions pas en société tant que Fanny ne serait pas rentrée.

— Mais ce n'est qu'une histoire de protection, et je suis aussi capable que Fanny de vous chaperonner à cette occasion. Et même plus, puisque je suis de la famille de Lydia Pollexfen, et pas elle.

Letitia était impatiente de prendre la parole.

— Chère Mrs Gardiner, une période de calme et d'introspection : voilà ce qui nous a été promis pendant l'absence de Fanny. Une pause dans ce tourbillon de dissipation et de plaisirs frivoles pour nous permettre de réfléchir à la meilleure façon de mener notre vie : dans le devoir, l'humilité, et le service rendu à autrui.

Du pur Valpy. L'humilité, parlons-en ! Letty n'avait rien d'humble, non, ni Mr Valpy, malgré ses courbettes et sa volonté de se faire passer pour l'un des doux qui posséderont la terre. L'ecclésiastique rêvait sans aucun doute d'un grand héritage, mais plus sous la forme de milliers de livres et lui venant de Miss Darcy plutôt que de la clémence divine. À moins qu'il ne pense que Letty lui avait été offerte par la volonté de l'Être suprême ! Oui, il était bien capable d'un tel sophisme, et devait être convaincu de mériter une épouse riche et bien née, signe d'une faveur du Seigneur.

Letty continua à bavasser jusqu'à ce que Camilla, d'un geste impatient, la réduise au silence.

— Taisez-vous donc ! Ce ne sont vraiment pas nos âmes immortelles qui sont en péril, ici. Pour ma part, je suis sûre de trouver cette soirée aussi intenable et ennuyeuse que vous ; c'est aux autres que je pense.

— Oh, non ! Vous ne nous empêcherez pas de nous y rendre ! s'écria Georgina. Pas la peine de nous regarder comme ça ! Je le vois sur votre visage : vous croyez que, si quelqu'un doit aller à cette réception, c'est seulement Letty et vous, tandis que nous, nous resterons à la maison comme des enfants. Il n'en est pas question, voilà tout ! Nous adorons aller chez tante Lydia : elle connaît des tas de gens sympathiques et tout le monde est toujours heureux, là-bas.

— Et peut-on savoir combien de temps vous avez passé chez elle ? demanda Letitia d'un ton agressif. Est-ce pour cela que vos promenades sur Bond Street duraient si longtemps

– promenades dont vous reveniez toujours les mains vides, d'ailleurs ?

Ainsi, Letty n'était pas accaparée par ses bonnes œuvres au point de ne rien voir. Voilà évidemment ce que tramaient les jumelles, pendant qu'elle assistait à ses réunions pour la prévention de ceci ou de cela, et que Camilla déambulait dans les rues de Londres comme une laitière amoureuse, sans voir ce qui se trouvait sous son nez.

Elle espérait qu'Alethea n'avait pas suivi le même chemin, fomentant Dieu sait quelle escapade secrète. Heureusement, dans son cas, Miss Griffin veillait au grain : la gouvernante ne la laisserait pas franchir les limites de l'acceptable.

— Mes chères petites, dit Mrs Gardiner en attirant Letitia à côté d'elle. Ne vous mettez pas dans cet état. Letty, je sais ce que vous ressentez et, Camilla, je comprends votre désir d'éviter la fréquentation de la société en ce moment, mais cela n'est pas bon pour vous. Fanny est très préoccupée par la santé de sa fille, ce qui est tout à fait normal, voilà pourquoi elle n'a pas mesuré les conséquences de votre retrait alors que la Saison bat son plein. Les gens jaseront ; ils le font déjà. Ne pas assister à la réception de Lydia – qui sera une fête très élégante –, quand chacun connaît votre lien de parenté, donnera lieu à davantage de commérages et de spéculations.

— L'esprit devrait être au-dessus de tout cela, répliqua Letitia.

— C'est possible, mais il n'en va pas ainsi pour le reste du monde, répondit Mrs Gardiner d'un ton inhabituellement sec. Maintenant, permettez-moi de vous donner quelques conseils, s'il vous plaît. On a souvent vu les jumelles chez Lydia. Elles n'auraient pas dû y aller, surtout si sournoisement. Toutefois, si vous vous y rendez toutes, ainsi que Sophie et moi, cela démentira les histoires abracadabrantes qui circulent en ville. Je sors suffisamment dans le monde pour entendre ce qui se dit, et je n'ai pas élevé mes filles sans avoir appris comment contrer les bavardages idiots et les ragots, qui vous le savez naissent à la première occasion. C'est partout pareil, que l'on soit à Londres ou dans le Derbyshire. Je suis persuadée que vos chers parents découvrent en ce moment même que Constantinople est un véritable nid à scandales. Ainsi vont les choses.

Il n'y avait rien à répondre à cela. Les jumelles sourirent, transportées de joie par la promesse d'une fête délicieuse. Letitia prit un air sombre et renfrogné, et Camilla se résolut à l'inévitable, même si son humeur n'était pas à la fête.

— Et moi, maman, est-ce que j'en serai ? s'enquit Sophie. Cela me ferait tant plaisir, si Belle et Georgina y vont !

— Oui, vous viendrez avec nous, comme je l'ai dit à Lydia, déclara Mrs Gardiner. Elle a prévu d'envoyer une invitation à Wytton, si ce n'est déjà fait, et je suis sûre qu'il l'acceptera ; il n'y a donc aucun scrupule à avoir.

Comme c'est étrange, songea Camilla en remarquant la mine boudeuse et contrariée de Sophie à cet instant. Aurait-elle préféré qu'il ne vienne pas ? Camilla chassa cette idée absurde de son esprit : il suffisait de les regarder pour voir qu'ils étaient fous l'un de l'autre.

— Je crois que Wytton fait un peu peur à Sophie, dit Mrs Rowan à Camilla tandis que, le lendemain matin, elles marchaient toutes les deux, portant chacune un carnet à croquis.

Elles s'étaient donné rendez-vous pour aller au British Museum esquisser quelques pièces de la collection Townley. Mrs Rowan, qui maniait le pinceau avec dextérité, envisageait de peindre quelques fresques sur les murs de son petit salon et avait opté pour un thème pastoral. Quoi de plus pastoral que des nymphes classiques – Camilla n'était-elle pas d'accord ?

La jeune femme était concentrée sur une nymphe de son temps.

—Les avez-vous vus ensemble, récemment ? demanda-t-elle à son amie alors qu'elles traversaient le site en chantier qui, plus tard, formerait une partie de Regent's Street, comme le prévoyaient les ambitieux plans d'amélioration de la capitale mis en œuvre par l'architecte Nash.

Elles atteignirent sans incident l'autre côté d'une route boueuse et époussetèrent leurs pelisses avant de rejoindre les places moins huppées du quartier de Bloomsbury.

—Je ne savais pas que vous connaissiez bien ma cousine Sophie, poursuivit Camilla.

—Ce n'est pas le cas, mais j'ai souvent vu Mr Wytton en sa compagnie.

—Il a l'air de lui être sincèrement attaché.

—Il en est follement épris, lui confirma Mrs Rowan. Nous devons tourner à gauche, ici, je crois. Wytton a un caractère ardent, et éprouve des sentiments très forts pour Sophie. Je pense qu'elle préférerait quelqu'un de plus doux, plus facile à maîtriser.

—Je suis sûre qu'elle est très amoureuse de lui.

—Selon moi, elle a succombé à son beau visage et à ses airs romantiques. Les voyages et un discours cosmopolite rendent un homme particulièrement charmant, surtout si l'on y ajoute un bon revenu, une jolie abbaye, et un air sombre et mystérieux. Il est séduisant ; elle a été séduite, s'est sentie flattée et l'appréciait assez pour accepter de se fiancer : bien des mariages sont fondés sur moins que cela.

—Oh, mais c'est terrible ! s'écria Camilla, perturbée par le cynisme de son amie. Quel triste tableau vous brossez là ! Comment leur union pourra-t-elle être heureuse si elle repose d'un côté sur la passion et de l'autre sur une simple histoire d'argent et d'attirance physique ?

—Je pense qu'ils seront très malheureux ensemble, et qu'ils mèneront une existence misérable. Cela me peine, car je connais bien Wytton – nous nous connaissons depuis toujours – et il mérite mieux. Il s'est épris de Sophie à la suite d'une déception amoureuse, après la fin de sa triste aventure avec Mrs Beecham.

— Mrs Beecham !

Camilla avait vaguement entendu parler d'une relation passée, mais elle ignorait que la dame en question fut Mrs Beecham.

— Eh bien, oui. C'est maintenant de l'histoire ancienne, évidemment. Je peux vous dire, puisque nous sommes entre nous, que cette femme a la cuisse plutôt légère. Wytton était totalement sous son emprise, mais elle se contente rarement d'un seul homme. Il ne supportait pas qu'elle prodigue si ouvertement ses faveurs à d'autres. Il paraît que leur rupture a été très violente : Mrs Beecham n'a pas l'habitude qu'on l'abandonne ainsi.

— N'y a-t-il pas de Mr Beecham ?

— Si, mais il préfère la vie au vert, et il se moque bien de ce que fait son épouse. À ce qu'on raconte, il a lui-même trouvé consolation à la campagne.

— Et Wytton est tombé amoureux de Sophie. Je comprends ; il est passé d'un extrême à l'autre, en quelque sorte. Eh bien, j'espère qu'après cela ils seront heureux. Un attachement si profond ne peut que contribuer à un mariage solide.

— Sophie deviendra vite ennuyeuse à ses yeux. Dans un an, il se demandera comment il a pu s'éprendre d'elle. Quant à Sophie, une fois habituée à l'abbaye, elle se rendra compte qu'elle a très peu de chose en commun avec lui.

Camilla, perdue dans ses pensées, demeura silencieuse un moment. L'idée que Sophie et Wytton se retrouvent piégés dans un mariage dénué d'amour la chagrinait. Cela ne susciterait aucune inquiétude parmi les proches du couple, car ce fait était banal, mais Camilla s'en souciait. Puis elle se souvint de l'éclat qui brillait dans les yeux de Wytton quand il regardait sa cousine. Mrs Rowan se trompait : des sentiments si intenses ne pourraient disparaître aussi vite.

— Sophie n'est pas méchante. C'est une bonne fille, comme beaucoup d'autres. Elle fera tout son possible pour rendre son mari heureux.

— Elle pourra faire tous les efforts du monde, elle n'en gagnera pas le goût de l'aventure. Ce n'est pas son genre, tandis que l'exploration de nouveaux lieux, de nouvelles idées, est bien ancrée dans la personnalité de Wytton. Elle ne parviendra jamais à son niveau d'intelligence et de compréhension. Si par là vous vouliez dire qu'elle accédera à ses désirs et flattera ses lubies, cela suffira à les détruire, lui et le mariage.

— Oh, vous faites erreur, vraiment. Ni Wytton ni les autres hommes ne sont en quête d'une épouse spirituelle et compréhensive. Il faut qu'elle soit jolie et aimable – voilà les qualités qu'ils recherchent, et Sophie les possède.

— Vous semblez amère, Camilla. Il me déplaît de vous entendre dire de telles choses sur ce ton-là. Pardonnez-moi, mais Sophie est-elle réellement aussi aimable que vous le prétendez ? J'ai l'impression qu'elle peut avoir la dent dure, et un tempérament impétueux lorsqu'elle ne se maîtrise pas.

Camilla se remémora les crises de colère de Sophie, lorsqu'elle était enfant.

— C'est vrai qu'elle pouvait se montrer têtue, mais tout cela est terminé, désormais.

Mrs Rowan ne répondit pas : elles étaient arrivées devant Montagu House et elle dut fouiller dans son réticule pour trouver leurs billets d'entrée. Elles montèrent à l'étage et gagnèrent la salle où étaient exposés les trésors rapportés de Grèce et d'Égypte par feu Charles Townley.

— Je compte dessiner le grand vase, dit Mrs Rowan en dépliant le tabouret qu'elle avait apporté.

Elle s'installa devant une gigantesque urne romaine qui avait été découverte brisée en mille morceaux, puis recollée avec soin pour le plaisir des Londoniens.

Camilla commença à regretter de l'avoir accompagnée. Mrs Rowan fut rapidement absorbée par son travail, mais Camilla, agitée, n'avait pas envie de croquer une seule de ces antiquités poussiéreuses, témoins de gloires passées. Pendant un instant, elle s'amusa à imaginer quelques-unes des plus belles pièces nettoyées et installées dans les grandes salles de Pemberley, mais cette activité ne l'occupa qu'un temps. Elle s'avança vers l'une des fenêtres pour observer la place. Les arbres étaient couverts de feuilles d'un vert éclatant, des enfants couraient dans le jardin central, et un écureuil pressé traversa une allée pour grimper sur une branche.

Elle aperçut alors un visage familier.

— C'est Mr Roper, dit-elle à Mrs Rowan par-dessus son épaule. Je me demande ce qu'il vient faire dans ce quartier. Il n'est sûrement pas là pour visiter le musée : ce n'est pas du tout son genre.

À sa grande surprise, le jeune homme traversa la rue, se dirigea vers Montagu House et s'éclipsa pour réapparaître quelques minutes plus tard à l'entrée de la salle, un sourire timide aux lèvres.

— Ça alors, Mr Roper ! Que faites-vous ici ?

Il lui adressa un large sourire.

— Sachez tout d'abord que ce lieu ne correspond pas du tout à l'idée que je me fais d'un endroit animé. Vous avez vu cette paire de girafes empaillées qui montent la garde au pied de l'escalier ? Où a-t-on bien pu dégotter de telles horreurs ? De plus, l'individu au rez-de-chaussée refusait de me laisser passer ; il a dit que je devais avoir un billet d'entrée ou que sais-je. « À quoi bon ? » lui ai-je répondu. D'ordinaire, il faudrait me payer pour que je franchisse ces portes, alors je ne vais pas me donner la peine d'acheter un billet. Comme je lui ai expliqué que j'avais un message important à vous transmettre, mesdames, il m'a autorisé à entrer – après que je lui ai graissé la patte, cela va sans dire. Quelle collection ennuyeuse ! ajouta-t-il en regardant les objets exposés autour de lui. Vous allez déprimer si vous restez trop longtemps ici alors qu'il fait si beau, dehors.

Il avança d'un pas tranquille jusqu'au dessin de Mrs Rowan.

— Ma parole, votre travail est absolument ravissant, Mrs Rowan. Vraiment.

— Alors, quel est donc ce message ? s'enquit Camilla.

Il se retourna pour lui faire face, s'arrêtant pour cligner des yeux devant une créature ailée – un chien, peut-être ? – au visage humanoïde et à l'expression suffisante.

— Mais qui a envie de voir des choses pareilles ? Je ne comprends pas à quoi Townley pouvait bien penser en rapportant toutes ces horreurs à Londres – sans parler du prix que ça a coûté ! N'y a-t-il pas de sculpteurs, dans notre pays ? Ce cher Josiah Wedgwood n'est-il pas assez bien pour nos compatriotes ?

— C'est de l'art classique, Mr Roper, répondit Mrs Rowan, amusée. Ce sont des objets historiques, voyez-vous.

Roper examina d'un air mécontent un satyre perché sur ses pattes de bouc.

— Sûrement... mais je ne suis pas spécialiste, bien entendu. Revenons-en à mon message, Miss Camilla. Enfin, ce n'est pas exactement un « message », mais plutôt une nouvelle que je dois vous rapporter. Belle et... Miss Belle et Miss Georgina sont au courant, car leur tante leur en a parlé, mais je crois que ni vous ni Miss Darcy n'avez eu vent de la chose.

Camilla lutta contre l'exaspération qui montait en elle.

— Fort bien, Mr Roper. Que savent ma tante et mes sœurs ?

— Oh, ne vous l'ai-je pas dit ? Mr Busby va venir à Londres ; il sera en ville très bientôt, et il est invité à la réception de Mrs Pollexfen. Vous y allez toutes, n'est-ce pas ?

— Mr Busby ! s'écria Camilla, consternée. Oh, non ! Maudit soit-il ! Quel besoin avait-il de se rendre à Londres ? Il a su s'en passer pendant trois ans, pourquoi venir maintenant ? Seigneur, son épouse l'accompagnera-t-elle ou la laissera-t-il en Belgique ?

— Elle est avec lui. Ils se trouvent actuellement dans la famille de Busby, et ils ne vont pas tarder à venir ici.

— Et les jumelles sont au courant ?

Mr Roper contempla attentivement une frise représentant un groupe de nymphes dansant joyeusement. Il évita de regarder Camilla en face.

Elle soupira.

— Vous n'êtes pas obligé de me répondre. Elles le savaient, mais ne comptaient pas en informer Letitia, est-ce bien cela ? Elles trouvaient sûrement qu'il serait très amusant de voir Letty tomber nez à nez avec Tom Busby devant les trois ou quatre cents langues de vipère les plus perfides du pays.

— Elles ne pensaient pas à mal, s'empressa de dire Mr Roper. Elles sont encore très jeunes ; elles croyaient juste que ce serait drôle. Elles manquent de maturité.

— Si elles sont assez mûres pour se comporter ainsi, elles le sont aussi pour faire la différence entre ce qui est drôle et ce qui est méchant, rétorqua-t-elle.

— Méchant ? (Roper était horrifié.) Non, vraiment, Miss Camilla, ce sont les filles les plus gentilles qui soient, ne dites pas cela !

— Ce n'est que la vérité. Je connais mes sœurs bien mieux que vous, si je puis me permettre. (Elle vit l'air choqué de Mrs Rowan et, regrettant aussitôt ses paroles, s'obligea à sourire.) Ne prenez pas tout ce que je dis aussi sérieusement, Mr Roper. Vous devez avoir raison : si elles s'écartent du droit chemin, ce n'est dû qu'à leur jeunesse et leur manque d'expérience.

Si seulement c'était vrai ! Mais les jumelles devaient certainement voir dans la rencontre fortuite entre Letty et les Busby une merveilleuse occasion de se venger de l'autoritarisme de leur aînée, des restrictions qu'elle leur imposait pour leurs sorties, et de son désir si souvent exprimé de les voir toutes rentrer chez elles.

— Je vous suis fort reconnaissante de m'avoir fait part de cette nouvelle, Mr Roper. Je vais tout de suite en informer Letitia : il faut qu'elle se prépare à cette rencontre. Je suppose que c'était inévitable.

Une entrevue en privé aurait été tellement préférable ! Si elles n'avaient pas quitté Pemberley, alors les choses auraient suivi leur cours naturel et les familles auraient organisé une rencontre qui se serait sans doute parfaitement déroulée, hormis quelques moments gênants pour Tom et Letitia.

— Vous n'êtes pas fâchée que je vous en aie parlé ?

— Pas du tout ; vraiment, je vous remercie beaucoup.

Il afficha un sourire de soulagement.

— Je suis si content ! En général, on sait quelle attitude adopter, mais, voyez-vous, la situation étant sans précédent, j'avoue que j'étais un peu perdu.

— Vous suivez ce que votre bon cœur vous dicte, Mr Roper, intervint Mrs Rowan, qui avait écouté la conversation avec le plus grand intérêt, tout en continuant à travailler sur le dessin du vase. Vous ne pourrez jamais vous tromper en agissant ainsi. Il faut s'en souvenir quand on avance en âge et que l'on mesure à quel point le monde peut se révéler cruel.

Le jeune homme s'empourpra.

— Je suis bien d'accord, Mrs Rowan.

Il retourna vers la porte, où il resta un moment, ne sachant trop comment prendre congé.

— Nous reverrons-nous à la réception, Mr Roper ? demanda Mrs Rowan.

— Oh, oui, bien sûr, très certainement. Vous y allez toutes, n'est-ce pas ? Sauf Miss Alethea, évidemment. Elle m'a dit, quand je l'ai croisée dans le hall, lors de ma visite – car c'est grâce à elle que j'ai su que vous étiez ici – que même des chevaux sauvages ne parviendraient pas à la traîner à ce genre de fête, avec tout ce monde, ce bruit et cette chaleur. Je suppose qu'elle changera d'avis quand viendra le moment où elle sera autorisée à sortir en société.

— Je l'espère, répondit Camilla, qui en doutait.

Chapitre 18

Camilla fut prise de court par l'allure de Francis Pollexfen. Elle avait imaginé rencontrer un dandy, un homme avenant, et se l'était figuré corpulent, habillé à la dernière mode, le teint rubicond et les mollets enflés. Elle n'aurait pu se tromper davantage : l'individu qui lui tendait la main pour l'accueillir était petit, maigre, et portait une redingote en velours noir bien coupée et un foulard vaporeux. Les rides et les plis qui couvraient son visage rendaient son expression difficile à déchiffrer. Ses yeux bleu foncé luisaient d'un éclat qui disait tout autre chose : dans son regard perçait en effet une fine intelligence, et, si Camilla ne se trompait pas, une lueur de malveillance.

Ses manières étaient courtoises, et son sourire poli se fit plus chaleureux à mesure qu'il détaillait la jeune femme de la tête aux pieds – ce qui la mit extrêmement mal à l'aise, comme si elle n'était vêtue que d'une simple chemise.

— Ma nièce, enfin, nous nous rencontrons ! Vous permettez que je vous appelle « ma nièce », n'est-ce pas ?

Sa voix rauque aurait pu plaire à certaines, mais Camilla la trouva inquiétante.

Letitia eut tout de suite droit à un franc sourire, sa beauté ayant souvent cet effet sur les hommes plus âgés. Et, lorsqu'on lui présenta Belle et Georgina, le regard amical de Pollexfen devint carrément lubrique.

Les jumelles paraissaient parfaitement à l'aise au milieu de tout ce beau monde. Elles s'étaient plaintes d'être venues trop tôt – c'était selon elles si provincial, si vieux jeu d'arriver de bonne heure à une réception ! –, mais les salles aux teintes jaune citron étaient déjà combles et Camilla pensa qu'on ne pourrait jamais y faire entrer une personne de plus.

Mrs Gardiner ne tarda pas à lui donner raison.

— C'est exactement pour cela que nous sommes arrivées tôt : avant la fin de la fête, il y aura encore trois fois plus de monde.

Camilla ouvrit des yeux ronds et secoua la tête, incrédule. Qu'y avait-il de si formidable à passer sa soirée serrés les uns contre les autres ?

— Oh, ce que vous êtes assommante ! s'écria Belle avec sa nonchalance habituelle. Vous n'avez aucune notion du chic. Se retrouver coincé dans une salle bondée fait partie des plaisirs de ce monde !

— Parlez pour vous, répliqua-t-elle. Je préfère que ma robe ne soit pas froissée et qu'on ne me marche pas sur les pieds, et j'aime aussi pouvoir respirer.

La chaleur dégagée par les convives et les parfums mêlés aussi bien féminins que masculins l'accablaient. Elle savait qu'elle finirait par s'y faire, mais, pour l'instant, elle s'en trouvait incommodée. De plus, sous ces senteurs familières, elle détectait une tout autre émanation, plus musquée : celle des complots et de l'excitation. Cette réception n'avait rien de commun avec les petites réunions distinguées auxquelles elle était habituée. Tout d'abord, très peu de débutantes étaient présentes. Les invités étaient plus âgés que ses sœurs et elle – bien plus pour certains –, et elle décela sur leur visage, leur corps et leurs vêtements une maturité ainsi qu'un degré de sophistication qui la faisaient se sentir gauche et mal à l'aise.

Elle avait déjà eu affaire à des débauchés à Londres et dans le Derbyshire, car même les filles les plus innocentes et les mieux chaperonnées n'ignoraient pas que les frères de leurs amies, leurs oncles, leurs pères ou même leurs grands-pères avaient parfois tendance à glisser un bras autour de leur taille fine, à laisser leurs mains se promener sous la table pendant le souper, ou à se presser contre une jeune et charmante silhouette dans un recoin sombre.

Ici, c'était différent. Tant d'hommes paraissaient avoir des mœurs dissolues, voire libertines ! Tant de femmes avaient les yeux qui traînaient et l'air effronté ! Il passait tant de choses dans les propos polis et les commérages futiles ! Il y avait des regards en coin, des éventails agités, une épaule penchée, une cuisse masculine effleurée, un regard franc magnifié par un lorgnon, une main posée sur un bras nu et rondelet. La chaleur était intense. Camilla, qui pourtant n'avait jamais été sujette aux vapeurs, commença à se demander si elle n'allait pas s'évanouir.

Elle se ressaisit et accepta le verre de limonade proposé par un valet avant que Francis Pollexfen lui adresse de nouveau la parole. Il était accompagné d'un homme à la peau très mate, presque basanée, à la tenue élégante, au port athlétique et au visage de corsaire, avec ses lèvres ourlées et son regard énigmatique.

— Puis-je avoir l'honneur de vous présenter George Warren, Miss Camilla ? Il apparaît que c'est un parent à vous.

Warren la salua. Pollexfen s'éclipsa dans la foule de convives et laissa les jeunes gens plantés l'un devant l'autre.

— Vous êtes le fils de lord Warren.

Il s'inclina de nouveau.

— En effet. Lady Warren, ma belle-mère, est la sœur de Charles Bingley. Il est marié à votre tante, du côté de votre mère, n'est-ce pas ?

Il devait approcher de la trentaine. Elle demeura perplexe un moment, car elle ne comprenait pas comment lady Warren pouvait avoir un fils de cet âge. Cependant, si c'était son beau-fils, tout s'expliquait.

Un gros bonhomme blond au teint rougeaud, vêtu d'une redingote si ajustée aux épaules et sur son ventre pansu que c'en était alarmant, s'avança vers eux. Il salua Warren d'un hochement, mais ses yeux à fleur de tête restèrent rivés sur Camilla pendant quelques secondes fort désagréables. Puis son intérêt se dissipa ; d'une voix étonnamment aiguë, il entretint Warren de ses voyages avant de reprendre son chemin.

Camilla, interdite devant tant de grossièreté, vit que Warren l'observait d'un air amusé.

— Vous ne le connaissez pas ?

— Je n'ai aucune idée de qui cela peut être.

— Ah, dans ce cas, vous n'êtes pas une admiratrice de la famille royale et de sa nichée de ducs. Bravo à vous.

— De ducs ? Juste ciel, c'était un duc de la famille régnante ?

— Ne semblez pas si étonnée. Je vous assure, c'est mal vu de paraître surpris à la vue d'un membre de la famille royale. Vous devez prétendre que vous êtes habituée à les fréquenter sans que cela vous émeuve.

— Je ne crois pas que j'aurais envie de frayer avec lui. Connaît-il ma tante ?

— Bien sûr. Pollexfen et Prinny s'entendent comme larrons en foire, vous savez, et Pollexfen se sent comme chez lui dans les cercles de la cour. Ici, vous êtes en présence du gratin, de la crème de la crème. Ce ne sont pas les mêmes personnes que celles que vous fréquentez d'habitude.

Elle regarda autour d'elle : il y avait encore plus de monde qu'au début, comme l'avait prédit Mrs Gardiner, et elle ne distinguait toujours pas le moindre visage familier.

— Je dois avouer que je ne connais presque personne, ici, ce soir.

Il lui sourit, sans humour ni chaleur.

— Une chance pour moi : ainsi, vous ne serez pas emportée par un essaim d'amies ni d'admirateurs. Je suis sûr qu'ils sont légion.

Elle n'était pas certaine d'aimer cette dernière réplique, mais son attention fut distraite lorsqu'elle aperçut le duc, les yeux plongés avec délectation dans la poitrine de Letty. Sa sœur était cramoisie, et Camilla savait très bien qu'elle mourait d'envie de s'éloigner du malotru, mais ne pouvait le faire sans paraître impolie. Il avait à présent posé sa grosse main sur son bras et la menait vers un canapé que ses occupants, à l'approche de Sa Majesté, quittèrent comme une nuée d'oiseaux. Il fit mine de n'avoir rien vu, installa son royal postérieur, qu'il avait large dans ses chausses tendues à craquer, sur le damas doré qui couvrait le siège et tapota la place à côté de lui pour que Letty vienne s'asseoir à son tour.

— Oh, mon Dieu, souffla Camilla à Warren. Je crois que ma sœur a des ennuis.

— Rassurez-vous, il ne tentera rien dans un lieu si fréquenté. Il se contentera de la reluquer, comme à son habitude, et de la mettre mal à l'aise. Regardez comme elle rougit !

La moquerie froide qui perçait dans sa voix déplut à Camilla, mais elle s'inquiétait trop pour Letty pour s'appesantir là-dessus. Son aînée devait passer une bien mauvaise soirée : non seulement elle devait s'attendre à voir Tom Busby – pas le moindre signe jusqu'à présent – mais, en plus, elle se retrouvait prisonnière de ce gros duc libidineux ! Cela ne ferait que la conforter dans ses pires jugements. Malheureusement pour Camilla, si le prince ne serait bientôt plus qu'un souvenir, les réflexions moralisatrices que sa présence encombrante aurait inspirées à sa sœur dureraient beaucoup plus longtemps.

— Allons, profitez de l'occasion pour vous amuser ! Les visages tristes et fermés ne sont pas de mise dans les fêtes de Mrs Pollexfen. Prenez garde, vous allez attirer l'attention sur vous si vous laissez vos sentiments paraître de façon si évidente. Faites-moi un sourire, s'il vous plaît, et si vous pouvez rire, ce sera encore mieux.

Il affichait un air à la fois narquois et sûr de lui. Camilla sourit, non par réel amusement, mais en réponse aux propos de son interlocuteur sur la fragilité du monde dans lequel tous deux évoluaient. Il avait raison. Lorsqu'on se trouvait en présence des gens bien nés, de ceux qui avaient réussi, il était primordial de présenter un visage avenant pour que personne ne soupçonne jamais les désagréments de votre existence.

Une rivale vous volait votre amant sous votre nez ? Il fallait sourire, plaisanter, et passer à autre chose. Vous aviez un mari infidèle, un enfant malade ? Il fallait garder sa colère et ses craintes pour soi : ces états d'âme n'avaient pas leur place dans les salons bondés de la bonne société. Le prix à payer pour avoir oublié de paraître heureuse était élevé. L'ostracisme vous guettait : vous étiez alors rejetée dans les ténèbres de l'exclusion, de manière aussi ferme et définitive que si vous aviez franchi les frontières des quartiers chic de Londres pour vous installer sur Wimpole Street ou à Kensington.

Son sourire s'évanouit, et un interlocuteur inattendu lui sauva la mise juste à temps : sentant une main sur son coude, elle fit volte-face, et vit Wytton qui gratifiait Warren d'un salut bref et froid.

— Bonsoir, Warren.

En retour, le jeune homme lui adressa un signe de tête aussi discret que glacé.

— Votre tante souhaite vous parler. Elle est là-bas ; puis-je vous accompagner jusqu'à elle ?

Camilla n'eut pas le temps de répondre ; elle posa une main sur le bras qu'il lui présentait et tous deux plongèrent dans la masse grouillante de velours, soie, satin et popeline. Wytton se tenait droit, le bras ferme, l'air décidé. Elle remarqua que sa contenance, bien que tout à fait aimable, dégageait une sorte d'assurance qui faisait s'écarter ceux qui gênaient leur passage.

Sans doute n'était-ce rien pour lui, comparé aux Égyptiens hostiles et aux bandits qu'il avait dû affronter en Albanie. Elle lui fit part de cette réflexion ; il la regarda avec étonnement puis éclata de rire.

— Oh, non, les gens qui nous entourent ce soir sont dix fois plus dangereux, croyez-moi. Là-bas, vous savez exactement à quoi vous en tenir. Ici, vos ennemis dissimulent leur haine et leur rancœur.

Ce fut au tour de Camilla d'être amusée.

— Alors, quelle compagnie est préférable ?

— Oh, celle des étrangers, à n'en point douter. Déjà, ils s'habillent de manière beaucoup moins singulière. Regardez-moi ce turban, là-bas !

Apercevant la tête de lady Warren surmontée d'un superbe turban bleu à franges d'or, elle dut masquer son fou rire par une prétendue quinte de toux. Lady Warren leur lança un regard dur et perçant.

Ils avaient rejoint Mrs Gardiner ; Camilla réussit à se poster à ses côtés.

— Vous souhaitiez me parler, madame ?

— Nous sommes restées suffisamment longtemps, dit-elle dans un sourire pincé, agitant son éventail à un rythme effréné. Pensez-vous arriver, Letty et vous, à extraire les jumelles de cette foule ? Mr Wytton, Sophie est là-bas.

— Miss Camilla et moi nous chargeons de donner l'assaut. Nous rappellerons nos cibles à leur devoir, déclara Wytton. Les bandits albanais ne sont rien à côté de cette mission, ajouta-t-il en jetant un coup d'œil malicieux à Camilla. Alors, par qui commence-t-on ?

Il ne semblait pas le moins du monde perturbé par le fait que Sophie flirtait dans un coin avec un grand et beau jeune homme aux cheveux bruns et bouclés, qui contemplait sa compagne avec une admiration manifeste.

Wytton suivit le regard de Camilla.

— Ce n'est que Gadsby. Laissons-les s'amuser pendant que nous extirpons vos cadettes de la foule – une tâche bien plus ardue, j'en ai peur.

Perchée sur la pointe des pieds, elle essaya en vain de repérer l'une des jumelles. Puis un individu robuste en costume bleu foncé se décala et elle aperçut Belle se tenant tout près d'un jeune homme à l'air assez précieux. Celui-ci fourrait de petits morceaux de nourriture dans la bouche grande ouverte de sa sœur qui, entre deux becquées, était secouée de gloussements coquets.

— Je me demande bien ce qu'elle a bu, murmura Wytton. Du punch, je le crains.

— Ce ne sont pas les effets de l'alcool, répondit Camilla. Elle est toujours comme ça.

— Vraiment ?

— Vous avez le droit d'ajouter « Comme c'est triste », repartit-elle d'un ton amer.

— Je ne me permettrais pas cette impolitesse. J'ai moi-même une petite sœur qui peut se montrer très délurée lorsqu'on la laisse livrée à elle-même. Je n'y vois rien d'anormal.

— Votre sœur aurait-elle le droit d'être ici, sans la surveillance de sa mère ou d'un chaperon ?

— Ah, là, vous marquez un point, reconnut-il. J'en doute.

— Ma famille ne donne pas une bonne image d'elle-même dans ce genre de réception, reprit Camilla, bien décidée à ne rien s'épargner. C'est ma tante qui organise cette soirée, et je suis sûre que mes parents n'aimeraient pas que nous liions connaissance avec la plupart de ses invités.

— Pas même les membres de la famille royale ? répliqua-t-il pour la taquiner.

Ils s'étaient arrêtés devant un groupe de cinq ou six gentlemen qui parlaient courses hippiques d'une voix forte.

— Surtout pas.

— George Warren fait-il partie de votre famille ?

Il avait pris soin de poser la question d'un ton neutre. Il ne devait pas beaucoup aimer cet homme.

— Ce n'est pas vraiment un parent, juste un cousin par alliance. C'est le beau-fils de ma tante. (Elle s'interrompit.) Le connaissez-vous bien ?

— Nous étions ensemble à l'école, et nous fréquentons le même club. (Il hésita un moment, s'interrompit, puis poursuivit.) Faites attention, Camilla. George n'entreprend jamais rien sans en espérer un bénéfice immédiat. Il a un côté destructeur – envers les autres, pas envers lui-même.

Avant qu'elle ait pu répondre, il s'était frayé un passage à coups de coude parmi le petit groupe, et elle dut se hâter pour ne pas se laisser distancer. Quels propos surprenants, sinon aberrants ! Que lui importait, si George Warren la piégeait ? Pourquoi s'en soucierait-il ? Peut-être parce qu'elle était la cousine de Sophie. Comme nombre de ses congénères, il préférait sans doute que la famille de sa fiancée soit aussi irréprochable que sa future épouse. Wytton croyait-il que Camilla céderait au premier gentleman qui poserait les yeux sur elle ? Elle rougit à cette idée, marcha sur le pied d'un gros amiral, lui sourit pour s'excuser et se faufila devant lui. Voilà ce qu'il en coûtait que tout le monde soit au courant de son attachement à sir Sidney, puis de sa rupture.

Belle avait tendance à se montrer agressive, mais, lorsqu'elle tourna la tête vers Mrs Gardiner, qui avait déjà récupéré Sophie, elle choisit de ne pas lui opposer de résistance. Elle fit de charmants adieux à son compagnon, qui lui tint la main un peu trop longuement et lui demanda s'il pourrait avoir l'honneur de lui rendre visite.

— Mission accomplie pour Jour. Maintenant, Nuit, dit Wytton.

Ainsi, il connaissait leurs surnoms.

— Restez près de nous, s'il vous plaît, Miss Belle, poursuivit-il, ou vous risquez de vous faire piétiner.

Camilla commençait à avoir mal à la tête. Le brouhaha devenait assourdissant : les gens parlaient fort, les valets clamaient les noms des convives fraîchement arrivés, des éclats de voix résonnaient dans le hall pour appeler des voitures, les verres s'entrechoquaient, un plateau fut renversé... Elle mourait d'envie de se boucher les oreilles et, mieux encore, de quitter cet endroit.

Elle tira légèrement le bras de Wytton.

— Connaissez-vous l'individu qui est avec Georgina ?

— C'est Joshua Mordaunt.

Elle observa l'homme de grande taille à la silhouette élancée. Il avait les sourcils hauts et bien dessinés, les cheveux blond clair et une jolie bouche aux lèvres fines. Son cœur se serra dans sa poitrine : il avait au moins quinze ans de plus que Georgina, mais il était tout à fait son genre. Elle qui était si brune avait toujours eu un faible pour les blonds, et ce Mordaunt dégageait une sorte d'autorité qui ne laisserait pas la jeune fille indifférente.

— Il est marié, si vous voulez savoir, l'informa Wytton. Pendant que sa femme reste à la campagne, il aime prendre du bon temps en ville. Nous sommes cousins.

Combien de personnes, parmi les convives présents ce soir-là, étaient liées par le sang ou par alliance, dans cette grande tribu qu'était la haute société ?

Ce devait être le cas pour la plupart d'entre elles. Les gens qui ne l'étaient pas avaient gravi l'échelle sociale et quitté la classe moyenne grâce à l'essor industriel, à leur entreprise, leur intelligence ou leur sens des affaires, et ils ne tarderaient pas à établir les mêmes relations par leur propre mariage ou celui de leurs enfants.

Georgina dévisagea Wytton de ses grands yeux violets.

— C'est vous, le garçon de courses de Mrs Gardiner ?

— En effet, et fier de l'être, répliqua-t-il aussitôt.

— Je n'ai pas envie de partir. Nous venons tout juste d'arriver !

— Cela fait une heure et demie que nous sommes là, à ma connaissance, Miss Georgina. Je crois que Miss Darcy en particulier souhaite rentrer.

Un bien maigre argument, songea Camilla, car Georgina se moquait comme d'une guigne du bien-être de Letty.

— Quoi, ça y est, elle est tombée sur Tom ? Oh, formidable ! Où est-il ? Je ne l'ai pas vu !

— Tom n'est pas là, répondit Camilla, fâchée. Vous feriez mieux de venir, sinon Mrs Gardiner sera obligée d'en parler demain à Mr Fitzwilliam, à son retour, et vous pourrez dire adieu aux fêtes. Soyez sûre que Pemberley sera votre prochaine destination.

— Oh, cela ne me fait pas peur. Mon cousin ne peut pas nous forcer à rentrer. Pour le moment, je n'ai pas de raison de partir, et Belle non plus. Tante Lydia peut nous reconduire avec sa voiture, après la réception.

Wytton salua Mordaunt.

— Je vous prie de bien vouloir m'accorder la permission de vous enlever votre charmante compagne, Joshua, dit-il.

Il agrippa fermement Georgina par le bras et l'entraîna avec lui : elle eut à peine le temps de pousser un couinement de protestation.

— Lâchez-moi ! Qu'est-ce qui vous prend ? Vous me faites mal ! Vous n'avez pas le droit de me toucher…

— Taisez-vous, lui ordonna Camilla. Vous voulez vous donner en spectacle ? Vous croyez qu'on vous invitera de nouveau si vous piquez une crise ?

Cette menace fonctionna parfaitement. Les lèvres pincées, le menton levé en signe de défi, Georgina se laissa extraire de la foule grouillante des convives vers l'entrée de la salle puis le long de l'escalier. Essoufflée et toute froissée, la petite troupe finit par sortir dans l'air nocturne pour attendre les voitures au pied des marches. Les visages de chacun étaient illuminés par les flammes vacillantes des torches tenues par les jeunes porteurs, les ombres fuyantes dissimulant les expressions de plaisir ou d'énervement des uns et des autres.

Le lendemain matin, Camilla fut désignée pour rendre visite à Mrs Gardiner pour la remercier de les avoir emmenées, elle et ses sœurs, à la réception. Letty préférait rester à la maison : elle avait un léger mal de tête ; du reste, il serait malvenu qu'aucune des deux aînées ne soit présente pour accueillir les Fitzwilliam à leur retour de Southend. Belle et Georgina, qui avaient fait la grasse matinée et n'étaient pas encore habillées, protestèrent à grand renfort de bâillements quand Camilla leur proposa de venir avec elle.

— Pas question. Même si Sophie est de bonne compagnie, Mrs Gardiner va forcément nous faire la morale, ce qui sera mortellement barbant. Allez-y, vous, puisque cela ne vous fait rien de vous ennuyer.

— Je trouve pour ma part que les Gardiner n'ont rien d'assommant, et si vous comptez passer la matinée à bâiller vautrées dans un fauteuil ou un canapé, il serait effectivement préférable que vous le fassiez ici, sans personne pour assister à ce spectacle.

Belle répondit par un énorme bâillement et fit joliment mine de se sentir faible, jusqu'à ce que la bonne arrive avec leurs cacaos. Le chocolat étant sa grande passion, la jeune fille recouvra aussitôt son entrain.

Ce jour-là, la pluie et le vent faisaient paraître l'été encore bien loin, comme un rêve inaccessible. Camilla boutonna sa pelisse sans prêter attention à ses petites sœurs qui, les yeux écarquillés d'horreur, lui criaient qu'elle était vraiment démodée, et qu'aucune personne se disant élégante ne sortirait avec une pelisse sur le dos à cette époque de l'année. Comme Camilla ne souhaitait pas arriver chez les Gardiner en ayant l'air d'un chiffon trempé, elle se mit en route vêtue d'une tenue qui la protégerait des intempéries.

Elle trouva Mrs Gardiner allongée sur un canapé.

— Quelle histoire, ma chère ! s'écria celle-ci en accueillant chaleureusement la jeune femme et en l'invitant à s'asseoir. Vous voudrez bien m'excuser de ne pas me lever. En descendant l'escalier, ce matin, j'ai trébuché sur la dernière marche, et mon pied s'est pris dans ma robe. Me voilà avec une méchante entorse à la cheville !

Camilla lui fit aussitôt part de son inquiétude, mais sa tante la rassura : il n'y avait rien de cassé.

— D'après le docteur Molloy, je serai remise dans quelques jours. Mais pour le moment je dois me reposer – sans pour autant ne plus rien faire. Je suis donc tout particulièrement contente de vous voir, car je voudrais que vous me rendiez un service.

— Je serais heureuse de pouvoir vous aider, répondit promptement Camilla.

Elle se demanda de quoi il s'agissait, si les domestiques eux-mêmes n'étaient pas en mesure de s'acquitter de la tâche.

— Si Fanny peut se passer de vous – je sais qu'elle rentre aujourd'hui –, j'aimerais que vous accompagniez Sophie cet après-midi. Mr Wytton passera la prendre pour aller voir un bijou ajusté pour elle, ayant appartenu à sa mère.

— Faut-il vraiment que quelqu'un l'accompagne ? s'enquit Camilla, surprise.

Il n'y avait rien de mal ni d'incorrect à ce qu'une jeune fille soit escortée en calèche par celui qu'elle s'apprêtait à épouser. Le palefrenier de Wytton serait présent, et Sophie pouvait toujours emmener sa bonne.

Mrs Gardiner soupira avant de sonner.

— Je sais que vous aimez le café ; je vais demander à ce qu'on en prépare. Sophie est dans sa chambre ; par conséquent, je peux vous parler en toute franchise. Comme je dois rester allongée, je ne peux l'accompagner. Elle refuse donc de sortir, et je doute que cela plaise à Mr Wytton.

— Elle ne veut pas y aller ?

Mrs Gardiner parut gênée.

— J'ignore pourquoi. Mes autres filles ont toujours été enchantées de se promener avec leur fiancé. C'est comme si Sophie craignait de rester seule avec lui – non pas qu'il représente un danger pour elle : il est si courtois qu'il ne tenterait jamais un geste déplacé.

— Serait-ce possible ? demanda Camilla, étonnée. Même s'il en avait envie, ce dont je doute, je ne le crois pas capable de mal se comporter en public.

— Je pense plutôt que sa conversation, sa volubilité, et la manière dont il passe d'un sujet à l'autre mettent Sophie mal à l'aise, répondit Mrs Gardiner. Il arrive que Mr Wytton fasse des remarques spirituelles – c'est vrai qu'il est souvent fort drôle – et Sophie ne le comprend pas toujours. Elle a un mode de pensée très simple, et il semblerait que la rapidité du discours et la vivacité d'esprit de son fiancé lui causent une certaine inquiétude. Elle finira par s'y habituer, avec le temps.

Camilla écouta sa tante avec une perplexité croissante. Mrs Gardiner parlait-elle vraiment de la jeune fille radieuse qu'elle avait vu flirter la veille ? De la créature sage et posée que Wytton admirait et aimait de manière si évidente ?

Mrs Gardiner tripota la dentelle qui bordait sa manche.

— Pour être honnête – et je sais que je peux l'être avec vous, Camilla –, je dois dire que Mr Wytton est un homme passionné et que Sophie, eh bien… elle est encore très jeune et, comme toutes les filles de son âge, elle peut trouver que l'attachement d'un homme a quelque chose de… menaçant. C'est tout à fait normal.

Camilla, pensant aux jumelles, s'abstint de répondre.

— Je me demande parfois s'il n'éprouve pas une passion trop violente à l'égard de Sophie, et si des sentiments si enflammés ne vont pas finir par s'éteindre. J'en ai parlé à Mr Gardiner, mais il fait peu de cas de cette idée. De plus, il dit que l'affaire est réglée, que tous les papiers sont prêts… Il ne reste plus qu'à sceller leur union. Oh, Camilla, comme je regrette que l'on ne puisse avancer la date du mariage ! Sophie n'a ni votre bon sens ni votre intelligence, et Dieu sait comment elle pourrait réagir face à Wytton si nous baissons la garde.

Camilla s'efforça d'apaiser les craintes de sa tante. Pourtant, elle se sentait mal placée pour lui apporter conseil et réconfort. Que connaissait-elle sur ce sujet ? Sophie était sans doute un peu nerveuse, voilà tout. Quoi de plus naturel pour une jeune fille qui s'apprêtait à célébrer son mariage dans quelques semaines ? Il fallait s'y attendre. Mieux valait ne pas en faire toute une histoire, et accepter que sa cousine soit chaperonnée en permanence.

— Si Mr Wytton trouve cela étrange, eh bien, il aura tout le loisir de se retrouver seul avec elle l'été venu.

— Je suis tellement heureuse de vous en avoir parlé ! s'exclama Mrs Gardiner en paraissant grandement soulagée. Vous avez presque le même âge que Sophie ; vous êtes donc plus à même de la comprendre que moi.

Quand Camilla protesta, sa tante secoua la tête.

— Les jeunes gens ont changé, poursuivit-elle. Ils sont pétris d'idées romantiques auxquelles nous ne pensions jamais de mon temps. Ils veulent aimer et être aimés, et cela l'emporte sur tout le reste.

— Dans ce cas, Sophie s'en sortira à merveille, car je suis sûre qu'elle est très éprise de Wytton. Et il suffit de les voir ensemble pour comprendre qu'il est fou d'elle.

Mrs Gardiner lui prit la main et la pressa avec reconnaissance.

— Vous êtes si gentille, Camilla. Si vous saviez comme je souhaite que vous rencontriez l'amour, vous aussi ! Je suis persuadée que cela arrivera, mais vous êtes assez difficile. Comme votre mère.

— Je ne pense pas avoir fait de choix très sensés jusqu'à présent, répondit tristement Camilla. Contrairement à ma mère.

— Oh, mais elle aussi a connu des vicissitudes avant de se fiancer à Darcy, je puis vous l'assurer ! Elle n'aimerait pas que je vous l'avoue, mais c'est ainsi, croyez-moi sur parole. Certaines jeunes femmes rencontrent quelqu'un et, à partir de là, les choses suivent tranquillement leur cours, mais c'est loin d'être toujours le cas. De nos jours, les filles papillonnent d'un amour à l'autre avant de jeter leur dévolu sur un homme en particulier. Vous avez le temps. Je sais que vos parents ne sont pas pressés de vous voir mariées, vous et vos sœurs – même si les jumelles consacrent beaucoup d'énergie à se plaindre que, à ce rythme, elles finiront au rebut. Il existe dans le monde des hommes bons, brillants, séduisants et agréables, Camilla, et je suis certaine qu'un jour vous rencontrerez celui qu'il vous faut.

Camilla, elle, en doutait, et s'imaginait bien finir vieille fille, justement. Toutefois, elle sourit et proposa à sa tante de lui servir un autre café.

Mrs Gardiner passait mentalement en revue les partis intéressants.

— Je vous ai vue discuter avec George Warren, hier soir. Il est intelligent et beau garçon, c'est sûr. Il héritera aussi du titre de son père, à la mort de celui-ci. Ce n'est qu'un baron, mais ne nions pas que porter un titre peut avoir ses avantages. Il paraît cependant que George mène une vie assez débridée : des rumeurs courent sur ses actions à l'étranger, en Italie, où il est très facile pour un jeune homme influençable de s'écarter du droit chemin.

— Il n'est pas si jeune, répondit sèchement Camilla. Et il ne me semble pas être du genre à se laisser duper par qui que ce soit.

— Vous avez raison. C'est un coriace, comme dit Mr Gardiner. Gardez-le pour vous, mais Mr Gardiner sait jauger les gens. Sans ce talent, il n'aurait pas connu le succès dont il jouit actuellement.

— Mr Warren ne m'intéresse pas, et je suis sûre que c'est réciproque.

— Il ne vous porte peut-être pas d'intérêt en tant que soupirant, mais méfiez-vous. Sa famille n'estime guère la vôtre.

Camilla, étonnée, haussa les sourcils.

— Voilà qui est étrange ! J'ai rencontré George Warren pour la première fois hier soir et Mr Wytton m'a lui aussi mise en garde contre lui. Sa famille a peu d'estime pour la mienne ? Et pourquoi donc ?

— Je suppose que je ne devrais pas vous le dire – ces histoires ne datent pas d'hier – mais, après tout, autant vous mettre au courant. Vous savez que lady Warren est la belle-mère de George, et non sa mère biologique ?

— Oui.

— Celle qui l'a enfanté s'appelait Eudora Paxborough. Je ne l'ai jamais aimée : c'était un cœur de pierre, une vraie langue de vipère. Tous ses domestiques la craignaient, et je crois que son mari, Hartley, qui est désormais lord Warren, avait peur d'elle, lui aussi. Ainsi, à l'époque, personne ne comprit pourquoi il avait choisi d'épouser Caroline Bingley, une créature tout aussi froide. Cependant, elle s'est acquittée de son devoir envers son beau-fils, et, si cette femme a jamais ressenti de l'affection pour quelqu'un, c'est pour George.

— Ce qui est tout à son honneur.

— Oh, en effet, et je peux vous dire que George l'adore et qu'il se montre très protecteur à son égard. C'est justement là où je veux en venir. Caroline souhaitait épouser votre père, voyez-vous – non pas qu'elle l'eût jamais aimé, j'en suis certaine. C'étaient son rang et sa fortune qui l'attiraient, plutôt que sa personne et son caractère. Il ne l'a jamais regardée, et lui a prêté encore moins d'attention après sa rencontre avec votre mère. Elle l'a très mal pris et serait bien capable de vous jouer un mauvais tour, Camilla. Je doute qu'elle ait tiré un trait sur le passé, ou qu'elle ait pardonné à votre père ; c'est pourquoi je préfère vous mettre en garde.

— Je ne l'ai vue qu'une seule fois, chez mes cousins, quand les Warren sont venus dîner, et je l'ai croisée hier soir. Je la connais à peine.

Mrs Gardiner en parut soulagée ; elle se concentra de nouveau sur sa fille.

— Vous êtes sûre que cela ne vous ennuie pas de sortir avec Sophie, cet après-midi ?

— Non, pas du tout. Il faut juste que je rentre me changer ; je n'ai pas la tenue appropriée pour un trajet en calèche. Quand Wytton passera-t-il la prendre ?

Camilla arriva à Aubrey Square en même temps que ses cousins, de retour de Southend. Tout n'était que tintamarre et tohu-bohu : les voitures, tirées par des chevaux en sueur, s'arrêtèrent devant l'entrée ; les domestiques arrivèrent en courant et manquèrent de trébucher sur Pug, qui gambadait entre leurs jambes en aboyant. Le bébé hurlait et Charlotte voulait que Letty écoute sa toux. Fanny, tout heureuse de retrouver les sœurs Darcy, poussait des cris de joie et essayait d'extirper son châle coincé dans la portière du véhicule.

Dawson demanda à sa maîtresse de se tenir tranquille pendant qu'elle démêlait les franges d'un geste habile.

— Voilà, madame. Allons, soyez gentille, donnez-moi ce paquet. Non, Miss Charlotte, je ne peux pas m'occuper de vous pour l'instant – alors un peu moins de bruit, s'il vous plaît, vous me cassez les oreilles !

Après avoir observé la façade de sa demeure comme pour vérifier qu'elle tenait toujours debout, Fitzwilliam enjoignit à tous d'entrer. Il voulait monter se changer avant de gagner rapidement son club, où il s'assurerait que le gouvernement ne s'était pas effondré en son absence, et serait mis au courant des derniers potins et nouvelles.

La petite troupe pénétra à l'intérieur et grimpa l'escalier. Tout le monde parlait en même temps : on évoqua les plaisirs du bord de mer, ses bienfaits pour la santé de Charlotte, le charme de la pension où les Fitzwilliam avaient logé, les gens sympathiques qu'ils avaient rencontrés, la nouvelle dent que le bébé avait percée avec tant d'éclat, la joie d'être de retour à la maison…

On demanda du thé, qui fut apporté au moment où Fanny se laissait choir dans un canapé avec un soupir de satisfaction.

— Certes, le bord de mer est fort agréable ; le trajet a été très confortable et s'est déroulé sans le moindre heurt, mais qu'il est bon d'être chez soi ! Alors, racontez-moi : qu'avez-vous fait, de votre côté ? Vous êtes-vous beaucoup ennuyées ? J'ai été si choquée quand Fitzwilliam m'a informée qu'il vous avait interdit de paraître en société durant mon absence ! Je me suis sentie coupable de vous avoir abandonnées.

Les jumelles renchérirent sur les propos de Fanny, mais Camilla et Letty s'empressèrent de la rassurer : elles n'avaient pas du tout trouvé le temps long, et ce séjour à la mer s'était révélé indispensable, Charlotte semblant en pleine forme, complètement remise de sa maladie.

—Oui, elle se porte bien ; elle tousse encore un peu, mais son état s'améliore de jour en jour. Le docteur Molloy passera plus tard dans la journée ; il sera ravi de constater qu'elle va mieux et saura exactement quoi prescrire pour sa toux.

—Nous avons été conviées à une fête, déclara Camilla, estimant qu'il était préférable de mettre tout de suite Fanny au courant, avant que son mari apprenne lui-même la nouvelle au club. Mrs Gardiner nous a amenées, avec Sophie, à la réception de tante Lydia. Elle pensait que les gens jaseraient si nous n'honorions pas son invitation.

—Elle a eu bien raison, et je dois l'en remercier ! s'écria Fanny. Seigneur, j'avais complètement oublié cette soirée. En temps normal, je n'aurais jamais envisagé de vous conduire à ce genre de fête, car nous ne fréquentons pas du tout ce milieu-là – à mon avis, il n'est pas très convenable pour des jeunes filles de votre âge. Mais, puisque Lydia Pollexfen est votre tante, cela fait toute la différence. Étiez-vous nombreux ? Il y a toujours un monde fou, à ses réceptions. Vous êtes-vous amusées ?

Les jumelles se lancèrent dans un compte-rendu euphorique de leur soirée, évoquant les salles bondées de gens huppés et l'excitation que la présence d'un duc royal avait provoquée.

Fanny fronça les sourcils.

—Vraiment ? Il n'est pas franchement bien vu, tout royal qu'il est. Et vous, Camilla ? Letty ?

—C'était affreux, se plaignit Letitia. Nous étions serrées comme des sardines, et nous ne connaissions presque personne. Et puis il faisait une telle chaleur ! Sans parler des gens qui se collaient à nous !

Comme Camilla savait que sa cousine voulait entendre qu'elles s'étaient toutes amusées, elle lui dit avoir rencontré des personnes intéressantes et avoir pris beaucoup de plaisir à observer les tenues en vogue des uns et des autres. Aussitôt distraite par le sujet, Fanny exigea qu'on lui fasse une description précise des robes, passementeries et coiffures qu'elles avaient repérées ce soir-là.

On entendit le heurtoir de l'entrée, puis des voix au rez-de-chaussée. Fanny les écouta d'une oreille attentive.

— Je me demande bien qui cela peut être ! Bien sûr, nous ne recevons pas de visite aujourd'hui. Je n'ai pas envie de voir du monde, et il faut que je me change : le voyage m'a toute chiffonnée !

En réalité, l'apparence de Fanny était parfaitement soignée, mais, avant que Camilla ait pu le lui dire, la porte s'ouvrit. À leur grande surprise, Mr Gardiner fit irruption dans la pièce, l'air soucieux, une lettre à la main. Fitzwilliam le suivait.

Mr Gardiner salua poliment Fanny puis, sans préambule, agita la missive en direction des sœurs.

— Voici un message urgent en provenance de Vienne, envoyé par Mr Darcy. Il fallait vous prévenir immédiatement.

— De papa ! s'exclama Camilla.

Letitia avait pâli.

— Allez-y, dites-nous tout, je vous en supplie. Je sens qu'il est arrivé à nos parents un terrible malheur, un accident, une maladie. Oh, je vous en prie, ne nous faites pas attendre davantage, nous sommes prêtes à entendre le pire !

Chapitre 19

— En effet, il s'agit d'une lettre de votre père – une lettre fort troublante.

Comme les autres négociants et banquiers qui travaillaient à Londres, Mr Gardiner avait besoin de moyens de communication très efficaces avec les pays partenaires de ses affaires. À présent que la guerre était finie, il avait la possibilité d'envoyer et de recevoir des informations bien plus rapidement qu'avec la poste ou les coursiers traditionnels.

Il avait correspondu avec Mr et Mrs Darcy pendant leur voyage sur le continent. Le contact ne serait plus aussi facile une fois qu'ils auraient atteint Constantinople, mais tant qu'ils demeuraient à Vienne, leurs échanges étaient d'excellente qualité, et c'est en toute confiance que Mr Gardiner avait fait partir la lettre que Letitia lui avait donnée, quelque temps auparavant.

La réponse n'avait pas été adressée à l'aînée des filles Darcy, mais à Mr Gardiner, avec pour consigne stricte d'en partager le contenu dès que possible avec Fitzwilliam, avant d'envoyer un nouveau compte-rendu à Darcy. Voilà pourquoi Mr Gardiner avait précipitamment quitté son bureau au beau milieu d'une journée de travail. L'événement étant sans précédent, ses clercs et subordonnés avaient émis toutes sortes d'hypothèses à voix basse, se demandant ce qui avait bien pu se passer.

— Letty, que lui avez-vous donc écrit ? s'enquit Camilla une fois que Mr Gardiner fut assis, qu'on lui eut proposé une boisson et qu'il eut recouvré son calme.

— La vérité : que Londres ne nous convient pas du tout, répondit Letitia d'un ton de défi.

Georgina et Belle se mirent à protester vivement ; Letty, mécontente, leva le nez et reprit la parole d'une voix aiguë, sans tenir compte de l'interruption de ses sœurs.

— Je lui ai raconté que nous menions une vie dissolue et sans but ; que nos journées et nos nuits étaient consacrées aux fêtes, à l'achat de vêtements, et à toutes sortes d'extravagances. Je lui ai dit qu'il fallait presque traîner les jumelles à l'église, le dimanche, qu'Alethea ne travaillait rien d'autre que la musique ; que les chansons apprises avec son maître italien étaient inconvenantes, et qu'il était inacceptable que ce professeur fût un étranger – et un rustre, qui plus est. Je l'ai prévenu que Belle et Georgina allaient partout où elles voulaient, comme si elles avaient l'autorisation de paraître en société – ce qui n'est pas le cas –, et qu'elles ne pensaient qu'aux galants, aux flirts et à la mode. Je l'ai également mis au courant de la triste affaire avec sir Sidney, pour laquelle je suis sûre que notre pauvre père a été vilipendé, et qui n'aurait jamais eu lieu si nos vies n'avaient pas été réduites à une série d'activités frivoles et matérielles.

Elle acheva la litanie de leurs péchés avec un air de profonde satisfaction.

— Je ne regrette absolument pas d'avoir envoyé cette lettre : il est juste que papa et maman sachent ce qu'il en est réellement. J'ai conclu en disant que nous devions retourner à Pemberley au plus vite, car, même si Fanny et Mr Fitzwilliam nous traitaient avec une extrême bonté, s'occuper des jumelles et surtout d'Alethea représentait une vraie gageure, aussi, passer le printemps et l'été dans un cadre familier, à nous adonner à nos activités habituelles, nous ferait à toutes le plus grand bien.

Georgina ne put se retenir.

— Nos activités habituelles ! Comme rester de longues heures assises à coudre, faire d'ennuyeuses promenades dans un parc tout aussi ennuyeux puis, éventuellement, de temps à autre, quand la lune est pleine, aller rendre visite à l'un ou l'autre de nos assommants voisins ! C'est peut-être votre choix de finir en vieille fille acariâtre, mais vous ne nous obligerez pas, Belle et moi, à mener une existence aussi affreuse que la vôtre. Je ne retournerai pas dans le Derbyshire, quoi que vous disiez, papa et vous. Vous ne lui avez rien exposé de vrai, vous lui avez seulement rapporté un tissu de mensonges, pour la simple raison que vous ne pensez qu'à vous !

— Georgina ! Ressaisissez-vous, s'il vous plaît, ce n'est pas le moment de nous faire une scène. (Fitzwilliam, levant les yeux de la missive qu'il parcourait, les sourcils froncés, avait parlé d'un ton tranchant.) D'après ce qu'écrit Darcy, il semblerait qu'il ait eu vent de certaines rumeurs sur sir Sidney. Il me demande donc de lui donner les détails que j'estimerai nécessaires. Il ne souhaite pas perdre de temps pour ce qui n'est, à n'en point douter, que commérages. Je crois que je dois l'informer des faits exacts.

— Je lui écrirai, répondit Camilla en essayant de garder une voix aussi calme que possible.

Pourquoi n'avait-elle pas tout raconté à ses parents, dans la lettre qu'elle leur avait adressée après ce terrible jour ? Elle avait décidé de passer l'affaire sous silence, préférant l'évoquer après leurs retrouvailles, quand elle appartiendrait à une époque si lointaine qu'elle n'aurait plus d'importance. Du reste, quel intérêt de les informer d'une chose qui, finalement, n'avait débouché sur rien ? Apprendre que leur fille avait été impliquée dans un scandale n'aurait fait que les inquiéter. Elle s'était voilé la face. Elle savait fort bien qu'ils allaient immanquablement en entendre parler, et de manière peu flatteuse pour elle.

— C'est à moi de leur expliquer la situation.

— Pas question, car vous vous déroberez et minimiserez les faits, répliqua Letitia. C'est moi qui leur écrirai pour leur donner tous les détails.

Camilla sentit sa colère monter.

— Certainement pas ! Cela ne vous regarde pas. Pourquoi ne pas vous occuper de vos affaires ? Pourquoi faut-il toujours que vous fourriez votre nez dans celles des autres ? Pourquoi ne vous êtes-vous pas contentée de leur parler de vos œuvres de charité, et de leur demander si vous et vous seule pouviez retourner à Pemberley ? Mais vous n'iriez pas là-bas sans être accompagnée, non, car je suis sûre que vous inviteriez Mr Valpy comme guide spirituel !

— Ne vous querellez pas, s'il vous plaît ! les supplia Fanny. À quoi bon se disputer pour savoir qui aurait dû écrire quoi ? Letty a rédigé cette lettre, qui a été envoyée, et qui est arrivée bien trop rapidement. Dommage que vous n'ayez pas utilisé le moyen le plus lent pour l'expédier, Mr Gardiner ; ce courrier aurait pu rester à Vienne jusqu'à ce que les Darcy rentrent de leur mission en Turquie ! Darcy sera extrêmement fâché à son retour. J'espère de tout cœur ne pas me trouver en ville à ce moment-là : quand il est de mauvaise humeur, je n'oserais l'affronter pour tout l'or du monde ! Seigneur, comme il peut être froid et effrayant ! Rien que d'y penser, je suis au bord de l'évanouissement.

Tous se turent, conscients que Fanny disait vrai. Il était impossible d'imaginer à quel point Darcy pouvait se montrer redoutable sans en avoir des sueurs froides. Même Letitia, pourtant persuadée d'être dans son bon droit, semblait légèrement inquiète.

D'ordinaire, elle était de loin la cousine préférée de Fitzwilliam, qui approuvait son sérieux et la piété de ses activités, mais, à cet instant précis, il était très mécontent d'elle.

— Je regrette beaucoup que vous ne m'ayez pas consulté avant de rédiger une telle missive, déclara-t-il d'un ton irrité. Vous auriez au moins pu mettre Fanny au courant de vos intentions ; elle vous aurait conseillée sur la meilleure façon de procéder. Vous n'auriez pas dû prendre les choses en main d'une manière aussi autoritaire.

N'ayant guère l'habitude d'être réprimandée de la sorte, Letitia afficha sa contrariété.

— Je n'ai fait que mon devoir.

— Oh, au diable le devoir ! s'écria Mr Gardiner. Si nous le faisions tous, nous serions dans de beaux draps !

— Et c'est exactement là que nous sommes, fit remarquer Fanny.

— Je crois que nous devons mesurer la justesse de vos propos, Letitia, dit Mr Gardiner. Je n'ai pas encore eu le temps de discuter du contenu de la lettre avec mon épouse, puisque je suis venu ici sitôt après l'avoir ouverte. Toutefois, je suis certain que Mrs Gardiner m'aurait informé si, comme l'écrit Mr Darcy, la ville bruissait de rumeurs et de commérages à votre sujet, jeunes filles. Est-ce vraiment le cas ?

— Mais oui ! répondit Letitia avec virulence. Vous pouvez me croire sur parole, même si cela me fait mal de le dire. C'est malheureusement vrai !

Camilla pouvait faire confiance à son aînée pour retourner dans la mêlée avant même que les autres aient eu le loisir de rassembler leurs esprits ! Cela lui faisait mal de le dire, mais bien sûr ! Sa sœur se délectait de ce moment, savourant ce qu'elle estimait être une victoire personnelle. Camilla ne s'était jamais sentie aussi peu solidaire de Letty. Dieu sait pourtant que leurs désaccords avaient été fréquents, Letty pensant que le laxisme de sa sœur était la cause de sa moralité fluctuante – moralité qui, naturellement, était définie en fonction des critères de Letty.

Alethea, qui avait entendu tout ce vacarme et ne voulait pas manquer le spectacle, descendit l'escalier en courant et fit irruption dans la pièce.

— Mais que se passe-t-il ? Pug est-il devenu fou ? A-t-il mordu Dawson ? Oh, Mr Gardiner, excusez-moi, je ne vous avais pas remarqué.

Elle le salua d'une révérence.

Camilla trouva l'expression de Mr Gardiner fort drôle. Il n'avait pas vu Alethea depuis son arrivée à Londres. Lors de leur dernière rencontre, elle n'avait que douze ans, courait dans tous les sens et s'amusait à sauter au pied des arbres. La grande fille brune au regard pétillant de malice qui lui faisait face était pour lui une parfaite étrangère.

— Alethea ? Mon Dieu, est-ce bien vous ? Comme vous avez grandi ! J'ai là un courrier de votre père ; c'est la raison de ma présence. Il m'a écrit car il craint que votre visite à Londres, à vos sœurs et à vous, ne se passe mal.

— Je suis ravie d'être à Londres. Puis-je lire la lettre ?

Sans attendre son accord, elle lui arracha la feuille des mains avant de la parcourir recto verso, les sourcils froncés.

— Cette lettre n'est pas votre affaire ! s'écria Letitia. Vous n'avez pas à vous en mêler.

— Bien sûr que si, car je vois que vous ne vous êtes pas privée d'écrire des mensonges et des méchancetés sur moi ! Letty, comment avez-vous osé lui rapporter de telles fables, et dire ainsi du mal du Signor Silvestrini ? C'en est trop ! Que savez-vous de lui ou de mes leçons ? Du reste, vous auriez dû vous abstenir de raconter à nos parents des histoires à propos de sir Sidney : cela ne regarde que Camilla, pas vous. C'est toujours la même chose : vous fourrez sans cesse votre nez là où il ne faut pas !

—Alethea! (Fitzwilliam était stupéfié par cet accès de colère.) Vous n'êtes qu'une gamine encore à l'étude et vous prenez la parole devant vos aînées et des adultes, comme si vous aviez le droit d'émettre un avis! Mais où avez-vous donc la tête?

Alethea le dévisagea.

—Si Letitia a menti à mes parents à mon sujet, il est évident que j'ai le droit de me défendre!

—Alethea, vous feriez mieux de retourner à l'étage auprès de Miss Griffin et de vos livres, déclara Fanny, inquiète de la tournure des événements.

—C'est vraiment injuste! Si l'on suit la volonté de Letty, nous allons toutes nous retrouver à Pemberley! Plus de musique ni de chant pour moi, plus de soupirants ni de flirts pour les jumelles, et Camilla n'aura plus personne à qui parler. Laissez-la partir, et cet affreux Valpy avec elle, mais qu'elle se méfie: il est du genre à avoir les mains baladeuses et il vaut mieux éviter de se trouver dans la même pièce que lui.

La jeune fille était allée trop loin; Fitzwilliam paraissait plus fâché que jamais. Fanny, renversée contre le dossier du canapé, se couvrait les yeux d'une main. Mr Gardiner regardait Alethea comme il aurait examiné un objet exotique et étrange posé sur son bureau, provenant d'une cargaison tout juste débarquée d'Orient.

—Montez immédiatement, Alethea, ordonna Camilla en se hâtant de pousser sa sœur vers la porte. Non, pas un mot de plus, vous en avez assez dit. Comptez sur moi pour faire valoir vos intérêts dans la suite de notre discussion. Allez, disparaissez.

Alethea fut expulsée et la porte refermée derrière elle avant même que Fitzwilliam ait eu le temps de reprendre son souffle et Letitia ses esprits. Mr Gardiner secouait la tête.

—Ma parole, quel effet elle fera quand elle pourra paraître en public! Seigneur Dieu, une authentique Darcy, et quels yeux ! Toutes les beautés actuelles seront bien fades à côté d'elle.

Fanny parut heureuse à l'idée que sa jeune cousine fasse une entrée fracassante dans la bonne société, même s'il lui semblait peu probable que cela se produise.

— Un sens de la repartie trop aiguisé et des manières masculines ne sont guère des atouts pour une belle jeune fille, et ce n'est pas avec ça qu'elle mettra la main sur un mari, déclara Fitzwilliam, qui bouillait toujours de s'être vu confisquer sa proie. Elle est incontrôlable, et tout à fait inapte à être lâchée dans le monde.

Mr Gardiner se montra plus tolérant.

— Elle est jeune. Pour ma part, j'admire les demoiselles qui ont du tempérament – et je ne suis pas le seul, croyez-moi.

— Vous voyez que j'ai raison ! s'exclama Letitia. Regardez comme elle se comporte mal ! C'est Londres qui l'a rendue ainsi. Cette ville causera notre ruine à toutes.

— La ruine, c'est encore autre chose, dit Mr Gardiner, et je m'en soucie plus que quiconque. Les écrits de Letty inquiètent aussi Darcy : apparemment, vous ne vous conformez pas aux exigences de bon ton de Londres : vous faites l'objet de ragots, et vous vous mettez à dos des gens influents.

Camilla ne put s'empêcher de réfuter les accusations de Letty. La franchise l'obligea à reconnaître qu'elles avaient un fond de vérité, mais rien de plus, et ce n'était pas une raison suffisante pour envoyer une lettre alarmante à leur père. Certes, les jumelles devenaient incontrôlables, mais, grâce à leur jeunesse, leur beauté et leur fortune, elles sortiraient sans encombre de cette mauvaise passe. De même, si les langues s'étaient déliées quant à son attirance pour sir Sidney, ce scandale mineur avait été largement dépassé par celui qu'avaient entraîné les révélations sur son « soupirant », le forçant à prendre la fuite.

— Et Letty n'est pas en reste ; son comportement peut faire hausser les sourcils aux personnes les plus honnêtes, déclara-t-elle. Même si l'on peut croiser Mr Valpy dans les plus grandes maisons, puisque c'est un prédicateur à la mode, ses attentions envers Letty ne seront pas passées inaperçues, et tout le monde s'accordera à les désapprouver.

Voilà qui devrait clouer le bec à sa sœur pendant au moins quelques minutes.

Mr Gardiner fit mine de ne pas avoir entendu cette diatribe.

— Lady Fanny, les filles sont-elles aussi critiquées que le prétend Letty ?

Fanny se leva.

— Mais non ! Il est vraiment absurde d'affirmer qu'elles sont frappées d'ostracisme. Elles ont leurs entrées pour *Almack*, se comportent de manière charmante, ne prennent pas de grands airs et, plus important encore, leur dot de 50 000 livres chacune suffit à impressionner toutes les hôtesses et à attirer tous les célibataires susceptibles de faire un bon parti. Elles ne s'habillent pas de façon singulière, ne s'agitent pas ni ne quittent la piste de danse pour honorer quelque rendez-vous galant… Quant aux flirts et aux soupirants, quoi de plus naturel quand on est jeune, jolie, et que l'on est invitée à une soirée dansante ou à une fête ? Que devraient-elles faire ?

— Une attitude modeste…, commença son époux.

— Au diable les attitudes modestes ! Si nos cousines étaient restées assises dans leur coin avec les douairières et les chaperons, sans jamais poser les yeux sur aucun homme ni se lever pour aller valser, là, il y aurait eu des raisons de s'inquiéter ! Les filles qui se comportent ainsi sont peut-être sages comme des images, mais j'ai remarqué qu'elles ne trouvent jamais de mari – quoi que vous en disiez, Mr Fitzwilliam, et admettez que je sais de quoi je parle, dans ce genre d'affaires.

— Bien parlé ! s'exclama Mr Gardiner. Non, Letty, taisez-vous, je crois que nous vous avons assez entendue. Nous avons très bien saisi votre point de vue, mais vous devez accepter de vous laisser guider par ceux qui ont plus d'expérience que vous. Vos parents se sont arrangés pour que vous passiez quelques semaines à Londres, et les circonstances ne justifient pas votre opposition à leur souhait. Ni Fitzwilliam ni moi ne vous approuverons. Vous avez le droit, si vous le voulez, de demeurer un peu en retrait de la bonne société et de ne pas sortir aussi souvent que vos sœurs, à condition que… (Il leva un doigt pour la faire taire.) … à condition que Fanny estime que cela n'incitera pas les gens à en déduire plus ou moins ouvertement que vous vous languissez toujours de Tom Busby.

Fanny approuva d'un hochement de tête.

— Répondez tout de suite à Mr Darcy, Mr Gardiner, et assurez-lui que la tendance naturelle au pessimisme de Letty l'a conduite à avoir cette vision dure et extrémiste de la vie qu'elle et ses sœurs mènent à Londres. Qu'il se tranquillise, sachant que vous et votre épouse, tout comme Fitzwilliam et moi-même, prenez le plus grand soin du bonheur et de la réputation de ses filles.

Sackree était restée sur le palier, devant la porte close du salon, une pile de sous-vêtements appartenant à Camilla fraîchement lavés par la blanchisseuse dans les bras. Elle prêtait une oreille attentive à ce qui se disait – tout comme John, le valet. Au moment où Alethea avait quitté la pièce, ils s'étaient tous deux aplatis contre le mur, mais, comme Sackree l'avait remarqué, c'était tout juste si la jeune fille leur avait jeté un regard, dans sa hâte de regagner l'étage pour faire son rapport à Miss Griffin.

— Miss Alethea voit tout et entend tout. Elle n'avait pas tort, pour Valpy. Il n'a pas les mains dans ses poches, ça, c'est bien vrai : il a plaqué Figgins contre le mur, avec son satané manteau noir et ses manières visqueuses.

— Mais il n'a pas pu aller bien loin avec elle. Elle est pareille à un chat.

— Il n'a pas pu, non. Elle ne passe pas tout ce temps aux écuries sans apprendre un ou deux tours, et qui pourrait lui jeter la pierre ? Dans ce monde cruel, une femme doit savoir se défendre, car personne ne le fera pour elle.

— Ça, c'est bien vrai. J'ai repéré Valpy en train de lancer des œillades à Miss Alethea, aussi. On aurait pu penser qu'il ferait preuve de plus de bon sens, en ayant des vues sur l'aînée.

— Tu dois dire « Miss Darcy ».

— Enfin, la gouvernante de Miss Alethea est là pour veiller au grain ; elle lui raconte tout, pas vrai ?

— Je crois que Miss Griffin consigne tout sur papier. Elle passe ses journées à gratter avec sa plume.

— Elle va emballer tout ça et le donner à votre maître dès qu'il sera de retour de l'étranger. Elle n'est pas très avenante.

Sackree s'entendait bien avec Miss Griffin.

— J'ai connu pire, et elle ne trahira aucun secret, ce n'est pas son style. C'est un journal, qu'elle écrit ; elle garde une trace pour la postérité.

— Et de quoi ça parle ?

— De la vie.

John renâcla.

— Qu'est-ce qu'une vieille fille toute sèche comme elle y connaît, à la vie ? Mais, si c'était toi, Sackree…, ajouta-t-il avec un clin d'œil lubrique.

— Ne te fatigue pas, va. Chut ! Miss Letitia a fini de se plaindre : écoutons ce que les autres ont à dire.

— Tu vas me manquer, si tu dois rentrer dans le Derbyshire.

— Je n'y retournerai pas – du moins pas avant la date prévue initialement. Miss Camilla ne se laissera pas faire.

Ah, voilà lady Fanny qui remet les pendules à l'heure ! En revanche, elle se trompe pour ce qui est des rendez-vous galants. Les jumelles en savent quelque chose !

Chapitre 20

Camilla fut heureuse de voir Mr Layard avec Wytton devant la maison de Mr Gardiner. Le visage du jeune homme s'illumina d'un sourire accueillant alors qu'elle descendait de voiture.

En apprenant qu'elle devait accompagner Sophie cet après-midi-là, Mr Gardiner avait insisté pour l'emmener.

—Ainsi, je donnerai la lettre de votre père à Mrs Gardiner. Je suis sûr qu'elle sera d'accord avec Fanny, mais j'aime mieux la consulter avant de rédiger ma réponse.

Sophie, ravissante dans sa jolie robe de mousseline indienne, descendit les marches du perron. Elle salua son père de charmante façon puis gratifia Camilla, Wytton et Layard d'un sourire.

Ils devaient aller chez un bijoutier situé sur Maddox Street. La boutique n'étant qu'à quelques pas de là, Camilla n'aurait pas vu d'inconvénient à s'y rendre à pied, mais Sophie n'aimait guère marcher et préférait de loin se déplacer en calèche, ce qui lui permettait de voir et d'être vue. De plus, comme elle le confia à Camilla pendant que Wytton les aidait à monter, ses petits souliers de satin n'étaient pas faits pour la marche, et la poussière des rues salissait beaucoup les vêtements. Elle s'installa sur la banquette, ouvrit une ombrelle en dentelle pour protéger son teint exquis des rayons du soleil, et fit signe à Camilla de s'asseoir à ses côtés. Layard prit place en face, à côté de Wytton, et le véhicule démarra.

— Il fait très chaud en Égypte, n'est-ce pas ? demanda Camilla à Wytton, alors qu'elle pensait aux effets du soleil sur la peau.

Il la regarda, surpris.

— Il y règne une chaleur extrême, et ce presque toute l'année. C'est aussi un pays très sec et très poussiéreux. Mais ce n'est pas si terrible, car on se déplace principalement en bateau, sur le Nil. La brise charriée par le fleuve est légèrement rafraîchissante.

— J'ai vu des dessins de ces embarcations, je crois. Elles ont des voiles incurvées.

— En effet. Le vent dominant nous pousse vers le sud, et, au retour, on se laisse porter par le courant. Saviez-vous que le Nil coule du sud vers le nord ? C'est fort peu commun, pour un cours d'eau, mais le Nil est un fleuve extraordinaire en tout point. Il suffit de regarder l'incroyable variété de créatures que l'on trouve dans ses eaux et sur ses rives.

Mr Layard se pencha en avant.

— Dites-moi, Miss Camilla, cela vous plairait-il de faire connaissance avec un crocodile ?

— Je crois que j'en ai déjà rencontré plusieurs à Londres, ces dernières semaines.

Wytton éclata de rire. Elle se rendit compte que c'était la première fois qu'elle l'entendait manifester ainsi sa bonne humeur. Il avait une voix sonore et agréable – tout comme son rire.

— Je pense que vous seriez très déçue par les crocodiles du Nil, comparés à ceux de Londres.

Sophie avait l'air mécontente.

— Si vous avez l'intention de parler de l'Égypte, Camilla, je vais regretter que vous soyez venue. C'est d'un tel ennui !

Le sourire de Wytton s'évanouit, et il resta silencieux.

— Comme je vous envie de pouvoir bientôt partir à l'étranger ! dit Camilla à Sophie. Quand vous serez mariée, vous verrez toutes sortes d'endroits dont nous autres rêvons seulement ! Je ne parle pas que de l'Égypte, mais aussi de la Grèce et de la Turquie.

— Mr et Mrs Darcy sont en Turquie. Pourquoi ne pas les avoir accompagnés, si vous tenez tant à voyager ? s'enquit Mr Layard.

— Oh, j'aurais adoré ! s'écria-t-elle. Mais cela aurait été inconvenant, et mes parents souhaitaient que je passe quelque temps à Londres.

— Peut-être auriez-vous trouvé la vie chez les Ottomans moins contraignante, fit remarquer Wytton.

— Comment pouvez-vous dire une chose aussi monstrueuse ? s'indigna Sophie. Cette partie du monde est tout ce qu'il y a de plus horrible, avec ses harems et ses odalisques. Les hommes n'ont rien de respectable, et portent des chapeaux rouges à longueur de journée. Papa y est allé et nous a tout raconté de son séjour : certaines histoires vous feraient bondir, Camilla, vous pouvez me croire.

— N'avez-vous jamais séjourné à l'étranger ? demanda Wytton à Camilla. Pas même en France ?

— Pas même en France ? Oh, mais, vous savez, je n'avais pour ainsi dire jamais quitté le Derbyshire avant de venir ici. Nous menons une vie très tranquille.

— Quand bien même, à mes yeux, Pemberley est un paradis, intervint Sophie. C'est la plus belle demeure que j'aie jamais vue. Elle est si vaste, si spacieuse, avec des meubles et des tentures si raffinés ! La décoration est d'une grande élégance et d'un goût exquis. Tout le monde s'accorde à dire que l'endroit est magnifique. On m'envie beaucoup d'avoir de la famille là-bas.

Sophie ne tarderait pourtant pas à vivre dans son abbaye. Le désir qui perçait dans la voix de sa cousine était bien étrange. Et pourquoi pensait-elle soudain à Pemberley avec un tel enthousiasme ?

— Si moi, je vivais à Pemberley, j'y demeurerais toujours, poursuivit Sophie. Jamais je n'aurais envie de partir. Tout le monde y est si heureux ! Comme vous serez triste, Camilla, quand vous devrez vous marier et quitter le domaine ! Comment le supporterez-vous ?

— J'aime beaucoup Pemberley, mais cela reste une maison, Sophie. Ce sont les gens qui font le bonheur, pas les habitations.

Sophie joua avec le pompon qui pendait à la poignée de son ombrelle.

— Je ne suis pas d'accord. On peut faire plus confiance aux maisons qu'aux gens.

Wytton s'était retourné pour donner ses consignes au cocher.

— Je suis sûre que Wytton préférerait être à la place du cocher plutôt qu'assis avec nous, les femmes, déclara Sophie. Il déteste se laisser conduire par les autres. C'est pareil quand il gesticule dans le salon ou fait les cent pas dans une salle de bal. Il déborde d'énergie et ne peut jamais rester cinq minutes tranquille !

— Allons, c'est faux. J'ai déjà vu Mr Wytton demeurer assis auprès de vous de la façon la plus aimable qui soit. Pourquoi lui faire tant de reproches ?

Wytton mit fin au débat en annonçant qu'ils s'étaient approchés aussi près de la bijouterie que possible, étant donné qu'elle était nichée dans une minuscule impasse. C'était tout aussi bien : Camilla n'aimait pas parler ainsi de Wytton avec Sophie, comme si son promis n'était pas là, ou comme s'il était sourd, voire carrément simple d'esprit.

L'objectif de la sortie était le choix d'un fermoir pour un collier que Wytton voulait montrer à Sophie. Le bijou appartenait à sa mère, qui souhaitait l'offrir à sa future belle-fille en cadeau de mariage.

Sophie observa la série de grenats entrelacés qui formaient une sorte de toile d'or aux tons chaleureux.

— Comme c'est joli ! s'exclama Camilla, rompant ainsi le silence qui s'éternisait. (Elle avait l'impression que l'absence de réaction de sa cousine n'était pas due à l'effet produit par la beauté du collier.) Il doit être très ancien.

— Exquis, murmura Mr Layard, sa figure poupine empreinte de solennité.

Wytton gardait les yeux rivés sur le visage de Sophie.

— Il vient d'Italie ; il a été fabriqué par un maître florentin, à la Renaissance. Ma mère l'a reçu en dot de l'un de ses ancêtres, et c'est une tradition dans la famille que de le transmettre à la fiancée du fils aîné. Ma mère le portait le jour de son mariage.

L'allusion paraissait évidente ; Sophie y répondit en affichant une moue nettement contrariée.

— Oui, eh bien, je n'ai pas l'intention de le porter au mien, car il n'ira pas du tout avec ma robe. Vous auriez dû me le montrer plus tôt ; ainsi, on aurait pu le mettre au goût du jour. Il est trop tard pour changer quoi que ce soit, à présent. Je ne pourrai pas le porter.

Wytton fronça les sourcils. Le bijoutier, un vieil homme aux traits sereins et distingués, toussota.

— Il serait fort dommage d'altérer un bijou de famille aussi précieux.

Voyant Sophie sur le point de prononcer quelque parole impardonnable, Camilla vola à sa rescousse et s'extasia sur le délicat filigrane. Elle demanda au vieil homme comment il était possible de créer de tels entrelacs.

Elle prêta une oreille distraite à ses explications polies. Qu'était-il arrivé à Sophie ? En plus de lui faire perdre ses bonnes manières, toute cette affaire semblait la rendre malheureuse. Sa mère avait parlé de tension nerveuse. Ce genre de comportement était-il dans la normalité, pour elle ? La Sophie qui était devant elle agissait de façon si différente de celle qu'elle connaissait ! Des fiançailles avaient-elles le pouvoir de changer ainsi une jeune fille ? C'était sans doute dû à l'appréhension, la peur de l'inconnu, la réticence à renoncer à l'enfance, et à assumer le rôle et les devoirs d'une épouse.

Qu'importent les raisons, aucune fiancée ne devrait paraître si triste quelques semaines à peine avant son mariage, qui plus est en présence de celui qu'elle aimait.

Sophie s'était éloignée pour contempler des bracelets en diamant exposés sur du velours bleu foncé.

— Ils sont jolis. Vous voyez comme ils sont modernes et élégants ? Les bijoux anciens sont complètement passés de mode, vous savez, Wytton. Je préférerais de loin avoir un collier en diamant.

Elle avait prononcé ces derniers mots d'une voix si ténue que Camilla n'était pas sûre que Wytton les ait entendus. Si oui, il ne répondit pas, et poursuivit son entretien avec le bijoutier.

Comment Sophie pouvait-elle préférer un de ces colliers à celui, exquis, en grenats et or ciselé ?

— Ces diamants sont charmants, confia Camilla à sa cousine, mais le collier que vous aurez attirera tous les regards : il est si beau, si original ! N'importe qui peut porter des diamants, mais un bijou de famille, c'est une parure d'un genre tout à fait particulier.

Un éclat de plaisir brilla un instant dans les yeux de Sophie, avant de s'évanouir.

— Vous croyez ? Je doute vraiment que le collier de Wytton soit mon style. Il ne m'ira jamais.

La cheville de Mrs Gardiner fut longue à guérir, et Sophie ne tarda pas à faire de nouveau appel à sa cousine pour qu'elle l'accompagne dans ses sorties avec Wytton.

Le plus souvent, Mr Layard se joignait à eux, comme si Wytton appréhendait lui aussi de se retrouver seul avec Sophie.

Cela rendait Camilla perplexe : s'il était compréhensible qu'une jeune fille de dix-sept ans ressente une certaine gêne en présence de son fiancé, cela l'était moins pour un gentleman de vingt-huit ans qui avait roulé sa bosse, comme on disait. Il semblait aberrant de mettre sa réticence sur le compte de la timidité.

Elle ne croyait pas non plus que Wytton ne soit pas sûr de ses gestes si on le laissait seul avec la délicieuse Sophie. Certes, il éprouvait des sentiments forts à son égard mais, à moins qu'elle ne se trompe – son jugement sur les hommes étant discutable, ces temps-ci –, il était peu probable qu'un homme de son âge, de son rang et de son tempérament se laisse submerger par la passion au point d'oublier la bienséance et d'aller trop loin avec une jeune fille inexpérimentée, à plus forte raison sa future femme.

Ne trouvant aucune explication plausible, elle put seulement assurer Mrs Gardiner de sa bonne volonté en acceptant d'accompagner Sophie et Wytton. Ils formaient un couple étrange. Elle s'amusait à les observer, essayait de percer à jour la véritable relation qui se nouait entre eux.

Mrs Gardiner prit conscience de la gêne de Camilla.

— Je ne veux pas vous obliger à sortir avec Sophie, si cela vous met mal à l'aise.

Camilla ne souhaitait pas qu'on la prenne pour une femme jalouse.

— Ce n'est rien. Cela serait une autre histoire si je devais passer du temps en compagnie de sir Sidney Leigh.

Voilà, c'était dit. Pour la première fois depuis ce terrible jour, elle prononçait son nom. Elle se félicita de l'avoir fait d'une voix calme.

— Je ne vais pas rester enfermée pour ne plus jamais avoir sous les yeux un couple de fiancés ou de jeunes mariés ! En temps voulu, je me ferai à l'idée du mariage.

— Le vôtre, j'espère ! s'écria Mrs Gardiner.

— Oh, sur ce point, il n'y a pas tant d'hommes agréables que ça dans le monde mais, en cherchant bien, j'en trouverai peut-être un qui préfère les femmes aux hommes.

— Je vous en prie, évitez ce genre de réflexions ! En ma compagnie ou en famille, cela ne porte pas à conséquence mais, en société, vous devez surveiller vos propos. Il est primordial que vous ayez l'air innocente, comme si vous ignoriez tout de ces choses-là.

— Comment puis-je faire semblant, quand chacun sait pourquoi j'ai éconduit sir Sidney ?

— C'est fou tout ce que l'on peut simuler. En pareille affaire, rien ne vous nuira plus que l'honnêteté. Vous devez tenir compte de mes conseils, Camilla, si vous ne voulez pas vous retrouver à languir en marge de la bonne société, exclue des meilleurs cercles, frappée d'ostracisme et ridiculisée.

Camilla ne put s'empêcher de rire devant ce tableau mélodramatique.

— Je ne crois pas en arriver là un jour.

— Ni votre nom ni votre fortune, ni votre fraîcheur ni vos charmes ne vous sauveront si vous avez la réputation de dire ce que vous pensez de sujets que les jeunes femmes célibataires sont censées ignorer. Du reste, sur le fait que tout le monde soit au courant de la raison de votre démêlé avec sir Sidney, vous pouvez être tranquille : les Fitzwilliam auront pris soin de répandre l'idée que c'est à leur instigation que vous avez rompu.

— Mais c'est faux ! Fitzwilliam était furieux contre moi. D'après lui, je lui ai fait perdre des voix, la famille est devenue la risée de tous, je ne suis qu'une parjure infréquentable – bref, je ne lui ai rien épargné.

— Ça, c'était avant que sir Sidney ne fuie en Italie. Aujourd'hui, Fitzwilliam ne tient pas du tout le même discours.

— Vraiment ? Dans ce cas, il a tout mon mépris, plus encore que lorsqu'il m'a déclaré préférer récolter des voix que me voir heureuse en ménage.

Mrs Gardiner leva les mains pour chasser ces pensées contestataires.

— Ma chère enfant, de grâce, calmez-vous, s'il vous plaît. Vous mettez trop de véhémence dans vos propos. Vous montrez trop vos sentiments. Souvenez-vous : quoi qu'il arrive, gardez toujours le sourire, et, à votre âge, dans votre situation, vous ne devez jamais vous départir d'un air innocent.

— Ignorant, vous voulez dire.

— Oui, et ne dédaignez pas mes conseils : c'est pour votre bien, et je sais de quoi je parle. Il est vrai que, dans les plus hautes sphères – dans les rangs les plus nobles de l'aristocratie, chez les Holland et les Spencer –, les jeunes filles ont toute latitude pour parler, penser et même agir comme elles l'entendent, mais, heureusement, vous ne venez pas de ce milieu-là.

Voyant que Mrs Gardiner était sincèrement affectée par son attitude, Camilla lui présenta ses excuses, disant que sa langue lui jouait des tours et qu'elle surveillait en effet davantage ses propos si elle n'était pas en présence d'intimes.

— Oh, ma chère, n'allez pas croire un seul instant que vous pouvez faire confiance à vos proches !

— Je suppose que non, répondit Camilla avec l'ombre d'un sourire. J'en conclus qu'il vaut mieux ne compter sur personne.

— Allons, ce n'est pas vrai, si vous faites allusion à la gent masculine – et je sais que c'est le cas. Tous les hommes ne sont pas de misérables pervers rusés ! Vous rencontrerez quelqu'un que vous aimerez et qui sera digne de votre confiance, Camilla. Peut-être l'avez-vous déjà trouvé sans même en avoir conscience.

Si Camilla ne voyait pas d'objection à accompagner Sophie, c'était aussi pour une autre raison : les préparatifs du mariage chez les Gardiner lui étaient en effet douloureux, mais il lui était plus pénible encore de demeurer avec ses sœurs à Aubrey Square.

Letty n'était pas un problème. Certes, elle se montrait franchement désagréable, persistant à abreuver son entourage de critiques sur les frivolités de la vie londonienne, jugeant et réprimandant ses cadettes, mais elle s'impliquait énormément dans un nombre croissant de sociétés et d'organismes, et fréquentait si souvent Mr Valpy que Camilla la voyait à peine. Ainsi, elles parvenaient à rester à peu près en bons termes. Il fallait également reconnaître que Letty était une invitée très bien élevée, tout à fait préparée à assister aux fêtes, aux soirées dansantes et aux réceptions que Fanny acceptait pour elle : Letty y adoptait une attitude conforme à sa beauté. Son air distant attirait un certain nombre de nouveaux admirateurs, sans qu'aucun d'eux ne retienne pour autant son attention. Si l'homme n'appartenait pas au mouvement évangélique, elle le prenait soit pour un écervelé, soit pour un simple d'esprit.

C'étaient, comme souvent, les jumelles qui posaient problème. Elles s'abandonnaient totalement aux distractions et aux amusements de la Saison londonienne, la maison tout entière résonnait de leurs bavardages et de leurs théories sur l'amour, les galants et leurs qualités respectives. On les entendait, dans les élégants appartements de Fanny, parler en toute liberté de ceux qu'elles admiraient, de ceux qui leur plaisaient, de l'attirance qu'elles éprouvaient pour une personne en particulier, et de leur jalousie si d'autres avaient jeté leur dévolu sur le même individu.

— Fanny, je crois que je vais mourir ! J'ignore si vous l'avez remarqué, mais hier soir Mr Walmsley n'a dansé qu'une seule fois avec moi – et une polka, en plus ! Alors qu'il a dansé à deux reprises avec l'odieuse Amelia Fanshawe, avant de l'accompagner au souper ! Qu'est-ce qu'il peut bien lui trouver, à cette fille, avec son long visage et ses grands pieds ?

— Belle n'a aucune raison de se plaindre, car Mordaunt ne m'a même pas jeté un regard, alors pour ce qui est de m'inviter à danser…

Fanny parut choquée.

— Ma chère Georgina, il était avec sa femme ! Vous ne devez pas faire les yeux doux aux hommes mariés, c'est inconvenant.

— Il ne se comporte pas comme tel, du moins quand son épouse – qui est si singulière, ne trouvez-vous pas ? – est enterrée à la campagne, là où est sa vraie place. Pourquoi n'y retourne-t-elle pas ? Qu'a-t-elle de si important à faire, ici ? Elle pourrait rentrer en France, son pays natal. Qu'elle y aille donc, et y demeure le plus longtemps possible !

— Je prie pour que Fitzwilliam ne vous entende pas parler ainsi, Georgina. Je sais que vous ne faites que plaisanter, mais ce genre de propos ne l'amuserait pas, je vous assure.

— En tout cas, Georgina, estimez-vous heureuse de ne pas avoir Barleigh Barcombe sur vos talons où que vous alliez. Il est resté assis à me dévorer des yeux pendant une bonne demi-heure, au thé de Farquahar. Je mourais d'envie de loucher ou de lui tirer la langue ! Mais non, Fanny, je me suis retenue, car il y avait Harry Salterton, le plus bel homme du monde, et, en sa présence, je veux toujours me présenter sous mon meilleur jour.

— Inutile d'avoir des vues sur lui. (Georgina ne prenait jamais sa sœur en pitié.) Rampton m'a dit qu'il allait épouser Sally Hawkshead.

— Quoi, ce petit laideron ? Quel gâchis ! Pourquoi souhaiterait-il se marier avec cette fille ? Vous devez vous tromper.

— Sally est charmante, intervint Fanny. Elle sera l'unique héritière de son oncle, qui est très riche et possède les terres jouxtant le domaine des Salterton. C'est une excellente union pour l'un comme pour l'autre.

Belle n'en démordit pas.

— Tant mieux si leurs enfants héritent du physique de leur mère et de l'esprit de leur père, voilà tout ce que je peux dire.

Le heurtoir de la porte d'entrée ne restait jamais silencieux. Billets doux, bouquets de fleurs, invitations et visiteurs se bousculaient. Fanny était aux anges, malgré le sentiment diffus qu'elle ne devrait pas encourager les jumelles, dont la vie affective était déjà intense, dans cette voie. Cependant, en conviant ses cousines à loger chez elle durant le séjour de leurs parents à l'étranger, elle s'était attendue à cette agitation frivole, et était ravie de la vivre à présent. Certes, Belle et Georgina n'avaient pas encore officiellement le droit de paraître en société, mais il était difficile de garder en retrait deux filles comme elles. Où qu'elles aillent, elles faisaient l'objet de tant d'admiration qu'elles éclipsaient totalement les beautés plus mûres.

Les choses auraient pu se passer autrement si Letty et Camilla avaient été plus enclines aux aventures romantiques. Elles avaient beaucoup déçu Fanny, qui s'était réjouie du rapprochement de sir Sidney et de Camilla, puis avait été bouleversée par la tournure des événements. Bien sûr, elle compatissait au sort de sa cousine, et avait conscience du temps nécessaire avant de se remettre en selle, comme le disait crûment Fitzwilliam.

Une nuit, après qu'il eut rejoint Fanny dans sa chambre à coucher, il tira sur les couvertures de son côté du lit, l'air irrité.

— C'est une cause perdue, Fanny. Camilla est la fille la plus têtue que je connaisse, et elle n'est pas du genre à attirer facilement les hommes. Elle leur fait peur.

Fanny sauva les quinze derniers centimètres de drap qu'il lui restait.

— Ne dites pas de sottises. Lorsqu'elle s'arrange, avec ses yeux expressifs et pétillants, sa grâce et sa vivacité, elle est aussi séduisante que n'importe quelle jeune Londonienne.

— Je suis d'accord, sauf qu'on ne peut pas dire qu'elle s'apprête souvent en ce moment, non ? Elle se morfond, voilà ce qu'elle fait. Si elle pouvait cesser de penser à ce qui aurait pu être, pour s'atteler à trouver un nouveau soupirant ! À ce rythme, elle finira vieille fille.

— Pas Camilla ! Pas avec son esprit et sa fortune !

— Sa dot est respectable, je l'admets, mais les hommes jugent Camilla trop intellectuelle. Je vous ai déjà alertée à ce sujet, Fanny : il n'y a rien qui effraie plus un homme qu'un parfum d'érudition chez une jeune femme. Qu'elle prenne exemple sur les jumelles ! Elles forment le duo le plus charmant qui soit.

— Elles ne font que flirter, répondit Fanny.

— Et elles peuvent se le permettre, elles sont ravissantes ! Bien sûr qu'elles flirtent, mais elles ne font de mal à personne. Les hommes se bousculent pour leur tenir compagnie. Il est bien normal qu'elles profitent des occasions qui se présentent. Elles sont écervelées, mais elles ne tarderont pas à se ranger. Je parie qu'elles feront un excellent mariage, tandis que Letty se casera avec son grossier ecclésiastique – une situation bien fâcheuse, mais je m'en lave les mains : elle n'écoute pas un mot de ce que je lui dis. Je n'ai aucune patience avec elle, ces temps-ci. Et cette lettre qu'elle a écrite à Darcy ! Camilla, elle, en sera réduite au simple rôle de tante et finira ses jours dans la famille de son frère, à Pemberley, vous pouvez me croire. Enfin, à supposer qu'il tolère sa présence là-bas, ce dont on peut douter – à moins qu'elle ne mette de l'eau dans son vin !

— À vous entendre, on la croirait hargneuse, méchante et aigrie, alors qu'il n'en est rien.

— Elle a une façon de vous regarder, on dirait qu'elle peut lire en vous comme dans un livre ouvert ! Cela me déplaît, et je suppose qu'il en va de même pour les autres – hommes ou femmes, d'ailleurs. Allons, Fanny, je vous en prie, taisez-vous donc, vous m'empêchez de dormir.

Alors qu'il s'apprêtait à saisir ce qui restait du drap, ses doigts rencontrèrent la chemise de nuit en soie de son épouse. Il les laissa là pendant un moment puis, remontant sa main vers la jolie poitrine qui lui faisait tant d'effet, il oublia son sommeil, les sœurs Darcy, les soupirants et tout ce qui s'ensuivait.

Chapitre 21

Lady Warren passa l'après-midi moite et étouffant à bâiller. La veille au soir, elle avait assisté à une célébration, deux réceptions et un bal, et, malgré son énergie et son endurance naturelles, les tensions ainsi que les exigences de la Saison londonienne commençaient à l'exténuer.

En entendant le pas décidé de son beau-fils devant sa porte, elle recouvra le sourire.

— Entrez donc, George ! Je me sens vraiment lasse aujourd'hui, alors je suis ravie de vous voir. Quelles sont les nouvelles ? Vous n'avez pas assisté au bal de Christchurch, hier soir. Je pensais vous y trouver.

— Non, je n'étais pas d'humeur à frayer avec le beau monde. J'ai préféré aller m'encanailler dans quelques tavernes.

Lady Warren n'avait jamais été tentée de critiquer la vie sociale parfois débridée de son beau-fils qui, de son côté, ne faisait aucun effort pour la lui cacher. En réalité, elle y prenait plaisir par procuration, consciente que, si elle était née dans la peau d'un homme, ses goûts l'auraient probablement poussée à fréquenter ce genre de repaires, elle aussi.

— Nous avons fini chez Amy Wilson.

— La demi-mondaine ?

— Oh, celle-là est extrêmement ambitieuse, et tout à fait hors de portée. Elle se fait entretenir par Argyle. Sa sœur, en revanche, est vraiment d'une beauté époustouflante. Elle s'appelle Harriette – je vous ai déjà parlé d'elle. Quels yeux elle a ! Wellington est l'un de ses protecteurs, paraît-il. Je crois qu'il lui rend visite en privé, car je ne les ai jamais vus ensemble.

— Eh bien, je suis contente d'apprendre que vous avez passé une bonne soirée. Je ne vous demanderai pas si vous êtes tombé sur Miss Camilla Darcy au cours de vos errances : elle n'évolue pas dans ces milieux-là.

Tous deux se mirent à rire de bon cœur à l'idée délicieuse mais improbable que l'une des demoiselles Darcy vienne en ville et sombre dans l'abîme social en se mêlant aux filles de joie.

Un scénario improbable… Cependant, comme lady Warren le fit remarquer, c'était bien le sort que Mrs Pollexfen avait failli connaître, à l'époque où elle n'était qu'une simple Miss Bennet.

— Car vous savez qu'elle s'est enfuie avec Wickham et a vécu avec lui, avant de l'épouser. Leurs noces n'auraient jamais eu lieu si Darcy ne s'était lancé à leur poursuite, avec sa tendance à se mêler de ce qui ne le regarde pas, et tout ça pour quoi ? S'il s'était occupé de ses affaires, Wickham aurait jeté son dévolu sur une héritière, et Lydia n'aurait pas eu d'autre choix que chercher un nouveau protecteur.

— Vraiment ? s'écria George, friand de scandales, même datés, pourvu qu'il en connaisse les acteurs. Cela aurait diminué les chances de ses sœurs sur le marché du mariage. Votre gentil frère en personne aurait refusé de se lier à une famille frappée par un tel déshonneur.

— Oh, il est si bête qu'à mon avis cela n'aurait fait aucune différence. En revanche, j'ai un doute pour Darcy : il a toujours été si orgueilleux !

— Dans ce cas, il n'y aurait pas eu de Camilla espiègle et effrontée à remettre à sa place, et je n'aurais pas pu m'amuser.

— Vous l'avez rencontrée, bien sûr. Ne la trouvez-vous pas charmante ?

— Ce n'est pas mon genre. Je vais l'observer de près, voir ce qu'elle fait, et, bientôt, je lui porterai l'estocade. Je vous le promets, Caroline : dans très peu de temps, vous verrez son nom d'aristocrate traîné dans la boue. Comment Darcy accueillera-t-il la nouvelle quand elle lui parviendra, à Constantinople ? J'aimerais l'imaginer là-bas, en train de s'adonner aux plaisirs d'une ravissante compagnie, mais je suppose qu'il est trop sérieux. Dans cette famille, on se borne à une fidélité assommante.

— De qui cela provient-il ? demanda Belle. Georgina, Fanny, regardez ! Camilla a reçu un message !

— Un admirateur ? l'interrogea Georgina. Cela m'étonnerait !

— Tenez, puisque vous êtes si curieuses, répondit Camilla en jetant la missive à Belle.

— Oh, Seigneur, c'est seulement Sophie. Si j'étais elle, jamais il ne me viendrait à l'idée de réclamer votre compagnie. Pourquoi ne s'adresse-t-elle pas à nous, pour une fois ?

— Mrs Gardiner ne vous considérerait pas comme une escorte sérieuse, répliqua Fanny.

— Pourquoi aurait-elle besoin d'une escorte ? (Belle, incrédule, secoua la tête.) Ce n'est pas moi qui exigerais d'en avoir une, si je devais aller me promener avec un soupirant ! Camilla aime peut-être tenir la chandelle, mais, moi, je trouve cela très singulier.

— Et pourquoi veut-elle rendre visite à Mrs Rowan ? s'enquit Georgina. C'est la femme la plus bizarre qui soit, et tout le monde sait qu'elle est la maîtresse de Mr Portal. Je suis surprise que Mrs Gardiner l'estime assez respectable pour autoriser Sophie à lui rendre visite : elle est tellement vieux jeu à ce sujet !

Fanny s'empressa de mettre fin à ces critiques.

— Allons, ne racontez pas de bêtises ! Mrs Rowan est parfaitement respectable, et vous ne devez pas dire qu'elle est la maîtresse de qui que ce soit : il est tout à fait incorrect d'insinuer de telles choses.

Les jumelles haussèrent les épaules, échangèrent un regard dédaigneux puis, comme le message provenait seulement de Sophie et que l'affaire ne concernait aucun mâle, leur intérêt s'émoussa.

— Si Mrs Gardiner veut que vous y alliez, vous devriez le faire, dit Fanny. Mais il est vrai que cela m'intrigue. Vous êtes sûre que cela ne vous gêne pas ?

— Pas du tout.

Dans son for intérieur, Camilla trouvait étrange elle aussi que Sophie souhaite assister à l'une des réunions de Mrs Rowan. Elle n'appréciait pas ce genre d'assemblée, et s'y ennuierait sans doute à mourir.

En revanche, la requête de Sophie ne sembla ni inquiéter ni surprendre Mrs Gardiner.

— Mr Wytton se rend souvent là-bas, n'est-ce pas ? Il est bien normal que Sophie ait envie de passer du temps avec lui, parmi ses amis les plus proches. Je suis certaine que c'est avec eux qu'il se sent le plus à l'aise, car, même s'il s'agit d'un danseur hors pair et qu'il paraît toujours à son avantage lors d'occasions formelles, c'est tout de même un homme intelligent, qui apprécie une compagnie plus stimulante que celle des bals et des soirées mondaines.

Camilla convint que Wytton s'amusait beaucoup lorsqu'il était en visite chez Mrs Rowan. Toutefois, selon elle, rien ne serait plus ennuyeux pour Sophie que les sujets de discussion à l'ordre du jour chez son amie, à savoir la littérature, l'art, la politique et les voyages.

Wytton fut à la fois étonné et mécontent de voir Sophie entrer avec Camilla. Il s'aperçut, se moquant de lui-même, qu'il considérait les appartements de Mrs Rowan comme faisant partie de son univers exclusivement masculin, un pan de sa vie qu'il ne souhaitait pas partager avec Sophie – ce qui était absurde, puisque les réunions de Mrs Rowan comptaient toujours quelques femmes. Il les tolérait d'ailleurs parfaitement – même Miss Camilla Darcy, dont la présence l'avait tout d'abord irrité. Était-elle un bas-bleu ? avait-il alors songé. Elle allait vite comprendre qu'elle n'était pas à sa place, et en serait tout à fait mal à l'aise. Au moins, il ne la reverrait pas là. Mais elle était revenue, et avait même paru s'en sortir à merveille. Il devait avouer qu'elle avait le don de s'adresser aux invités masculins de Mrs Rowan avec vivacité, sans pour autant verser dans la coquetterie.

Il n'avait pas ignoré les regards flatteurs qui glissaient sur elle, les œillades chaleureuses que lui lançaient les hommes venant discuter, s'amuser et se laisser divertir, mais, de la part de Camilla, il n'y avait aucun désir de séduction. Cela ne venait pas d'une nature sérieuse : il l'avait vue flirter avec un plaisir manifeste à plusieurs reprises lors de fêtes et de soirées dansantes. Sophie avait d'ailleurs plus d'une fois fait des remarques – assez peu flatteuses – sur le comportement de sa cousine. Wytton riait en écoutant ses critiques, disant qu'il était sûr que Camilla n'essayait pas d'attirer un mari potentiel dans ses filets, et qu'elle ne cherchait pas non plus à voler le soupirant d'une amie, comme tant de jeunes filles avaient tendance à le faire.

La présence de Sophie l'embarrassa. Camilla n'aurait aucune difficulté à s'intégrer à l'assemblée, mais Sophie, elle, se sentirait perdue, et donnerait une piètre image d'elle-même. À moins, évidemment, qu'elle ne choisisse de converser avec cet idiot d'Allington – Dieu seul savait pourquoi il se trouvait là.

Le capitaine Allington salua Camilla avec enthousiasme, lui disant combien il était heureux de la voir.

— Je suis venu m'entretenir avec Mr Portal, expliqua-t-il, car c'est un expert éminent du sous-continent, et il se peut que mon régiment soit envoyé aux Indes.

— Aux Indes ! Comme je vous envie ! N'êtes-vous pas ravi à l'idée de partir ?

Il hésita avant de répondre.

— En ma qualité de militaire, à cette période, avec la défaite de Napoléon et sans guerre européenne en perspective, je devrais me réjouir d'être affecté dans un endroit où il y aura peut-être un peu d'action.

— Mais ce n'est pas le cas ?

— En toute franchise, Miss Camilla, je ne suis pas fait pour être soldat. C'est une profession qu'on a choisie à ma place. En tant que fils cadet, avec pas moins de deux sœurs et quatre frères aînés, je me dois d'avoir un métier : il faut que je gagne ma vie. Je n'avais guère de choix : c'était soit l'armée, soit les ordres, puisque je ne suis pas assez brillant pour le droit.

Camilla se souvint de sa présence assidue à l'office du révérend Valpy : tout homme capable d'écouter plus de cinq minutes les prêches de cet ecclésiastique avait forcément de grandes dispositions pour la religion.

— N'auriez-vous pas préféré entrer dans les ordres ?

— Deux de mes frères y sont déjà. Ils ont du mal à joindre les deux bouts, mais ils se sont laissé influencer par ma famille, qui pense que l'Église est en mesure de leur offrir un avenir stable. J'ai un autre frère dans la marine, mais ce corps ne me plairait pas plus que l'armée. Ce serait même pire, en vérité, car je suis terriblement sujet au mal de mer.

— Allons, allons ! s'écria Mr Portal. Cela n'a jamais empêché quiconque de faire carrière dans la marine ! Nelson était toujours nauséeux lors de ses premiers jours en mer.

— Oh, je sais, mais dans mon cas ce n'est pas seulement l'affaire de quelques jours. Je suis allé aux Antilles et j'ai été malade durant tout le voyage, aussi bien à l'aller qu'au retour.

— Alors je comprends pourquoi l'idée de partir pour les Indes vous effraie, répondit Camilla. Cela dit, c'est juste le temps de la traversée, pas toute la vie. Je vous conseille de consulter le docteur Molloy. Il a au nombre de ses amis des chirurgiens maritimes qui connaissent certainement un ou deux remèdes contre le mal de mer. Si les vents sont favorables, vous ne tarderez pas à vous retrouver sain et sauf sur la terre ferme. Pensez seulement à tout ce qu'il y aura à faire et à voir ! Les gens, les coutumes, les paysages totalement différents, la faune et la flore abondantes – que de nouveautés à découvrir !

Portal se mit à rire.

— Eh bien, Camilla, c'est vraiment dommage que vous ne soyez pas née homme : quelle vie aventureuse vous auriez menée !

— La réalité est toutefois différente, répliqua Allington. (Il regarda d'un air sinistre le visage empreint de ferveur de la jeune femme.) La vie de soldat dans les cantonnements n'a pas grand-chose à voir avec la liberté des touristes. Les Indes ont peut-être à offrir tout ce que vous avez énoncé, mais je crains qu'un militaire n'ait pas le loisir d'en profiter.

— Dites-moi, si vous n'aimez pas être soldat, qu'auriez-vous souhaité faire ?

— Fermier, répondit-il sans hésiter. J'aurais adoré cela. Ma famille vient de la campagne, et je ne crois pas qu'il existe de meilleure façon de passer la journée pour un homme que de travailler la terre. J'élèverais aussi des chevaux, si j'en avais l'occasion.

— Voilà un rêve très répandu, déclara Mrs Rowan d'une voix compatissante. Il y a tant de grands propriétaires terriens qui choisissent désormais de vivre et de travailler dans leur domaine !

— De grands propriétaires terriens, comme vous dites, rétorqua Allington. Mais pas un pauvre hère comme moi, qui n'ai pas hérité de la moindre parcelle.

Tous approuvèrent. Nombre d'entre eux vivaient eux aussi cette situation difficile, à n'en point douter. Mais ainsi fonctionnait le monde : les fils cadets devaient se débrouiller ; la terre se transmettait d'aîné en aîné, sans être partagée.

Camilla connaissait plusieurs cas comme celui-là – des fils cadets de ses voisins, dans le Derbyshire. Après tout, peut-être valait-il mieux être une femme qu'un cadet indigent – à condition d'être pourvue d'une belle dot, et de faire un bon mariage, promesse d'une nouvelle vie. Cela dit, le plus souvent, une fille de propriétaire terrien épousait un autre propriétaire terrien ; celle d'un évêque épousait un pasteur, et une jeune aristocrate quittait la vaste demeure de son père pour emménager dans celle de son mari, qui n'était guère différente. Où donc était la nouveauté ?

Certaines, pourtant, parvenaient à gravir les échelons. Sophie, par exemple. La fille d'un négociant riche et prospère, même si Mr Gardiner avait tout d'un gentleman, ferait dans la plupart des cas un mariage hors de son milieu. Comme Sophie. La fortune de son père, combinée à la grande beauté de la demoiselle, lui avait ouvert les portes d'un univers où la naissance et la famille l'emportaient sur les capacités intellectuelles.

Camilla ne serait jamais concernée par l'ambition sociale qui forçait Sophie à quitter son milieu pour un autre. Elle et ses sœurs avaient un nom reconnu, des relations, une vaste lignée – à l'inverse de sa cousine. Pour Camilla, il était donc facile d'en faire fi, puisque ce n'était pas d'une importance capitale. Mais, pour les parents de Sophie, il était primordial que leurs petits-enfants intègrent, de droit et par leur rang de naissance, un ordre social supérieur au leur. Les Gardiner avaient une conception moderne du mariage : jamais ils n'auraient obligé Sophie à épouser un homme contre son gré afin de gravir l'échelle sociale, mais Wytton convenait aussi bien à la fille qu'à ses parents.

Wytton avait la chance d'être l'aîné. Allington, quant à lui, n'hériterait de rien ou presque. Pourtant, il était jeune et avait suffisamment d'énergie pour visiter le vaste monde ; il en avait également la liberté. La situation du capitaine lui semblait donc plus enviable que celle des jeunes femmes aux choix limités : être mariées ou finir vieilles filles.

Il ne faisait pas bon s'attarder sur le sujet ; aussi chassa-t-elle ces idées noires pour observer Sophie, prise dans les rets de Piers Forsyte, un poète à la figure sinistre, au corps longiligne et anguleux, et dont le flot de paroles était impossible à endiguer. Elle lançait des regards si implorants au capitaine Allington, qui se tenait tout près, que Camilla eut envie d'éclater de rire. C'était là une mission de sauvetage toute trouvée pour le galant soldat. En effet, quiconque serait capable de couper Mr Forsyte au beau milieu d'une phrase méritait la médaille du courage.

—Ah, vous voyez, le capitaine a réussi à river son clou à Mr Forsyte, fit remarquer Mrs Rowan, les yeux rieurs. Il manque peut-être de jugeote, mais il est très adroit. C'est vraiment un jeune homme sympathique ; quel dommage qu'il doive partir pour les Indes ! Il est fort probable qu'il y succombera d'une fièvre mortelle.

Sophie se raidit, et son sourire de reconnaissance adressé au capitaine s'évanouit. Pendant un instant, elle parut fort malheureuse, puis elle recouvra sa bonne humeur, remercia Mr Forsyte de l'avoir éclairée sur la piètre opinion qu'elle devait se forger sur l'œuvre de Mr Wordsworth, puis présenta un visage poli et neutre à Allington. Celui-ci, plutôt surpris par ce changement d'attitude chez la jeune fille, hasarda un commentaire léger qui fut accueilli d'un regard glacial, puis se retira.

— Pagode, allez donc parler à Miss Gardiner, suggéra Mrs Rowan, avant que quelqu'un d'autre s'emploie à la faire mourir d'ennui, comme ce pauvre Forsyte.

— Elle ne voudra pas discuter avec un vieillard comme moi, répondit Mr Portal.

Malgré tout, il se leva consciencieusement et se dirigea vers Sophie.

— Voyez-vous, je m'efforcerai de faire fuir tout homme jeune désireux de vous approcher pour vous garder rien qu'à moi. Ils vont m'envier, en me voyant assis à côté de vous ! N'ai-je pas de la chance de me trouver en compagnie de la plus jolie fille de l'assemblée ?

— Quel séducteur, celui-là, déclara Mrs Rowan en posant un regard débordant d'affection sur le large dos de Pagode Portal. Et vous, Camilla, comment allez-vous ? Vous me paraissez bien pâle – je sais que vous ne m'en voudrez pas de vous le dire. Je suis sûre que vous faites beaucoup d'exercice, avec votre manie d'aller partout à pied. Ce n'est donc pas un souci physique qui vous afflige. Peut-être le temps lourd et l'insalubrité de Londres vous dépriment-ils ? Cela peut devenir très désagréable quand il fait chaud et qu'il n'a pas plu depuis longtemps.

— Oh, je ne me sens pas déprimée du tout, mentit-elle. Comment l'être dans cette ville, où il y a toujours tant à faire et à voir ?

— Dans ce cas, vous avez sans doute trop dansé et vous êtes exténuée.

Camilla rit de bon cœur.

— Oh, non, vous vous trompez : voilà une activité dont je ne me lasse jamais.

— Irez-vous à la réception des Mersham ? Ce sera le point culminant de la Saison. Lorsqu'ils donnent un bal – ce qui arrive tous les trois ou quatre ans –, c'est toujours une merveilleuse fête.

— Oui, nous avons toutes hâte d'y aller. Belle et Georgina y sont également conviées : elles sont folles de joie à la perspective de cette soirée.

— Elles sont si jolies, elles embelliraient n'importe quelle salle de bal. Quel dommage que votre mère ne soit pas là pour assister à leur succès ! Je suis certaine qu'elle aurait été ravie.

Malgré sa bienveillance, cette remarque fit grimacer Camilla. Par bonheur, sa mère n'était pas là : elle n'aurait pas du tout aimé la recherche effrénée des plaisirs et le badinage des jumelles. Et il était encore plus heureux que son père soit absent, même si, dans le cas contraire, il aurait tempéré le zèle des jumelles à se jeter dans ce tourbillon social. Grâce à lui, Camilla aurait sans doute plus apprécié sa Saison à Londres.

— Elles ne tarderont pas à se marier et à se calmer, dit Mrs Rowan en posant sur Camilla un regard incisif. Sont-ce vos sœurs qui vous inquiètent ? Est-ce pour cela que vous paraissez si sérieuse ?

— Je suis parvenue à la conclusion que Londres est un endroit périlleux, surtout pour les jeunes femmes célibataires.

— Un soupçon de danger donne du piment à la vie. Vous préféreriez qu'elles mènent une existence rangée et terne, plutôt que de suivre leurs penchants naturels ?

— Les penchants naturels conduisent invariablement aux ennuis. Les jumelles se verront cataloguées « séductrices incorrigibles » et seront boudées par les meilleurs partis – si elles étaient en quête de mari, ce qui ne devrait pas être le cas puisqu'elles n'ont que dix-sept ans. Quant à Letty, avec sa morale et ses associations, je ne sais pas ce qui lui arrive : elle a toujours eu cette disposition, mais jamais à un tel degré. Tout est la faute de ce crapaud de Valpy.

— Votre sœur est seule responsable de son comportement. Je suppose qu'elle voulait se protéger d'un monde dans lequel elle se sent en difficulté. Mais son bon sens reprendra le dessus, et, à propos de cet ecclésiastique, elle finira par y voir clair ; le plus tôt sera le mieux, puisque manifestement vous trouvez son goût pour cet homme alarmant. Et vous avez bien raison : c'est un odieux personnage.

Mrs Rowan s'interrompit, accueillit un nouveau visiteur et fit signe à un domestique d'apporter une boisson à Camilla.

— Et comment se porte votre musicienne de sœur ? Elle au moins ne vous cause pas de soucis.

Camilla ne partageait pas les certitudes de son amie sur ce point.

— Elle s'efforce ces temps-ci d'afficher un air des plus innocents. On lui donnerait le bon Dieu sans confession, mais je la soupçonne de préparer un mauvais coup.

— Elle a une excellente gouvernante. Cela ne doit pas être bien grave, ni lié au monde extérieur. Bénie soit la salle d'étude !

— Tant qu'elle y est.

Et à condition que la gouvernante en question ne consacre pas trop de temps et d'attention à ses efforts littéraires, au point de ne pas remarquer ce que trame son élève. Camilla aurait pu jurer qu'Alethea enfreignait un interdit.

Elle se ressaisit : elle était en train de devenir aussi pénible que Letty, avec ses craintes incessantes et ses angoisses pour la santé et la sécurité des uns et des autres. Si c'était Londres qui la rendait ainsi, alors Letty avait raison : elle ferait mieux de décamper au plus vite pour rejoindre Pemberley.

Du moins, après le bal des Mersham.

La vie privée de Mrs Beecham se résumait à une longue suite de scandales. Nul ne savait si, comme le proclamaient certaines de ses victimes, sa grande expérience lui permettait de dénicher ceux qui émaillaient l'existence des autres, mais, de fait, presque tout le beau monde craignait son insatiable curiosité et sa langue bien pendue.

Elle aimait la sensation de puissance qu'elle en tirait et se donnait par conséquent beaucoup de mal pour faire en sorte que chaque dispute, chaque rendez-vous clandestin, chaque amant caché dans le placard, ou chaque importante perte aux jeux n'échappe à personne. Entourée d'un cercle d'amis pourvus du même état d'esprit, elle raffolait des histoires de salons – et, si possible, de chambres à coucher – concernant la société londonienne.

Au premier regard qu'elle avait jeté sur les sœurs Darcy, tous ses sens avaient été en alerte. Quatre filles riches, belles et inconnues à Londres, leurs parents à l'étranger : elles allaient bien commettre un faux pas, voire enfreindre allégrement les lois strictes régissant la conduite des jeunes femmes célibataires de bonne famille. Surtout lorsque deux d'entre elles étaient bien trop jeunes pour paraître en public ! Où donc Fanny Fitzwilliam avait-elle la tête ? Constatant l'exceptionnelle et voluptueuse beauté des jumelles, Mrs Beecham avait aussitôt su qu'elles se détourneraient du droit chemin. Pas de mariage de raison pour ces deux-là, ça non, c'était tout à fait improbable !

Elle s'était délectée de l'affaire Busby, pourléchée de l'échec de Leigh, et attendait avec impatience le bon moment pour réduire à néant les aspirations sociales et les espoirs matrimoniaux de ces naïves donzelles. Qu'elles soient cousines avec la gaminé des Gardiner – qui n'avait rien de recommandable hormis sa rente – aurait suffi à attiser sa colère. Mais il y avait autre chose. Par le passé, Darcy, orgueilleux et arrogant comme à son habitude, l'avait repoussée sans ménagement. Jamais Mrs Beecham n'oubliait ni ne pardonnait une rebuffade. Elle prendrait un rare plaisir à démolir pas une, mais ses quatre misérables filles.

Comme ils allaient être malheureux, lui et cette arriviste de Mrs Darcy, lorsque la nouvelle leur parviendrait, dans le pays folklorique où ces idiots étaient partis ! Et cet imbécile de Wytton serait bien embarrassé de s'être lié à la famille Darcy.

Mrs Beecham salua chaleureusement George Warren. Elle l'aimait pour ce qu'il était, pour son physique attrayant et ses manières désinvoltes, mais l'estimait surtout pour le lot de ragots cruels qu'il déposait si souvent à ses jolis pieds.

Ayant un goût prononcé pour les jolis pieds, il lui avait récemment offert plus d'une dizaine de paires de chaussures achetées lors de ses voyages à l'étranger.

— Je connais votre pied par cœur, lui avait-il dit. Elles vous iront donc parfaitement, et j'espère vous voir porter chacune d'entre elles – une différente à chacune de mes visites.

C'est pourquoi, reconnaissant sa façon si particulière de frapper à la porte, elle s'était précipitée dans sa garde-robe pour retirer d'un papier argenté une magnifique paire de mules en velours noir pourvue de minuscules talons de verre. Elle les avait enfilées puis était retournée au salon, prête à l'accueillir. Sans les souliers pour le stimuler, il n'était pas le même que lorsque ses yeux se posaient sur un pied joliment chaussé, et l'ardeur était un trait qu'elle chérissait chez un amant.

Même les potins pouvaient attendre que l'on se soit affairé et amusé sur un registre plus intime ; ce fut donc avec un grand bien-être et une satisfaction profonde que Mrs Beecham, lissant le devant de sa robe de soie, demanda enfin à George de lui raconter les dernières nouvelles.

— Il paraît que Rampton songe à faire une offre pour Belle Darcy. On lance des paris à ce sujet, dans les clubs.

— Croyez-vous cela possible ?

Il réfléchit un instant.

— Les rumeurs ne tiennent pas compte du point de vue de son père sur ce genre de demande en mariage. Non, non, à mon avis, pour qu'une telle union ait lieu, il faudrait qu'il l'enlève ou la viole.

Les prunelles de Mrs Beecham s'éclairèrent.

— Rampton serait-il capable de prendre un tel risque ? Je sais que sa situation est désespérée, mais tout de même ! C'est un poltron, et cela se finirait en duel au pistolet, n'est-ce pas ?

George haussa les épaules.

— J'en doute. Qui volerait au secours de l'honneur de cette fille ? Mr Gardiner, le négociant ?

Ils éclatèrent de rire.

— Je crois qu'il y a un grand-père – un pauvre vieux qui souffre de la goutte. Mais il est peu probable qu'il surgisse en ville dans son fauteuil roulant pour prendre fait et cause pour sa petite-fille !

— Qu'en sera-t-il de Fitzwilliam : elle est sous sa responsabilité, et c'est l'un des meilleurs tireurs de Londres.

— Fitzwilliam ne fera rien. Il a déjà dit à plusieurs reprises ce qu'il pense de la folie des duels et n'a pas envie de se ridiculiser plus qu'il ne le fait déjà. Non, le seul obstacle est Rampton lui-même : ses manières sont trop raffinées pour qu'il se laisse embarquer dans une telle affaire, quel que soit son besoin de mettre la main sur une grosse fortune. Du reste, si ce que l'on raconte est vrai, 50 000 livres ne suffiraient même pas à effacer ses dettes.

— C'est fort dommage, répondit Mrs Beecham avec un profond soupir. Et puis il y a l'autre jumelle qui se languit de Mordaunt. Lui ne fera que flirter avec elle, sans aller plus loin. Il n'est pas assez naïf pour mettre le doigt dans un imbroglio pareil.

— Mordaunt est du genre à bien cacher son jeu. J'ignore si ses domestiques…

— De vraies tombes, tous autant qu'ils sont. Ni les pots-de-vin ni les menaces n'ont pu leur arracher le moindre mot. C'est très regrettable : je suis au point mort avec les sœurs Darcy. Je plaçais tant d'espoir dans la venue de Busby à Londres ! Puis votre chère mère a fait quelques suggestions, et j'ai cru que vous réussiriez à infliger une bonne leçon à Miss Camilla, pour lui rendre la pareille… mais il semblerait que vos charmes la laissent froide.

Elle s'avança jusqu'au miroir et y admira son reflet, qu'elle estimait très avantageux. Miss Camilla avait peut-être de grands yeux radieux et une poitrine superbe, mais elle était incapable de mesurer le charme et la qualité d'un homme tel que George Warren. Quelle gourde !

— Elle a d'autres chats à fouetter, répondit George Warren d'un ton laconique. De plus, elle ne me plaît pas. Non, je nourris d'autres projets pour elle. Savez-vous qu'elle passe beaucoup de temps avec Wytton ? Où qu'il aille avec sa fiancée, Camilla Darcy est de la partie. Je me demande bien pourquoi ! À l'évidence, il apprécie sa conversation et son espièglerie, que d'aucuns qualifient « d'esprit ». Essaierait-elle de le détourner de sa cousine ?

Mrs Beecham considéra cette délicieuse intrigue, puis nia de la tête.

— Il est trop tard pour provoquer une rupture. L'accord est signé, la date du mariage arrêtée. Elle est capable d'abandonner un soupirant, comme elle l'a fait de manière si cruelle avec ce pauvre sir Sidney, mais, malgré toutes ses manigances, elle sait qu'il n'y a pas moyen pour Wytton d'échapper à ses fiançailles avec Sophie Gardiner. Je vous le garantis, elle le sait aussi bien que les autres, et elle est sans doute trop fière, comme tous les Darcy, pour se laisser prendre au piège.

— Elle a commis une erreur avec sir Sidney. Pourquoi n'en ferait-elle pas une autre avec Wytton ?

Les yeux de Mrs Beecham s'étrécirent.

— Cette gamine n'est pas près de tomber de nouveau amoureuse. Elle a été blessée dans son orgueil, vous pouvez me croire, et se languit encore certainement de sir Sidney, ce qui est vraiment un comble. Quelle sotte ! Elle apprendra bien vite ce que la vie réserve.

— Vous avez raison, en convint George. C'est dommage, car Wytton ne se relèverait jamais d'un scandale pareil – ce qui ne vous déplairait pas, je me trompe ?

— Je me moque bien de Wytton. Je l'ai toujours jugé ennuyeux, rétorqua Mrs Beecham dans un haussement d'épaules. (Elle réfléchissait au plan de Warren.) Attendez. Ce que nous savons là, les autres l'ignorent peut-être. Je crois que vous n'avez pas tort ; nous pourrions nuire à Miss Camilla, à la tranquillité d'esprit de la future mariée, et à la réputation de Wytton si tout le monde apprenait qu'elle s'est mis en tête de voler l'affection de Wytton à sa cousine.

— Formidable ! s'écria Warren, ravi. Je suis content que mon idée vous plaise. Dès qu'elle m'est venue, je l'ai trouvée brillante. Attention, ce ne sera pas facile. Wytton est en général apprécié, malgré son discours parfois excentrique. Il va nous falloir diablement ruser pour rendre l'histoire crédible.

L'esprit de Mrs Beecham était en ébullition.

— Oui, voilà l'occasion rêvée de salir un peu plus le nom de Miss Camilla. Elle passe pour un bas-bleu, et cela la dessert. Elle ne devrait pas rendre si souvent visite à Mrs Rowan.

— Tout cela jouera en notre faveur. Ce n'est pas du tout un bas-bleu, nous le savons désormais de source sûre. Si elle y va, c'est uniquement parce que Wytton y est. Mrs Rowan lui sert d'alibi, c'est vieux comme le monde ; tout le reste n'est qu'un prétexte. On me croira sur parole, c'est moi qui ai rendu publique sa mauvaise habitude d'aborder des sujets inconvenants avec Pagode et compagnie. Désormais, je vais pouvoir prétendre que tout cela n'était qu'un mensonge, une couverture pour lui permettre de voir Wytton.

— C'est peut-être réellement le cas.

— Non, c'est un genre de petit prodige. Son semblant d'érudition lui permet de se prononcer sur des sujets qu'elle connaît à peine et comprend encore moins. Wytton fait juste partie de son public, et cela ne m'étonnerait pas qu'il juge ses bavardages assommants. Mais ça, nous pouvons le garder pour nous. Ceux qui fréquentent Mrs Rowan trouveront indigne de démentir ces rumeurs : ce sont des philosophes ; ils s'estiment au-dessus de ces trivialités.

Chapitre 22

Camilla avait-elle réellement vu ce qu'elle pensait avoir vu, là-haut, dans la galerie ? Non, impossible. Son imagination la trompait. C'était une illusion d'optique, voilà tout.

Si seulement l'orchestre pouvait cesser de jouer, et ce maudit quadrille se terminer ! Quelle chaleur ! Et toutes ces lumières, toutes ces couleurs qui l'éblouissaient ! La musique était assourdissante ; la mélodie assommante lui martelait le crâne sans discontinuer. Pourquoi diable avait-elle accepté l'invitation de cet homme ? Un vrai rustaud ! Pourquoi s'acharnait-il à vouloir lui faire la conversation quand les pas de danse les rapprochaient l'un de l'autre ? Ne voyait-il pas qu'elle n'écoutait pas un traître mot de ce qu'il disait ?

Enfin, le quadrille s'acheva. Le malheureux offrit son bras avec reconnaissance à sa partenaire afin de la reconduire vers un siège, à côté de Fanny. La jeune femme s'excusa et, dans sa hâte, s'arracha presque à lui.

Elle avait rêvé, rien de plus, mais elle devait en avoir le cœur net.

Elle avança aussi vite et aussi discrètement que possible mais, avant qu'elle ait pu quitter la salle, la foule de gens massés devant l'entrée s'écarta pour laisser passer un petit groupe de nouveaux venus.

Camilla, les pieds cloués au sol, leva une fois de plus les yeux. Oh, non, elle ne pouvait pas y croire !

Et pourtant, si. Où était Letty ? À présent, son unique objectif était de trouver sa sœur pour la prévenir.

Elle arriva trop tard. Au même instant, Letty, se mouvant avec grâce et beauté, tourna sur elle-même pour revenir dans la danse et se retrouva nez à nez avec Tom Busby.

Et pas seulement lui, qui demeurait planté là, rayonnant de joie à la vue de son ancienne amie, mais aussi sa femme. Petite, brune – oh, pourquoi fallait-il qu'elle soit si brune ? – avec de grands yeux et une bouche charnue, volontaire. Une version miniature de Letty, en plus mutine. Une ravissante créature.

Letty les dévisagea, vacilla, perdit sa place dans la danse et resta figée. Elle blêmit en regardant d'abord Tom, puis celle qui l'accompagnait. Il s'approcha pour la saluer, prit son épouse par la main pour la présenter et s'arrêta, stupéfait, quand Letty, le regard vide, leur tourna le dos, les ignorant tous les deux. D'un pas hésitant, elle reprit sa place parmi les danseurs.

Le spectacle avait duré moins d'une minute. Letty s'était très vite ressaisie, mais ces quelques secondes avaient suffi : le mal était fait. Elle avait exposé aux yeux de tous ses sentiments, son humiliation et sa colère. Ceux qui avaient assisté à la scène en firent aussitôt le compte-rendu à ceux qui l'avaient manquée, et, un instant plus tard, la nouvelle faisait le tour de l'assemblée.

Fanny était horrifiée. Elle savait mieux que personne à quel point la rencontre avait été désastreuse. Tout le monde en avait profité ! Et la réaction de Letty avait été si rapide, si vive !

— Comment peut-on être aussi stupide et cruel ? dit-elle à Camilla. Cet homme ne doit plus avoir toute sa tête, même s'il paraît remis de son accident !

— Tom n'a jamais eu une once de bon sens, ni de sensibilité, l'informa Camilla. Je ne le supporte pas, non, ni Letty, d'ailleurs.

Une fois la danse terminée, Letty, les joues encore en feu et le regard désespéré, était revenue vers Fanny et Camilla pour demander à sa cousine de la ramener à la maison.

—Non, rétorqua Camilla avant même que Fanny ait le temps de répondre. C'est hors de question. Vous devez rester, et garder le sourire. Poursuivez la soirée en vous comportant comme si de rien n'était. Plus vous aurez l'air troublée, plus les gens jaseront.

Camilla, impitoyable, avait poussé sa sœur à participer à la danse suivante avec pour cavalier le gentil et compétent Barleigh Barcombe. Il était prévu qu'il danse avec Camilla, mais il prit tout de suite la mesure de la situation : il avait suffi d'un échange de regards et de quelques mots pour qu'il entraîne Letty avec lui.

—Mieux vaut qu'elle reste en mouvement et se concentre sur ses pas, confia Camilla à Fanny. En toute franchise, je ne pense pas que je souffrirai d'entendre un mot de plus sur Tom Busby.

—Quelle malchance que sa femme soit si ravissante !

—En effet, Letty aurait été plus encline à lui pardonner si son épouse avait eu un physique plus commun. Comment se fait-il qu'une Belge soit si jolie ? Je croyais que leur canon de beauté était plutôt Anne de Clèves, la reine si laide que le roi Henri VIII ne voulut point consommer leur mariage, et voici que nous nous trouvons en présence d'une délicieuse créature !

Fanny hésita.

—Dites-moi, pensez-vous que Tom a réellement perdu la mémoire ? Certaines personnes affirment… vous savez… que ce n'était qu'une ruse pour échapper à ses fiançailles avec Letty.

Camilla avait elle aussi entendu cette hypothèse – de la pure méchanceté, selon elle.

—Non, je crois sa version. Tom a toujours eu le chic pour se mettre dans le pétrin, mais jamais il n'a eu recours au mensonge pour se tirer d'affaire. Ce n'est pas quelqu'un de malhonnête.

Mr Valpy s'approcha, propre, lisse et onctueux, essayant de ne pas laisser paraître dans son regard la curiosité qui le démangeait. Il leur adressa une ébauche de salut.

— Vous ne dansez pas, Miss Camilla ? Me feriez-vous l'honneur ?

— Merci, mais je me repose pour le moment.

Haussant les sourcils, il esquissa un sourire pincé et repartit d'une démarche élastique.

— Les ecclésiastiques devraient être bannis des salles de bal, déclara Camilla d'un ton irrité. Ils n'ont rien à faire dans ce genre d'endroit.

Fanny observait Letty et Barcombe.

— Avec une exception pour Barleigh Barcombe : regardez comme il danse bien. Il paraît tout à fait à son aise. C'est un homme d'Église qui aime les choses matérielles, à n'en point douter. Il vient d'une excellente famille, et cela fait toute la différence. Il sait se tenir.

— Pas quand il est en compagnie de Belle : il la contemple comme un nigaud.

— Camilla, je vous trouve bien grognon, ce soir. Ne pensez plus à la réaction de Letty. Vous savez que vous ne devez pas avoir l'air fâchée : cela déclenchera de nouveau les commérages. Les gens diront que vous êtes vous aussi bouleversée par l'apparition de Tom Busby et de son épouse. De plus, vous ferez fuir tous les hommes, avec cette expression féroce.

— Qu'ils fuient.

Camilla se ressaisit : elle devrait avoir honte ! Fanny tentait juste de minimiser un événement qui l'avait profondément troublée, car la réaction de Letty à la vue de Tom Busby, et la perspective de ce qu'on allait en penser, avait largement suffi à lui mettre les nerfs en pelote. Fanny savait mieux que personne quel jugement ces gens sans pitié porteraient sur l'étalage des émotions de Letty. Elle n'avait pas le droit d'aggraver les souffrances de sa cousine. Pauvre Fanny, qui avait commencé la Saison le cœur si léger, se réjouissant à l'avance des moments merveilleux qu'elles allaient connaître !

Il ne servait à rien de ressasser ainsi les événements. Après tout, l'affaire Tom et Letty n'était pas une nouveauté ; l'excitation et les commérages ne tarderaient pas à se tasser, car il n'y avait rien de plus à ajouter sur le sujet. Arborer un visage souriant, paraître de bonne humeur et indifférente à l'impair commis par sa sœur, c'était bien la seule attitude à adopter pour ne pas empirer la situation.

Non, elle ne danserait pas avec Valpy, mais la soirée ne faisait que débuter. Elle avait beau souhaiter se trouver n'importe où ailleurs, il s'écoulerait encore de nombreuses heures avant qu'elles puissent quitter le bal sans susciter de commentaires, aussi valait-il mieux se résigner à penser aux danses, aux conversations, aux rires, et faire mine de se délecter des splendeurs de la fête – comme si de rien n'était.

Tout d'abord, elle devait monter dans la galerie. Après avoir jeté un bref coup d'œil en hauteur, elle fut rassurée : il n'y avait aucune matière à s'inquiéter. La vision n'était que le fruit de son imagination, bien sûr. Malgré tout, elle ne serait pas tranquille tant qu'elle n'aurait pas vérifié par elle-même que ses craintes étaient infondées. S'excusant auprès de Fanny, elle se glissa le long des murs de la salle de bal pour gagner la porte la plus proche de la galerie, où jouaient les musiciens.

Un homme lui barra le passage. Le maudissant intérieurement, elle se décala pour poursuivre son chemin.

C'était Wytton, et il n'avait pas l'intention de la laisser avancer.

— Un problème ? Tout va bien ? s'enquit-il. Je peux peut-être vous aider.

— Ce n'est rien… J'ai cru reconnaître quelqu'un. Aucune importance.

— Si j'en juge par votre expression, c'est exactement le contraire. (Il remarqua son hésitation.) Vous pouvez me faire confiance.

Le ton légèrement ennuyé qu'il avait employé la rassura : Wytton ne faisait pas preuve d'une curiosité gênante et agissait seulement par politesse. Ou bien, elle se trompait ; elle s'en voudrait alors énormément de lui avoir dévoilé ses soupçons, et d'avoir cru un instant que sa sœur ait pu commettre un acte si outrancier, si impardonnable !

Et si c'était bien elle ? Comment gérer la situation, toute seule ? Sans aide, elle ne ferait qu'attirer l'attention sur elles et le scandale tant redouté éclaterait. Il y avait Fanny, mais il valait mille fois mieux qu'elle ne sache rien. Sitôt sa cousine au courant, Fitzwilliam le serait aussi puisqu'elle lui racontait tout. Camilla ferma les yeux en songeant avec épouvante aux visages stupéfaits, aux scènes, accusations et condamnations qui s'ensuivraient.

Avait-elle le droit d'impliquer Wytton dans une affaire qui touchait sa famille ? Oh, si seulement Mrs Gardiner avait été là ! Maudite soit sa cheville, maudite soit sa tante pour ne pas avoir été en mesure d'accompagner Sophie au bal ! Parce que son épouse avait refusé de s'y rendre, Mr Gardiner avait lui aussi choisi de rester chez lui – pas vraiment à contrecœur, sans doute. Il aurait été l'homme de la situation. Pourquoi les gens n'étaient-ils jamais là quand on avait besoin d'eux ?

Wytton serait bientôt un membre à part entière de la famille. Si la conduite de Letty l'indignait, eh bien, il pourrait toujours mettre un terme à ses relations avec les Darcy. Sophie n'était pas proche de ses cousines au point d'avoir envie d'un contact quotidien ou régulier. De plus, si elle mettait Wytton dans la confidence, leur amitié risquait de s'en trouver menacée – amitié, admit-elle, à laquelle elle aurait grand-peine à renoncer. Cependant, cette constatation ne devait pas prendre le pas sur la situation délicate de sa sœur. De toute façon, si son terrible exploit venait à être découvert, Wytton l'apprendrait en même temps que les autres, et, s'il décidait de rompre toute relation avec elle à cause de cette histoire, elle n'aurait aucun moyen de l'en empêcher.

—Soit, dit-elle.

Ils se tenaient désormais sur le côté de la salle, avec une vue imprenable sur les musiciens. Elle leva les yeux, d'abord vers la foule étincelante, comme si elle la contemplait, puis vers la galerie.

Ses craintes se confirmèrent.

Pendant une seconde, elle vit sa cadette l'observer d'un œil amusé; puis la silhouette mince et brune recula d'un pas, se fondant dans l'obscurité.

Wytton considéra l'orchestre avec curiosité.

—Vous connaissez quelqu'un, là-haut?

—La jeune personne qui se tient en retrait.

—Avec une flûte à la main?

—Oui.

—Eh bien?

—C'est ma sœur Alethea.

La réaction de Wytton fut aussi spontanée que surprenante. Il éclata de rire puis s'élança vers les portes, un peu plus loin.

Elle le suivit avec un demi-sourire, espérant, sans trop y croire, qu'ils passeraient inaperçus.

—Mais que..., commença-t-elle.

—Votre sœur sait que nous l'avons repérée. Elle va tenter de s'enfuir. Pour ce faire, elle doit emprunter l'escalier qui se trouve de ce côté de la galerie. Par ici!

Ils arrivèrent juste à temps: au moment où ils atteignaient le pied de l'escalier en colimaçon, Alethea le dévalait à toute vitesse. Wytton tendit un bras pour lui bloquer le passage.

Elle s'arrêta net, apparemment sereine, et les regarda avec des yeux pétillants.

— Diable, vous m'avez surprise, et voilà que vous m'avez attrapée.

— Alethea !

— Chut ! dit Wytton. Baissez d'un ton ! Voulez-vous que tout le monde vous entende ?

Camilla observa sa sœur de la tête aux pieds. Elle portait des chausses et des bas noirs assortis à une veste de velours râpée, mais encore correcte. Sa gorge était couverte d'un jabot de dentelle un peu miteux. Comme les autres musiciens. Sa ressemblance avec un jeune homme aux traits enfantins était stupéfiante.

Wytton s'était remis à rire.

— Non, je ne vous lâcherai pas, sans quoi vous disparaîtrez. Vous avez été démasquée, alors rendez-vous de bonne grâce, et estimez-vous heureuse d'être tombée sur nous, et non sur lord et lady Mersham. Avez-vous la moindre idée des ennuis que vous auriez causés aux musiciens, si la supercherie avait été découverte ?

Alethea le considéra, surprise.

— Cela ne m'a jamais effleuré l'esprit.

— Il y a beaucoup de choses auxquelles vous n'avez pas pensé, la tança Wytton. La question, c'est qu'allons-nous faire de vous ?

— Je vais m'éclipser discrètement ; personne ne me remarquera. Je peux prendre un fiacre, ou rentrer à Aubrey Square à pied.

Camilla, consternée, laissa échapper un léger cri. Elle-même, en dépit de sa propension à faire fi des conventions et à sillonner la ville sans escorte et à pied, n'aurait jamais eu l'idée de s'aventurer toute seule la nuit tombée – sans parler de prendre un fiacre.

— À Londres ? Alors qu'il fait noir ? Alethea, auriez-vous perdu la tête ?

— Il ne fait pas encore complètement nuit.

— Donc il n'y a pas de problème ?

— Personne ne verra que je suis une femme, et je ne suis pas toute seule : Figgins est avec moi.

Camilla balaya le petit hall du regard.

— Elle aussi porte des vêtements masculins, en plus de sa cape d'invisibilité ?

— Je voulais dire qu'elle était présente. Dans la maison. Habillée en homme, oui.

— Pouvez-vous la retrouver ? demanda Wytton.

Alethea acquiesça.

— Alors faites-le. Avec discrétion, s'il vous plaît.

— Et je vous préviens, Alethea, murmura Camilla d'un ton sévère, si vous ne suivez pas nos consignes à la lettre, j'écrirai à papa avant le lever du jour !

Pour la première fois, l'adolescente parut inquiète.

— Vous n'oseriez pas !

— Oh, que si. De toute façon, je vais peut-être y être obligée, si nous échouons à vous sortir de ce mauvais pas sans que tout le monde le sache ! Petite sotte, comment avez-vous pu croire une seconde qu'il vous serait possible d'agir ainsi en toute impunité ?

— J'ai réussi jusqu'à présent, répliqua-t-elle avant de disparaître par la porte de service, sous le regard médusé de Wytton et de Camilla.

Son cœur battait la chamade. « Jusqu'à présent ? » Au nom du ciel, qu'est-ce qu'Alethea avait bien pu mijoter ? Griffy s'était-elle montrée négligente au point d'avoir laissé son élève s'offrir d'autres escapades ?

— Votre sœur est épatante, déclara Wytton.

Décelant une note d'admiration dans sa voix, elle se tourna vers lui.

— C'était la farce la plus stupide que l'on puisse faire. Elle n'a rien d'épatant ; elle est seulement bête et naïve.

— Elle ne m'a pas l'air naïve. Et c'est une très bonne flûtiste. J'ignorais qu'elle pratiquait cet instrument.

Voilà pourquoi Alethea s'y était exercée avec une telle assiduité, depuis leur arrivée à Londres ! Qui donc avait-elle fréquenté ? Depuis combien de temps quittait-elle la maison en catimini, déguisée en homme ? Comment avait-elle pu agir de la sorte à l'insu de tous ?

Ces interrogations se bousculaient dans sa tête, se mêlant à la fureur incontrôlée qu'elle éprouvait à l'égard de Miss Griffin. Une rage injustifiée, d'ailleurs. Ils n'auraient pas dû se reposer ainsi entièrement sur la gouvernante pour gérer les caprices d'une adolescente de seize ans aussi têtue que rusée. Depuis toujours, Alethea n'obéissait qu'à elle-même. C'était bien commode pour les membres de sa famille de continuer à la considérer comme une élève. S'ils avaient su !

D'une certaine façon, Alethea était bien plus mature et plus dégourdie que les jumelles – même si le bon sens lui faisait aussi cruellement défaut qu'au duo frivole. Comme pour Belle et Georgina, la salle d'étude était devenue trop étroite pour elle, mais, contrairement à ses sœurs, elle avait bien caché sa soif d'explorer le monde extérieur et l'avait étanchée dans le plus grand secret. Dieu merci, elle n'était pas mue par un intérêt particulier pour la gent masculine, mais plutôt par le goût de l'aventure.

Pendant ce temps, Wytton cherchait des solutions pratiques.

— Tant qu'elle est avec sa bonne, je peux la reconduire chez elle. (Il leva la main pour réduire Camilla au silence.) N'en faites pas toute une histoire ; c'est un trajet court, et je serai de retour dans une demi-heure. Personne ne remarquera mon absence. Le seul problème, c'est comment arriver à la faire entrer dans la maison d'Aubrey Square sans qu'on la voie.

— De la même manière qu'elle est sortie puis revenue de ses excursions précédentes !

Camilla avait parlé d'un ton si acerbe que Wytton en sourit.

— Seigneur, vous êtes vraiment en colère ! Je n'aimerais pas être à la place de Miss Alethea. Je suis étonné qu'elle ait pris le risque d'affronter votre courroux.

— Ne seriez-vous pas furieux si l'une de vos sœurs s'était comportée ainsi ?

— Malgré tout l'amour que je leur porte, mes sœurs me paraissent bien ternes comparées aux filles Darcy.

— Vous faites exprès de jouer les idiots.

— Pas du tout. Je dis seulement la vérité. Je croyais que vous ne supportiez pas la bienséance. Auriez-vous préféré que je manifeste quelque désapprobation hypocrite et convenue ?

— Cela aurait été plus correct.

Il riva ses yeux aux siens.

— Vous mentez.

Ne parvenant pas à soutenir son regard, elle changea de tactique.

— Et je ne devrais pas être seule ici avec vous : voilà qui donnera du grain à moudre à toutes ces langues de vipère.

— Laissez-les donc ! Soit, si cela vous inquiète, retournons dans la salle. Nous nous sommes absentés à peine quelques minutes, et je doute que l'on nous surveille. Au cas où vous ne l'auriez pas remarqué, notre disparition a coïncidé avec l'arrivée de Prinny. Ce n'est pas dans les habitudes de notre gros prince de se rendre utile, mais, pour une fois, il a créé une admirable diversion.

— C'est une invention de votre part ?

— Pourquoi ferais-je une chose pareille ? Bien sûr que non. Retournez à l'intérieur, et vous verrez combien il resplendit dans ses décorations, au milieu de ses courtisans.

Elle ne put s'empêcher de pouffer, même si son rire ressemblait plus à un reniflement déguisé.

— Allez-y, dit-il. Votre sœur sera en sécurité avec moi.

Le doute l'assaillit. Devait-elle laisser Alethea partir avec lui, de nuit, dans sa voiture ? Fanny en serait épouvantée.

— Je vous assure qu'elle ne court aucun risque. Vous, sa propre sœur, l'avez à peine reconnue dans son costume. Personne ne fera attention à elle. Quant au respect des conventions, il n'est pas dans mes habitudes de faire des avances aux toutes jeunes femmes qui partagent mon véhicule.

— Ne dites pas de bêtises. Seulement…

Il lui toucha la main – l'effleura à peine –, lui apportant un immense réconfort.

— Laissez-moi me charger d'elle. Tout se passera bien. Retournez dans la salle de bal. Écoutez, l'orchestre entame une valse. Je ne peux croire qu'aucun cavalier ne vous attend.

— Oh, seigneur Dieu, j'avais promis de danser avec Mr Roper ! Il doit me chercher partout !

— Dans ce cas, qu'il vous trouve là où vous devriez être : parmi les invités et non ici, avec moi, et en compagnie d'un musicien douteux.

Camilla patienta un moment près de la porte, qu'elle entrouvrit à peine. Personne ne regardait dans sa direction, et elle ne vit que des dos couverts de soie, de satin et de velours. En un clin d'œil, elle se glissa dans la salle, se précipitant vers les convives qui attendaient de prendre part à la danse.

Elle avait tant espéré de cette réception ! Comme elle et ses sœurs – Letty incluse – avaient été heureuses, au moment de s'habiller pour le bal ! Ce soir-là, les jumelles, toutes de blanc vêtues, portaient des robes de gaze et de satin au décolleté très plongeant, agrémentées de grosses manches ballon. Elles s'étaient aussi parées de perles. Letty, fort jolie dans sa robe de soie jaune, arborait un collier de diamants ayant appartenu à leur grand-mère : les pierres froides convenaient parfaitement à son style de beauté.

Camilla préférait les teintes plus sombres, aussi sombres qu'il était permis à une débutante d'en mettre. Elle avait choisi une robe de bal verte, qu'elle portait sur un jupon argenté et, son cou était orné d'une délicate chaîne de péridots entrelacés. Elle ressemblait, comme Alethea l'avait déclaré d'un air approbateur, à une nymphe des eaux.

— Une vraie naïade, avait dit Miss Griffin en inspectant les quatre filles dans leurs parures de bal.

— Ne regrettez-vous pas de ne pas pouvoir venir ? avait demandé Georgina à Alethea.

— Absolument pas, avait répliqué l'adolescente avec un sourire fugace et mystérieux.

Un sourire que Camilla comprenait parfaitement, désormais. Tandis qu'elle tournoyait sur la piste de danse en compagnie de Mr Roper, qui de son côté suivait avec admiration les mouvements gracieux de Mrs Rowan, ravissante dans sa robe de bal, elle se demanda ce que ses sœurs allaient bien pouvoir trouver pour rendre la soirée, attendue avec tant de plaisir et d'excitation, plus désagréable encore.

Comme toujours, dès qu'elle dansait, elle se sentait plus légère. Letty valsait de nouveau avec Mr Barcombe. Il était si gentil ! Elle lui tirait son chapeau pour s'être abstenu de fouiller la salle du regard, à la recherche de Belle.

C'était tout aussi bien, car où diable était-elle donc ? Camilla avait beau scruter les environs, Belle demeurait invisible, tout comme Georgina. À la fin de la danse, elle les retrouverait pour leur faire part des ennuis de Letty – au cas où elles ne seraient pas déjà au courant – et leur indiquer quelle attitude adopter : les mauvaises langues ne manqueraient pas de guetter le prochain faux pas des filles Darcy.

Les jumelles s'en soucieraient-elles ? Serait-ce une nouvelle, pour elles ? Sans doute étaient-elles au courant de l'apparition de Tom Busby. Elles connaissaient sûrement la réaction de leur sœur aînée. À leurs yeux, l'affaire ne serait évidemment qu'une excellente plaisanterie.

Néanmoins, elle partirait à leur recherche et tenterait de leur faire comprendre que le moment était vraiment mal choisi pour se moquer de Letty.

La tâche se révéla ardue.

— Je ne vois ni Belle ni Georgina, dit-elle à Fanny, en pleine conversation animée avec Pagode Portal.

Fanny leva les yeux vers elle.

— Ne sont-elles pas en train de danser ? Elles ne doivent pas manquer de cavaliers : à la seconde où elles ont franchi le seuil de cette salle, elles ont été prises d'assaut par des hommes les suppliant de leur accorder une danse !

— Elles sont sans doute sorties ; la nuit est chaude, et il y a des sièges dans le jardin, ajouta Mr Portal.

— Oui, mais ne vous inquiétez pas, ma chère, la rassura Fanny. Tout cela est parfaitement bienséant : les jardins ici sont très ouverts. Pas de fourrés obscurs ni de promenades ombragées où des couples pourraient s'éclipser. Vous ne devriez pas être si prompte à soupçonner vos sœurs.

Fanny sous-estimait le savoir-faire des jumelles pour repérer des endroits discrets. Si le jardin était véritablement un espace ouvert, sans recoins sombres ni buissons derrière lesquels se cacher, alors Belle avait de bonnes chances d'être dissimulée derrière une paire de rideaux, ou retirée dans une bibliothèque ou un petit salon déserts.

Laissant Fanny et Pagode Portal, Camilla s'éloigna pour inspecter les pièces dont les portes étaient ouvertes. Elle se retrouva tout d'abord à l'intérieur d'un beau boudoir, où quelques personnes d'un petit groupe la regardèrent avec une insistance troublante, avant de reprendre leur conversation. Puis elle entra discrètement dans la bibliothèque, une salle élégante dont les pans de mur qui apparaissaient entre les immenses étagères étaient tendus de brocart en soie pourpre. Elle entendit des voix provenant d'une alcôve, à l'autre bout de la pièce. Pleine d'espoir, elle marcha avec précaution sur les tapis chinois glissants qui ornaient le sol. À croire que lord Mersham souhaitait que ses convives se rompent le cou.

Hélas, à mesure qu'elle s'approchait, elle se rendit compte que ces voix n'appartenaient ni aux jumelles ni à leurs compagnons, mais à un homme de haute taille, aux cheveux grisonnants et aux paupières tombantes, discutant avec sa tante Lydia. Il lui racontait vraisemblablement une anecdote graveleuse tandis que, renversée dans une bergère à oreilles, elle l'écoutait avec un plaisir manifeste. L'inconnu posa sur Camilla un regard distant, scrutateur et calculateur – celui-là même qu'elle en était venue à détester. Sans attendre les présentations, elle s'adressa à sa tante.

—Je cherche Belle. L'avez-vous vue ?

—Miss Belle Darcy, répondit l'homme, la jolie jumelle blonde, celle que l'on surnomme « Jour » ? Elle était là il y a quelques minutes, avec Rampton.

—Merci, monsieur. Par où sont-ils allés ?

—Voyons, ma très chère nièce, intervint Lydia, vous ne comptez tout de même pas les poursuivre ? Quand deux jeunes gens s'éclipsent un soir de bal, par une chaude nuit d'été, ce serait pure folie que d'essayer de les retrouver. Leurs intentions me paraissent évidentes ; que la discrétion soit votre mot d'ordre ! Avec tout ce monde, elle ne manquera à personne pendant au moins une demi-heure.

—Sauf à sa sœur dévouée. Je suppose que c'est vous ? s'enquit l'homme.

Camilla ne put échapper aux présentations ; elle oublia aussitôt le nom de l'inconnu et lui sourit machinalement.

— N'avez-vous donc aucun cavalier pour vous tenir compagnie quand vous ne dansez pas, Miss Camilla ? Quel dommage, pour une si charmante jeune femme, de gâcher une belle soirée en perdant son temps à chercher sa sœur ! Et, si vous vous apprêtiez à nous demander où se trouve l'autre jumelle – dois-je l'appeler « Miss Nuit » ? –, je l'ai vue passer il y a un moment au bras de sir Joshua Mordaunt.

La condescendance qui perçait dans ses paroles n'échappa pas à Camilla. Cramoisie, elle murmura une excuse avant de quitter précipitamment les lieux. Ainsi, Belle était avec Rampton ! Se laisserait-il aller, enivré par le fait de se retrouver seul avec une adorable créature ? Elle en doutait. Rampton visait surtout la fortune de Belle ; par conséquent, sachant sa famille présente, il prendrait soin de rester correct. Quoi qu'il en soit, on devait se méfier de Belle : à moins de la mettre sous clé, on ne pourrait l'empêcher de flirter et de commettre des imprudences.

Quant à Georgina, avait-elle pu oublier les règles de la bienséance au point de quitter discrètement la salle de bal avec sir Joshua Mordaunt ?

Après avoir hérité, à la mort de son oncle, d'un titre et d'une immense fortune, l'actuel lord Mersham avait décidé, quelques années auparavant, de moderniser la demeure familiale. Ayant un goût bien particulier, pour ne pas dire excentrique, il avait opté pour une totale remise à neuf des lieux dans le style classique, étant à la fois influencé par ses visites en Italie et par l'œuvre de Palladio.

On racontait que l'on trouvait des colonnes dans les cuisines et des fresques murales de style romain partout, y compris dans la chambre de la gouvernante, jusqu'au jour où les domestiques se rebellèrent. Les piliers furent déplacés, et l'on couvrit de plusieurs couches de chaux les ébats des nymphes dénudées qui avaient provoqué nombre de ricanements chez les jeunes serviteurs et une profonde consternation chez les plus âgés et les plus collet monté.

Ainsi, pour le nouveau visiteur, toutes les chambres, antichambres et tous les cabinets se ressemblaient, avec leurs sols en marbre et leurs colonnades ; aussi Camilla ne tarda-t-elle pas à se perdre, consciente de s'être éloignée des pièces accessibles au public, et de se trouver désormais dans la partie privée de la maison, où elle n'avait rien à faire.

Elle déboucha enfin dans un couloir circulaire pourvu d'un élégant escalier plein de fioritures menant à l'étage et de plusieurs portes cintrées, véritables modèles d'architrave et de cannelures, toutes closes. Elle s'arrêta, totalement désorientée, sans savoir quel chemin emprunter pour rejoindre la salle de bal.

Alors qu'elle s'apprêtait à faire demi-tour pour tenter de revenir sur ses pas, l'un des battants s'ouvrit et un petit homme rond affichant une bonne humeur exubérante, comme monté sur ressorts, en franchit le seuil. Il était accompagné d'une femme portant une toque de plumes violettes qui semblait trouver le temps long. Camilla ne la connaissait pas, mais cette coiffe surprenante ne lui avait pas échappé, un peu plus tôt dans la soirée. Il devait s'agir d'invités et non de membres de la famille.

De toute évidence, l'homme avait bu plus que de raison et persistait à affirmer que la salle du souper était par là, que les Mersham servaient toujours le repas dans le salon Vénus, qu'on ne pouvait pas le manquer – pas avec cette splendide statue perchée au milieu d'un énorme plateau de marbre –, et de conclure que la porte était justement devant eux, à moins que la mémoire ne lui fasse défaut.

Un valet portant une magnifique livrée et une perruque poudrée apparut, mais, avant qu'il ait pu annoncer que le dîner, ce soir-là, était servi ailleurs, l'inconnu ouvrit le battant d'un geste brusque. Il avança d'un pas chancelant, puis s'arrêta brutalement, faisant vaciller la femme qui le suivait.

Mue par un pressentiment, Camilla s'approcha à son tour de la porte ouverte. Tous trois se retrouvèrent devant un couple quelque peu débraillé qui s'étreignait amoureusement.

Chapitre 23

— Soyez maudits ! s'écria l'homme en se détachant de son amante. Que le diable vous emporte, vous et votre bande de curieux !

Le rondouillard le vit s'approcher à pas furieux et reçut un redoutable coup de poing qui l'éjecta hors de la pièce, puis on lui claqua la porte au nez.

— Bonté divine ! s'exclama le petit homme après avoir recouvré son souffle. A-t-on jamais vu une chose pareille ? Sir Joshua Mordaunt, incroyable !

— Quelle honte ! C'est monstrueux ! Et à un bal, en plus !

La jubilation qui perçait dans la voix de la femme démentait la condamnation de ses propos.

Le bref coup d'œil que Camilla avait jeté dans la salle lui avait confirmé ce qu'elle aurait préféré ignorer. Ces quelques secondes leur avaient largement suffi, à elle et aux autres, pour identifier celle que sir Joshua enlaçait. C'était Georgina, avec ses immenses yeux violets et son doux visage, son être tout entier concentré sur son compagnon.

Camilla se retira derrière un pilier pour reprendre ses esprits. Elle resta là, paupières closes, essayant de chasser l'image de sa sœur et de cet individu… en vain : elle était comme gravée dans son esprit. Sir Joshua, un homme marié ! Et Georgina dans ses bras, surprise par une femme clairement friande de scandales ! Dieu tout-puissant, ses sœurs avaient-elles délibérément choisi de se couvrir de honte ce soir-là, comme prises d'une fièvre estivale ?

Elle devrait y retourner, frapper à la porte, exiger que Georgina sorte. Oui ; ainsi, elle éveillerait l'intérêt et la curiosité de tous. Du reste, elle avait entendu distinctement la clé tourner dans la serrure une fois la porte claquée à la figure de l'homme soûl.

Ce sir Joshua était un bel imbécile ! Pourquoi ne s'était-il pas enfermé dès le départ ?

Elle se ressaisit : c'était leur acte qui était répréhensible, pas le fait qu'ils aient été surpris.

Non, se voiler la face ne servirait à rien. Elle admit avec peine qu'au moins une de ses sœurs, sinon deux, avait si peu de sens moral qu'elle se livrait sans complexe à des intrigues de nature très ardente. Elle aurait cru que la volonté de se préserver l'aurait emporté sur la passion.

De toute évidence, ce n'était pas le cas, du moins en ce qui concernait Georgina. Camilla, Letty et ses cousins avaient eu tort de choisir la facilité pour gérer cet impossible duo. Les jumelles auraient dû être renvoyées à Pemberley dès la première alerte.

Elle était malade d'appréhension : si la femme à la toque n'avait pas reconnu immédiatement la compagne de sir Joshua, elle ne tarderait pas à découvrir son identité, et la réputation de Georgina serait totalement ruinée. Le mariage n'offrirait aucun salut, puisque sir Joshua avait déjà une épouse. *Quel homme répugnant ! Séduire ainsi une jeune fille innocente et inexpérimentée !*

Séduire ? La voilà qui utilisait un vocabulaire tout droit sorti d'un roman Minerva. Elle n'aurait su dire s'il s'agissait de séduction, et, si c'était le cas, qui avait séduit qui. Elle était mal placée pour jeter la pierre à sa sœur dévoyée. Si la nature de sir Sidney s'était révélée différente, s'il avait répondu à ses attentes de quelque manière que ce soit, s'il avait ressenti la moitié de l'attirance qu'elle avait pour lui, et s'ils s'étaient retrouvés seuls, alors comment aurait-elle réagi ? Aurait-elle fait preuve de prudence et de retenue ?

Elle n'avait guère envie de s'appesantir sur la question. Il n'était pas si simple de préserver sa vertu : la moralité, le bon sens et la raison faisaient de bien piètres barrières contre les assauts de la passion, de la tendresse, et, plus encore, de l'amour. Telle était sa récente découverte. C'était là une vérité jamais énoncée par les mères, les gouvernantes et les dames respectables quand elles parlaient réputations, personnes recommandables, ruines et femmes déchues.

Toutes ces pensées tourbillonnaient à vive allure dans son esprit. Aussi révélatrices soient-elles, elles ne l'aidaient guère à se sortir de cette impasse. Elle recula encore d'un pas, espérant pouvoir s'éclipser sans que l'homme et sa compagne la remarquent, puis sentit une paire de bras robustes se resserrer sur elle.

Elle s'apprêta à crier, mais une voix masculine chuchotant à son oreille l'en empêcha.

— Silence, lui ordonna Wytton. Pas un mot. Retournez dans la salle de bal. La porte sous l'escalier y mène. Laissez-moi m'en charger.

Il la relâcha et la poussa légèrement. À la fois incrédule et angoissée, elle franchit la porte qu'il lui avait indiquée et, suivant la musique et le brouhaha, parvint à retrouver la salle de bal.

La foule massée sur la piste de danse, les convives assis en bordure de salle lui semblaient un ensemble coloré, mouvant et confus, la lueur des bougies n'était qu'un nuage de flammes vacillantes ; l'air était fétide, étouffant, empreint d'effluves corporels et d'odeurs de cire brûlante. Elle ne distinguait plus rien ; tout lui paraissait flou et absurde. Et Wytton, qu'avait-il vu ? Quel était son plan ? Allait-il entrer avec fracas dans la pièce, provoquer Mordaunt en duel, et traîner

Georgina au-dehors pour la livrer en pâture aux loups de la bonne société ?

Quelle idée folle ! Pourquoi ferait-il une chose pareille ? « Laissez-moi m'en charger », avait-il dit. Le laisser se charger de quoi, au juste ? Oh, si seulement il pouvait revenir !

Wytton arriva dans la salle de bal par une autre entrée. Il repéra aussitôt Camilla qui se tenait à l'écart, l'air distante. Il savait que ce n'était qu'une façade pour masquer son angoisse et sa détresse. Se faufilant sans difficulté parmi les petits groupes d'invités, il la rejoignit avant qu'elle ait remarqué sa présence. Elle se retourna et laissa échapper un léger cri de surprise lorsqu'il vint se poster à ses côtés.

Elle devait donner l'impression de s'amuser, d'être insouciante.

— Souriez, ayez l'air joyeuse, lui conseilla-t-il à voix basse en lui offrant sa main pour la conduire vers la piste. J'avais promis cette danse à Sophie, mais j'ai manqué mon tour : je ne suis pas revenu à temps.

— Oh, mais elle doit vous attendre ! s'écria Camilla en s'éloignant de lui.

— Non, elle est là-bas : elle danse avec Allington. Je suppose que, voyant son cavalier lui faire faux bond, il s'est proposé – ce qui est très aimable de sa part.

— Cela ne vous ennuie pas ?

— Si cela m'ennuie ? Non, pas du tout.

Son regard se porta de nouveau sur Sophie. À présent, elle semblait vraiment pleine de vie, et elle était si jolie. On entendait résonner son rire ; ses yeux brillaient du plaisir de danser.

— Est-ce qu'Ale..., commença Camilla avant de s'interrompre.

— Mieux vaut taire les noms, l'interrompit-il, surtout lorsque autant d'oreilles indiscrètes nous entourent.

— Est-elle rentrée sans encombre ? s'enquit-elle d'un ton pressant.

— Tout à fait.

— Sans que personne ait remarqué son absence ?

Elle sentit la main de Wytton se resserrer sur la sienne. Elle leva vers lui des yeux inquiets puis, voyant son visage éclairé par une envie de rire, elle lâcha un léger soupir de soulagement.

— Pas vraiment, répondit-il. Une bonne – la vôtre, je crois – attendait son retour.

— Sackree.

— C'est ça. Elle semblait avoir sa petite idée sur ce que tramait la demoiselle, et a repris en main Figgins et votre sœur d'une manière terrifiante. Est-elle digne de confiance ?

— Je le pense. Je l'espère.

Ils interrompirent leur conversation tandis que les pas de danse les éloignaient l'un de l'autre. Puis Camilla se retrouva de nouveau à ses côtés et lui posa enfin la question qui lui brûlait les lèvres.

— Et tout à l'heure, qu'avez-vous…

— N'en parlez pas.

— Cet homme et cette femme à la toque doivent faire en ce moment même le tour des invités pour raconter ce qu'ils ont vu.

— Non. Rory Happiston était déjà à moitié soûl, et je l'ai installé dans un siège avec une bouteille de vin. Il ne tardera pas à être ivre et à rouler sous la table, oubliant tout de cette soirée. Pour lui, ce sera juste un rêve alcoolisé.

— Mais la femme à la toque n'était pas ivre, elle.

— Non, mais elle ne dira rien. C'est une lointaine parente de ma mère : elle tiendra sa langue car Georgina va devenir ma cousine, et, heureusement, son sens de la famille est plus fort que sa passion des potins.

Il omit de lui mentionner qu'il l'avait aussi menacée de subir les foudres de sa mère, ce dont elle avait déjà fait l'expérience. Il ne doutait pas qu'elle s'abstiendrait – à regret, il est vrai – de raconter la savoureuse scène dont elle avait été témoin.

L'affaire avait été rondement menée, mais d'autres forces entraient en jeu, et les méchantes langues qui n'avaient pas été muselées se déliaient au sujet des sœurs Darcy : George Warren répandait ses rumeurs envenimées, qui se propagèrent d'une oreille à l'autre en un murmure discret.

Les têtes se tournèrent vers Camilla tandis qu'elle quittait la piste de danse au bras de Wytton.

— Désirez-vous un verre de vin, ou de la limonade ? lui demanda-t-il poliment.

— De la limonade, s'il vous plaît.

Il s'éloigna. Elle fouilla la salle du regard, à la recherche de Fanny. Que ces gens étaient agaçants ! Pourquoi donc la dévisageaient-ils ainsi, avant de se détourner pour chuchoter à l'oreille de leur voisin ? Y avait-il un rapport avec l'attitude de Letty ?

Camilla aperçut Sophie en compagnie du capitaine Allington. Elle paraissait triste, gardait les yeux baissés et ne parlait pas à son cavalier. Seules les rosettes de ses mules de satin semblaient l'intéresser. Elle ne dégageait ni la joie ni l'éclat d'une future mariée, comme le firent remarquer les quelques douairières amères qui entouraient Camilla. Oh, Seigneur, Sophie avait dû croire que Wytton lui avait fait faux bond. Où était-il donc ? Il fallait qu'il aille tout de suite la voir pour s'expliquer.

Les voix bourdonnant autour de Camilla devinrent soudain audibles.

— Pauvre enfant ! Ce n'est pas comme si elle avait été vendue au plus offrant : c'était un mariage d'amour, entre Wytton et elle.

— Et par sa propre cousine, en plus. A-t-on jamais rien entendu d'aussi choquant ?

Un O de surprise se dessina sur les lèvres de l'une des meilleures amies de Sophie, qui plissa les yeux et fit part de son avis à une autre amie proche.

— Eh bien, voilà qui remettra Sophie Gardiner à sa place ! Je ne l'ai jamais aimée ; c'est une vraie peste qui n'a de cesse de se donner de grands airs, avec sa fortune et son merveilleux mariage.

— À croire que cette famille tient à enchaîner les scandales. Avez-vous entendu parler de ce qui s'est produit un peu plus tôt dans la soirée ? Non ? Je vais vous le dire. Tout le monde ici sait que…

— Et celle que l'on surnomme « Jour » : je n'ai jamais vu une jeune fille flirter ainsi ! Les hommes défilent les uns après les autres. Un vrai cœur d'artichaut.

— Bien sûr, entre Busby et Miss Darcy, la relation devait être plus sérieuse qu'elle n'en avait l'air. C'était peut-être un amour de jeunesse…

— Ma chère, ils étaient fiancés ! Oui, fiancés !

— Et le seul moyen qu'il ait trouvé pour éviter une union désastreuse fut de jouer les amnésiques. Il ne pouvait en aucune façon l'abandonner. Du coup, il a dû réfléchir à un autre stratagème.

— C'est assez extrême, non, de passer tant de temps en Belgique, juste pour échapper à une fille ? À mon avis, il aurait été plus facile de rompre les fiançailles.

— Vous n'êtes pas d'ici, monsieur le comte, vous ne comprenez pas qu'il est totalement impossible pour un gentleman d'agir ainsi.

— C'est le cas dans mon pays, mais ici, en Angleterre, tout paraît possible !

— Pas ça, en tout cas. Cela provoquerait un énorme scandale.

— Et ces sœurs si dépravées, riches et belles à se damner, ne sont-elles pas scandaleuses ?

Sa compagne se mit à rire.

— Non, non, mon cher comte. Vous assistez seulement à la chute d'une famille renommée, rien de plus. Ces filles ont une attitude choquante et incorrecte. Mais rompre des fiançailles, ce serait dix fois pire, et de très mauvais goût.

Camilla mourait d'envie de se boucher les oreilles, mais ne put qu'afficher un sourire, faire mine de ne pas entendre les médisances et ignorer les regards qui se posaient sur elle. Elle regretta que le nom de Sophie ait surgi dans les conversations. Ce n'était pas une Darcy ; elle ne méritait pas d'être souillée par le scandale.

Bientôt, le dîner se terminerait ; il se ferait tard. Bientôt, elles pourraient toutes rentrer chez elles sans que leur départ déclenche de commentaires. Bientôt, cette horrible soirée serait enfin finie.

Camilla chercha du regard celui qui devait l'accompagner au dîner, mais ne le vit nulle part.

Elle se sentit légèrement déconcertée, sans être particulièrement perturbée. Elle s'attendait à le voir surgir sous peu d'un pas pressé, s'excusant platement. Elle aperçut Fanny assise, les joues en feu, se tenant très droite sur son siège collé au mur, et se dirigea vers elle. Tandis qu'elle avançait, deux ou trois femmes aux épaules poudrées se retournèrent. Un homme leva son verre et toisa Camilla avant de murmurer quelque chose à son voisin. Deux débutantes ricanèrent derrière leurs éventails ; leurs mères leur enjoignirent de se taire.

Elle rejoignit sa cousine et s'installa à ses côtés.

— Fanny, qu'est-ce qui ne va pas ? Vous avez l'air souffrante. Puis-je aller vous chercher un verre d'eau ?

Fanny avait les yeux humides de larmes retenues.

— Souriez, pour l'amour du ciel, souriez donc. Ne vous souciez pas de mon état ; faites comme si de rien n'était.

Appliquant aussitôt sa propre consigne, Fanny adressa un sourire éblouissant à une connaissance qui passait par là, puis, sa main tremblante posée sur le bras de Camilla, bafouilla des propos confus sur la mode, la musique, les dernières nouvelles de Paris – tout en affichant un visage radieux et un regard trop brillant.

— Il semble que j'aie perdu mon cavalier pour le souper, l'informa Camilla, ne sachant que dire d'autre. Je suppose qu'il arrivera en temps voulu.

— Souriez, siffla Fanny. Il ne viendra pas.

Camilla commença à trouver l'étrange comportement de Fanny et des autres convives plus ennuyeux que déstabilisant.

— Dans ce cas, je dînerai seule.

Avant que Fanny ait pu l'en empêcher, Camilla quitta son siège et s'éloigna. D'un pas résolu, elle traversa une salle de bal vide et silencieuse, avec la sensation d'être observée par des dizaines d'yeux. Imperturbable, elle gagna les portes et se retourna pour jeter un bref regard aux personnes qui attendaient la suite des événements.

Une jeune fille au physique commun, débutante elle aussi, s'avança furtivement. Comment s'appelait-elle, déjà ? Selina quelque chose. En tout cas, ce n'était pas quelqu'un d'amusant ni de très intéressant.

— Ne vous préoccupez pas de ces gens, souffla-t-elle à Camilla en la prenant par le bras. Moi, je vous accompagnerai au dîner.

Ainsi, Selina n'avait pas de partenaire. Il fallait reconnaître que, en plus d'avoir les traits banals et une peau marbrée, elle était mauvaise langue.

— Je ne crois pas un mot de ce qui se raconte, poursuivit Selina. J'ai affirmé à tous ceux qui m'ont interrogée que vous étiez totalement dévouée à votre cousine Sophie, et que même en rêve vous n'oseriez pas avoir des vues sur Wytton. Je veux dire, à part tout le reste, Sophie possède tout de même une fortune de 90 000 livres. Maman pense comme moi. « Quel homme sensé, a-t-elle déclaré, échangerait une somme pareille et une créature aussi ravissante contre 50 000 livres et une fille tout juste jolie ? » Non pas que je vous trouve dénuée de charme, mais notre chère Sophie, elle, est vraiment très belle, n'est-ce pas ? Tout ça, ce ne sont que mensonges et commérages, comme je l'ai dit à tout le monde, car Mr Wytton est trop bien élevé pour briser le cœur de Sophie. Non, jamais il ne ferait une chose pareille – surtout si cela devait lui coûter la bagatelle de 40 000 livres. Ce n'est pas une petite somme que l'on pourrait gaspiller sur un coup de tête, comme si cela n'importait guère. C'est aussi l'avis de maman.

Camilla tenta de se dégager de la main qui lui agrippait fermement le bras.

— Excusez-moi, mais je n'ai pas encore l'intention d'aller souper.

— Non, car Snipe Woodhead devait vous accompagner, mais il reste introuvable, et je l'ai entendu clamer qu'il ne voulait pas être vu avec une fille qui se comportait si mal et qui essayait de doubler sa propre cousine, alors qu'elles étaient amies depuis l'enfance. Si j'avais pu lui parler – je n'en ai pas eu l'occasion, bien entendu –, je lui aurais dit à quel point il se trompait sur votre compte, et combien vous êtes proche des Gardiner. Jamais vous ne leur feriez un coup aussi pendable que détourner Wytton de Sophie.

À cet instant, Camilla réussit enfin à se libérer de Selina. Elle savait que ses yeux brillaient trop, et son cœur battait si fort que tout le monde devait l'entendre.

— Je ne comprends pas à quoi vous faites allusion. Désolée, j'aperçois quelqu'un qui…

Elle partit précipitamment, manquant de tomber dans les bras de Barleigh Barcombe qui, l'air contrarié, se tenait en haut de l'escalier.

— Mr Barcombe, savez-vous… Avez-vous vu mes sœurs ?

Ses traits s'adoucirent lorsqu'il remarqua son désarroi.

— J'ignore où se trouve Miss Darcy. Miss Georgina est avec votre tante, et Miss Belle… (Il s'interrompit, les lèvres pincées.) … elle est dans un petit cabinet attenant à la salle de bal, entourée, comme à l'ordinaire, de nombreux soupirants. Quand je l'ai quittée, elle informait sa cour que le dernier homme qu'elle pourrait aimer, et encore moins épouser, serait un ecclésiastique. Selon elle, ils sont guindés, démodés, ennuyeux, et passent leur temps à prêcher et à critiquer les femmes.

Malgré son agitation, Camilla fut émue par la douleur qui perçait dans sa voix.

— S'il vous plaît, Mr Barcombe, ne prenez pas les propos de Belle trop à cœur. Elle est jeune, inconséquente, et ses tirades théâtrales ne signifient pas grand-chose.

— C'est très aimable à vous, mais je pense qu'elle croyait à ce qu'elle disait. Ce n'est pas la première fois qu'elle s'en prend à moi en tant que membre du clergé. J'espérais sincèrement que ce qui lui déplaisait chez moi était plus lié à ma profession qu'à ma personne, mais, ce soir, j'ai compris que les sentiments que j'éprouve à son égard n'étaient pas partagés. À ses yeux, je ne suis rien qu'un ensoutané soporifique.

Camilla lui prit la main et la pressa.

— Je suis tellement navrée. Vous ne vous seriez pas entendus, croyez-moi. Elle n'est pas assez bien pour vous.

— Vous êtes quelqu'un de rationnel, Miss Camilla, et je vous admire pour cela. Mais le cœur a ses raisons que la raison ignore, même si l'on souhaite ardemment le contraire.

Ils restèrent ainsi un moment, les mains jointes, puis elle s'écarta doucement de lui.

—Nous ne devrions pas être ensemble, Mr Barcombe. Mieux vaut que l'on ne vous voie pas en ma compagnie.

Il haussa un sourcil.

—Et pourquoi ça, je vous prie ? Votre sœur m'a rejeté, mais devons-nous pour autant mettre un terme à notre amitié ?

—Notre amitié ? À mon avis, mes sœurs et moi n'avons guère d'amis à l'heure actuelle.

Excepté Wytton, dont l'attitude ce soir-là avait surpassé tout ce que l'on pouvait attendre d'un ami, et dont le nom avait été traîné dans la boue, sans qu'aucun d'eux ne soit pourtant fautif.

Mr Barcombe s'inclina avec élégance.

—J'espère que j'aurai toujours l'honneur de compter parmi vos amis.

—Cher monsieur, n'êtes-vous pas au courant des rumeurs qui circulent à mon sujet ? Du reste, vous avez été vous-même témoin des… mésaventures – pour le dire gentiment – subies par mes sœurs au cours de cette soirée catastrophique. Quiconque se soucie de sa place dans la société cherchera à fuir notre présence aussi vite que possible.

—Je comprends votre inquiétude, mais je n'accorde que peu de crédit aux commérages. Même si, en tant qu'homme d'Église, je dois me raccrocher au pouvoir de la parole – aussi bien celle des idiots que celle de Dieu. Mais je vois votre cousin Fitzwilliam qui arrive, avec un air terrible et particulièrement belliqueux. Pourvu qu'il ne s'en prenne pas à moi pour vous avoir parlé !

Pour la première fois depuis ce qui lui semblait une éternité, elle eut envie de rire, mais son cousin ne lui en laissa pas l'occasion : il s'adressa à elle sans préambule.

— Puis-je vous demander où est Letty ? Elle a quitté la salle de bal il y a un moment, et Valpy reste introuvable. Fanny est dans tous ses états.

— Ils se sont sûrement perdus, répondit aussitôt Barcombe. Cette demeure est un vrai labyrinthe. Voyons si nous parvenons à la retrouver. Et ne vous inquiétez pas au sujet de Valpy : il est bien trop prudent pour commettre un impair dans un endroit pareil, en une telle occasion.

Camilla n'oublierait jamais cette errance cauchemardesque à travers les pièces décorées de marbre, son cousin ouvrant et fermant les portes avec rage, tirant les rideaux qui pouvaient faire office de cachettes, dévoilant quelques couples engagés dans des flirts ou des conversations plus ou moins innocentes.

— De mon temps, jamais on ne se serait comporté de façon aussi incorrecte à un bal ! Je n'ai jamais vu cela de ma vie !

— Cupidon avait dû lui prêté son bandeau, dans sa jeunesse, souffla Barcombe à Camilla. À ce qu'on m'a dit, les jeunes gens se souciaient bien moins des convenances qu'aujourd'hui.

— Soit, mais il ne pense tout de même pas trouver ma sœur enfermée avec Mr Valpy ! Letty, si soucieuse de la bienséance !

Sans trop savoir à quoi Fitzwilliam s'attendait, ils finirent par entrer dans la magnifique orangerie de lord Mersham et y découvrirent Letty, recroquevillée au bout d'un banc en fer forgé, agitant les bras pour chasser Valpy. Il s'approchait d'elle à genoux, les mains jointes en un geste de supplication, les yeux brillants d'une admiration feinte.

— Ah ! s'exclama Fitzwilliam en fonçant droit sur eux.

Arrivé avant lui, Barcombe saisit Valpy par le col et le força à se mettre debout.

L'ecclésiastique protesta en poussant un cri aigu.

— Lâchez-moi, monsieur ! Comment osez-vous traiter un de vos pairs, un gentleman dans les ordres, de façon aussi impolie ?

Camilla se tourna vers lui.

— Comment un gentleman dans les ordres ose-t-il se conduire ainsi ? s'écria-t-elle en allant porter secours à sa sœur, au bord de l'évanouissement. Letty, tout va bien, nous sommes là. Ressaisissez-vous.

— Oh, Camilla, vous n'imaginez pas... Quelle horreur ! Comment a-t-il pu penser une seconde que... (Sa voix se perdit dans un sanglot disgracieux.) Se montrer effronté à ce point... avec moi, en plus !

— À votre place, tout le monde aurait su que cela finirait ainsi, avec les encouragements que vous avez prodigués à ce misérable !

— Moi ? Des encouragements ? Camilla, comment pouvez-vous dire une chose pareille ?

— Toutes ces œuvres de charité, tout ce temps consacré aux sermons, aux bonnes causes... Ignoriez-vous ce qu'il avait derrière la tête ? Allons, Letty, pour l'amour du ciel, pas de crise d'hystérie. Vous n'allez pas vous mettre à pleurer et à vous plaindre ; nous avons toutes suffisamment attiré l'attention sur nous pour ce soir. (Elle fit signe à son cousin alors qu'il poussait Valpy, tenant des propos décousus, vers les portes de l'orangerie donnant sur le jardin.) S'il vous plaît, faites appeler les voitures, je reste avec Letty.

— Si vous le permettez, déclara Mr Barcombe en s'avançant, j'attendrai la voiture avec votre sœur. A-t-elle un châle ou une écharpe ? Allez rassembler ses affaires, et dites à Mrs Fitzwilliam de nous rejoindre avec les autres aussi vite que possible. Il est encore tôt, mais certains invités prennent déjà congé. Personne ne fera de commentaires si vous partez maintenant.

Bien au contraire, songea-t-elle en se hâtant de chercher Fanny : les gens s'attendaient précisément à voir les filles Darcy, déshonorées, s'éclipser. Elle espérait un miracle : trouver Belle, Georgina et Sophie exactement là où elles devaient être : sur la piste de danse ou dans la salle du dîner, de façon à pouvoir disparaître le plus discrètement possible.

Ce ne fut pas totalement le cas. Ses sœurs se trouvaient effectivement dans la salle de bal, mais, tandis que Fanny rassemblait sa petite troupe, Sophie jugea qu'il lui incombait de faire la leçon à Belle pour avoir flirté toute la soirée de manière si provocante.

— Tout le monde vous a vue papillonner d'un homme à l'autre, comme vous en avez l'habitude ! Même avec le capitaine Allington ! Ne pouviez-vous pas le laisser tranquille ?

— En quoi cela vous concerne-t-il, chère cousine, que le capitaine Allington se montre galant envers moi ?

Sophie rougit.

— C'est inconvenant, voilà tout.

— Quand je souhaiterai recevoir des leçons de politesse, je vous ferai signe, mademoiselle.

À mesure que le ton montait entre elles, les têtes se tournaient. Cette soirée cauchemardesque n'aurait-elle pas de fin ?

Le groupe se fraya un chemin jusqu'au hall d'entrée pour attendre les voitures, comme des comédiens sortant d'une scène de théâtre. Camilla perçut l'instant dans ses moindres détails : les plumes bleues ornant la coiffure de Fanny, le scintillement du châle de Letty, les délicates rosettes de soie sur le volant de la robe de Belle, les anglaises de Sophie effleurant sa peau blanche, le lustre des cheveux roux de Mr Barcombe, la coupe du manteau de Wytton.

Wytton.

Wytton, qui, parfaitement immobile et silencieux, observait Sophie, l'air songeur.

Camilla le dévisagea, la bouche sèche, tout son être paralysé par la terrible pensée qui la traversait. Non, impossible, cela ne pouvait pas arriver. Dieu tout-puissant, non!

Puis le tableau se rompit, les voitures furent annoncées, et tout ne fut qu'agitation et empressement. Elle gravit le marchepied, on referma la portière derrière elle; le cocher, d'un claquement de langue, ordonna aux chevaux d'avancer, puis le véhicule se mit en branle et s'éloigna en cahotant sur les pavés.

Camilla se renversa sur la banquette, les paupières closes, sans prêter attention aux chamailleries de ses sœurs, ne pensant qu'à Wytton et à ce qu'il avait peut-être décelé dans son regard. La culpabilité la submergea.

Pour elle, les rumeurs qui avaient circulé si largement à son sujet dans la salle de bal étaient sans fondement: elle n'avait pas tenté de séduire Wytton, et n'avait jamais eu l'intention de l'arracher à Sophie, ni de trahir sa cousine. Jusqu'à ce soir-là, elle le voyait uniquement comme le fiancé de Sophie – quelqu'un de spirituel, de divertissant, à la repartie souvent piquante. Pas comme un homme pour lequel elle aurait une inclination, avec qui elle aurait tissé des liens plus profonds que ceux unissant les membres d'une famille.

Quelle idiote!

Pourquoi ne s'était-elle rendu compte de rien? Ainsi, elle aurait pu réagir avant que le mal soit fait! L'innocence était peut-être une qualité, mais, lorsqu'elle frisait la naïveté, pour ne pas dire la bêtise, elle était impardonnable. Quels dommages Camilla aurait pu épargner à ceux qu'elle aimait, et à qui elle devait reconnaissance et affection!

Les émois que lui avait inspirés sir Sidney ne lui semblaient plus qu'une simple attirance, comparés à cela. Des sentiments de plus en plus ardents pour Wytton étaient nés à son insu, pour atteindre une intensité d'un tout autre genre.

Elle s'était félicitée d'avoir connu l'amour, et d'avoir su dépasser son exaltation. Elle s'était voilé la face en s'imaginant désormais protégée d'un nouvel assaut d'Éros ou de Cupidon. Dans sa folie, elle s'était laissé prendre au piège le plus vieux et le plus redoutable du monde.

Voilà qui était dur à accepter : être éprise d'un homme qu'elle n'avait pas le droit d'aimer. Wytton était fou de sa cousine : il allait l'épouser.

Et dire qu'elle avait cru souffrir à cause de sir Sidney ! Doux Jésus, cette douleur aurait pu être multipliée par deux, elle n'aurait pas égalé celle qui la torturait à présent.

— Nous voilà enfin rentrés ! s'écria Fanny d'un ton faussement enjoué. Letty, Camilla, j'aurai à vous parler dès que vous serez levées, demain matin.

Deux jours après le bal fatidique, alors que le ciel se teintait des faibles lueurs jaune clair et turquoise de l'aube, une chaise de poste apparut sur Aubrey Square et s'arrêta du côté sud. Le martèlement des sabots de quatre chevaux résonna un instant sur la place, puis s'éteignit. On n'entendit plus que le chant timide des oiseaux pépiant au creux de leurs nids, dans le jardin situé au cœur de la place, et le cliquetis des mors quand les montures remuaient la tête, humant les parfums du petit matin.

La voiture noire était nimbée d'anonymat. Les lampes étaient éteintes, et l'on avait suspendu un drap sur les panneaux des portières pour masquer les armoiries qui les décoraient. À l'intérieur se trouvait un homme seul, détendu mais aux aguets, retiré dans un coin et à peine visible de la rue. Le postillon, perché sur son siège, silencieux et immobile, frottait le manche de son long fouet.

Dans la maison à l'autre bout de la place éclatèrent les pleurs d'un bébé. Une lueur vacillante filtra à travers l'une des fenêtres de l'étage. Les pleurs se muèrent en plainte puis cessèrent.

La place fut de nouveau plongée dans le silence. Une porte s'ouvrit et se referma. Une silhouette descendit les marches du perron en courant et traversa la place pour rejoindre la voiture qui attendait. L'homme, dans la rue, tint la portière ouverte. On jeta dans le véhicule un carton à chapeau et un paquet mal ficelé ; l'ombre grimpa prestement à l'intérieur, et l'homme replia le marchepied avant de sauter derrière sa compagne. Le postillon rassembla les rênes, assena un léger coup de fouet sur le dos des chevaux et la chaise de poste se mit en branle.

—Aux armes !

Une voix de stentor provenant de l'étage inférieur réveilla Camilla en sursaut. Au même moment, elle se rendit compte qu'on la secouait par les épaules.

—Debout, mademoiselle, allons ! Votre sœur a disparu – elle s'est envolée dans la nuit –, et le maître est dans un tel état que tout est sens dessus dessous. Il faut vous lever, on vous attend en bas immédiatement.

Camilla ouvrit des yeux encore tout alourdis du sommeil qui, la nuit précédente, l'avait longtemps désertée. Elle se concentra sur le visage inquiet et pressant de Sackree, puis battit des paupières.

—Sackree ? Qu'y a-t-il ? Quel était ce cri ?

—C'est Mr Fitzwilliam, mademoiselle, comme s'il avait repris du service ! Il nous demande de nous mettre à nos postes, et nous fait aller et venir avec des « oui, monsieur », « non, monsieur ». Tenez, voici votre châle : vous n'avez pas le temps de vous habiller, il serait capable de monter et de vous menacer de la cour martiale.

— Mais Sackree, qui… Laquelle de mes sœurs a disparu ? S'agit-il d'un rapt, d'un enlèvement ?

— Oh, mademoiselle, je n'en sais rien : elle est partie, voilà tout. Vous feriez mieux de vous lever aussi vite que possible.

Sur ces mots, Sackree s'éclipsa. Camilla chercha ses pantoufles, puis attrapa le châle que sa bonne avait déposé sur le lit.

Bien que l'aube ait point depuis longtemps, il était encore tôt. Les bruits qui montaient de la place n'étaient pas les mêmes qu'en journée : seuls les cris des vendeurs de rue, le sifflement joyeux du balayeur et le lourd martèlement des sabots d'un cheval tirant une charrette rompaient la tranquillité de ce matin d'été.

En temps normal, à cette heure-ci, il n'y avait que quelques serviteurs debout, s'attelant à leurs tâches domestiques, mais, ce jour-là, toute la famille était éveillée. Alors qu'elle dévalait les deux escaliers menant au salon – là où se trouvait à coup sûr son cousin, hurlant comme un militaire –, elle huma avec plaisir l'odeur du café dans l'air. Fanny commençait la journée avec une tasse de cacao, mais Fitzwilliam préférait du café, fort et brûlant, tout comme Camilla – surtout les matins comme celui-là, où il lui faudrait avoir les idées claires.

Quand Camilla entra dans la pièce, Letty, plus ravissante que jamais dans son châle de soie rose, se leva pour se jeter dans ses bras.

— Oh, Camilla, quel désastre ! Maintenant, nous sommes perdues pour de bon ! Qu'adviendra-t-il de nous ?

Cela répondait à une question : la sœur disparue n'était pas Letty. Elle se dégagea de l'étreinte de son aînée.

— Et Alethea ? Où est-elle ?

Chapitre 24

— Toujours au lit, répondit Fanny en regardant Camilla d'un air passablement surpris. Elle dort ; à son âge, on a besoin de sommeil. Nous ne l'avons pas réveillée car elle ne nous sera pas d'un grand secours.

Dieu merci ! Qu'Alethea ait fugué avait été la première crainte de Camilla. Ainsi, c'était l'une des jumelles. Eh bien, elle aurait dû deviner qu'il s'agirait de Belle ou de Georgina, désespérées à l'idée de devoir retourner en salle d'étude et aux plaisirs rustiques de Pemberley.

— Belle divague complètement, poursuivit Fanny. Elle est dans sa chambre, en larmes. Elle affirme n'être au courant de rien et tout ignorer de l'endroit où Georgina pourrait avoir fui.

— Fanny, je vous en prie, asseyez-vous donc, proposa Camilla. Voici votre cacao ; buvez-le, cela vous fera du bien. Racontez-moi ce qui s'est passé : comment avez-vous appris la disparition de Georgina ?

Fanny s'enfonça dans un canapé, levant une main pour intimer le silence à son mari. Il n'émanait plus la moindre autorité de lui, il paraissait inquiet et fatigué.

— C'est Dawson qui est venue nous prévenir, commença-t-elle. Le bébé perce une nouvelle dent ; il a pleuré toute la nuit, et la bonne de la nursery s'occupait de lui quand elle a entendu une voiture arriver sur la place. Elle a jeté un bref coup d'œil par la fenêtre, mais, n'ayant rien remarqué de spécial, elle a supposé qu'il s'agissait d'un fêtard ou d'un voyageur rentrant à une heure tardive. C'était une chaise de poste, voyez-vous. Ensuite, la bonne a entendu l'escalier craquer et, quelques instants plus tard, la porte d'entrée s'ouvrir et se refermer.

Fanny but son chocolat à petites gorgées, puis reprit son récit en tripotant d'une main la dentelle de son joli peignoir.

— Cette idiote a pris peur, persuadée que des cambrioleurs étaient entrés pour nous assassiner dans nos lits. Elle s'est mise à crier, mais seule Dawson l'a entendue. Elle est donc allée voir ce qui se passait, a rassuré la fille, et a eu l'excellente idée de vérifier si Charlotte se portait bien. Elle s'est ensuite rendue dans la chambre des jumelles, puisque c'est la pièce la plus proche. Belle dormait profondément, mais la couche de Georgina était vide. Les tiroirs et les placards étaient ouverts, et le sol était jonché d'objets divers, comme si votre sœur avait préparé ses affaires à la hâte – c'est d'ailleurs ce qui a dû se produire.

Camilla lâcha un long soupir.

— Elle n'a donc pas été enlevée ; elle s'est enfuie de son propre gré. Nous a-t-elle laissé un mot, un message ?

— Elle est partie avec un homme, intervint Fitzwilliam avec certitude. La chaise de poste qui l'attend, l'heure de son départ, les bagages… tout cela sent la fugue amoureuse à plein nez. Elle ne nous a laissé aucune note indiquant où et avec qui elle partait.

Camilla avait dépassé le choc provoqué par la disparition de Georgina. Plus rien ne la surprenait venant de sa sœur.

— Nous avons commis une erreur en prenant des mesures si drastiques, déclara Fanny.

Elle plongea son visage dans un mouchoir délicat, ne pouvant plus retenir ses larmes.

Camilla ne risquait pas d'oublier la scène qui avait eu lieu dans la bibliothèque, le lendemain du bal : Fitzwilliam avait condamné toute la fratrie au bannissement en la renvoyant dans le Derbyshire. Pendant que l'on prendrait les dispositions nécessaires, Belle et Georgina auraient l'interdiction de sortir, de recevoir des visiteurs, et devraient faire empaqueter toutes leurs plus jolies tenues.

— Les jumelles ont très mal vécu ces restrictions, poursuivait Fanny. Oh, mais où Georgina peut-elle bien se trouver ? Elle est fichue, sa réputation est ruinée ! Quant à vous autres…

— Je croyais que nous étions déjà des parias infréquentables.

— Camilla, ne dites pas une chose pareille. Avec le temps, les effets du scandale se seraient tassés, et vos sœurs et vous auriez pu regagner votre place dans la société. Un bon mariage aurait tout remis à plat, et au retour de vos parents… Enfin, la situation est différente, désormais. Dites-moi, connaissez-vous un homme auquel Georgina serait particulièrement attachée ?

Dès que l'horloge marqua une heure décente, Fitzwilliam se rendit avec empressement à la demeure élégante de sir Joshua, située sur Bruton Street. Il y fut accueilli par un majordome distant et indifférent qui l'informa d'un ton glacial que son maître n'était pas visible.

— Évidemment qu'il n'est pas visible, il est encore tôt. Cependant, je dois le voir pour une affaire des plus urgentes.

— Quand je dis que sir Joshua n'est pas visible, je ne veux pas dire qu'il ne reçoit pas de visiteurs, mais qu'il n'est pas ici en ce moment.

— Il est parti ? demanda Fitzwilliam avec impatience. Quand ça ? Où est-il allé ?

— Je n'ai pas le droit de révéler ce genre de détails. Si vous souhaitez lui laisser un message…

— Bon sang, c'est important, espèce de cuistre ! Et quand reviendra-t-il ?

— Je ne peux pas vous le dire.

Malgré tous ses efforts, Fitzwilliam n'obtint rien de plus de ce personnage flegmatique et, jurant d'une manière pour le moins inhabituelle, il tourna les talons pour rentrer à Aubrey Square dans l'espoir que les femmes de la famille auraient réussi à tirer les vers du nez de Belle. Le recours au supplice de la roue ou aux charbons ardents ne serait peut-être pas totalement inutile. Qui aurait cru qu'une bande de filles pouvait causer tant de problèmes ? Il était sûr d'une chose : Charlotte, en grandissant, ne s'autoriserait pas, comme ses cousines, à penser et à agir librement. Cela se faisait-il toujours, d'envoyer les filles au couvent ? Jusqu'à leurs dix-huit ans, peut-être, ou mieux encore, leurs vingt-cinq ans ?

Une fois Fitzwilliam sorti, Fanny et Camilla, présumant qu'il reviendrait bredouille, se mirent à l'ouvrage, convaincues que la bonne des jumelles en savait plus que ce qu'elle laissait paraître.

Fanny sonna Dawson.

— Dawson, quelles nouvelles avez-vous glanées chez les autres serviteurs ? L'un d'entre eux a-t-il une information utile à nous apprendre ? Qu'en est-il de la domestique des jumelles ?

— Sackree est en ce moment même en train de secouer si violemment cette misérable qu'il ne faudrait pas s'étonner que ses dents s'entrechoquent dans sa tête, répondit Dawson d'un air approbateur. C'est sûr qu'elle en sait plus que ce qu'elle veut bien dire. Figgins est allée faire un saut à l'écurie pour parler à son père et aux palefreniers – non pas que je trouve correct de frayer avec cette populace, mais il se peut qu'elle en tire quelque chose. L'un des valets connaît un des employés de sir Joshua Mordaunt. Il semblerait que ledit personnage vienne du même village que lui, donc il est parti pour Sackville Street voir ce qu'il en est.

Dans la maison d'Albemarle Street, Sophie et sa mère prenaient un petit déjeuner tardif.

Sophie jouait avec un toast, l'émiettait entre ses doigts, puis balayait les petits morceaux tombés sur la nappe. Un verre de lait, intact, était posé à côté de son assiette.

Mrs Gardiner but son thé et parcourut son courrier du matin avec des gestes secs. Elle ne voulait pas laisser paraître l'angoisse que sa fille lui inspirait.

— Mangez donc, ma chérie. La journée va être chargée : ce matin, nous passons voir la couturière pour ajuster votre robe de mariée et, cet après-midi, comme vous le savez, nous devons nous rendre à Hampton Court.

— Non.

— Non quoi ?

Sophie repoussa son assiette d'un geste enfantin.

— Nous n'irons pas à Hampton Court. Je n'en ai pas envie, et je ne veux pas voir Wytton. Pas aujourd'hui.

— Mais il fait si beau, et c'est toujours un tel plaisir de se promener dans les jardins du château !

— Je ne veux pas non plus qu'on ajuste ma robe de mariée. Je suis déjà allée trois fois chez Mme Lucie. C'est bien assez.

— Une robe de mariée doit être ajustée à la perfection.

— Quelle importance ? Je ne la porterai que quelques heures.

— C'est faux, vous aurez d'autres occasions de la mettre, bien évidemment, quand vous sortirez dîner en tant que jeune mariée. C'est ce que l'on attend de vous.

Sophie haussa les épaules et se leva de son siège.

— Ces vieux enquiquineurs ! En quoi ma tenue leur importe-t-elle ? En quoi leur avis m'intéresse-t-il ?

Des voix dans le hall détournèrent l'attention de Mrs Gardiner. Sophie se dirigea vers la porte, impatiente de s'éclipser. Mais, avant qu'elle l'atteigne, le battant s'ouvrit : son père entra, les sourcils froncés, une lettre à la main.

— N'êtes-vous pas au bureau, ce matin ? s'enquit Mrs Gardiner, surprise de voir son époux à cette heure inhabituelle.

— J'en viens. J'ai reçu une nouvelle des plus perturbantes. Je dois me rendre à Aubrey Square, mais je voulais d'abord m'entretenir avec vous.

— Je suppose que c'est encore une missive de Mr Darcy, déclara Sophie. J'espère que vous lui avez écrit à quel point Belle est une créature horrible.

— Belle ? répéta Mrs Gardiner avec étonnement. Vous voulez dire Camilla.

— C'est pareil ; pour ce qui est des hommes, elles se valent toutes.

— Écoutez-moi, je vous prie, les interrompit Mr Gardiner. Cette lettre ne provient pas de Mr Darcy, mais de Fitzwilliam. Par ailleurs, son écriture est si torturée que je parviens à peine à la déchiffrer.

— Je ne crois pas avoir envie de lire sa prose, quel qu'en soit le sujet, répondit Mrs Gardiner. À moins qu'il ne soit arrivé malheur à cette pauvre Fanny.

— Non, non, cela n'a rien à voir avec elle. Lisez, lisez donc.

— Racontez-moi ce qui s'est passé, papa, dit Sophie, dont la curiosité était piquée au vif. Il est impossible que mes cousines se soient encore attiré des ennuis.

— Des ennuis terribles : Georgina a fugué… Elle s'est enfuie avec un homme… Elle a disparu dans une chaise de poste tirée par quatre chevaux.

— Non ! (Sophie plaqua ses mains sur ses joues.) Elle s'est enfuie avec sir Joshua, voilà ce qu'elle a fait ! La catin !

— Sophie ! s'écria Mrs Gardiner en levant les yeux de la courte missive. Un tel langage est interdit.

— C'est la vérité. Ce sont toutes des catins – toutes sauf Alethea, du moins tant qu'elle n'aura pas quitté la salle d'étude.

Mr Gardiner et son épouse échangèrent un regard.

— Vous devez vous rendre immédiatement là-bas, bien entendu, lui dit Mrs Gardiner. A-t-on une idée de l'endroit où Georgina pourrait être ? (Elle parcourut rapidement la fin de la lettre.) Apparemment pas. Sir Joshua a quitté Londres – voilà qui est suspect.

— Oui, mais nous ne sommes pas plus avancés, si nous ne parvenons pas à découvrir l'heure de son départ et sa destination. Si ses domestiques refusent de parler, je ne vois pas comment nous pourrions être renseignés.

— Quelqu'un chez Fanny sera forcément au courant. Il n'est jamais arrivé qu'une fille fugue sans qu'un membre de la maisonnée soit mis dans la confidence. Une sœur, une bonne… (Elle se leva de table en hâte.) Sophie, sonnez Jenkins, que la voiture soit prête dans dix minutes.

— Mais l'ajustement de la robe n'est prévu que dans une heure, répondit Sophie.

— Nous verrons cela un autre jour.

— Dans ce cas, où allez-vous ?

— À Aubrey Square, voyons.

— À Aubrey Square ! Mais pourquoi ? Hier encore vous disiez que vous ne vouliez plus avoir affaire aux Darcy.

— Ce sont des membres de ma famille, et elles ont de sérieux ennuis. Elles ont déjà causé assez de problèmes comme ça, mais cette nouvelle aura des répercussions sur nous tous, et, si Georgina n'est pas retrouvée, Darcy reviendra ventre à terre en Angleterre. C'est à nous aussi, et pas seulement aux Fitzwilliam, qu'il a confié ses filles et nous n'avons guère été à la hauteur de la tâche qui nous a été assignée. J'ai été trop accaparée par les préparatifs de votre mariage, j'ai laissé Fanny se débrouiller seule. En plus de ses jeunes enfants, comment pouvait-elle s'occuper correctement de cinq fortes têtes ?

Tout en parlant, elle se rendit dans la bibliothèque. Elle s'assit au bureau de Mr Gardiner, rédigea quelques lignes à la hâte, scella le message et le tendit à Jenkins.

— Portez immédiatement ceci chez Wytton, Jenkins. S'il est absent, que le valet se débrouille pour le trouver et, où qu'il soit, remettez-lui ce mot.

— Pourquoi écrivez-vous à Wytton, maman ? Doit-on le mettre au courant de tout ce qui arrive aux Darcy ? Cela l'intéresse-t-il tant que ça ?

— Je le prie de nous excuser pour la promenade à Hampton Court.

Le visage de Sophie s'illumina : au moins, elle avait pu éviter cette sortie sans avoir à se disputer une fois de plus avec sa mère.

Camilla observa les deux femmes assises dans le canapé. Elles se ressemblaient beaucoup, sûres de leur rôle d'épouses, de mères et bien déterminées à protéger le statu quo.

— Eh bien, ma chère Mrs Gardiner, expliquait Fanny, nous en avons appris plus que lorsque Fitzwilliam a envoyé le message à votre mari.

La bonne des jumelles avait fini par craquer, avouant qu'elle savait que Miss Georgina avait prévu de s'enfuir, tout en ignorant où, et si elle avait l'intention de partir avec un homme.

— Une histoire à dormir debout, avait répondu Sackree, guère convaincue. Miss Georgina ne serait pas partie en chaise de poste d'elle-même, à une heure indue, sans qu'il y ait un mâle derrière tout ça.

— Dis-nous où elle est, espèce de petite morveuse ! ordonna Dawson en secouant de nouveau vigoureusement la domestique. Si ça ne tenait qu'à moi, tu serais renvoyée, et si tu restes, tu le regretteras : nous n'avons pas de temps à perdre avec une servante malhonnête. Mais si tu disais la vérité une fois dans ta vie, qui sait, cela te donnerait peut-être un peu de caractère !

Les reniflements cessèrent un instant ; une lueur de ressentiment apparut dans les yeux légèrement globuleux de la bonne, alors qu'elle relevait la tête du tablier douteux qui servait à sécher ses larmes profuses.

— Je n'ai pas besoin d'avoir du caractère. Je rentre chez ma tante, pour l'aider à la ferme. Les miens seront bien contents de m'avoir, eux, et quand ma maîtresse sera de retour, elle me reprendra à son service.

— Ta maîtresse, de retour ! (La voix de Dawson était pleine de mépris.) Il ne faut pas rêver ! Et quel genre de foyer pourrait-elle fonder, hein, à dix-sept ans, en fuite avec un homme marié ?

— Comment savez-vous qu'il est marié ?

Sackree écarta Dawson et colla presque son visage à celui de la bonne, trempé de larmes.

— Parce que c'est avec sir Joshua Mordaunt qu'elle s'est enfuie, voilà comment on le sait, et il a une femme bien vivante, qui habite dans le Hampshire.

— Alors ce n'est pas avec lui qu'elle est partie, car elle a dit qu'ils allaient se marier.

— Avec lui, ce sera impossible.

— Peut-être qu'ils le peuvent à l'étranger. Là-bas, tout est possible ; ce sont tous des païens et des papistes.

Sur ces mots, elle poussa un long gémissement et, inconsolable, plongea la tête dans son tablier, sans qu'on puisse la questionner davantage.

Sackree la congédia d'une bourrade.

— Voilà, Miss Camilla, je pense qu'on n'en tirera rien de plus, mais, si ça ne vous ennuie pas que je parle en toute franchise, Miss Belle en sait bien plus qu'elle ne le prétend.

Sackree et Dawson pouvaient difficilement recourir aux méthodes d'interrogatoire qu'elles avaient employées sur la bonne, bien que Camilla le souhaitât presque. Ce fut Alethea qui, entrant dans la pièce avec sa nonchalance habituelle, leur donna l'information tant attendue.

— Georgina est partie pour la France, annonça-t-elle d'un ton désinvolte. Avec sir Joshua Mordaunt. Il possède une maison à Paris et une autre à la campagne. C'est là-bas qu'ils sont allés.

Comment Alethea était-elle au courant ?

— J'ouvre l'œil, et je tends l'oreille. Georgina est tellement bête ! Elle croit que je ne comprends pas ses conversations avec Belle. Je ne vois pas pourquoi vous faites autant d'histoires. Qu'elle y reste ! Sans elle, Belle a des chances de devenir un être humain doué de raison.

Alethea fut renvoyée au dernier étage ; Camilla n'avait aucune intention de laisser Fitzwilliam et Mr Gardiner entendre son point de vue non conformiste et indigne d'une jeune femme sur la fugue amoureuse de sa sœur. Cette petite misérable n'avait-elle donc aucun principe ?

— Il doit bien se douter que sa famille s'efforcera de retrouver sa trace et de la ramener, fit remarquer Fanny. Ce n'est pas comme si elle était livrée à elle-même, et, même si ses frères sont encore très jeunes et que son père est à l'étranger, d'autres s'en chargeront.

— Il est certain qu'il ne s'attardera pas inutilement à Paris, intervint Mr Gardiner. Il possède une maison de campagne en France, dans laquelle il se rend plusieurs fois par an. Toutefois, il n'y emmène que des domestiques français, et nous ignorons tous où elle se trouve.

Mr Gardiner avait fait un grand bond dans l'estime de Camilla. Il se montrait ferme et actif, pas comme Fitzwilliam, tout militaire qu'il était. Quelques minutes à peine après avoir appris que la chaise de poste était peut-être partie pour la France, il avait envoyé plusieurs de ses employés à London Bridge, puis sur la route de Douvres, pour y récolter des informations sur une chaise de poste noire tirée par quatre chevaux qui serait passée par là aux premières heures du matin.

Fitzwilliam et Mr Gardiner étaient tous deux en pleine conversation.

— J'irai, moi, disait Mr Gardiner. J'ai des contacts privés et professionnels dans de nombreux arrondissements de Paris. Et si mon français reste rudimentaire, le problème sera vite résolu avec l'aide d'une interprète de confiance. Si Fanny est d'accord, je propose que Camilla m'accompagne : elle a une bonne maîtrise du français, me semble-t-il, et, lorsque je ramènerai Georgina en Angleterre, une de ses sœurs devrait être présente.

La France ! Paris ! Camilla n'en croyait pas ses oreilles.

— Moi ? Vous accompagner à Paris ? Oh, monsieur, parlez-vous sérieusement ?

Fanny était horrifiée.

— Oh, non, il n'en est pas question ! C'est un si long voyage, vous ferez le trajet si rapidement… et puis il y a la traversée en mer ! C'est impossible pour une jeune fille qui a l'habitude de rester tranquille.

L'idée qu'elle accompagne Mr Gardiner à Paris déplaisait fort à Fitzwilliam, comme Camilla put le constater. Débusquer des fuyards, raisonner les femmes déchues, puis les ramener au sein de leur famille outragée était une affaire d'hommes.

— Je ne suis pas si fragile que ça, j'espère, répondit Camilla. Mr Gardiner a raison, et, puisqu'il est impossible que Belle y aille, il faut que ce soit Letty ou moi.

Tous savaient qu'il n'y avait pas le choix. Letty était tellement étourdie par les sels humés de sa fiole que Fanny commençait à craindre pour sa santé mentale. Personne ne s'attendait à la voir quitter sa léthargie pour traverser la Manche et voler au secours de sa sœur.

— Camilla ne doit pas y aller, psalmodia Letty de son canapé, paupières serrées. Elle s'attirera encore plus d'ennuis : elle parlera à des inconnus, se fera enlever, assassiner. Elle se laissera séduire ou piéger par un Français, je le sais.

Mrs Gardiner leva les yeux au ciel et, par prudence, ôta la petite bouteille en verre taillé des mains de Letitia.

— Camilla est parfaitement capable de prendre soin d'elle. Elle ne quittera pas Mr Gardiner d'une semelle. Elle ne courra aucun danger.

— Camilla saura peut-être encourager Georgina à reconnaître son erreur et la persuader de rentrer, déclara Fanny, peu confiante.

En effet, une jeune fille s'enfuyant à l'aube avec un homme marié ne se laisserait pas facilement convaincre de reprendre son ancienne vie.

Camilla était d'accord : l'espoir était vain. Georgina avait-elle jamais tenu compte des conseils de Letty ou de Camilla ? Toutefois, il valait mieux taire ce genre d'opinion tant que l'histoire avait une infime chance de connaître un dénouement heureux.

Georgina devait forcément avoir mesuré la gravité de la situation. La déchéance : un mot facile à employer, mais un état affreux à vivre. Cependant, l'insouciance de l'adolescence, la capacité à jouir du temps présent, sans penser au lendemain, rendaient peut-être cela moins terrible. Et, si sa sœur était vraiment amoureuse de sir Joshua, au-delà de la passion, alors une jeune fille aussi romantique que Georgina serait capable de sacrifier le monde au nom de l'amour. Ce serait choquant, assurément, mais compréhensible.

Fitzwilliam fulminait toujours.

— L'encourager ! La persuader ! Mais de quoi parlez-vous ? Nous devons la retrouver et la ramener, que cela lui plaise ou non !

— Non, non, Fitzwilliam, une pareille approche ne marchera jamais, répondit Mr Gardiner. Croyez-moi, aucune jeune fille ne saurait être commandée ni forcée à se rendre quelque part contre son gré. Vos enfants sont encore à la nursery : vous comprendrez mieux la situation quand Charlotte sera en âge d'avoir des opinions bien à elle.

— Ma fille n'aura jamais d'opinions bien à elle, j'y veillerai !

Mrs Gardiner, haussant les sourcils, regarda Fanny avec étonnement.

— Le sujet qui nous préoccupe ne concerne pas Charlotte mais Georgina, lui rappela Fanny.

— En effet, répliqua Mrs Gardiner, et, si Camilla accepte de partir, j'ose croire que tout se finira bien. Mr Gardiner a de l'expérience en la matière, vous savez. Ce n'est pas la première fois qu'il se retrouve face à ce genre de situation.

— C'est pourtant du jamais-vu dans la famille, rétorqua Fitzwilliam.

— Non, c'est faux, le corrigea Fanny. Je me souviens d'avoir entendu que votre cousine Georgiana, lorsqu'elle était très jeune – elle n'avait guère plus de seize ans – a failli s'enfuir avec un homme fort peu recommandable. Elle en a été empêchée grâce à Darcy, qui a découvert le pot aux roses juste à temps. Je me trompe ?

— Elle ne s'est pas enfuie, pas vraiment – peu importe ce qu'elle avait prévu. En bonne fille, elle a tout avoué à Darcy, et, quoi que vous en disiez, il a pris son devoir de frère très au sérieux en mettant aussitôt un terme à cette affaire. Tout a été passé sous silence, et, aujourd'hui, c'est de l'histoire ancienne.

— Mais il y a eu ma tante Lydia, non ? demanda Camilla d'un ton joyeux.

Mrs Gardiner ferma les yeux.

— Je préfère éviter de me rappeler cet épisode.

— Eh bien, gardons confiance car, si les fugues sont une tradition familiale, jusqu'à présent elles se sont bien terminées, déclara Fanny. Georgiana n'a pas mis son projet à exécution, et Lydia, en se mariant quelques semaines plus tard, a su préserver sa réputation. Je ne vois pas pourquoi nous ne réussirions pas à faire de même pour Georgina.

— Mais enfin, Fanny, ne comprenez-vous pas ? Comment peut-elle épouser sir Joshua ? Elle n'est pas musulmane, que je sache !

— Non, mais peut-être que nous pouvons étouffer l'affaire. Personne ne sera surpris de ne plus voir les filles ici ou là. Fitzwilliam peut raconter à ses amis du club que les jumelles sont indisposées, et qu'elles ne sortent pas. Tout le monde croira qu'elles ont honte. Nul ne soupçonnera que l'une d'elles s'est enfuie à Paris. Quant au départ de Mr Gardiner pour l'étranger, c'est le meilleur plan possible, puisqu'il est souvent absent pour affaires : personne n'y trouvera rien à redire. Si c'était Fitzwilliam, cela susciterait des commentaires, avec une élection si proche, mais il sera là, exactement comme si de rien n'était.

Fanny et Mrs Gardiner étaient admirables de logique. Une fois la décision prise de poursuivre les fuyards jusqu'à Paris, elles ne restaient pas là à se tordre les mains et à perdre leur temps en reproches, évanouissements ou crises d'hystérie. On ne fit pas non plus étalage de moralité ; seul comptait le désir profond de sauver ce qu'elles pouvaient de la réputation ternie de Georgina, et de présenter un front familial uni.

Et, ce qui les animait par-dessus tout, c'était le souhait secret de tout remettre en ordre avant que Darcy apprenne les bêtises de sa fille.

Camilla et Mr Gardiner ne purent partir le jour même, car certains papiers leur étaient nécessaires. Mr Gardiner ayant de nombreux contacts dans les différents services du gouvernement, ils ne furent pas difficiles à obtenir, mais il fallut un peu de temps avant que tout soit en règle.

— Les fuyards ont environ vingt-quatre heures d'avance sur nous, dit Fitzwilliam, les sourcils froncés, tandis qu'on buvait le thé à Aubrey Square, ce soir-là.

— C'est peu, répliqua Fanny.

Mais bien assez pour la fuite et la ruine, pensèrent-ils tous. Camilla prenait les choses avec philosophie. À l'évidence, sir Joshua et Georgina avaient déjà couché ensemble, à ce moment-là, et sans doute même bien avant de songer à fuir Londres, d'après ce qu'elle avait vu. Toutefois, elle se garda bien de faire part de son opinion.

Elle ne comprenait pas pourquoi le couple avait choisi une solution si mélodramatique. Georgina avait dû faire passer un mot à son amant pour l'informer de son interdiction de sortir et de son exil prochain. S'il prévoyait de quitter Londres pour aller séjourner en France, il pouvait tout aussi bien emmener une jolie jeune fille dans ses bagages. Cela paraissait étrange, mais que savait-elle de sir Joshua ?

Bien peu de chose, en dehors du fait que ses habits de soirée étaient extraordinairement seyants et que, si elle en jugeait par la courbe de ses lèvres, il ne ferait pas bon le fâcher. Ce n'était pas un homme excentrique ; les escapades nocturnes ne semblaient pas vraiment son style. Toutefois, un départ à l'aube correspondait tout à fait à l'idée romantique et extravagante que sa sœur se faisait sur le début d'une fugue amoureuse.

Mr Gardiner, qui n'était pas sentimental pour deux sous, affirma qu'ils avaient sans doute choisi cette heure pour ne pas manquer la marée une fois à Douvres.

Il était encore très tôt, mais tout le monde était debout pour assister à leur départ.

Letitia, les yeux cernés de noir, l'air d'une sorcière au désespoir, supplia Mr Gardiner de ne pas se battre contre sir Joshua.

— Me battre contre lui ? Sûrement pas. Je n'ai plus l'âge de lancer des défis à l'aube. De plus, il a une réputation de tireur hors pair.

— Le duc de Wellington n'est plus tout jeune non plus ; il s'est pourtant battu en duel il n'y a pas si longtemps. Les hommes luttent entre eux depuis toujours – surtout en France, à ce qu'on dit.

— Les hommes sont des idiots. C'est le pire moyen de mettre un terme à une querelle. Au diable le code d'honneur du gentleman ! Tout cela aurait dû prendre fin avec le siècle précédent. Des pratiques si pompeuses n'ont pas leur place dans le monde moderne.

Camilla ne put s'empêcher d'observer Fitzwilliam. Dès qu'on parlait modernité, celui-ci taxait aussitôt celui qui l'évoquait de whig. Il s'en tint cette fois-ci à un reniflement désapprobateur. Assurément, il n'aimerait pas que Mr Gardiner se fasse tuer en duel, même si cela lui aurait rappelé la bonne vieille Angleterre. Camilla ne nourrissait aucune crainte à ce sujet : Mr Gardiner était un homme extrêmement sensé, il saurait faire bon usage des mots, de sa fortune et de son influence pour convaincre sir Joshua d'abandonner son trophée.

La raison, et non la passion, l'emporterait en France.

La France ! Elle y croyait à peine : dans quelques heures, elle poserait le pied sur une terre étrangère et traverserait ce pays cruel, ennemi héréditaire de l'Angleterre, et sans aucun doute encore souillé du sang répandu par la guillotine. Et Paris, sa capitale, pleine de ces agitateurs qui avaient survécu à la Révolution et aux années Bonaparte – même s'il lui était arrivé, chez Mrs Rowan, d'entendre parler en bien du monstre corse, de ses lois, de ses réformes, et de sa vision moderne du gouvernement.

Elle mourait d'envie également de découvrir la mode française, et pas seulement sous forme de planches illustrées comme dans *La Belle Assemblée*, ou sur les quelques Anglaises qui avaient le goût et les moyens de s'offrir de telles tenues. Elle avait trouvé drôle que Letty sorte un bref instant de sa torpeur pour lui demander de lui acheter un de ces merveilleux nouveaux chapeaux dont elle avait vu l'image.

— Il ne s'agit pas d'aller faire les boutiques, répliqua Fitzwilliam.

— Nous aurons peut-être quelques heures à consacrer aux emplettes, répondit Mr Gardiner, plus conciliant.

Chapitre 25

Dès que la malle quitta le port de Douvres, Camilla sentit s'évanouir ses inquiétudes pour sa sœur et leur avenir à toutes, comme balayées par les flots.

C'était une sensation à la fois extraordinaire et inexplicable, car rien n'avait changé, mais son esprit allégé contribua pour beaucoup à faire de la traversée jusqu'à Calais, de la nuit passée dans une auberge bondée et bruyante, et d'une journée de route supplémentaire un rêve enchanteur plutôt qu'une succession d'épreuves.

Ils eurent beau temps pour la traversée ; une brise favorable les poussait en avant. Sackree, très vite prise de nausées, resta en bas, dans la cabine que Mr Gardiner leur avait obtenue, à elle et à sa maîtresse, mais Camilla passa la majeure partie de son temps sur le pont, à écouter avec ravissement les bruits du navire et de la mer : le claquement des grandes voiles fouettant l'air, les sifflements du gréement, les cris et les cavalcades des marins, le bouillonnement des eaux écumantes, fendues par la coque du bateau.

Elle aperçut un bâtiment de guerre à l'horizon : une vision superbe avec sa multitude de voiles et son pavillon flottant à l'arrière. Elle vit aussi, comme le lui expliqua Mr Gardiner après y avoir jeté un coup d'œil expert, un vaisseau de commerce de la Compagnie des Indes orientales. Ils dépassèrent une flotte de bateaux de pêche, dont les occupants lancèrent quelques remarques inintelligibles à travers les embruns, après que les frêles embarcations se mirent à tanguer dans le sillage de la malle. Puis la ligne à l'horizon se fit plus précise, prit forme et commença à se définir, devint un pays, avec des habitations et des repères visibles sur le rivage.

La France.

La langue parlée sur le quai et à l'auberge n'était pas exactement celle que Camilla et ses sœurs avaient apprise avec Mlle Leclair, mais, au bout d'un moment, son oreille s'accoutuma, et la jeune femme fut capable de s'exprimer et de comprendre les détails du menu, qui leur fut débité à toute vitesse.

Au début, Sackree refusa de toucher à l'assiette que l'on posa devant elle.

— Cela va vous remettre d'aplomb, lui assura Mr Gardiner.

— Vous allez me faire regretter de vous avoir emmenée.

Par ces propos plus sévères, Camilla espérait inciter sa bonne à manger. Après quelques bouchées, Sackree annonça qu'elle sentait son appétit revenir, malgré l'aspect singulier de la nourriture.

Le lendemain, il faisait beau : lorsqu'ils quittèrent l'auberge, le ciel bleu était parsemé de nuages vaporeux, le soleil brillant à travers la brume matinale. Camilla constata avec surprise que les paysages du nord de la France ressemblaient beaucoup à ceux de l'Angleterre, même si les villes et villages qu'ils traversèrent étaient fort différents. Quant à la route, comme le fit remarquer à plusieurs reprises Mr Gardiner, elle était incroyablement mal entretenue.

Elle fut fascinée par les vêtements des villageois et des citadins, par l'animation qui régnait sur les marchés, leurs étals regorgeant de fromages, de fruits, de légumes, ainsi que par un groupe de bonnes sœurs qui descendaient la rue d'un pas pressé, avec leurs robes noires et leurs grandes coiffes blanches.

— Je croyais que la Révolution, puis Napoléon avaient fait disparaître les couvents et les nonnes, dit-elle en s'abstenant d'ajouter que, selon Mlle Leclair, toutes les religieuses de France avaient été enlevées et découpées en morceaux – à plusieurs reprises.

— Elles s'occupent de bonnes œuvres : elles rendent visite aux malades, les soignent, etc., répondit Mr Gardiner en s'éventant le visage avec son chapeau. Quand nous arriverons à Paris, Camilla, nous logerons à l'auberge des *Deux Signes*. C'est un établissement respectable qui a l'habitude d'accueillir des visiteurs anglais, et qui est situé dans une rue réputée tranquille.

Tandis que leur voiture circulait lentement le long des rues étroites de Paris, Camilla put à peine contenir son étonnement.

— C'est si sale ! s'écria-t-elle. Et quelle odeur !

— Vous vous y ferez, répliqua Mr Gardiner. Voyez-vous le nombre de cafés qu'il y a ici ? Vous ne verrez pas cela à Londres.

Elle essaya de le croire pour les effluves nauséabonds et, en effet, comme elle découvrait à chaque mètre parcouru une nouveauté aussi bien visuelle qu'auditive, elle cessa bientôt de se préoccuper de la puanteur ambiante. Ils longèrent un boulevard flanqué de très belles demeures entourées de jardins privés. Camilla en poussa des cris admiratifs.

— Et les arbres ! Regardez les arbres qui bordent la route ! Ils doivent avoir au moins un siècle !

— Très jolis, répondit Mr Gardiner. Mais voyez aussi comme les pavés sont fendus et inégaux, et la chaussée est en terre !

Elle tenta de faire fi de la chaussée en terre, au milieu de laquelle courait une rigole répugnante emportant toutes sortes de déchets vers le fleuve. Ils arrivèrent dans l'un des plus anciens quartiers de la ville. Les dômes, les toits pointus et les hauts immeubles percés de minuscules fenêtres pouvaient sembler pittoresques, mais Camilla trouva tout à fait sordides les allées et les ruelles sombres dont elle eut un bref aperçu.

Elle fut soulagée de voir que leur destination était située dans un secteur plus plaisant de la cité. Même si l'on était loin de l'élégance et du style des quartiers huppés de Londres, le lieu était suffisamment lumineux et aéré. Ils franchirent en cahotant la porte cochère des *Deux Signes* et pénétrèrent dans une vaste cour dallée. Une femme bien en chair, les joues rouges, portant un grand tablier, sortit précipitamment par une porte pour accueillir Mr Gardiner comme s'il s'agissait d'un vieil ami.

L'auberge était ancienne et labyrinthique. Sackree fit la grimace tandis qu'on les menait le long d'une série de couloirs tortueux, puis qu'on leur faisait monter et descendre des escaliers.

— Et si jamais l'endroit prenait feu, hein, j'aimerais bien savoir ce qui se passerait ! Je ne confierais pas une bougie à un Français, moi. Et j'ose à peine penser à ce qu'on va trouver dans nos matelas : des insectes de la taille d'une belette, ça ne m'étonnerait pas. Sans parler de l'humidité, c'est sûr, et des pièces qui ne sont même pas aérées correctement. J'ai entendu dire qu'à l'étranger on ne faisait jamais le ménage dans les chambres, et qu'on se retrouvait à partager les draps de Dieu sait qui.

— Cessez donc de marmotter, je vous en prie, la réprimanda Camilla. C'est un endroit délicieux, et, puisqu'il est en retrait de la route, peut-être les bruits de la rue nous seront-ils épargnés.

Ce fut le cas : nul ne pouvait imaginer un appartement plus joli et plus au calme que celui où la femme les conduisit. Il comprenait un salon privé de belles dimensions, dont les fenêtres s'ouvraient sur un balcon. Camilla s'y rendit, et constata qu'il donnait sur un jardinet avec un arbre en son centre et un minuscule rectangle bordé de courtes haies de buis.

—Comme c'est charmant!

Le jardin était réservé à leur usage personnel: une volée de marches y menait. Il y avait deux chambres à coucher, chacune pourvue d'une toute petite pièce attenante destinée à accueillir un domestique. Camilla dut cacher un sourire quand Sackree procéda à l'inspection des lieux avec une jubilation lugubre.

—Chez nous, nous n'y mettrions pas un chien. Et puis ça sent mauvais.

—Vous pouvez dormir sur un lit à roulettes, dans ma chambre.

L'étroite pièce dénuée de fenêtre était bel et bien étouffante et Camilla ne voulait pas que Sackree passe une nuit blanche.

—Nous ferons porter le repas ici, déclara Mr Gardiner. Vous ne souhaiteriez pas descendre manger au restaurant: une jeune femme n'y a pas sa place.

Pour elle, le restaurant n'aurait pourtant pas manqué d'intérêt: elle n'était pas d'ici, et étant donné qu'elle était anglaise, personne n'aurait trouvé à redire sur sa présence. Toutefois, la soirée était chaude et lourde, et, sans doute à cause des secousses sur les routes cahoteuses depuis Calais, Camilla sentait une migraine monter. Il valait mieux qu'elle se rafraîchisse et soupe confortablement là, devant la fenêtre ouverte, qui promettait d'offrir un peu de fraîcheur.

On frappa à la porte, puis une femme de chambre entra avec un pichet d'eau chaude. Elle était suivie d'un inconnu élancé aux cheveux d'un noir improbable, à l'air vif et entendu. Il salua servilement Mr Gardiner, s'inclina jusqu'à terre devant Camilla, qu'il considéra avec un intérêt certain, et informa Mr Gardiner dans un anglais correct qu'un gentleman demandait à le voir.

—Envoyez-le-moi, répondit Mr Gardiner.

L'homme grimaça un sourire et quitta la pièce avec un nouveau salut.

— C'est M. Goujon, le propriétaire, qui est passé vérifier si tout allait bien. Il n'a pas l'habitude que je vienne accompagné. Il est curieux, mais tient à ce que son établissement conserve une bonne réputation. Cependant, c'est un endroit confortable et on me connaît : on prendra bien soin de nous. Paris et Londres sont tout à fait différents, ma chère, et mieux vaut ne pas regarder les coutumes françaises de trop près. Elles sont à des lieues des nôtres.

— Qui est ce gentleman qu'il nous envoie ?

— Ce sera sans doute Perrault, qui s'occupe de mes affaires à Paris. J'ai envoyé un messager au-devant de nous pour lui annoncer notre arrivée imminente et le prier, si possible, de mener une enquête discrète sur l'endroit où pourrait se trouver sir Joshua. Il a dû être particulièrement rapide, car je ne m'attendais pas à le voir avant demain.

On frappa de nouveau à la porte.

— Entrez, ordonna Mr Gardiner d'une voix forte.

Mr Wytton pénétra dans la pièce.

Chapitre 26

C'était une visite à Layard, deux jours auparavant, qui avait incité Wytton à partir pour Paris. Layard était de retour à Londres après un séjour dans le Leicestershire. Carré dans son fauteuil préféré, il portait une robe de chambre en brocart, les jambes tendues sur un repose-pied, quand Wytton fut introduit dans la pièce.

Layard scruta son ami.

—Quelle mine affreuse, mon cher Wytton, vous êtes tout pâle ! Venez donc, prenez du café, du jambon, un bifteck. Sonnez Greene afin qu'il vous apporte du pain frais.

Il lui désigna la nourriture.

Wytton remarqua que la table de son hôte ressemblait aux plaines d'Égypte après une invasion de sauterelles. Il accepta une tasse de café, dit qu'il n'avait pas faim et commença à faire les cent pas.

—Que le diable vous emporte, Wytton, ne pouvez-vous pas rester tranquille ? Vous êtes tendu comme un arc. Qu'avez-vous donc fait pendant mon absence ? Comment était le bal des Mersham ? Aussi élégant que d'habitude ? Je suis désolé de l'avoir manqué. Vous êtes-vous amusé ?

—Non.

—Ah, c'est Sophie qui vous pose problème ?

Il parlait d'une voix détendue, mais son regard était attentif. Ce n'était pas Sophie qui contrariait son ami, mais ses propres sentiments qui bouleversaient Wytton à ce moment-là. Qu'avait donc fait la demoiselle ? Lui avait-elle joué des tours à force de s'ennuyer à attendre un mariage qui paraissait si lointain ? Ces fiançailles interminables étaient toujours une erreur. Pour un jeune couple impatient, l'attente était trop longue et conduisait à la fin naturelle de leur passion. Quand deux personnes s'unissaient par raison plutôt que par amour, cette période suffisait à leur faire prendre conscience de leur incompatibilité. Pour un homme aussi épris et empressé que Wytton, ces derniers mois avaient été une épreuve.

— Il n'y en a plus pour très longtemps. La cérémonie aura lieu en juin, n'est-ce pas ? Ensuite, vous partirez en voyage de noces vers des contrées plus chaudes. Vous serez soulagés.

— Bon sang, Layard, cessez donc de me parler de mon mariage !

— C'est Sophie qui fait des histoires ?

Wytton assena un coup de pied au garde-cendre, ce qui lui valut un regard lourd de reproches de la part du chat tigré qui était couché sur le dessus en cuir. L'animal se redressa, fit le dos rond et marcha vers Layard.

— Non, non, allez, ouste, va-t'en, lui dit Layard. Non, ne donnez pas de coup de pied à ce matou, pour l'amour du ciel ! Il appartient à ma propriétaire et elle l'adore. C'est une brave bête, mais elle me fait éternuer.

— Je n'ai pas l'intention de malmener le chat, répondit Wytton en soulevant le félin pour le remettre à sa place.

Il lissa son poil ébouriffé et le gratta sous le menton.

— Les femmes sont comme les chats, fit remarquer Layard. Par là, je ne veux pas dire qu'elles nous font éternuer – même si c'est le cas pour certaines, avec les parfums dont elles s'inondent. Mais on ne sait jamais quand elles vont se retourner contre nous, toutes griffes dehors. Sophie vous a-t-elle égratigné ?

— Ce n'est pas à cause d'elle que je suis de mauvaise humeur. Elle n'est pas responsable. Elle n'a rien fait.

Un long silence s'ensuivit. Layard regarda Wytton contempler l'âtre vide. Il ne se souvenait pas de l'avoir déjà vu aussi triste et maussade. Si ce n'était pas Sophie, alors quoi ? Ou plutôt qui ?

— Je pensais aller à Aubrey Square, ce matin, déclara-t-il.

Wytton releva brusquement la tête.

— À Aubrey Square ? Pourquoi donc ?

— N'essayez pas de me mordre, mon ami. Pour rendre visite aux demoiselles Darcy. Ou plutôt pour rejoindre la file d'attente, devrais-je dire. Le heurtoir des Fitzwilliam a tellement servi depuis l'arrivée des filles en ville que c'est tout juste s'il ne vous reste pas dans la main.

Wytton émit un petit rire dénué d'humour.

— Vous ne serez pas bousculé par la foule, aujourd'hui.

— Sont-elles toutes sorties ? (Il se redressa dans son fauteuil.) Serait-il arrivé quelque chose ? Dites-moi donc !

Wytton affichait une expression sinistre.

— Je suppose que je peux aussi bien vous mettre dans la confidence, car, si je m'en abstiens, vous ne manquerez pas d'entendre au club une version bien plus haute en couleur. Londres bruit de rumeurs au sujet des sœurs Darcy.

— Des rumeurs ? À Londres ? Je n'en reviens pas. Tout de même, je suis navré de l'apprendre. Sonnez pour que l'on nous apporte encore du café, et racontez-moi.

Wytton tira sèchement sur le cordon à côté de la cheminée.

— Maintenant, asseyez-vous sagement et ressaisissez-vous. Vous vous croyez peut-être fichtrement romantique avec vos cheveux en bataille, vos traits tirés et votre teint blafard, mais cela ne m'impressionne pas, vous savez. Je vous trouve vraiment une mine affreuse, et votre agitation incessante ne nous aidera pas.

Wytton marmonna quelques grossièretés dans sa barbe, puis un sourire vint détendre son visage.

— Non, non, reprit Layard, vous ne m'embobinerez pas, Alexander. Nous nous connaissons depuis trop longtemps, et nous avons traversé trop de choses ensemble pour que vous parveniez à m'énerver. Calmez-vous et dites-m'en davantage.

Wytton soupira et s'enfonça dans un fauteuil fatigué.

— Pour commencer, Busby a fait son apparition. Il s'est comporté en idiot fini et a bouleversé Letitia.

— L'aînée ? Pleine de pieuses pensées, qui passe le plus clair de son temps avec ce malotru d'ecclésiastique dont j'ai oublié le nom ?

— Valpy. Oui ; il ne l'a pas lâchée de la soirée et l'a même demandée en mariage. Cela lui a fortement déplu et, comme elle se trouvait à un bal, toutes les sorcières étaient à l'affût. (Il se frotta les yeux.) Bon Dieu, cette fête a-t-elle vraiment eu lieu il y a deux jours à peine ? C'est comme si une éternité s'était écoulée depuis.

— Certes, mais que s'est-il passé pour que cette soirée vous mette dans cet état ?

— Oh, ça, ce n'était que le début. Belle était présente, et de très joyeuse humeur.

— Elle flirtait avec tout ce qui porte des chausses, faisant se retourner toutes les têtes enturbannées, hein ? Comment lui résister quand elle agit de la sorte ? Mais je n'aimerais pas être attiré par elle.

— Si elle continue comme ça, aucun Londonien de bonne réputation n'envisagera de la prendre pour épouse. On pardonne beaucoup de choses aux filles jeunes et jolies, et Dieu sait qu'on ne peut pas me qualifier de « moralisateur », mais il est impossible de taquiner et d'exciter autant d'hommes sans en payer le prix, un jour ou l'autre.

— C'est une bonne fessée qu'il lui faudrait, avant qu'on la renvoie dans sa belle maison, jusqu'à ce qu'elle ait un peu de plomb dans la tête. C'est ce que je ferais, si c'était ma sœur ou ma fille. Malgré tout, je ne vois pas quel mal elle a pu faire en flirtant.

— Elle s'est disputée avec Sophie, devant tout le monde. Ou plutôt, si je veux être exact, Sophie l'a accusée d'être une séductrice sans cœur. Elle hurlait, devant lady Sefton, lady Jersey, la princesse Esterhazy, la princesse Lieven et bon nombre d'autres membres de ce maudit cercle restreint.

Layard grimaça.

— Elle s'est très mal comportée et n'aurait pas pu choisir pire moment ni pire endroit. J'ignore totalement pourquoi elle a eu l'impression que sa cousine la provoquait. Belle n'a jamais tenté de me séduire, alors pourquoi Sophie était-elle si fâchée contre elle ?

Layard releva la tête.

— Elle vous a dédaigné ?

Wytton haussa les épaules.

— Je ne suis pas son genre.

— Belle s'est peut-être dit que ce serait mal de flirter avec le fiancé de sa cousine.

— Possible, répondit Wytton d'un ton sec.

— Ainsi, deux sœurs et une cousine se sont mal conduites. Et cela suffirait à détourner la horde d'admirateurs et de coureurs de dot qui les poursuit ?

— Je réserve le meilleur pour la fin. (Il renversa la tête en arrière, ferma les paupières un instant puis leva les yeux vers le plafond autrefois blanc et à présent parsemé de taches jaunâtres dues à la fumée.) George Warren et Mrs Beecham ont profité du bal pour répandre la rumeur selon laquelle Miss Camilla Darcy essaierait de conquérir mon affection pour écarter Sophie.

Layard n'en crut pas ses oreilles. Camilla Darcy, en plus ! Comment pouvait-on avancer une chose pareille ? Il se hérissa.

— George Warren n'est qu'un rustre. Bonté divine, vous allez devoir le provoquer en duel, Wytton. Vous n'avez pas le choix.

— Je n'ai aucune raison de le faire. Il ne m'a pas accusé d'avoir laissé mes attentions se porter sur sa cousine plutôt que sur Sophie. Les agissements et les intentions seraient toutes du fait de Camilla. Elle est follement éprise de moi, voyez-vous, de sorte que l'honnêteté, le sens de la famille, le décorum, la gentillesse qu'elle peut déployer à l'égard de Sophie sont réduits à néant.

— Imaginez l'épreuve qu'elle doit endurer ! Elle doit se sentir offensée, plus que toute autre ! Vous ne pouvez pas laisser les choses en l'état, Wytton. Vous devez prouver que ces affirmations ne contiennent pas une once de vérité !

— Vraiment ? Est-ce si simple que ça ?

— Parce que le monde veut toujours croire au pire, vous voulez dire ? Certes. Toutefois… (Il s'interrompit : une idée déplaisante venait de germer dans son esprit.) Wytton, vous ne pensez pas qu'il y ait quoi que ce soit de fondé dans ces accusations, n'est-ce pas ? Vous ne croyez pas qu'elle tente de vous séduire ? J'ai passé autant de temps que vous en sa compagnie, et j'aurais aussi pu prétendre qu'elle avait des visées sur moi – ce qui n'est assurément pas le cas, et c'est bien dommage. Si vous voulez mon avis, elle ne s'est pas remise du choc de l'affaire avec ce sodomite de Leigh.

— Non. Elle n'essaie pas de me séduire. Ni vous non plus, comme vous l'avez si justement observé.

— Eh bien, voilà. Sortez, accueillez ces rumeurs avec mépris, accusez les langues de vipère d'avoir été mal informées. Dites à Warren qu'il n'est qu'un menteur doublé d'un âne bâté, et, s'il vous provoque en duel, tant mieux.

Wytton était silencieux. Layard le regarda, sincèrement inquiet.

— Cela vous a drôlement secoué, n'est-ce pas ? Et Sophie, est-elle bouleversée ? Est-ce là ce qui vous cause tant de souci ?

Wytton fit « non » de la tête. Quand il prit la parole, ce fut d'une voix lasse et atone que Layard ne lui avait jamais entendue.

— Camilla n'a jamais tenté de me séduire, loin de là. Le problème, c'est que moi, je suis tombé amoureux d'elle.

Un silence de plusieurs minutes s'abattit. Layard perçut le doux « tic-tac » de la pendule posée sur l'étagère, au-dessus de la cheminée, le ronronnement discret du chat, le craquement de l'escalier devant la porte, le grondement lointain des roues qui cahotaient sur les pavés, le roucoulement léger d'un pigeon perché sur le bord de la fenêtre. Que répondre à cela ? Son ami se trouvait dans la pire des situations, fiancé à une fille qu'il avait sans nul doute aimée, ou du moins désirée, et affirmant à présent être épris de sa cousine.

Comme une révélation soudaine, une fois le choc absorbé, il se dit que ce n'était pas si inattendu. Certes, Camilla Darcy n'était pas aussi belle que sa cousine – Sophie était remarquablement jolie –, mais son intelligence, son humour et sa vivacité n'avaient rien de comparable. Sophie ferait une épouse agréable, décorative et assurément serviable. Mais être marié à Camilla serait comme entamer un voyage d'amour et de découvertes. Quel dommage que lui-même ne lui fasse ni chaud ni froid ! Si elle lui avait témoigné le moindre signe d'affection, il l'aurait épousée sur-le-champ.

Enfer et damnation ! Elle était la femme parfaite pour Wytton, cela crevait les yeux. Pourquoi son compagnon s'était-il autant entiché de Sophie ? Tout ça, c'était la faute de cette misérable Beecham. Il maudit le jour où son ami s'était mis à la fréquenter. Elle avait beau avoir reçu une excellente éducation, comme nombre de femmes du royaume, elle n'en était pas moins une putain, et jusqu'au bout des ongles. Il était aisément compréhensible que, après cette liaison, Wytton ait été attiré par la jeunesse et l'innocence de Sophie. Pourtant, comment se faisait-il qu'il n'ait pas vu que sa beauté, sa joie et sa bonne humeur ne constitueraient pas une base suffisante au bonheur ? Lui qui était si complexe, si brillant et si difficile ? La situation était insoluble. Wytton avait demandé sa main, son vœu avait été exaucé, et tout était arrangé. Ce contrat ne pouvait être rompu.

— Je nourrissais malgré tout un infime espoir, disait Wytton. Je pensais que Sophie aurait préféré annuler nos fiançailles. J'ai prié pour qu'elle me libère, mais elle ne le souhaite pas.

— Elle vous aime.

— J'en doute. Comme Belle, elle est très jeune, et même si elle m'apprécie, ses sentiments ne seront jamais aussi profonds que les miens. C'est par vanité que je l'ai crue aussi éprise de moi que je l'étais d'elle. Qu'importe : l'honneur me commande de l'épouser si tel est son désir. Et c'est le cas.

— Et pendant ce temps, tout le monde pointe du doigt la méchante Miss Camilla : ceux qui la courtisaient la rejettent, ceux qui l'admiraient lui tournent le dos, et les harpies qui enviaient sa position, sa fortune et ses charmes la méprisent. (Layard était visiblement secoué.) Je n'arrive pas à le croire.

— Même son cousin, le comte, qui comme vous le savez ne met jamais les pieds en ville, a fait savoir de sa luxueuse maison de campagne, qu'il était extrêmement mécontent du scandale qui éclaboussait ce membre de sa famille.

— Quel idiot pompeux !

Le café fut servi. Layard ordonna à son domestique de lui préparer ses vêtements. Il vida sa tasse d'un trait et se leva.

— Cela me conforte dans l'idée qu'une visite aux sœurs Darcy s'impose. Je ne vous demande pas de m'accompagner, c'est hors de question, j'imagine.

— Je dois faire une promenade en calèche avec Sophie et sa mère à Hampton Court, aujourd'hui. Une sortie d'agrément.

Greene reparut. C'était un homme petit et trapu, qui dut se hisser sur la pointe des pieds pour aider son maître, pas très grand lui-même, à enfiler son manteau vert foncé et ajusté.

— Si je puis me permettre, monsieur, dit-il en ôtant un poil de chat de l'épaule de Layard, je n'ai pu éviter d'entendre que vous comptiez vous rendre à Aubrey Square. Je doute que la famille reçoive, aujourd'hui.

— Il va falloir cesser cette détestable habitude d'écouter aux portes, Greene, ou je vais devoir me séparer de vous. Pourquoi ces dames ne recevraient-elles pas ?

— Monsieur, c'est l'effervescence, là-bas. Je l'ai appris par Figgins, la bonne de la cadette des demoiselles Darcy. Elle est venue de la part de son père, vu que c'est le cocher principal de Mr Fitzwilliam et qu'il avait promis à votre palefrenier une pommade pour votre cheval, qui souffre à un point précis au garrot.

— Oui, oui, je vois très bien où il a mal. Allons, poursuivez : quel rapport avec le reste ?

Wytton observait l'homme avec intensité.

— Qu'est-il arrivé là-bas, Greene ?

— Eh bien, une des jeunes filles s'est enfuie. Une fugue amoureuse ! Dans une chaise de poste, tirée par quatre chevaux ! À l'aube ! Juste sous le nez de sa famille !

— Quelle jeune fille ? demanda Wytton.

Il s'agrippa si fort au dossier d'un fauteuil que ses jointures blanchirent.

— L'une des jumelles. Figgins ne m'a pas dit laquelle, elle était trop pressée. (Il regarda son employeur d'un air entendu.) D'après Figgins, elle n'est pas partie avec un de ses jeunes soupirants, mais avec un homme plus âgé. Et marié, en plus ! Du coup, ce n'est pas vers la frontière écossaise qu'ils se sont dirigés.

Wytton parla d'un ton froid, mais très posé.

— Sait-on de qui il s'agit ?

— Pour l'homme ? Figgins dit qu'elle pense que c'est sir Joshua Mordaunt, pas moins, et qu'il a emmené la demoiselle à Paris. Mr Gardiner s'apprête à partir pour la France dès que possible, pour tenter de la retrouver et la ramener avant qu'il soit trop tard.

— Quant à vous, déguerpissez avant que je vous botte les fesses, répliqua Layard de manière injustifiée. (Il éjecta le serviteur de la pièce et claqua la porte derrière lui.) Wytton, si c'est vrai, alors ces filles sont vraiment perdues. Hé, où allez-vous comme ça ?

Wytton traversait précipitamment le salon pour rejoindre la porte, envoyant sa tasse à café valser sur le plancher dans sa hâte.

— En France.

— En France ? lui lança Layard tandis que son compagnon dévalait l'escalier. Pour quoi faire ? Les jumelles ne représentent rien pour vous… n'est-ce pas ?

Wytton s'arrêta au pied des marches et leva les yeux vers son ami.

— Tout ce qui touche Camilla est aussi mon affaire. Sir Joshua est le cousin de ma mère. J'ai des contacts à Paris qui sauront peut-être où on peut le trouver. Mr Gardiner ne fréquente pas ce milieu : il aura sûrement des difficultés à débusquer le couple. Je pars immédiatement pour Douvres, et je traverserai la Manche ce soir. Avec un peu de chance, Haldane sera là, à bricoler son voilier. Il pourra peut-être m'amener en France.

Camilla sentit sa gorge se nouer.

Que faisait-il ici ? À Paris, dans cette pièce ? À la regarder ainsi, les yeux pleins d'amour ? Wytton, celui qu'elle s'attendait le moins à rencontrer ; Wytton, qu'elle pensait ne plus jamais revoir.

Tout d'abord, celui-ci ne remarqua pas Camilla, qui s'était retirée dans l'ombre. Puis il l'aperçut, fit quelques pas vers elle, l'air impatient, et s'arrêta.

— Je vous demande pardon, dit-il en oubliant de saluer Mr Gardiner, perplexe.

Wytton ne quittait pas Camilla des yeux.

Au bout d'un moment, il se ressaisit et s'excusa auprès de Mr Gardiner de le déranger si tardivement, alors qu'il devait être bien fatigué par son long voyage.

Mr Gardiner lui répondit de manière très civile. Il prétendit ne pas avoir relevé la mine de Wytton lorsque celui-ci avait vu Camilla, même si elle savait qu'il avait tout compris : nul n'était plus avisé que Mr Gardiner.

— Je vous en prie, asseyez-vous, proposa-t-il. Un verre de vin ?

— Merci, monsieur. (Wytton jeta un coup d'œil à la jeune femme, puis à Sackree qui, l'air vindicatif, se tenait près de la porte menant à la chambre à coucher.) Je souhaiterais pouvoir m'exprimer en toute franchise, déclara-t-il.

Chapitre 27

— Sackree, vous pouvez vous retirer, déclara Camilla. Fermez la porte derrière vous, s'il vous plaît. (Elle se tourna vers les autres.) Elle écoutera tout, mais elle est discrète et digne de confiance. Elle sait pourquoi nous sommes ici.

—Pour retrouver votre sœur, je suppose ?

Mr Gardiner fit la moue.

—C'est Sophie qui vous l'a dit, j'espère. Je n'ose croire que tout Londres est déjà au courant de cette histoire.

—Je ne pense pas que l'affaire soit connue de tous, mais je crains qu'elle ne reste pas longtemps secrète. Votre famille n'en parlera pas, mais ce ne sera pas le cas des domestiques.

—Alors, pourquoi êtes-vous à Paris ? La dernière fois que nous nous sommes vus, vous n'aviez pas l'intention de vous rendre à l'étranger. (Il posa un regard inquisiteur sur son futur gendre.) Vous avez dû voyager à bride abattue.

Camilla savait ce que son oncle avait en tête : il se demandait si Wytton n'essayait pas de fuir son mariage avec Sophie. Comme s'il pouvait faire une chose pareille ! Mr Gardiner le connaissait-il donc si mal ?

—Si je suis en France, c'est uniquement dans l'objectif de vous aider. J'ignore si vous connaissez personnellement sir Joshua.

—Nous nous sommes déjà rencontrés. Je ne dirais pas que nous sommes intimes : il vient rarement à Londres.

Dommage qu'il ait choisi ces semaines-ci en particulier pour honorer Londres de sa présence, songea Camilla avec amertume.

— Il passe son temps entre la campagne et la France, où il possède une propriété et fréquente les meilleurs cercles.

Mr Gardiner fit un geste impatient de la main et exprima ce qu'il avait sur le cœur avec virulence.

— Son attitude dans cette affaire devrait le cantonner aux milieux les plus misérables. Séduire ainsi la fille d'un gentleman, une demoiselle de dix-sept ans, et l'emmener à Paris, comme si elle n'était qu'une vulgaire prostituée qu'il avait ramassée à l'opéra ! C'est honteux, inadmissible. A-t-il conscience que le père de Miss Georgina occupe un haut rang, qu'il est riche, influent, en relation avec nombre de personnalités ? Il faut être idiot pour s'attirer l'hostilité d'un tel homme !

Wytton fronça les sourcils.

— Il se moque de ce que les autres peuvent penser de lui. Sa fortune est immense, et il ne fait que ce qui lui plaît. Ne vous méprenez pas : c'est quelqu'un d'aimable, de cultivé, amateur de belles pièces – il les collectionne. Il était membre de la Société des Dilettantes à l'époque où…

Il ne put terminer sa phrase. Camilla ne comprenait pas pourquoi Mr Gardiner paraissait si furieux et méprisant.

— Alors c'est pire que je le craignais ! Ces hommes étaient… Ils sont abjects. Vous ne me contredirez pas si j'affirme que, parmi les objets que ces soi-disant connaisseurs (on aurait dit qu'il avait craché le mot), ces Dilettantes, collectionnaient, il y avait les belles femmes. C'est à dessein que j'emploie le terme « objet », car les rapports corrects, civilisés, entre les sexes furent balayés au nom de la recherche de la perfection, de la perfection des formes et de la satisfaction des sens. Je me trompe ?

Wytton tira sur son foulard.

— Je suis moi-même en contact avec les Dilettantes, monsieur, et je puis vous garantir que, quoi qu'il se soit passé au siècle dernier, c'est aujourd'hui une société qui soutient l'érudition et finance les fouilles dans les pays de l'Antiquité.

— Au diable vos garanties ! Ce que vous dites au sujet de sir Joshua me consterne. Je tremble en pensant qu'une innocente jeune fille est tombée entre ses griffes. N'a-t-il aucun sens moral, aucune famille qui serait en mesure d'exercer une quelconque pression sur lui, afin qu'il se comporte en gentleman ?

— C'est justement à ce propos que je suis venu vous parler, répliqua Wytton. Sir Joshua est… non pas une relation, mais un parent par alliance. Par son premier mariage, devrais-je dire, ajouta-t-il.

Le visage de Mr Gardiner prit une teinte rouge inquiétante.

— Une première épouse ? Il a eu une autre femme ? C'est Barbe-Bleue, ma parole !

— Non, monsieur, mais écoutez-moi donc, s'il vous plaît. Il a été marié très jeune ; son épouse est morte en couches un an plus tard.

— Et la seconde ? Cette pauvre femme qu'il a abandonnée dans sa demeure à la campagne, en Angleterre, pendant qu'il s'en va traîner à Paris avec Georgina Darcy ? Elle n'est pas morte, celle-là, que je sache ?

— Là, je ne peux rien dire pour sa défense, admit Wytton.

Camilla se figea. Entendre parler de Georgina ainsi rendait l'horreur de sa situation plus crue encore. Comment sa sœur avait-elle pu commettre une telle infamie ? Comment pouvait-elle faire fi de l'épouse laissée en Angleterre, et qui partageait la vie de sir Joshua depuis sans doute bien des années ?

— A-t-il des enfants de sa seconde union ? s'enquit-elle.

— Non, répondit Wytton.

Dieu merci, on leur épargnerait au moins la honte et les reproches pour avoir en plus causé du tort à des enfants.

— Nous sommes donc face à un homme riche, dépourvu de sentiments nobles, indifférent à la moralité et au respect des convenances, dont l'une des épouses est morte et l'autre encore en vie – ce qui suffirait à n'importe qui, mais pas à lui. Fort bien.

— Laissez parler Mr Wytton, monsieur, dit Camilla. À quoi bon discuter des multiples défauts et méfaits de sir Joshua ? Mr Wytton pourrait peut-être nous aider, nous conseiller.

Celui-ci lui adressa un sourire fugace – un sourire chaleureux et intime qu'elle eut tout juste le temps d'apercevoir. Il se tourna de nouveau vers Mr Gardiner.

— Ma tante, lady Aldham, est à Paris. Je suis allé la voir dès mon arrivée, car elle est toujours très bien informée. Elle vit ici depuis de nombreuses années, connaît tout le monde et est au courant des moindres faits et gestes des Anglais, simples touristes ou résidents. Elle pourrait vous présenter à sir Joshua, et vous obtenir une entrevue, car, même si vous désirez ardemment lui parler, il est possible que lui ne le souhaite pas. Son domaine est immense : s'il refuse de vous recevoir, vous ne franchirez même pas le portail.

— S'il refuse ? Je lui en ficherai, moi, du refus ! Il enlève une de mes nièces, commet un viol – appelons un chat, un chat, monsieur – sur une adolescente de dix-sept ans, issue d'une illustre famille, et je n'aurais pas le droit de lui parler ?

Un viol ? Non, Camilla en doutait, mais pouvait difficilement l'avouer tout haut. Le raisonnement de Mr Gardiner empruntait des voies étroites et respectables, en termes d'innocence et d'expérience, de moralité et d'immoralité, de séduction, de tromperie, de manipulation sur un sujet trop jeune pour en mesurer les conséquences.

Mr Gardiner n'avait pas vu grandir Georgina, ni vécu à ses côtés durant ces dernières semaines mouvementées à Londres. Non, sa sœur avait quitté sa maison et son ancienne vie avec entrain et enthousiasme, sans le moindre regret – Camilla aurait pu le jurer. Elle regarda Mr Gardiner, furieux. Cela ne servirait à rien. Même si elle lui dressait un portrait plus réaliste de sa sœur, il serait encore plus choqué que Camilla puisse imaginer ce qui avait dû se passer entre Georgina et son amant.

— Dois-je comprendre, dit Mr Gardiner, que votre tante est désormais au courant de la fuite de Georgina ? Je n'approuve pas ce que vous avez fait. Connaissant les femmes – et les tantes en particulier –, je puis affirmer que, d'ici à demain soir, tout Paris aura découvert notre secret.

Mr Wytton haussa un sourcil, n'appréciant guère le ton qu'employait Mr Gardiner.

— Ne craignez rien, ce n'est pas une commère, et, lorsqu'il s'agit de la famille, elle est d'autant plus discrète. Je l'ai convaincue d'écrire à sir Joshua pour vous présenter : ainsi, vous êtes presque assuré qu'il acceptera de vous recevoir.

— Fort bien, fort bien. Après tout, il n'y a rien de plus à faire, ce qui est dit est dit. Si vous avez l'adresse de sir Joshua, je propose que nous nous y rendions immédiatement. Avez-vous une voiture qui vous attend ? (Il se tourna vers Camilla.) Restaurez-vous, ma chère, et ensuite allez vous coucher. Ne veillez pas, nous rentrerons tard, et vous devez être exténuée après ce voyage éprouvant.

— Je ne suis pas fatiguée du tout, et compte bien vous accompagner. Georgina est ma sœur, il est de mon devoir de la rencontrer dès que possible. De plus, vous ne pouvez pas exiger de moi que je reste ici toute seule, à me morfondre.

Mr Gardiner fronça les sourcils.

— En effet.

Camilla ne perdit pas plus de temps à plaider sa cause. Elle ouvrit brusquement la porte de sa chambre, faisant perdre l'équilibre à Sackree, qui avait l'oreille collée au trou de la serrure. Ignorant les excuses que sa bonne se hâta de lui présenter, elle lui ordonna simplement d'aller lui chercher un châle léger.

— Il fait très chaud, je n'aurai pas besoin de plus, dit-elle à Mr Gardiner, le regard brillant. Non, monsieur, inutile de protester davantage : je vous accompagne, point final. Sinon, je courrai après votre voiture. Imaginez la tête que feraient les Français en assistant à une pareille scène !

Wytton tentait de réprimer un sourire.

— Une voiture m'attend en effet, monsieur. Ce n'est pas loin, mais il serait imprudent d'y aller à pied. Paris est une ville mal éclairée, et dangereuse à la nuit tombée – même si l'on ne se déplace pas seul.

La résidence parisienne de sir Joshua était un bel hôtel particulier à la façade symétrique, situé en retrait de la rue, devant lequel se dressaient deux imposantes grilles en fer forgé. On apercevait au travers un jardin aux lignes austères qui évoquait l'histoire, la richesse et le statut. Il était également fermé aux visiteurs.

Quand le véhicule s'arrêta devant le portail, Wytton en descendit d'un bond et appela un gardien à la mine renfrognée qui fumait la pipe, assis devant sa petite guérite. Non, il n'était pas possible pour eux d'entrer. Les consignes étaient strictes. Fort bien, il porterait la lettre comme monsieur l'exigeait – ou plutôt la donnerait à un sous-fifre qui la transmettrait à l'intérieur. Monsieur avait prévu d'attendre ? Haussement d'épaules. C'était son problème. La réponse serait la même.

Ils restèrent assis dans la voiture, la lumière vacillante des grandes torches situées le long du mur extérieur projetant des ombres dansantes sur leurs visages. L'air chaud était plein d'effluves et de bruits provenant des rues moins chic qu'ils avaient empruntées pour venir jusque-là : des odeurs de nourriture, de détritus, de fumée, de poisson, et les émanations piquantes du fleuve chatouillèrent leurs narines.

Des voix sortaient des fenêtres ouvertes : des conversations, des disputes mêlées à des bribes de musique. D'autres s'élevaient des cafés et des trottoirs bondés ; des chiens aboyaient, un enfant pleurait, une femme hurlait de rire.

Les sens de Camilla étaient en alerte : elle percevait tout ce qui se passait autour d'elle avec une netteté saisissante. Elle avait une conscience aiguë de la présence de Wytton, et de la tension à peine refrénée qui habitait Mr Gardiner. Les chevaux fatigués faisaient passer leur poids d'une jambe à l'autre ; le cocher lâcha un juron inintelligible. Dans le ciel d'un noir d'encre, des amas d'étoiles scintillaient derrière le voile de fumée crachée par les cheminées et les flambeaux de la ville, sans que le limbe de la nouvelle lune les ternisse.

On décela un mouvement derrière les grilles. Wytton se pencha par la fenêtre de la voiture et s'entretint brièvement avec le gardien.

— Inutile d'attendre, Sir Joshua ne nous recevra pas ce soir. Toutefois, si nous lui rendons visite demain avant midi, il sera là.

Cette nouvelle déplut fortement à Mr Gardiner, mais il n'y pouvait rien et, n'étant pas du genre à se laisser gagner par la colère ou la mauvaise humeur, il l'accepta avec une certaine philosophie. Ils reviendraient donc le lendemain matin. Il demanda à Wytton que son cocher les ramène rue de la Fontaine.

De retour à l'auberge, il invita Wytton à boire un verre de vin en leur compagnie.

Le jeune homme hésita, jeta un coup d'œil à Camilla, qui évitait avec soin de le regarder, puis s'inclina.

— Merci, monsieur, mais je ne resterai que quelques minutes. Il est tard, et vous souhaitez sans doute vous reposer du voyage.

— Pas du tout, répondit Mr Gardiner en posant une main bienveillante sur l'épaule de son futur gendre. Il nous faut vous remercier des services rendus. Vous nous avez facilité l'accès à sir Joshua, même si je suis sûr qu'en apprenant notre présence à Paris il aurait difficilement pu se dérober.

— Cela m'étonne qu'il soit à Paris, intervint Camilla en retirant son châle. (Elle en aplatit les franges du bout des doigts.) J'aurais cru qu'il serait allé dans un coin reculé de la campagne française – un cottage isolé ou un manoir lugubre. Y a-t-il des manoirs lugubres, dans ce pays ? Sinon, un vieux donjon sinistre aurait fait l'affaire, ou encore une tour en ruine, avec une porte qui grince.

— Quelle idée ! Vous lisez trop de romans à sensation, Camilla ; vous devriez mieux choisir vos lectures.

Mr Gardiner déboucha la carafe et versa le vin.

— En effet, j'ai connu plus d'une jeune femme dont l'esprit a pâti d'un excès de romans Minerva, affirma Wytton, l'air sérieux.

Seule la lueur de malice qui éclairait ses yeux le trahit.

— Allons, allons, ne vous moquez pas de moi. Peu importe ce que je dis ; ce sera pareil avec Sophie, comme vous le découvrirez bientôt. Les jeunes femmes font ce qu'elles veulent. Elles n'ont que faire de conseils avisés et raisonnables.

À la mention du nom de Sophie, Camilla vit l'éclat s'éteindre dans le regard de Wytton. L'espace d'un instant, elle avait oublié sa cousine, oublié la situation actuelle, se sentant simplement bien en présence de Wytton – cet homme devenu si essentiel à son bonheur… et dont l'éloignement lui serait insupportable. Une intimité s'était créée entre eux, cruelle car inattendue. En réalité, il n'y avait pas eu de coup de foudre au bal : il s'agissait plutôt du point culminant d'une relation qui, jour après jour, s'était approfondie. Ni l'un ni l'autre ne l'avait cherché et ne s'en était aperçu – en tout cas, pas elle. Et quand, enfin, elle avait identifié la vraie nature de ses sentiments, cette intimité faisait tant partie d'elle-même que s'en arracher lui causerait la douleur la plus atroce.

La femme de chambre, à la porte, leur fit une révérence et s'adressa à Mr Gardiner.

— Il y a en bas un homme appelé Perrault qui désire vous voir, traduisit Wytton avec obligeance.

— Parfait. Camilla, allez vous coucher, demain sera une journée chargée.

Il s'arrêta sur le seuil, attendant que Wytton finisse son vin pour le raccompagner.

Wytton la salua puis partit.

Chapitre 28

Camilla, perdue dans ses pensées, resta immobile au milieu de la pièce. Elle entendait à peine les commentaires de Sackree sur les visites tardives de ces Français, et sur les gentlemen qui ne savaient pas quand l'heure était venue de s'éclipser.

Des coups furent frappés à la porte, puis le loquet se souleva et Wytton reparut.

— Mon chapeau, dit-il, pressé. Je crois que… Ah, le voici.

Il le trouva sur la table près de la fenêtre. Alors qu'il s'apprêtait à quitter les lieux, il prit Camilla par la main et l'entraîna avec lui.

Sackree les observait d'un œil perçant. Elle ouvrit la bouche pour protester, mais ils étaient déjà partis. La porte s'était refermée, et le loquet était retombé.

Wytton relâcha la jeune femme. Dans l'étroit couloir sombre, il la regarda avec une intensité qui la bouleversa.

Elle entendait des voix, au loin : celles de Mr Gardiner et d'un homme qui parlait anglais avec un accent français très prononcé. Elles appartenaient à un autre monde.

— Je ne peux pas vous quitter ainsi, déclara Wytton sans préambule. Maintenant que nous avons retrouvé votre sœur, je ne vous suis plus d'aucune utilité, et Mr Gardiner s'attend à ce que je rentre en Angleterre. En tout cas, il ne souhaite pas me voir en votre compagnie. C'est un homme bon et, même s'il a moins de doutes que son épouse, son bon sens et son souci des convenances lui soufflent que je ne dois pas rester avec vous.

— Si Mrs Gardiner pense que vos sentiments pour Sophie ne sont pas ceux qu'ils devraient être, pourquoi veut-elle toujours que vous épousiez sa fille ?

Elle dut se faire violence pour parler ainsi, et regretta ses propos aussitôt qu'elle les eut prononcés. De quel droit portait-elle un jugement sur le degré d'attachement de Wytton à Sophie ? Elle était sûre de ses propres sentiments, mais pas des siens.

Il la dévisagea. Elle crut qu'il allait lui prendre de nouveau la main, mais il baissa le bras.

— Je suis tombé amoureux de Sophie à la seconde où je l'ai vue. Elle était si jolie ! Ce teint, ces manières charmantes… Et quel esprit ouvert, joyeux ! Je l'adorais.

Pourquoi lui confiait-il tout cela ? Elle détourna la tête, tendant une main devant elle comme pour se protéger.

— J'étais comme ensorcelé. Je mourrais d'envie d'être à ses côtés. Entendre sa voix, voir son visage ravissant me suffisait à peine. Elle était très jeune, mais je croyais que c'était une bonne chose. Elle ne tarderait pas à s'habituer à mon mode de vie, si éloigné du sien : elle partagerait mon plaisir des voyages et de l'aventure.

Il s'exprimait avec amertume, mais de manière posée. Chaque mot était un coup de poignard pour Camilla. Toutefois, il poursuivit.

— Quand j'ai compris qu'elle n'avait aucune envie de visiter Rome, ni de marcher dans la plaine d'Argos, cela n'a fait aucune différence. Elle m'attendrait à l'abbaye, le point d'attache de mon affection et de mes désirs.

— Arrêtez ! (Elle ne pouvait en supporter davantage.) Pourquoi me dites-vous cela ? Excusez-moi, mais je dois y aller. Je ne souhaite vraiment pas…

— Écoutez-moi. Il le faut. (Son regard était sombre, plus profond encore.) Je veux que nos relations soient fondées sur la vérité. Que cela vous plaise ou non, les choses étaient ainsi. Sophie m'enchantait, oui, mais comme dans tous les enchantements, il arrive que l'on se réveille un jour pour constater que le charme est rompu. Et puis… (Les mots semblaient lui résister.) … elle était si… différente. Différente pour quelqu'un qui…

— Si cela vous fait souffrir, ne dites rien. Je comprends.

— Vraiment ?

Camilla ne le regardait plus.

— Est-ce le cas ? l'interrogea-t-elle en luttant pour garder une voix normale. L'enchantement : n'êtes-vous plus en son pouvoir ?

Il acquiesça.

— Oh, oui. Je pense toujours que Sophie est la plus jolie créature que la terre ait jamais portée, mais la magie a cessé d'opérer. Cependant, nous vivons dans un monde raisonnable, pas dans un conte de fées. Les liens qui nous unissent sont définitifs. Je ne crois pas que ses sentiments aient jamais été aussi forts que les miens, mais nous sommes promis l'un à l'autre, avec le consentement de ses parents, et nous sommes déjà liés par un contrat légal. Comme vous le savez, le mariage est seulement l'occasion pour l'Église de donner sa bénédiction à un engagement, un accord établi et confirmé bien avant que le couple marche jusqu'à l'autel.

— Vous ne devriez pas me confier tout cela. (La colère la gagnait.) Me dire que vous aimiez Sophie, que ce n'est plus le cas, mais que vous allez vous marier quand même. En quoi cette union la rendra-t-elle heureuse ?

— Elle le sera, car je veillerai à lui prodiguer tout le bonheur qu'elle mérite. Elle a fait son choix : à la lumière des événements, elle aurait pu me libérer. La bonne société l'aurait prise pour cible de ses sarcasmes pendant quelques semaines, mais personne ne lui aurait jeté la pierre, et une héritière aussi jolie ne serait pas restée longtemps sans prétendant. J'aurais subi l'opprobre, pas elle.

— Mais elle refuse de vous libérer.

— En effet.

— Dans ce cas, je suis désolée pour vous deux. (Camilla se précipita vers la porte et posa la main sur le loquet.) J'entends Mr Gardiner qui vous appelle.

— Non, attendez encore un peu. Je ne peux vous laisser partir sans vous avouer… sans laisser parler mon cœur. Je…

À présent, elle était furieuse.

— Je ne vois pas ce que vous auriez à ajouter. Au revoir, Mr Wytton. Il y a peu de chances que nous nous revoyions – du moins dans un avenir proche.

Il se posta devant elle, l'empêchant d'ouvrir la porte.

— Camilla, il existe peut-être une autre solution, un infime espoir, et, dans ce cas, ne fuyez pas sans rien dire… sans me dire que, dans des circonstances différentes, vous m'auriez autorisé à déclarer ma flamme correctement. Votre sœur…

— Georgina a suivi ce que son cœur lui dictait, sans se soucier, égoïste comme elle est, du mal qu'elle cause à autrui, à la femme et à la famille de sir Joshua, ainsi qu'aux siens. Elle se moque de l'avenir et du bonheur de ses sœurs. Ne croyez pas une seconde que je puisse emprunter la même voie : je m'y refuserais, ce serait au-dessus de mes forces.

Il rougit.

— Ne vous croyez pas capable de lire dans mes pensées. Je n'avais pas l'intention de vous proposer de vous enfuir avec moi. Je m'apprêtais plutôt à dire que, étant donné l'étendue des informations dont je dispose sur ce qui se passe entre votre sœur et sir Joshua, et l'importance de mon silence sur cette affaire si elle venait à être dévoilée, Mr et Mrs Gardiner jugent peut-être que je ne suis plus le mari qui conviendrait à leur fille.

— Vous vous raccrochez à une chimère, Mr Wytton. C'est vous qui, à présent, vous croyez capable de lire dans mes pensées. Vous ignorez ce que je ressens à votre égard. Vous ne pouvez pas prendre mes sentiments pour acquis. Vous me connaissez assez pour savoir que je ne veux que du bien à Sophie, et que jamais je ne vous séparerai d'elle, de quelque manière que ce soit. Je crains que vous ne considériez l'attachement qu'elle vous porte avec beaucoup trop de légèreté, car il est peut-être bien plus profond que vous ne le supposez.

— C'est vous que j'aime, pas Sophie.

— Vous en avez assez dit. Je vous souhaite de passer une bonne nuit.

Une fois en sûreté dans sa chambre, Camilla, étourdie, essaya de reprendre son souffle comme si respirer lui faisait mal. N'ayant aucune larme à verser, elle avait les yeux secs et brillants, et serrait si fort les poings qu'ils en étaient engourdis.

— Vous avez eu bien raison, Miss Camilla, lui déclara Sackree en posant une cuvette d'eau sur la petite table. J'ai tout entendu. Je n'aurais jamais cru qu'un gentleman pourrait s'exprimer ainsi ! Quelle impertinence !

— Oh, Sackree, comme la vie est dure !

— Elle l'est plus pour certains que pour d'autres, et il y a « dure » et « dure », mademoiselle, si vous me permettez. C'est vraiment dommage, car c'est un vrai gentleman, et aussi quelqu'un de correct – voyez-vous, les deux ne vont pas forcément de pair –, mais il est promis à votre cousine, voilà tout. Vous en rencontrerez un autre. Un de perdu, dix de retrouvés, comme on dit.

Camilla grimpa mollement dans le lit inconnu au matelas plein de bosses.

— Mais je l'aime tellement, Sackree. Qu'est-ce que je vais faire ?

— Rien. Essayez de dormir. Pour le moment, nous avons une affaire plus urgente à régler : celle qui concerne Miss Georgina. Tenez-vous-en à cela. Je vous le dis, vos sœurs à elles seules suffisent largement à remplir la boîte à soucis.

Mr Gardiner observa Camilla, l'air inquiet.

— Ma chère, vous devez être souffrante ; vous êtes toute pâle, vos yeux sont cernés. Je vois que vous avez mal dormi : votre couche était sans doute inconfortable.

Elle s'empressa de le rassurer : un lit qui n'était pas le sien, les rigueurs du voyage, l'impression d'être encore secouée dans la voiture, l'angoisse que lui causait sa sœur, la chaleur nocturne…

— Je vais très bien, monsieur, je vous le jure. Partons aussi vite que possible. Je ne me sentirai vraiment tranquille qu'une fois que j'aurai vu Georgina, et que cette terrible histoire sera résolue.

Cette fois-ci, le portail s'ouvrit, et un valet en livrée du matin les introduisit dans un hall splendide avant de les conduire à une salle élégante donnant sur un jardin à la française : jolie en un sens, mais bizarre pour Camilla. Les murs étaient ornés de portraits formels ; des sièges aux dossiers durs étaient méthodiquement alignés tout autour de la pièce. Cet appartement devait être destiné aux visiteurs et non utilisé par les occupants des lieux.

Elle eut un choc quand sir Joshua entra. Au cours de ces derniers jours, il était devenu à ses yeux Lucifer en personne. Elle s'attendait à voir un monstre, une bête aux pieds fourchus, et non un simple mortel. Pourtant, c'était bien un être humain qui lui faisait face, à l'apparence fort soignée, dont les manières aisées témoignaient de sa bonne éducation.

Il les salua avec une assurance indéniable et accueillit même Camilla avec une certaine chaleur en lui rappelant leur première rencontre.

Quelle audace ! Les don Juan avaient sûrement l'habitude de recevoir avec flegme les proches furieux, les sœurs en détresse, et ainsi de suite. Et, si l'on était un homme enclin à la débauche, dégager du charme et de la nonchalance, avoir un regard séduisant et une bouche joliment dessinée devait représenter un avantage certain dans la chasse aux innocentes jeunes filles… mais tout de même !

Sir Joshua demanda qu'on leur apporte des rafraîchissements et s'enquit de leur voyage, comme si leur venue s'apparentait à une banale visite de courtoisie.

Mr Gardiner paraissait de plus en plus agacé.

— Monsieur, notre visite ne relève pas de la politesse. Votre impertinence m'étonne : vous avez refusé de nous recevoir hier soir, et aujourd'hui vous vous montrez bien nonchalant, sans le moindre signe de remords ni de prise de conscience quant à la gravité de vos agissements.

Sir Joshua haussa les sourcils. À son expression, il était clair qu'il estimait que Mr Gardiner, malgré sa richesse et sa position dans l'univers des négociants et de la finance, n'avait pas le droit de s'adresser à lui de la sorte.

— J'ignore de quoi vous parlez. La façon dont Georgina a quitté Aubrey Square était peu conventionnelle, je l'admets, mais nous ne pouvions nous attarder. Voyez-vous, je venais d'abattre mon valet… Ah, vous n'êtes pas au courant ? Une affaire d'honneur ; nous nous sommes retrouvés au bord du fleuve… Peut-être que le corps n'a pas encore été découvert.

— Vous avez tué un homme ! En duel ! Et, puisque vous deviez fuir le pays, vous avez tranquillement décidé d'emmener Georgina ? Monsieur, je n'en crois pas mes oreilles !

— Je me voyais mal aller frapper à la porte et demander à cet âne de Fitzwilliam de me confier sa cousine. Séquestrer ainsi les sœurs pour je ne sais quels prétendus agissements… Quelle absurdité ! Beaucoup de bruit pour rien, à mon avis.

Ces propos avaient laissé Mr Gardiner bouche bée. *Comment lui en vouloir ?* se dit Camilla. Sir Joshua avait-il perdu la raison ? Était-il soûl ?

— Georgina sera parmi nous dans un instant, déclara sir Joshua de son ton affable. Tenez, la voici justement.

La porte s'ouvrit avec fracas et Georgina fit son entrée avec sa légèreté habituelle. Elle était plus belle que jamais, et son teint un peu plus rosé. Elle devait certainement sentir à quel point la situation était gênante.

Il n'en était rien.

— Ma très chère Camilla, j'aurais bien accouru dès l'annonce de votre arrivée, mais je ne me sens pas très bien en ce moment ; j'ai donc dû attendre d'être sûre de ne pas m'évanouir ou autre – ce qui déplairait fortement à sir Joshua. Cher Mr Gardiner, comme je suis contente de vous voir ! Restez-vous longtemps à Paris ?

Mr Gardiner était désormais au bord de l'apoplexie, Camilla en était convaincue. D'ordinaire le plus calme des hommes, il était dans un tel état qu'il fallait agir. Elle s'adressa sèchement à sir Joshua.

— Un verre de cognac, s'il vous plaît. Vous voyez bien que Mr Gardiner va se trouver mal !

Sir Joshua s'affaira à ouvrir une carafe, et Camilla se tourna vers sa sœur.

— Georgina, avez-vous perdu la tête ? Vous vous enfuyez à Paris avec un homme marié, et vous bavardez comme si Mr Gardiner était là pour vous entretenir de la pluie et du beau temps ! Ceci n'est pas une visite de courtoisie. Nous sommes venus au prix de gros efforts et avons dépensé une somme importante pour vous retrouver et vous ramener à la maison. Votre absence a été cachée, mais ne restera pas longtemps secrète. On dirait que vous prenez toute cette affaire à la légère, comme si elle était sans conséquence ! Mais voyez comment votre attitude, à vous et à sir Joshua, a affecté Mr Gardiner : il est totalement bouleversé.

— Vous vous trompez, répliqua Georgina avec allégresse. Je n'ai aucune intention de retourner en Angleterre : mon état m'interdit de voyager.

— Votre état ? (Un soupçon affreux germa dans l'esprit de Camilla.) Georgina, ne me dites pas que...

— Oh, ne faites pas la mijaurée ! Je suis enceinte, voilà tout.

En entendant la désinvolture de ces propos, Mr Gardiner lâcha un grognement et s'effondra dans le fauteuil le plus proche, plongeant la tête entre ses mains.

— Georgina, comment est-ce possible ?

— Allons, ma sœur, vous n'êtes pas innocente à ce point ! Vous savez très bien comment ces choses sont possibles. Vous avez le droit de me souhaiter beaucoup de bonheur, car mon cher sir Joshua et moi nous réjouissons de la nouvelle.

Sur ces mots, elle posa la main sur le bras de son compagnon et le regarda avec adoration.

Enceinte ! Rien n'avait préparé Camilla à cette annonce. Ils devaient se fréquenter depuis plus longtemps qu'on ne le pensait. Bien entendu, c'était une conséquence prévisible dans une liaison illicite. Elle n'était pas idiote au point d'ignorer pour quelle raison, hormis le respect des enseignements de l'Église et la menace de s'attirer les critiques de la bonne société, les jeunes filles étaient si protégées des attentions du sexe opposé. Consentir à la faveur ultime était toujours mal vu, mais cela arrivait, même dans les meilleures familles, et l'on pouvait jeter un voile respectable sur la relation sacrilège en organisant un mariage à la hâte.

Dans le cas présent, un dénouement heureux était impossible. Georgina enceinte et sir Joshua marié, elle serait deux fois plus exclue de la société. Quant à ses sœurs – les sœurs d'une femme que le beau monde qualifierait sans aucun doute de « déchue », de « créature de petite vertu », pour ne pas dire de « putain » –, elles seraient entraînées dans sa chute.

— Georgina ! s'écria-t-elle. Qu'avez-vous fait ?

— Ne soyez pas si guindée, ce n'est pas si terrible ! Maintenant que je suis lady Mordaunt, personne n'y trouvera rien à redire, après tout. Nous prévoyons que le bébé naisse à Paris ; seules les vieilles douairières à l'esprit complètement tordu s'amuseront à compter les semaines.

— Georgina ! (Cette fois, Camilla avait hurlé.) Vous êtes devenue folle ! Vous ne pouvez pas être lady Mordaunt, vous le savez bien !

— Si, je le peux, et je le suis, puisque nous nous sommes mariés il y a trois jours, dès notre arrivée à Paris. Ce cher sir Joshua avait tout arrangé, et, trois heures après notre arrivée, nous étions mari et femme. N'est-ce pas l'homme le plus merveilleux qui soit ?

— Mariés ? Mais c'est impossible !

— Et n'allez pas croire que la cérémonie n'avait rien de sacré : ce n'est pas parce que nous sommes en France que nous avons eu un mariage papiste. Cela aurait été tout à fait inconvenant. Non, nous avons eu recours aux services d'un pasteur, qui justement séjourne à Paris ces temps-ci. Tout s'est passé exactement comme il se doit.

— Comme il se doit ! Bonté divine, Georgina, que racontez-vous ? Ignorez-vous que sir Joshua a déjà une épouse bien vivante ?

Chapitre 29

Le crépuscule tombait quand la chaise de poste arriva à Aubrey Square. La journée avait été magnifique ; le ciel se teintait de rose et d'orange tandis que le soleil, énorme, rougeoyait à l'horizon.

Les fenêtres des maisons qui entouraient la place étaient ouvertes pour que leurs occupants profitent de la dernière brise, et la demeure des Fitzwilliam ne faisait pas exception. Camilla soupira en entendant la voix sonore de Letty s'élever pour protester avec véhémence.

Camilla avait voyagé à l'étranger, avait connu une autre existence et, avec tout ce qu'elle avait vécu pendant sa courte absence, elle n'était plus la jeune fille qui avait quitté Londres à l'aube, quelques jours auparavant. Pourtant, ici, rien n'avait changé. En grimpant les marches du perron pour atteindre l'entrée, elle avait l'impression de n'être jamais tout à fait partie, mais de s'être seulement absentée quelques minutes ou quelques heures pour aller se promener, rendre visite à quelqu'un, faire un tour à la bibliothèque ou dans les boutiques de Bond Street.

À la seconde où elle entra, elle sut qu'elle se trompait. Que se passait-il ? On ouvrait les portes brusquement, on entendait des bruits de course, on apercevait des têtes au-dessus de la rampe.

— Belle, c'est vous ? Belle ?

— Non, ce n'est que moi, Camilla.

— Camilla, Dieu merci, vous êtes de retour ! Mr Gardiner est-il avec vous ?

— Où est Georgina ? Ne me dites pas que vous ne l'avez pas retrouvée !

— Réfléchissez avant d'entrer, Camilla : nous disparaissons les unes après les autres. C'est tout juste si je m'attendais à vous voir revenir.

Ces dernières paroles avaient été prononcées par Alethea, penchée en haut de l'escalier. Miss Griffin, l'air angoissé et les traits tirés, se tenait sur le palier suivant avec Letty et Fanny. Des domestiques les accompagnaient ; Pug dévalait les marches en bondissant et en poussant des grognements joyeux, impatient d'accueillir les nouveaux venus.

— Allons, que se passe-t-il ? demanda Camilla, fort inquiète. Oui, Letty, je suis là, saine et sauve. Non, Georgina va très bien et ne rentrera pas à Londres. Pug, cesse donc d'aboyer ainsi ! Laissez-moi juste retirer mon chapeau et je vous expliquerai.

Alors qu'elle atteignait le premier étage, Fanny accourut pour la prendre dans ses bras. Camilla remarqua des traces de larmes sur ses joues et sentit une nouvelle vague de colère l'envahir en songeant aux angoisses que l'inconséquence de Georgina avait générées.

— Fanny, allons, allons ! La situation de Georgina est très différente de ce que nous imaginions. Elle est mariée, à sir Joshua.

Fanny laissa échapper un léger cri.

— Comment est-ce possible ?

— C'est très simple, répondit Mr Gardiner en montant l'escalier derrière elle. (Conscient que les domestiques les écoutaient, il emmena la petite troupe dans le salon.) Il apparaît que sir Joshua, dont le sens moral est proprement scandaleux, n'a jamais épousé sa soi-disant femme dans le Hampshire. En réalité, celle-ci est mariée à un autre homme, dont elle vit séparément. Il ne saurait être question de divorce puisque la dame concernée est catholique romaine. Quoi qu'il en soit, sa liaison avec sir Joshua s'est achevée il y a quelque temps, comme il nous l'a froidement appris. Elle loge chez lui uniquement pour des raisons de commodité ; il n'y avait donc aucune entrave à son mariage de ce côté-ci, selon lui. Quelle impudence ! Si j'avais eu dix ans de moins, je lui aurais mis mon poing sur la figure.

— Ainsi, nous échappons finalement au déshonneur, ajouta Camilla. Alors, Letty, n'est-ce pas une bonne nouvelle ? Georgina est mariée, et vit dans un endroit très élégant.

Il fallait également leur annoncer l'affaire du bébé, mais un choc à la fois suffisait.

Letty paraissait accablée.

— Hélas, Camilla, à quoi bon ! La honte, la ruine, l'anéantissement de notre réputation… Rien ne pourra plus nous sauver, à présent !

— Oh, Letty, veuillez cesser immédiatement. Quel besoin avez-vous de vous mettre dans un état pareil ?

— Vous dites cela parce que vous ignorez tout.

— Que devrais-je savoir, pour l'amour du ciel ?

— Que Belle est partie ! Elle aussi a fugué avec un homme.

Camilla, incrédule, dévisagea Letty un moment. Des émotions contradictoires luttaient en elle, mais, finalement, son sens de l'humour l'emporta. Ne pouvant se retenir de rire, elle s'installa dans un canapé.

— Eh bien, elle ne s'est pas enfuie avec sir Joshua, au moins. Les jumelles partagent la même absence de moralité, mais pas le même homme – c'est déjà ça !

— Camilla, comment pouvez-vous faire preuve d'un tel cynisme, d'une telle légèreté à un moment pareil ? Soyez sérieuse, je vous en supplie, c'est la pire des nouvelles.

— Non, Letty. Que Belle soit souffrante ou morte, ça, ce serait la pire des nouvelles. Allons, dites-moi avec qui elle s'est enfuie. Est-elle partie à l'aube, comme Georgina? Où sont-ils?

— C'est une fugue amoureuse tout ce qu'il y a de plus ordinaire, répliqua Fanny, l'air distrait. Si l'on en croit le message qu'elle a laissé, ils sont allés en Écosse.

Ni les paroles ni les écrits des jumelles ne devaient être pris au sérieux: Camilla avait tiré cette leçon des récents événements. La destination de Belle dépendrait de la nature de l'homme avec qui elle était partie.

— De qui s'agit-il?

— D'après son mot, elle s'est enfuie avec le capitaine Allington, répondit Fanny. Vous y croyez, vous? Nous pensons toutefois que c'est la vérité, car nous avons mené l'enquête et il s'avère que personne ne l'a vu au cours des dernières vingt-quatre heures. Il n'est pas à sa pension, et son domestique a également disparu.

— Avez-vous interrogé la bonne de Belle? Dawson ne devrait avoir aucune difficulté à lui tirer les vers du nez, après ce qui s'est passé l'autre fois.

— Elle l'a emmenée, dit Fanny.

— Où est Fitzwilliam? s'enquit Mr Gardiner.

Il essuya la sueur de son front à l'aide d'un mouchoir de soie. Il y avait un peu trop de femmes autour de lui; un soutien masculin ne lui aurait pas fait de mal.

— Il s'est lancé à leur poursuite. Dès que l'on a appris la nouvelle, il est parti pour l'Écosse, à Gretna Green, afin de les arrêter.

— Gretna Green! Ce village où les mineurs peuvent se marier librement? Quelle vulgarité! s'écria Camilla avec colère. C'est d'un commun, venant d'elle!

Avec Fanny et Letitia se coupant sans cesse la parole, Miss Griffin intervenant çà et là pour les corriger, et Alethea jugeant bon de ponctuer leur récit de commentaires moqueurs,

Camilla mit un certain temps à comprendre les tenants et les aboutissants de l'affaire.

—C'est notre faute, déclara Fanny d'un ton malheureux. Belle était si contrariée de devoir rester enfermée – vous savez que Fitzwilliam avait insisté sur ce point en attendant qu'elle soit renvoyée à Pemberley. Elle a fait une scène, clamant qu'il était affreusement injuste de la garder ici, alors que Georgina et Camilla étaient en France et que Letty avait le droit d'aller où elle voulait. Elle nous a menacés de fuguer à son tour, disant qu'elle comprenait pourquoi Georgina l'avait fait. Bien sûr, je n'ai pas prêté attention à ses propos, et lui ai expliqué que nous n'avions pas le choix, surtout à la suite des déplorables agissements de sa sœur.

Fanny s'interrompit et soupira.

—Et, s'il vous plaît, ne mentionnez pas le nom de Darcy, car je suis prise de spasmes rien qu'à l'idée de son courroux. Que dira-t-il lorsqu'il apprendra que deux de ses filles, qu'il imagine encore à l'étude, sont désormais mariées ? Mariées pour de bon, et dans des circonstances fort douteuses, si ce n'est choquantes.

Letitia suivait le fil de ses propres pensées.

—Georgina est mineure. Son union est illégale, elle ne peut être valide. Nous pourrions l'annuler.

Il était temps pour Camilla de mentionner l'état de Georgina.

—Georgina est enceinte, aussi vaudrait-il mieux qu'elle demeure mariée.

—Georgina, enceinte ! Camilla, non !

C'en était trop pour Letitia, prête à sombrer dans une nouvelle crise d'hystérie.

—Oh, taisez-vous, lui ordonna Camilla. Personne n'a de temps à vous consacrer. Si vous voulez crier et geindre, allez le faire là-haut. Ou, mieux encore, allez renifler vos sels, s'il vous en reste.

— Mr Gardiner, comptez-vous rejoindre Mr Fitzwilliam ? s'enquit Letty en tournant vers lui un regard implorant. Il a demandé que vous le fassiez, si vous rentriez à temps, car ils se sont peut-être efforcés de couvrir leurs traces. Dans ce cas, une personne supplémentaire sur leur piste ne serait pas de trop.

— Connaissant le capitaine Allington, je suis sûr que ses tentatives pour effacer son passage auraient exactement l'effet inverse, répondit Mr Gardiner avec rudesse. Je suis content que la guerre soit terminée, car la perspective qu'un officier pareil soit responsable de la vie et du destin de ses hommes, ainsi que de ses collègues, a vraiment de quoi effrayer. Non, je ne me lancerai pas à leur recherche, et Mr Fitzwilliam ferait tout aussi bien de rentrer à Londres. Qu'ils se marient en Écosse si tel est leur désir : ces deux idiots font la paire.

— Mais le capitaine Allington n'a ni fortune, ni rang, ni titre, lui objecta Fanny. Il a bien peu de chose à offrir à une femme, surtout à Belle, si habituée au confort.

— Je fais peu de cas des titres, répondit Mr Gardiner. C'est sur sa valeur qu'un homme doit être jugé, et non sur la façon dont une de ses ancêtres à la moralité discutable aurait sacrifié sa vertu au roi. En dépit de son manque d'intelligence, le capitaine Allington me paraît être un jeune homme tout à fait aimable. Il fera un bon mari affectueux, j'en suis certain, et 50 000 livres constituent un revenu suffisant pour n'importe quel jeune couple.

Fanny poussa un profond soupir.

— Je l'espère, car il me semble que nous n'avons pas d'autre choix que l'accepter comme époux de Belle. Souhaitons toutefois que Fitzwilliam les ait rattrapés : il n'était pas si loin derrière. Il a promis de nous écrire ce soir. Mr Gardiner, j'aimerais vraiment avoir votre avis sur ce qu'il aura à nous dire. Si votre épouse peut se passer de vous quelques heures supplémentaires, resterez-vous dîner avec nous ? Elle ne s'attendait sans doute pas à un retour si prompt, occupé comme vous l'étiez à traquer ce malheureux duo à travers la France.

— Allons, chère lady Fanny, séchez donc vos larmes. Mrs Gardiner a l'habitude que je parte pour affaires, elle n'en fera pas un drame si je reste ici quelques heures de plus. Je vais juste lui envoyer un mot pour l'informer de mon retour.

— J'étais sur le point de lui écrire pour demander que vous veniez nous voir dès votre arrivée, et pour lui raconter ce qui s'est passé. Je lui ferai savoir que vous êtes à Aubrey Square et que vous souperez avec nous.

Fanny se leva avec empressement et s'installa au bureau, sur lequel étaient posées une plume et une lettre inachevée. Elle trempa la pointe dans l'encrier, rédigea quelques lignes supplémentaires de son écriture bouclée et cacheta la feuille.

Mr Gardiner se racla la gorge et toussota.

— Puisque vous sonnez un domestique pour porter votre message, puis-je vous demander un verre de limonade, s'il vous plaît, car j'ai grand-soif après notre long voyage.

Fanny s'élança vers la sonnette et la tira.

— Comme je suis négligente ! Où ai-je donc la tête ? De la limonade ? Ne préféreriez-vous pas un verre de vin ? Camilla, ma chérie, vous devez mourir d'envie d'ôter toute cette poussière et de vous changer. Dites-moi, Georgina est-elle mariée pour de bon ? De quoi avait-elle l'air ? Est-elle heureuse ? Sir Joshua vous a-t-il paru penaud, lorsque Mr Gardiner et vous êtes arrivés ? Quelle affaire, pour un homme de son rang ! Il possède une immense fortune, vous savez ; après tout, Georgina aurait pu trouver pire, comme mari. Croyez-vous que votre père sera de cet avis ?

— Papa pensera qu'un homme de quarante et un ans n'a rien à faire avec une demoiselle de dix-sept ans.

— Oh, en ce qui concerne l'âge et la jeunesse, ainsi va le monde – surtout lorsqu'une forte somme d'argent est en jeu.

Du dehors, on entendit les pas de l'allumeur venant accomplir son devoir du soir : donner vie aux réverbères au gaz devant Aubrey Square, au nord de la place. Comme à son habitude, il sifflotait au travers du trou laissé par la perte de deux incisives. Alors que la flamme vacillante grossissait pour projeter une lueur fixe, le halo chaleureux baigna les fenêtres des maisons qui entouraient la place, teintant les vitres sombres d'un voile doré. Il flotta une odeur âcre de brûlé, mêlée aux effluves à la fois sucrés et déplaisants charriés par l'air chaud de la ville.

Le sifflotement s'évanouit peu à peu, mais la paix crépusculaire, sitôt installée, fut perturbée par le bruit d'une voiture qui déboula sur la place au grand galop.

Tout le monde se précipita à la fenêtre du salon de Fanny, à l'exception d'Alethea. Elle était au beau milieu d'une sonate et continua à jouer calmement, faisant fi des bavardages animés qui bourdonnaient à l'autre bout de la pièce.

— Ce doit être Fitzwilliam qui est de retour. Oh, Belle est-elle avec lui ?

— C'est peut-être un messager.

— En tout cas, cette personne est bien pressée !

— N'est-ce pas la voiture de Mr Wytton ?

— Mais c'est ma Sophie !

Sur ces mots, Mr Gardiner sortit précipitamment. Camilla, penchée par la fenêtre ouverte, vit Mr Wytton lui-même discuter avec son palefrenier avant de suivre Sophie à l'intérieur.

Elle s'éloigna de la fenêtre quand Sophie entra comme un ouragan dans le salon, les joues rouges, ses cheveux décoiffés retombant sur les épaules, les yeux écarquillés et pleins de rage. Comme elle était jolie ! On ne pouvait le nier. Derrière elle apparut Wytton, dont Camilla pensait s'être récemment séparée pour toujours. Le revoir si vite allait raviver des blessures dont la cicatrisation n'avait même pas commencé. Serait-ce sa punition de le retrouver, encore et encore, afin qu'elle regrette à jamais ce qui aurait pu être ?

— Où est-elle ? fulmina Sophie. Où est Belle ? Je vais lui arracher les yeux ! Elle ne l'aura pas, ça non ! C'est une sorcière, une créature sournoise et machiavélique, une catin ! Pourquoi ne s'est-elle pas contentée de tous ceux qu'elle avait déjà à sa botte ?

Alethea, ravie d'assister à cette scène, joua quelques trilles tremblants.

Mr Gardiner observait sa fille, perplexe.

— Sophie, ne soyez pas si mélodramatique, s'il vous plaît. Que signifie tout cela ? Votre mère se porte-t-elle bien ?

— Maman ? Quel rapport avec elle ? Elle a reçu un message de lady Fanny qu'elle m'a montré alors que je rentrais tôt d'une fête – j'avais la migraine. Cette lettre disait que Belle s'était enfuie. Avec le capitaine Allington !

Tandis que sa cousine prononçait ce nom, sa voix était montée dans les aigus de manière alarmante.

— Sophie, ressaisissez-vous, intervint Fanny d'un ton inhabituellement sec. Inutile d'ameuter tout Londres. En effet, Belle a fugué. Elle est partie pour l'Écosse, mais Mr Fitzwilliam la rattrapera, et nous espérons recevoir sous peu de bonnes nouvelles de leur part.

Enfin, Camilla se résolut à regarder Wytton.

Il observait Sophie en silence. Tandis que sa fiancée reprenait haleine, luttant manifestement pour recouvrer son calme, il s'avança vers elle et lui offrit le réconfort de ses bras.

Alethea commenta la scène à sa façon en jouant quelques mesures que Camilla reconnut : il s'agissait de l'air des amants dans *Didon et Énée* de Purcell. Elle jeta à sa jeune sœur un regard noir juste au moment où Sophie s'éloignait brusquement de Wytton. Détournant la tête, elle le repoussa d'un geste de la main. Celui-ci recula, déconcerté.

Qu'arrivait-il donc à Sophie ? Pourquoi se comportait-elle de manière si étrange ? Pourquoi prenait-elle tant à cœur la fuite de Belle, et éconduisait-elle Wytton si ouvertement ? Camilla n'avait jamais vu sa cousine si perturbée.

À présent, Sophie pleurait, mais ses joues étaient baignées de larmes de désespoir, et non de sanglots hystériques.

— C'est par la ruse qu'elle a réussi à convaincre le capitaine Allington de l'accompagner, car il ne ressent rien pour elle ! Je le sais ! Maintenant, voilà qu'il va l'épouser. Et moi, que vais-je devenir dans tout ça ?

Mr Gardiner fronçait les sourcils.

— Sophie, allons, ressaisissez-vous ! Que représente ce garçon à vos yeux ?

Chapitre 30

Les genoux de Sophie cédèrent : elle poussa un petit gémissement avant de s'effondrer. Mr Gardiner et Fanny se précipitèrent pour s'occuper d'elle, suivis de près par Letitia, ses sels à portée de main.

— Oh, Seigneur, la voilà qui tourne de l'œil, dit Alethea en faisant semblant d'être horrifiée. Quelle fine mouche !

— Alethea, je ne veux plus entendre un mot venant de vous ! s'écria Camilla, exaspérée par l'attitude de sa cadette.

— Sonnez immédiatement ! ordonna Fanny. Où est Dawson ? Nous devons la relever, la pauvre enfant.

— Alethea a raison : s'évanouir est un excellent moyen d'esquiver les questions que l'on redoute.

Wytton avait traversé la pièce pour appeler un domestique et se tenait désormais aux côtés de Camilla.

Elle se tourna vers lui et vit une lueur moqueuse briller dans ses yeux.

— C'est vrai : l'inquiétude de son père aura raison de sa colère quand elle fera son annonce dramatique, acquiesça-t-elle.

— Une annonce tout à fait inattendue, si je puis dire.

Il la considéra, un sourcil levé, et rejoignit Mr Gardiner auprès de la jeune fille allongée. Les sels semblaient avoir eu peu d'effet, mais Camilla aurait juré que sa cousine était consciente et avait évité de respirer l'odeur amère en retenant son souffle.

— Et si nous l'installions sur le canapé ? proposa Wytton.

À cet instant, Dawson entra dans la pièce. Apercevant la forme inerte sur le tapis, elle murmura de désapprobation, mais n'eut pas le temps de faire un geste : Pug avait foncé dans le salon comme une flèche, désireux de s'amuser, lui aussi. Il se rua sur Sophie en grognant et en claquant des crocs.

Cet assaut la ramena aussitôt à la vie : elle se tortilla pour échapper aux attaques du chien.

— Va-t'en, Pug, espèce d'idiot ! Tu la prends pour ton dîner ? le réprimanda Camilla en se baissant vers le petit animal remuant pour l'attraper.

Pug la renifla avec ravissement et entreprit de lui lécher le visage.

— Il adore quand il y a de l'animation, dit-elle à Wytton en calant Pug sous son bras.

— Dans ce cas, il doit être aux anges, car nous assistons là à un spectacle digne d'une pièce de théâtre ou d'un opéra.

Comme s'il avait attendu le moment de donner sa réplique, un valet ouvrit la porte, les yeux écarquillés par la curiosité, et leur annonça que le capitaine Allington venait d'arriver et patientait au rez-de-chaussée.

Sophie, qui avait recouvré tous ses sens, poussa un cri.

— Il est ici ! Il est avec Belle ! s'exclama-t-elle avant de traverser la pièce en courant.

— Pas si vite, mademoiselle, lui objecta Mr Gardiner en lui barrant le passage de son bras. Le capitaine est-il seul ? demanda-t-il au domestique.

— Oui, monsieur.

— Dans ce cas, dites-lui de monter.

On entendit des éperons cliqueter dans l'escalier, puis la magnifique carrure du capitaine Allington apparut dans l'encadrement de la porte, dans toute la splendeur de son uniforme écarlate de hussard. Sophie, en se tortillant, se libéra de l'étreinte de son père et se précipita vers le jeune homme.

Elle se tint longuement devant lui, les yeux levés vers son visage, puis se mit à lui marteler la poitrine à coups de poing.

Wytton grimaça et secoua la tête.

— Elle devrait s'abstenir, déclara-t-il. C'est très douloureux : avec tous ces parements, ça écorche.

Allington avait saisi les mains de Sophie et les maintenait plaquées contre sa poitrine décorée.

— Sophie, dit-il d'un ton que Camilla trouva complètement idiot. Ma très chère petite Sophie, ne prenez pas les choses ainsi.

Mr Gardiner, totalement stupéfait, s'efforça de recouvrer ses esprits.

— Capitaine Allington, je vous serais extrêmement reconnaissant de bien vouloir vous expliquer. Belle est-elle avec vous ? Venez-vous d'Écosse ?

Le jeune homme afficha un air perplexe.

— D'Écosse ? Non, monsieur, je suis en permission et reviens tout juste de mon quartier général.

— Quartier général ! répéta Sophie. En permission ! Ici, à Londres ?

— Mais oui, où cela pourrait-il être ? Le régiment n'a pas encore quitté son lieu de rattachement.

Cette information provoqua chez Sophie d'abord un sourire radieux, puis un nouveau torrent de larmes.

Fanny prit les devants.

— Sophie, capitaine Allington, asseyez-vous donc. Capitaine, quel est l'objet de votre visite ? Avez-vous vu Belle ? N'êtes-vous pas avec elle ?

— Lui est-il arrivé quelque chose ? Quand j'ai obtenu ma permission, je suis retourné à ma pension, où ma propriétaire m'a informé que plusieurs personnes m'avaient demandé. Comme elle a mentionné votre nom, lady Fanny, j'ai cru que le mieux était de me rendre à Aubrey Square. (Il balaya la pièce du regard, l'air vaguement surpris.) Je ne vois Miss Belle nulle part.

— Non, répondit Letitia, car elle est en Écosse. Nous pensions qu'elle était avec vous.

— Mais je ne suis pas en Écosse, répondit-il, plus déconcerté que jamais.

— Dans ce cas, intervint Camilla, avec qui est-elle partie ?

— Peu importe ! s'exclama Sophie. On s'en fiche ! Pour ma part, je me moque bien de savoir si elle s'est enfuie avec un régiment entier, du moment que ce n'est pas avec Allington.

Elle fourra sa main dans celle du jeune homme et leva vers lui des yeux pleins d'adoration.

— Très émouvant, fit remarquer Wytton d'un ton sec.

Sophie prit une expression irritée.

— Gardez vos commentaires pour vous, Wytton : je ne suis pas dupe. Vous ne souhaitez pas m'épouser, et, maintenant que vous savez que j'en aime un autre, plus rien ne vous y oblige.

— Je suis dans le flou total ! dit Mr Gardiner. Pourquoi Belle aurait-elle affirmé s'être enfuie avec le capitaine Allington alors qu'il n'en est rien, manifestement ? Et vous, Sophie, vous vous conduisez affreusement mal : veuillez, s'il vous plaît, cesser de vous accrocher de la sorte au capitaine. Que pensera Fanny ?

— Que c'est clair comme de l'eau de roche, répliqua Fanny. Sophie est éprise du capitaine, et cela ne doit pas dater d'aujourd'hui.

— Dans ce cas, explosa Mr Gardiner, pourquoi nous avoir entraînés dans cette mascarade ? Pourquoi avoir accepté la demande en mariage de Wytton ? Par le diable, qu'est-ce qui vous a pris ? Répondez, Sophie !

Ses explications incohérentes les éclairèrent peu. Elle mentionna dans le désordre les abbayes, l'argent, les ruines grecques, les Indes, les fils cadets et les chevaux, jusqu'à ce que son père, se tenant la tête, la supplie de se taire.

Wytton riait désormais à gorge déployée, et Camilla dut le tirer par la manche pour le calmer.

— Vous y comprenez quelque chose, vous ?

— Oh, oui, je crois bien.

— Alors, pour l'amour du ciel, ayez pitié de Mr Gardiner et expliquez-nous la situation.

— Pas un mot de plus, Sophie, intima-t-il à la jeune fille qui s'apprêtait à reprendre son monologue sans queue ni tête. Capitaine Allington, votre régiment va-t-il être affecté aux Indes ?

Allington acquiesça, l'air sombre.

— Nous venons juste de recevoir les ordres.

Sophie se mit à gémir.

— Non, non, vous ne devez pas partir !

— Sophie ! cria Mr Gardiner avec impatience. On dirait que vous ne saisissez pas : le capitaine Allington est militaire de profession. Un officier de l'armée, comme vous le savez fort bien, accomplit son devoir et se rend là où ses supérieurs choisissent de l'envoyer.

— Papa, c'est vous qui ne saisissez pas : vous n'essayez même pas de comprendre ! Allington ne veut pas être soldat, et surtout pas aux Indes, où il règne une chaleur insupportable, avec des mouches, toutes sortes d'insectes, des serpents, sans parler du long voyage en mer. Il y a aussi la fièvre, et les femmes indigènes, et…

— La voilà repartie, se moqua Wytton.

Il fallut plusieurs verres de vin et une certaine quantité de mouchoirs pour que Sophie parvienne à leur faire un compte-rendu sensé de sa relation avec Allington.

— Voyez-vous, papa, je savais que vous ne l'approuveriez jamais, car il est pauvre et sans avenir.

— Tandis que moi, fit observer Wytton à la cantonade, je suis riche et j'ai d'excellentes perspectives de carrière.

— Oui, admit Sophie avec courage. Du reste, vous m'aimiez, inutile de le nier.

Wytton ne parut aucunement décontenancé.

— C'est vrai.

— Mais ce n'est plus le cas, alors ne vous fatiguez pas à faire semblant. Vous êtes amoureux de Camilla maintenant, et je suppose qu'elle vous épousera. Toutefois, je lui conseillerais d'y réfléchir à deux fois, car elle sera soit livrée à elle-même dans cette horrible abbaye, soit en expédition à vos côtés, et dans ce cas, elle sera obligée de supporter la saleté et la chaleur. En plus, elle devra faire avec votre abominable caractère, et vos humeurs chroniques.

— Mais, Sophie, répondit son père, pourquoi ne pas nous avoir confié tout cela ? Pensiez-vous que votre mère et moi vous aurions forcée à épouser un homme pour qui vous n'éprouvez plus rien, quels que soient sa fortune et son rang ? Qu'avons-nous fait pour mériter cela ? Qu'avons-nous dit pour vous faire croire que votre bonheur passait après le reste ?

— Les fils cadets sont ce qu'ils sont.

— Ma chère, vous possédez vous-même une coquette somme, et je suis riche, si l'on peut dire.

— Alors, me laisserez-vous épouser Allington ?

Elle posa cette question en poussant un cri de plaisir.

— Ce n'est pas si simple. Le capitaine ne va pas tarder à embarquer pour les Indes. Nous ne pouvons pas vous y envoyer ; le climat ne vous conviendrait pas.

— Si nous nous marions, il n'aura plus besoin de partir ! Il peut démissionner, acheter une parcelle et élever des chevaux.

— Élever des chevaux ?

— Monsieur, cela vous paraît peut-être…, commença Allington.

— Jeune homme, du moment que vous n'avez pas une autre épouse cachée quelque part, que vous n'entretenez pas de maîtresse, et qu'il vous plaît d'épouser ma fille dans le respect des traditions – à l'église, en présence de sa famille et de ses amis –, alors vous avez ma bénédiction, et je vous autorise à élever des chevaux, des chiens, ou même des chèvres.

Wytton avait les yeux brillants.

— Voilà un heureux dénouement.

— Pour vous aussi, je suppose, répliqua sèchement Mr Gardiner.

— Fort bien ! s'exclama Fanny. Mais Belle dans tout ça ? Si elle ne s'est pas enfuie avec le capitaine Allington, avec qui est-elle donc ?

Ils étaient tous réunis dans le hall pendant que Mr Gardiner et sa fille attendaient leur voiture. Le capitaine Allington rôdait dans les parages sans se défaire de son air un peu idiot, mais il paraissait content et gratifiait Sophie d'un sourire béat chaque fois que leurs regards se croisaient.

La conversation portait toujours sur la disparition de Belle. Profitant du fait que les hypothèses sur l'issue de sa fugue et l'identité de son compagnon allaient bon train, Wytton attrapa Camilla par la main et la tira légèrement en retrait du groupe.

— Y a-t-il un endroit où nous pourrions nous entretenir en privé, au moins pour quelques minutes ?

Il avait parlé d'un ton fiévreux, et l'intensité de son regard obligea Camilla à battre des cils.

— Dans le petit salon, répondit-elle.

Comme c'était étrange ! À présent qu'elle était seule avec lui, elle se sentait si timide ! Où donc était passée leur franche camaraderie ? Pourquoi éprouvait-elle un tel malaise ? Pourquoi semblait-il différent, presque étranger, ainsi baigné par la lueur du feu ?

Il prit ses mains dans les siennes puis s'approcha.

— Regardez-moi. Je veux voir vos yeux.

Sa voix tremblait légèrement. La passion et la chaleur qui émanaient de son visage, lorsqu'elle leva son regard vers lui, lui donnèrent le tournis. Elle ne maîtrisait plus rien : ni ses sens ni ses sentiments. Elle n'avait conscience que de sa présence. Ils restèrent ainsi dans la pénombre, immobiles, puis il lui prit la main, effleura ses doigts de sa bouche, et déposa un baiser dans sa paume. Ce fut Camilla qui l'attira contre elle, étonnée par la force des émotions inconnues qui affluaient. Il fit courir un doigt le long de sa joue jusqu'à atteindre sa bouche, puis l'embrassa fougueusement, sans hésiter, donnant enfin libre cours à sa passion.

— Camilla ! appela Mr Gardiner d'un ton réprobateur mais sans l'indignation dont Fitzwilliam aurait fait preuve en pareil cas.

Reprenant la maîtrise de lui-même, Wytton s'écarta de la jeune femme sans relâcher sa main.

— Ce n'est ni le lieu ni le moment pour une démonstration d'affection. Wytton, êtes-vous venu à pied ? Dans ce cas, ma voiture va vous reconduire. Elle est arrivée.

Le suspense quant au sort de Belle fut maintenu jusqu'au lendemain matin. Fitzwilliam, mécontent, était rentré aux premières heures ; ses coups sur la porte avaient réveillé toute la maisonnée.

Fanny lui apprit sur un ton philosophe que le capitaine Allington ne s'était pas enfui avec Belle.

— Cela ne change pas grand-chose. Quel que soit celui qui l'accompagne, nous n'avons retrouvé aucune trace ni de l'un ni de l'autre sur la route qui remonte vers le nord. À mon avis, ils ne sont pas partis en Écosse.

Fanny, désormais totalement éveillée, sentit l'inquiétude l'envahir.

— L'Écosse aurait déjà été problématique, mais s'ils n'y sont pas... Du reste, Belle a pu s'enfuir avec n'importe qui : un professeur de dessin, ou même un beau valet.

— Allons, vous ne pensez pas ce que vous dites, déclara Fitzwilliam en s'asseyant, vêtu d'un peignoir, dans la chambre de Fanny pour y boire un verre de vin avant de prendre le repas que sa femme lui avait gentiment fait apporter. Belle n'est tout de même pas frivole à ce point. Elle sait différencier un homme du monde d'un moins-que-rien ; il n'a jamais été dans ses habitudes de perdre son temps avec de vulgaires valets. Non, non, elle doit se trouver avec l'un de ses nombreux soupirants – un jeune nigaud qu'elle aura ensorcelé, qui n'a aucune idée du pétrin dans lequel il s'est fourré, et qui n'a certainement jamais rencontré le père de sa dulcinée ! Je ne consacrerai pas une seconde de plus à me préoccuper de toutes ces Darcy.

— Certes, mais écoutez-moi un instant. Je ne vous ai raconté que la moitié des événements qui se sont produits en votre absence. Nous avons passé une soirée incroyable ! Sophie Gardiner va épouser le capitaine Allington. Que dites-vous de cela ?

Fitzwilliam resta de marbre.

— Cet homme est un crétin. Je me félicite de ne jamais l'avoir eu sous mes ordres. (Il se leva pour s'étirer.) Wytton vient donc de perdre 90 000 livres.

— Non, répliqua Fanny, seulement quarante mille.

Fitzwillam s'enfonça un bonnet de nuit sur le crâne – signe infaillible qu'il n'était pas d'humeur à se prêter aux jeux de l'amour – et grimpa dans le lit aux côtés de Fanny. Il déposa sur son front un chaste baiser puis lui tourna le dos, tirant toutes les couvertures à lui.

La famille était attablée quand Belle fit une entrée calme et réservée. Vêtue d'une robe de mousseline blanche, elle se glissa dans la salle du petit déjeuner comme si elle revenait tout juste de promenade et non d'une fugue inconvenante.

— Le petit déjeuner ! Parfait, je meurs de faim. Mon cher Charles refusait de s'arrêter, même si je voulais absolument manger !

On renversa les chaises et envoya valser les tasses. Pug fit une sortie pour voler un toast qu'on avait laissé choir sur le tapis. Seule Belle conservait un sang-froid inébranlable.

— Charles ? répéta Camilla.

— Il est en bas avec Mr Fitzwilliam. Je pense qu'il va monter dans une seconde, car il est aussi affamé que moi. Nous avons parcouru plus de treize miles ce matin, n'est-ce pas énorme ?

— Treize miles ? Belle, où étiez-vous donc ? s'enquit Camilla.

Sa sœur semblait fort satisfaite d'elle-même, et pas du tout contrite.

— Charles m'a amenée chez lui.

— Charles ?

Charles qui ? Camilla fouilla dans ses souvenirs. Qui parmi les admirateurs de Belle se prénommait ainsi ?

— Charles Roper, bécasse, qui voulez-vous que ce soit ?

Roper ! Les sœurs échangèrent des regards au-dessus de la table.

— Moi, j'appelle ça un rapt d'enfant, déclara Alethea en prenant un autre toast. Ce Mr Roper n'est qu'un bébé.

— C'est faux ! Il a vingt ans !

— Oh, là, là, un vieux sage de vingt ans…

— Alethea, nous pouvons nous passer de vos commentaires, intervint Fanny.

Charles Roper. Camilla n'y aurait jamais pensé et n'avait jamais remarqué un quelconque élan d'affection de sa part pour Belle : il semblait vraiment n'avoir d'yeux que pour Mrs Rowan.

Fanny exigea les détails.

— Où étiez-vous, hier soir ? Avez-vous passé la nuit chez Mr Roper ? Où cela peut-il être ? Et sa mère, était-elle présente ? ajouta-t-elle d'un ton sec.

— Bien entendu ; son père était là aussi – un homme adorable, très aimable. Ils habitent dans le Surrey, près de Box Hill. Le paysage est charmant, là-bas. Cela me plairait de vivre dans ce comté ; c'est bien plus joli que le Derbyshire.

— Et votre bonne, vous a-t-elle accompagnée ? demanda Letitia qui, légèrement déçue, doutait toujours.

— Évidemment. Jamais je n'aurais pu m'habiller pour le dîner sans son aide.

— Dans ce cas, pourquoi avoir laissé un message disant que vous aviez fui en Écosse ?

— Oh, vous l'avez trouvé ! Eh bien, lorsque je l'ai rédigé, je pensais que nous irions à Gretna Green. C'est ce que je souhaitais, et j'ai été très fâchée contre mon cher Charles quand j'ai découvert qu'il m'avait joué un tour, et qu'il n'avait pas l'intention de m'épouser en secret.

— Et pourquoi avoir prétendu partir avec Allington ?

— Quelle belle farce, n'est-ce pas ? Sophie est-elle au courant de ce que j'ai écrit ? Comme j'ai ri en songeant à la rage qu'elle éprouverait à l'annonce de ma fuite avec son précieux hussard ! Elle n'est pas du tout éprise de Wytton, et je trouve son attitude aussi contestable que celle de Georgina. Du reste, elle s'est montrée extrêmement grossière envers moi, comme si personne d'autre au monde n'avait le droit d'adresser la parole au capitaine Allington. J'aurais très bien pu fuguer avec lui, juste pour donner une bonne leçon à cette sainte-nitouche – si Charles n'avait pas été mon seul et unique amour.

— Belle, comment pouvez-vous dire une chose pareille ?

La ravissante jeune fille prit un air buté.

— Vous n'étiez pas à ma place, Camilla. Vous ignorez toutes les remontrances que j'ai dû endurer : comment je devais m'amender, à quel point je serais mieux à Pemberley, comment il me fallait me plonger dans les livres, m'exercer à la musique et me concentrer sur des activités ennuyeuses – c'est-à-dire tout sauf les hommes et les flirts.

— Et nous avions raison, affirma Letitia. Vous êtes devenue une redoutable séductrice.

— Oh, seule une vieille fille comme vous ferait tant d'histoires à ce sujet ! Après tout, qu'y a-t-il de si terrible à aimer flirter avec les hommes et se laisser courtiser ?

— Je n'en reviens pas !

— Mais écoutez-vous donc, toujours à marmonner comme une vieille douairière ! Qui êtes-vous pour jouer les demoiselles guindées, avec moi ou avec Georgina ? Puisque vous avez été assez bête pour vous éprendre de quelqu'un que vous n'intéressiez pas, vous reprochez aux autres femmes leurs relations avec des hommes séduisants. Ce n'est que de la jalousie ! Vous devriez veiller à la dissimuler : rien n'est moins seyant que l'expression revêche affichée sur votre visage en ce moment même.

Les propos de Belle étaient à la fois si vrais et si cruels que Camilla et Fanny en restèrent bouche bée.

Chapitre 31

— Éloignez-vous, Camilla. On peut vous voir de la rue, avec la fenêtre ainsi ouverte.

Ce matin-là, Letty était particulièrement agaçante et agitée. Camilla aurait juré que c'était parce que Mr Barcombe avait omis de leur rendre visite depuis deux jours. Elle espérait de tout cœur que Letty accompagnerait leurs sœurs cadettes lorsqu'elles retourneraient dans le Derbyshire, la semaine suivante, pour y passer l'été.

Belle, malgré sa fureur et son chagrin, ne fut pas autorisée à rester à Londres, ni à se fiancer avec son très cher Charles. Les parents de Mr Roper, qui appréciaient Belle autant pour son charme et sa beauté que pour sa fortune, préféraient que leur fils atteigne sa majorité avant de l'épouser. D'ici là, Mr et Mrs Darcy devraient être rentrés en Angleterre, Belle aurait dix-huit ans et la démarche serait bien plus convenable.

La nouvelle avait fortement contrarié Belle. Camilla tremblait encore au souvenir des scènes de colère qui avaient suivi l'annonce de son renvoi temporaire dans le Derbyshire.

Larmes, menaces, crises de nerfs : rien n'y fit. L'union faisant la force, Fitzwilliam et Mr Gardiner avaient écrit à Mr Bennet pour lui exposer la situation et lui demander de leur apporter son soutien. Celui-ci ne se réjouit guère à l'idée d'accueillir de nouveau Belle à Pemberley, mais son sens du devoir l'emporta, et il se dit pleinement d'accord pour que

Belle attende le retour de ses parents en Angleterre avant de se fiancer.

Miss Griffin allait bien sûr rentrer avec les deux cadettes à Pemberley pour s'acquitter de la lourde tâche qui lui avait été tout spécialement assignée : veiller à ce que Belle ne commette aucun impair.

— Je ne vous promets rien, mais je ferai de mon mieux. En l'absence de sa sœur, et vu l'affection qu'elle porte à Mr Roper, elle se montrera peut-être plus docile.

Alethea n'en espérait pas tant.

— D'ici à quinze jours, elle aura oublié Charles et fera les yeux doux aux palefreniers et à tous les gentlemen du voisinage qui se risqueront à chevaucher sur nos terres.

Camilla avait poliment mais fermement repoussé toute tentative d'incitation à retourner à Pemberley et, à sa grande surprise, Letty décida également de rester à Londres.

— Si vous nous autorisez à demeurer chez vous un peu plus longtemps, ma très chère Fanny, mais, si cela ne vous arrange pas, je crois que Mrs Gardiner serait disposée à nous recevoir toutes les deux.

— Que vous arrive-t-il, Letty ? s'enquit Camilla sans dissimuler son étonnement. Vous qui, tout récemment encore, mouriez d'envie de rentrer à Pemberley !

Les arguments de Letty lui parurent vagues. Le principal, dit-elle avec un relent de piété feinte, était que Mrs Rowan avait invité Camilla à séjourner chez elle au cas où il lui serait impossible de loger chez un membre de sa famille. Letty, comme Fanny et son époux, avait totalement rejeté cette proposition. À la simple idée d'un tel projet, Fitzwilliam, indigné, était parti s'enfermer dans son bureau durant plusieurs heures en marmottant des propos sur les nids de vipères et les radicaux, estimant que le caractère et les intérêts de Pagode Portal pouvaient constituer une menace.

— Mais vous appréciez Mr Portal, lui rappela Fanny en lui offrant, pour l'attirer hors de sa tanière, de la viande froide et de la bière.

— Certes, mais en matière de politique, il n'est pas digne de confiance. Tout homme a le droit d'avoir ses opinions, j'imagine, mais il est exclu qu'il corrompe l'esprit et la moralité d'innocentes jeunes femmes.

— Il ne ferait jamais rien de tel. De toute façon, la question ne se pose pas puisque j'ai prié Letty et Camilla de demeurer chez nous.

— Je ne suis pas sûr que… Oh, soit, si tel est votre désir.

— Vous faites des histoires pour peu de chose, déclara Fanny d'un ton enjoué. Finalement, tout s'est plutôt bien terminé. Wytton est un homme très agréable, une fois que l'on est habitué à ses manières excentriques. Je serai heureuse de pouvoir l'appeler « cousin » quand Camilla et lui seront mariés. Georgina est devenue une grande dame à Paris, et, si elle donne naissance à un héritier, sir Joshua ne l'en aimera que plus. L'union de Belle, si elle a lieu, sera très correcte. Du reste, je pense qu'être occupée en temps voulu par ses devoirs d'épouse et de mère lui sera on ne peut plus bénéfique et l'aidera à maintenir dans le droit chemin. Trois maris – avouez que ce n'est pas si mal, et quelque chose me dit qu'ils ne tarderont pas à être quatre : je suis sûre que Letty sera bientôt fiancée.

— J'exige cependant que certaines conditions soient respectées, répondit Fitzwilliam. Je ne tolérerai aucune liaison sous mon toit, et les visites des jeunes hommes devront avoir lieu à des heures décentes. De plus, ajouta-t-il les sourcils froncés, espérons que Darcy n'apprendra jamais à quel point ses filles ont été proches du déshonneur.

Camilla sortit sur l'étroit balcon au moment où une silhouette familière tournait au coin de la place. Elle se pencha au-dessus de la balustrade en fer forgé et agita la main.

— Camilla, allez-vous cesser ? Comment osez-vous vous comporter ainsi ? s'écria Letty en se levant du canapé.

Elle traversa la pièce en courant pour saisir Camilla par sa robe et la faire rentrer.

— C'est Wytton, l'informa Camilla. Il est venu voir notre cousin pour lui demander quand nous pourrons célébrer notre mariage.

— Votre mariage ! Vous vous précipitez toujours. Comment peut-il en être question tant que nos parents ne sont pas de retour en Angleterre, sains et saufs ?

— Letty, vous n'y pensez pas ! Il peut s'écouler encore un an voire davantage avant leur retour. Oh, j'ai tellement envie de me marier, d'être avec Wytton, de me promener où je veux et de voyager à l'étranger !

— Votre escapade française vous aura monté à la tête ; quant à vous promener où bon vous semble, il faut l'éviter à tout prix. C'est assurément pour cette raison que notre cousin s'oppose tant à cette union pour l'instant. Même des fiançailles seraient hors de question : un parfum de scandale nous entoure encore.

— Oh, moi, le scandale, ce que j'en fais, dit Camilla en claquant des doigts.

— Camilla, comment pouvez-vous être aussi vulgaire ?

— Vulgaire ? Qui est vulgaire ? demanda Alethea, qui entra dans la pièce en dansant.

N'ayant pas encore ôté le chapeau de paille qu'elle portait pour sa sortie au parc, elle tira sur les rubans avant de le retirer et de le jeter sur le canapé.

— Oh, quelle chaleur ! Et on s'ennuie tellement à Londres depuis le départ du Signor Silvestrini pour l'Italie et la fin des concerts !

— Rassurez-vous, la réprimanda Letty avec humeur, vous serez bientôt de retour à Pemberley, mademoiselle, où vous aurez tout le loisir de rester tranquillement assise à l'ombre d'un arbre.

— Et ne plus rien faire ? Oh, non, il y a tant de choses que j'aimerais accomplir ! J'ai commandé une tonne de partitions que je voudrais étudier, et je compte écrire des chansons. Quand le signor sera de retour, il trouvera une élève bien différente.

Letty retint son souffle, et Camilla fusilla sa cadette du regard.

— Prenez garde, je pense que vous vous débrouillez déjà très bien.

Alethea haussa les épaules.

— Je sais, je dois bien me tenir – comme si j'avais jamais agi autrement ! répliqua-t-elle, le regard malicieux.

Camilla, avec le soutien moral et l'autorité de Wytton, s'était efforcée de faire comprendre à Alethea, ayant frôlé la catastrophe avec sa farce stupide au bal, que la prudence s'imposait désormais. Alors même qu'elle formulait ses recommandations, Camilla soupçonnait de ne connaître qu'une partie des activités musicales clandestines de sa sœur. Wytton, en se moquant d'elle, lui avait conseillé de ne pas creuser la question et de se contenter d'obtenir la promesse qu'à l'avenir sa cadette agirait de manière sensée.

— Menacez-la de mettre un terme à ses cours avec le maître italien ; cela devrait lui faire entendre raison, avait-il dit.

— Je ne vous aurais pas cru si sévère ! s'était exclamée Camilla. La priver de leçons, cela la mettrait dans tous ses états.

— Dans ce cas, qu'elle se comporte plus prudemment, en pensant aux conséquences qu'entraîneront des bêtises supplémentaires de sa part. Je ne la critique pas, mais soyez certaine que Fitzwilliam et votre sœur Letty meurent d'envie de supprimer les sorties musicales de toute nature, et qu'ils n'auront besoin que d'un prétexte pour le faire. Alethea doit apprendre à marcher en terrain miné.

— C'est sa sournoiserie qui m'inquiète.

— Elle n'est pas sournoise, plutôt tenace. Elle a trop d'énergie et d'intelligence pour passer ses journées confinée dans la salle d'étude. Elle ira mieux une fois qu'elle sera autorisée à paraître en société et qu'elle aura l'esprit occupé.

Quand Wytton connaîtrait mieux Alethea, avait songé Camilla, il ne tarderait pas à se rendre compte que le tourbillon de la vie mondaine ne suffirait pas à satisfaire le goût de sa sœur pour l'aventure et sa passion pour la musique.

— Je n'imagine même pas où elle trouvera un mari qui puisse lui convenir.

— Oh, nous avons le temps de nous en soucier. Les adolescentes rebelles de seize ans finissent bien souvent en jeunes filles dociles et fort aimables à dix-neuf ou vingt ans. C'était pareil avec ma sœur cadette, qui est aujourd'hui très heureuse en ménage.

— Aurait-elle osé se déguiser en garçon pour aller jouer de la flûte en public ?

— Eh bien… non, car elle n'a pas l'oreille musicale et a toujours été bien en chair. Il faut avouer qu'Alethea porte admirablement les chausses : elle a la silhouette pour.

Camilla lui avait crié qu'il devrait avoir honte, et leur échange s'était achevé sur un baiser volé – volé, car Fitzwilliam veillait à leur laisser le moins de temps possible en privé.

À présent, Camilla arpentait la pièce, imaginant la scène qui se déroulait dans le bureau, au niveau inférieur. Que dirait Wytton ? Comment répondrait Fitzwilliam ?

— Il n'y a rien à faire, déclara Wytton en entrant dans le salon.

Il salua Letty et Alethea avec chaleur et politesse, mais garda les yeux rivés sur Camilla.

Au premier coup d'œil, la jeune femme comprit qu'il n'avait pas remporté le succès escompté.

— C'est pour lui hors de question, poursuivit-il avec colère. Rien ne saurait être décidé et personne ne peut consentir à nos fiançailles jusqu'au retour de votre père. Du reste, nous avons la consigne de nous comporter de manière à ne pas provoquer davantage de ragots ni de commentaires.

— Oh, quelle injustice ! s'exclama Camilla.

— Non, ce n'est que juste et bienséant, rétorqua Letty.

— Letty, dit Camilla en se tournant vers son aînée. Ne vous en mêlez pas ; ce ne sont pas vos affaires.

— Bon sang ! reprit Wytton. Votre sœur Georgina se fait la belle comme une demi-mondaine et reçoit l'autorisation de vivre dans la félicité du mariage. De notre côté, nous sommes prêts à faire les choses convenablement, mais ne pouvons espérer être mariés avant un an, voire plus ! Vous savez que ces missions diplomatiques ont souvent tendance à se prolonger. Je comptais retourner en Égypte cet hiver, quand les conditions climatiques sont les plus favorables, et j'aurais adoré pouvoir vous y emmener en tant qu'épouse. Maintenant, c'est sans espoir.

Letty ouvrit la bouche pour parler, et Camilla, tout aussi ennuyée que Wytton devant l'intransigeance de Fitzwilliam, s'apprêtait à émettre une réplique cinglante quand on annonça la venue de Mr Barcombe. Elle aurait pu éclater de rire en voyant Letty perdre sa mine hargneuse et se tourner vers la porte, les joues rouges et le sourire aux lèvres.

— Quel veinard ! Il a le droit de l'épouser quand il le souhaite : lui n'a pas à attendre le consentement d'un père, déclara Wytton en apprenant que Letty avait accepté la demande en mariage de Barleigh Barcombe.

— Oh, mais si, car Letty refuse de se marier tant que nos parents ne seront pas rentrés. Elle insiste sur le fait que c'est papa qui doit la mener à l'autel, et Barleigh est d'accord avec elle. Même si Letty est majeure, il dit vouloir demander sa main à son père, comme la tradition l'exige.

L'expression de Wytton s'assombrit.

— De la pure folie !

— Il est de coutume que la famille soit présente le jour du mariage.

Camilla avait parlé sans grande conviction ; elle trouvait la volonté de Letty singulière, en décalage avec son propre désir d'épouser Wytton le plus tôt possible. La perspective de devoir patienter si longtemps la déprimait au plus haut point.

— Pourquoi n'écrivez-vous pas à mon père ? Il entendra juste ce que Mr Fitzwilliam et Mr Gardiner voudront bien lui confier, et vous savez qu'ils seront partiaux.

Wytton luttait avec sa conscience.

— Finalement, j'ai dit à Fitzwilliam que j'étais d'accord avec lui, qu'il n'en était pas question…

Puis il écrivit à Mr Darcy, toujours à Constantinople, afin de lui exposer la situation et de déclarer son amour pour Camilla dans des termes sans équivoque, pour ne pas dire passionnés.

Wytton et Camilla l'ignoraient, mais Fanny aussi luttait avec sa conscience. Épousant pleinement la cause des tourtereaux, en dépit des propos prudents de Fitzwilliam et de Mr Gardiner sur la réaction de la société à ce mariage et sur les bienfaits de l'attente pour un jeune couple, elle avait rédigé, à l'insu de son mari, une longue lettre à l'attention exclusive de Mrs Darcy.

Il apparut que Darcy se souvenait de Wytton, l'ayant rencontré quelques années auparavant ; l'intelligence et la vivacité du jeune homme lui avaient fait bonne impression.

— Ça alors, c'est extraordinaire ! s'écria Fitzwilliam un beau matin, alors qu'il s'attardait à la table du petit déjeuner. Je n'aurais pas cru cela possible. Fanny, écoutez donc : je viens de recevoir une missive de Darcy dans laquelle il déclare que le mariage de Camilla et de Wytton devrait avoir lieu immédiatement. Il semblerait qu'il ait écrit à Wytton pour lui proposer de se rendre, avec Camilla, à Constantinople aussitôt après la cérémonie, afin que Lizzy et lui fassent plus ample connaissance avec lui. Avez-vous jamais entendu une chose pareille ? Que diront les gens ?

— Ce qu'ils disent toujours, mais Camilla et Wytton s'en moqueront. Eux seuls comptent dans cette affaire, vous le savez bien.

— Non, je n'en sais rien. N'avons-nous pas eu notre lot de ragots ? Cependant, Darcy exige qu'il en soit ainsi, et je ne peux débattre de la question alors qu'il se trouve à des milliers de miles d'ici.

Ravie de constater le fruit de ses efforts, Fanny sourit intérieurement et s'abstint de faire remarquer à son époux que, même si Darcy avait été tout proche, jamais il n'aurait osé débattre avec lui.

— Après toutes les inquiétudes et les péripéties que nous avons vécues ces derniers mois, mon amour, le mariage de Camilla avec Mr Wytton, un homme aussi riche que respectable, sera un grand soulagement pour tous.

Camilla aurait dû avoir le souffle coupé en voyant pour la première fois l'abbaye de Sillingford, la demeure de campagne appartenant à la famille de Wytton.

Jadis propriété des augustins, l'édifice bâti sur les hauteurs se découpait sur les collines boisées et ondoyantes. Un cours d'eau descendait tranquillement la vallée, et l'un de ses affluents déviait pour alimenter le lac qui se trouvait à côté de la longue façade de la maison. Dans les prés qui bordaient la rivière, des bovins broutaient une herbe luxuriante et des moutons paissaient sous les arbres du verger qui s'étendait presque jusqu'à l'eau. La scène offrait une vision rurale harmonieuse et prospère.

C'était peut-être désormais la résidence d'un gentleman, mais, de la ligne longue et basse du bâtiment en pierre aux hautes ouvertures, en passant par les lourdes portes cintrées en bois, tout rappelait les origines médiévales de Sillingford. Le père de Wytton avait orné quelques-unes des fenêtres les plus austères d'élégants arcs en ogive dans le style de Strawberry Hill, ce qui avait pour effet d'adoucir l'architecture plutôt sévère de l'abbaye. Dans la lumière de la fin d'après-midi, quand les carreaux reflétaient les rayons obliques du soleil, et que les ombres des arbres majestueux projetaient une jolie mosaïque sur l'étendue d'herbe, l'endroit paraissait paisible et magnifique.

Cependant, Camilla n'avait d'yeux que pour Wytton, assis à ses côtés dans la calèche. Alors qu'ils franchissaient les grilles du parc, elle perçut la tension qui habitait son compagnon, impatient d'arriver.

— Cet arbre, là-bas, le grand chêne, j'adorais y grimper. J'y avais une cabane jusqu'au jour où je suis tombé. Tout le monde a cru que je m'étais rompu les os, mais il n'en était rien : j'étais juste un peu sonné.

Camilla regarda l'arbre d'un mauvais œil, songeant qu'il avait failli la priver de Wytton. Ce dernier, désormais penché en avant, lui montrait l'aile est de sa demeure.

— Le cloître est presque intact, vous n'allez pas tarder à l'apercevoir. Je suis sûr que Miss Griffin adorera flâner par ici. Il y a des cellules et toutes sortes de chambres voûtées parfaites pour un écrivain.

Les jours précédant son mariage furent une période idyllique pour Camilla. Elle explora tous les coins et recoins de l'abbaye en compagnie de Wytton. Il y eut des baisers, des étreintes dans la galerie des portraits, sous les regards des différents ancêtres du jeune homme, de longues et charmantes promenades au parc, main dans la main.

Les convives – plus nombreux qu'ils ne le pensaient – commencèrent à se rassembler. Il s'agissait d'amis proches et de membres de la famille triés sur le volet. Layard, qui serait le garçon d'honneur de Wytton, avait conduit depuis Londres : le plaisir chaleureux et la bonne humeur que le mariage de son compagnon lui inspirait ravirent tout le monde.

Par pure courtoisie, Camilla avait convié sa tante Lydia, mais, à son profond soulagement, lady Pollexfen avait décliné l'invitation. Elle était désormais installée à Brighton, et le Herefordshire se trouvait à une grande distance du Sussex. Mr et Mrs Wytton étaient priés de venir leur rendre visite, à son mari et elle, à la station balnéaire et de profiter de leur compagnie avant de partir à l'étranger. Elle promettait une pensée pour sa nièce à l'heure de la cérémonie, et même quelques larmes comme si elle y avait assisté.

Les Gardiner arrivèrent sans leur fille. Camilla avait dansé au mariage de Sophie – un événement londonien des plus chic – à peine trois semaines plus tôt, mais les Allington visitaient l'Écosse et ne pouvaient donc être présents. Les Fitzwilliam vinrent chacun de leur côté : Fanny, chargée d'apporter la robe de Londres, était arrivée avec un peu d'avance afin de participer aux derniers préparatifs de la mariée.

— Espérons que le reste de vos vêtements sera prêt à temps : les couturières n'ont guère l'habitude de créer de telles tenues en cette saison, quand tous leurs clients réclament du velours et d'épaisses soieries.

Letty ne pouvait se résoudre à voir Camilla et Wytton s'apprêter à partir en voyage.

— En bateau ! s'était-elle exclamée. Aller et retour ? À Constantinople, puis en Égypte, avant de rentrer en Angleterre, et à cette époque de l'année ! Vous plaisantez, vous ne pouvez pas être aussi inconsciente ! Tout le monde dit que le golfe de Gascogne est un cimetière d'épaves. Même les marins britanniques le craignent pour ses tempêtes et sa mer agitée. Et puis il y a la Méditerranée – rien que d'y penser, je suis au bord de l'évanouissement. Non seulement il y a les intempéries, mais aussi les pirates – de vrais barbares ! Vous allez sans nul doute faire naufrage ou finir capturés.

Ces idées fort alarmistes amusaient beaucoup Wytton.

— Nos marins font des allers-retours en toute saison ; ils ne craignent rien.

— C'est leur métier : ils sont obligés d'y aller. Il serait bien plus raisonnable de rester en Angleterre jusqu'au retour de nos chers parents – même si je me ronge les sangs en pensant à leur voyage.

— Ce serait peut-être plus raisonnable, répondit Camilla, mais bien plus ennuyeux, reconnaissez-le.

Letty n'en démordait pas. Elle ne voyait pas l'intérêt de visiter la Sublime Porte, comme disait Wytton pour parler de Constantinople, ni l'attrait d'un séjour en Égypte. L'Europe était déjà assez dangereuse : songez seulement à cette pauvre Georgina qui se languissait à Paris, si loin de sa famille et de ses amis !

— Se languir, mais bien sûr, dit Camilla à Wytton, une fois qu'ils se retrouvèrent seuls pour quelques minutes dans le grand hall. Elle est comblée.

— Pas autant que vous le serez quand nous serons mariés, répliqua Wytton d'un ton profondément affectueux.

Juste à ce moment-là, Titus Manningtree, le voisin le plus prétentieux de Wytton, entra dans le hall, l'air distant et sévère. Il avait connu des déceptions, comme Wytton l'avait expliqué à Camilla : une brouille avec l'administration avait réduit ses ambitions politiques à néant.

— J'apprécie Manningtree, déclara Wytton. Je suis bien content qu'il ne fasse plus de politique, cette vie ne lui convenait pas. Il est trop indépendant, cela n'aurait jamais fonctionné. Cependant, il lui faudra se trouver une autre source d'intérêt : il n'est pas du genre à rester cloîtré chez lui à s'ennuyer.

Manningtree se dérida lorsque Alethea chanta pour divertir l'assistance. La chaleur de son regard, alors qu'il observait sa sœur, inquiéta même Camilla.

— Il faudra vous y habituer, lui confia Fanny. Comme je le disais, elle devient de plus en plus jolie. Attendez encore un peu et vous verrez : les hommes en seront fous.

— Du grand n'importe quoi, cette histoire.

Lady Warren posa le journal après en avoir lu le carnet mondain. Elle afficha une moue contrariée.

— Rien de grandiose, semble-t-il, en convint George.

Il était avachi en face d'elle dans un fauteuil bas, tout à fait à son aise, foulard défait, ses bottes soigneusement cirées posées sur le garde-cendre.

— À Sillingford, en plus, dans la chapelle de l'abbaye, pas dans le Derbyshire. Et sans son père pour la conduire à l'autel. Ça a un petit côté négligé, je dirais.

D'une chiquenaude, George ôta une poussière qui avait eu l'audace d'atterrir sur ses bottes à la hussarde étincelantes.

— Je me demande si Sophie Allington, puisqu'elle se nomme ainsi désormais, était invitée. Cela devait être gênant pour la mariée de savoir que celle dont son époux était épris avant elle a assisté à la cérémonie, tranquillement assise sur un banc.

— L'union des Allington est fort choquante, déclara lady Warren. Lui a beau être adorable, il n'a pas un sou. On aurait pu croire qu'un homme aussi riche que Mr Gardiner aurait su dégotter un meilleur parti pour sa fille.

— C'est ce qu'il a fait, mais l'affaire n'a finalement pas abouti. Il ne s'attendait pas aux assauts et aux manigances de Miss Camilla.

— Eh bien, elle a obtenu ce qu'elle voulait – grand bien lui fasse. Elle a réussi à évincer sa cousine, a mis la main sur Wytton et son instabilité chronique… Cela m'étonnerait que leur mariage fonctionne. Sans compter que la mère de Wytton n'était pas là, elle non plus, sachez-le. Aucun parent n'a assisté à la cérémonie. C'est proprement scandaleux.

— C'est vraiment bizarre que sa mère ait été absente.

— Elle passe son temps à parcourir l'Europe en tous sens. Elle revient très rarement en Angleterre, ces temps-ci. Elle se moque totalement de ses enfants, sinon elle aurait interrompu ses voyages incessants. Je crois qu'elle est à Venise en ce moment.

— Non, vous n'y êtes pas du tout, Caroline, répondit George en se redressant. (Il parlait en toute connaissance de cause.) Personne n'est à Venise, en cette saison, je vous l'assure. Il y règne une chaleur d'enfer, les canaux exhalent la pire des puanteurs et il y a de grands risques d'y attraper une fièvre mortelle. Non, non, si elle est en Italie, alors c'est à la montagne.

— Où qu'elle soit, elle n'a pas assisté au mariage de son fils. Je me demande ce qu'elle pensera de sa nouvelle bru, lorsqu'elles feront connaissance. Je ne l'aimais déjà pas quand elle était célibataire ; je tremble à l'idée des airs qu'elle se donnera maintenant qu'elle a pris le nom de Wytton.

Ni ses sœurs ni les femmes présentes ne furent aussi éblouissantes que Camilla le jour de ses noces. Concentrée de tout son être sur Wytton, elle avoua plus tard n'avoir pas écouté un traître mot du discours du pasteur, qui aurait pu aussi bien réciter une satire. Toutefois, le sérieux avec lequel Wytton répondit et l'expression qu'il afficha en se tournant vers la mariée émurent Fanny aux larmes. Fitzwilliam lui pressa la main, se remémorant lui aussi son mariage et la joie qu'il avait éprouvée en se tenant devant l'autel, Fanny à ses côtés.

— Ils forment un couple magnifique, reconnut-il quand les jeunes époux descendirent les marches de l'autel.

Traversant la petite assemblée, ils franchirent la courte distance qui les séparait des portes ouvragées et sortirent, baignés par le soleil.

— Camilla n'a jamais été plus charmante, déclara Fanny.

C'est ce que confirma Wytton plusieurs heures plus tard, une fois le festin, les danses et les réjouissances achevés, après que Sackree eut chassé les fêtards et que les jeunes gens se retrouvèrent enfin seuls, dans l'immense chambre à coucher qui avait déjà vu naître plusieurs générations.

— Dois-je souffler la bougie ? demanda-t-il en étreignant Camilla par la taille et en embrassant ses cheveux détachés.

Elle l'entoura de ses bras, savourant le plaisir de le toucher, de l'entendre, de sentir son odeur – savourant sa présence tout entière.

— Laissez donc. Quel besoin avons-nous d'être dans le noir ?

Achevé d'imprimer en février 2013
Par CPI Brodard & Taupin - La Flèche (France)
N° d'impression : 70123
Dépôt légal : février 2013
Imprimé en France
81120761-3